Un séduisant chantage

Dans les bras d'un héritier

NAIMA SIMONE

Un séduisant chantage

Traduction française de
LAURENCE LENGLET

PASSIONS

HARLEQUIN

Collection : PASSIONS

Titre original :
BLACK TIE BILLIONAIRE

HARPERCOLLINS FRANCE
83-85, boulevard Vincent-Auriol, 75646 PARIS CEDEX 13
Service Lectrices — Tél. : 01 45 82 47 47

www.harlequin.fr

ISBN 978-2-2804-4031-8 — ISSN 1950-2761

- 1 -

Elle était magnifique.

Gideon Knight cessa d'écouter son interlocuteur pour se concentrer sur la jeune femme qui se frayait un chemin à travers la salle de réception bondée. Même vêtue de la chemise blanche, du nœud papillon noir et du pantalon sombre du personnel de service, elle étincelait tel un joyau parmi les centaines d'invités du gala de charité, l'événement annuel le plus prisé de la haute société de Chicago. Sa seule présence réduisait ceux qui l'entouraient à de ridicules imitations.

Comment pouvait-il être le seul à avoir remarqué la finesse de son cou et ce corps parfait à la fois élancé et pulpeux ? Comment les autres invités pouvaient-ils ne pas voir la façon dont la lumière des lustres en cristal faisait resplendir son teint cuivré ? Comment pouvaient-ils ne pas être frappés par la grâce de sa démarche, qui n'aurait pas été déplacée sur le podium d'un grand défilé de mode ?

Avait-il dit « magnifique » ? En réalité, elle était splendide. Et il n'avait toujours pas vu son visage.

— Excusez-moi, dit-il en s'éclipsant, interrompant le bavardage du sexagénaire.

La stupéfaction de son interlocuteur aurait dû susciter en lui un semblant de culpabilité, d'autant plus que sa mère lui avait inculqué de meilleures manières. Il n'en fut rien, car dix ans plus tôt, ce monsieur n'aurait même pas daigné lui adresser un regard. Ambitieux mais désargenté, Gideon n'était alors qu'un étudiant d'école de commerce parmi tant d'autres. Il n'était pas encore *le* Gideon Knight, cofondateur et P-DG de KayCee Corp, l'une des start-up les plus en pointe et prospères de Chicago. Maintenant qu'il était multimilliardaire, ce riche sexagénaire, ainsi que les gens de sa tranche d'imposition et de sa classe sociale, se répandaient tellement en courbettes devant lui qu'ils frôlaient le lumbago !

L'argent et le pouvoir avaient cet effet. En général, Gideon savait se montrer patient, mais il méprisait ce genre de sauteries, où se pressait la haute société. Une chose qu'il avait apprise dans sa lutte acharnée pour s'introduire dans ce milieu, c'est que la majorité des transactions se faisait au restaurant, sur les terrains de golf et lors d'événements tel que ce gala. C'était la seule raison pour laquelle il y assistait, même si, au hit-parade de l'ennui et de la souffrance, ce genre de distractions se situait à mi-chemin entre une séance de shopping avec sa sœur et des vacances dans l'un des neuf cercles de l'Enfer de Dante !

Sauf que ce soir, et pour la première fois, il se fichait éperdument d'étendre son réseau de connaissances. Il avait beaucoup mieux à faire.

Il se fraya un chemin dans la foule élégante, ignorant ceux et celles qui tentaient d'attirer son attention en murmurant son nom ou en lui touchant le bras. La presse avait souvent vanté son exceptionnelle ténacité, et en cet instant, celle-ci était tout entière tournée vers une serveuse aux cheveux noirs coiffés en chignon bas, au corps créé pour le plus doux des péchés et à la peau veloutée qui ne demandait qu'à être caressée.

L'urgence de ce désir sans précédent aurait dû l'inciter

à la prudence. S'il avait eu une once de jugeote, il aurait pu se demander pourquoi l'envie de s'approcher de cette femme et de plonger dans son regard le tenaillait à ce point. Il aurait peut-être battu en retraite et aurait gardé ses distances. Discipline, contrôle, concentration. Tels étaient les fondements sur lesquels il avait bâti son entreprise, son succès. Sa vie. Que cette inconnue menace déjà ces trois piliers par sa seule présence dans cette salle aurait dû l'inquiéter. Même son ex-fiancée n'avait jamais éveillé chez lui ce genre de frénésies. Ce qui ne faisait que souligner pourquoi il aurait dû se méfier. Tout cela n'augurait rien de bon.

Pourtant, il la suivait avec la détermination d'un fauve traquant une proie innocente. C'était peut-être complètement cliché, mais bon sang, c'était exactement ça ! En cet instant, tous ses sens étaient en éveil, le pressant à bondir sur elle avant de la… mordre.

Elle serait à lui ce soir.

Tandis que cette pensée s'ancrait dans son esprit, il s'approcha. Assez près pour apercevoir la courbe délicate de son menton et celle, vulnérable, de sa nuque. Pour se laisser envelopper par les notes de rose de son parfum, auxquelles se mêlaient d'autres, plus chaudes, de bois de cèdre et d'ambre… Ou peut-être d'amande ?

Une fois de plus, il s'excusa pour se frayer un chemin parmi la foule, mais à présent, il n'essayait plus d'échapper à un importun. Non, il voulait piéger cette femme. La garder auprès de lui.

Au moins pour quelques heures.

Retourne-toi. Regarde-moi.

Le temps s'arrêta lorsqu'elle tourna la tête et croisa son regard.

Il sentit son estomac se nouer, et le désir le submergea

avec une telle force qu'il planta les deux pieds dans le sol pour résister à l'impact. Sans y parvenir tout à fait.

Une longue mèche de cheveux noirs balayait son front et elle portait des lunettes à monture sombre, mais aucun de ces artifices ne parvenait à masquer la beauté éclatante de son visage, les pommettes ciselées, les yeux chocolat ou l'incroyable sensualité de ses lèvres pleines.

Il dut faire un effort surhumain pour ne pas fixer sa bouche. Mais rien, pas même Dieu, n'aurait pu ôter de son esprit les désirs inavouables que lui inspiraient ce visage et ce corps. Et qui lui démangeaient les mains.

— Une coupe de champagne, peut-être ? demanda-t-elle en baissant les yeux vers son plateau.

Non ! Ne me quitte pas des yeux !

Bon sang, en quelques mots prononcés de sa voix douce et grave, elle l'avait réduit à l'état d'homme des cavernes.

Une fois de plus, un avertissement résonna en lui : il devait s'éloigner au plus vite. Comme la première fois, il l'ignora. Rien d'autre n'avait d'importance pour le moment. Rien d'autre que la caresse de cette voix sensuelle, que ses yeux en amande fixés sur lui.

— Comment vous appelez-vous ? s'enquit-il en prenant une coupe sur le plateau.

S'il avait été moins concentré, il n'aurait peut-être pas remarqué le léger raidissement de ses épaules.

— Je dois continuer…, dit-elle, le regard toujours baissé sur son plateau, en s'éloignant.

— Attendez !

Instinctivement, il leva le bras pour la retenir. Mais au dernier moment, il se ressaisit.

Malgré l'envie brûlante qu'il éprouvait de la toucher, il se refusait à le faire sans sa permission. Les histoires de jeunes loups accostant les serveuses étaient comme celles des patrons poursuivant leur secrétaire autour d'un bureau : odieuses et vieilles comme le monde. Malgré la frustration que lui inspirait ce premier contact manqué, il glissa sa main libre dans la poche de sa veste. Son geste sembla attirer l'attention de la jeune femme. Elle leva la tête, fronçant les sourcils.

— Gideon Knight, dit-il, décidant de se présenter le premier. Puis-je connaître votre nom ?

Une infime hésitation, puis elle hocha légèrement la tête.

— Camille, murmura-t-elle.

— Camille, répéta-t-il, savourant les trois syllabes comme de délicieuses bouchées au chocolat servies avec un café à la fin d'un dîner. Un joli prénom. Qui vous va très bien.

Elle écarquilla les yeux, trahissant une émotion proche de la panique, et baissa presque aussitôt la tête, le privant de son regard. Une fois de plus.

— Merci, monsieur Knight. Je…

— Gideon. Pour vous, c'est « Gideon ».

Elle pinça les lèvres puis releva la tête. Une lueur de colère passa dans son regard. Il trouva cette réaction, marque d'un tempérament de feu, aussi captivante qu'excitante. Il devait être fou…

— Sans vouloir vous offenser, monsieur Knight…

— Si j'en crois ma vieille expérience, quand on commence une phrase de cette façon, c'est précisément que l'on a l'intention d'offenser son interlocuteur.

Une fois de plus, le regard de la jeune femme scintilla de colère, et il fut soudain submergé par une exaltation habituellement réservée aux négociations d'affaires les plus acharnées, signe qu'il croisait le fer avec un adversaire digne de ce nom.

— Eh bien, je prends le risque, rétorqua-t-elle. J'espère que vous pourrez encaisser le coup, mais vu la taille de votre ego, j'en doute. Je suis désolée…, ajouta-t-elle vivement, comprenant sans doute qu'elle avait fait une gaffe

— Allons, ne vous dégonflez pas, Camille. Cela me décevrait, répondit-il, haussant un sourcil.

Dans un coin lointain de son esprit, il s'émerveilla du personnage qu'il était devenu. Flirter et taquiner, ce n'était pas lui. En général, il ne prenait pas cette peine ; il allait droit au but.

— Je vous assure que je peux le supporter, précisa-t-il.

Il était prêt à prendre tout ce qu'elle voudrait bien lui donner, que ce soit son regard, sa conversation ou plus. Et surtout… plus, bien sûr. Il frémit de désir à cette idée.

— Monsieur Knight, reprit-elle sèchement, je ne sais pas si importuner les serveuses fait partie de vos distractions habituelles, mais puisque vous m'avez invitée à ne pas me dégonfler, laissez-moi vous dire que si c'est un jeu pour vous, cela n'en est pas un pour les serveuses. Nous ne sommes pas des jouets mis sur Terre pour alléger votre ennui. Être serveuse est notre gagne-pain et nous risquons d'être renvoyées pour avoir côtoyé les invités.

La contrariété vibra à travers lui comme un accord pincé sur sa guitare acoustique préférée.

Une contrariété mêlée de… plaisir. Hormis sa mère et les membres de sa famille, personne n'osait lui parler ainsi, et encore moins le réprimander. Une excitation qu'il n'avait pas ressentie depuis des lustres le submergea tout entier.

— Je ne joue pas, Camille. Jouer est une perte de

temps. Pourquoi tourner autour du pot alors qu'être honnête permet d'atteindre son but plus vite ?

— Et quel est votre but, ici, monsieur Knight ? répliqua-t-elle avec un sourire ironique.

Si elle avait su à quel point elle lui fouettait les sangs à chaque fois qu'elle disait « monsieur Knight » sur le ton condescendant d'une reine, elle aurait probablement fait vœu de silence !

— Peloter la serveuse dans un couloir sombre ? Ou la tripoter dans un placard à balais ? demanda-t-elle.

— J'ai passé l'âge de me contenter de ce genre de choses. D'ailleurs, « peloter » ou « tripoter » ne font pas partie de mon vocabulaire. Moi, je *baise*.

Elle écarquilla les yeux, et malgré les conversations et les rires qui fusaient autour d'eux, il entendit son souffle se bloquer. L'avait-il choquée ?

Une voix qui ressemblait à celle de Gray Chandler, son associé et meilleur ami, résonna soudain dans son esprit. Combien de fois Gray lui avait-il conseillé de tempérer ses manières brusques et directes ? Aux yeux de son ami, il était complètement dénué de tact. Il assumait. Les belles paroles n'étaient pas son fort ; il ne jurait que par la franchise. Généralement, il ne regrettait pas sa brusquerie. Comme il l'avait dit à Camille, il ne jouait pas. Pourtant, en cet instant, il craignait d'être allé trop loin.

Il n'avait aucune envie de la faire fuir.

— C'est pour cela que vous m'avez abordée ? Pour me… faire des avances ? demanda-t-elle.

Il haussa les épaules, posant sa coupe sur une table.

— Pourquoi moi ? reprit-elle. Parce que je suis si belle que vous ne pouvez résister ou parce que je suis une serveuse et vous un invité prestigieux ? Et si je refuse vos avances, que se passera-t-il ? Vais-je soudain me retrouver sans travail ?

Gideon tressaillit à ces mots, et un dégoût mêlé de colère le submergea.

— Est-ce que je veux passer la nuit avec toi ? À te baiser ? Oui, répliqua-t-il, poussant la franchise jusqu'à la tutoyer. Je te l'ai dit, je ne mens pas. Je ne joue pas. Mais si tu refuses, tu auras toujours ton emploi à la fin de la soirée. Je n'ai pas besoin de faire pression sur les femmes pour les attirer dans mon lit, Camille. En outre, une femme consentante, une femme qui a envie de moi autant que j'ai envie d'elle, est infiniment plus excitante et agréable. N'importe quel homme digne de ce nom le sait. Aucune femme ne devrait être contrainte d'accorder ses faveurs sans désir à un homme .

Elle l'examina en silence un instant. La colère semblait avoir quitté son regard, remplacée par autre chose. Apparemment, il avait marqué un point.

— Pour répondre à ton autre question, murmura-t-il. Pourquoi toi ? Ta première supposition était correcte. Parce que tu es si belle que je n'ai pas pu m'empêcher de te suivre dans cette salle pleine de femmes toutes plus riches les unes que les autres. Tu les éclipses toutes, Camille. Elles sont comme des paons exhibant leur plumage dans l'espoir de se faire remarquer. Et, au milieu de tout ça, voilà que tu apparais, telle la lune s'élevant dans la nuit claire. Brillante, seule, au-dessus de la médiocrité, et éclipsant toutes les autres femmes. Ce que je ne comprends pas, c'est que personne d'autre ne t'ait remarquée avant moi. Pourquoi tous les hommes ici présents ne se pressent pas derrière moi, ne serait-ce que pour avoir la chance de t'approcher.

Le silence enfla autour d'eux comme une bulle, atténuant le vacarme environnant. Ses mots semblaient résonner dans ce cocon, et il s'émerveilla. N'avait-il pas affirmé détester les belles paroles ? Pourtant, c'était lui qui parlait de paons et de la lune…

Pourquoi cette femme produisait-elle cet effet sur lui ?

Alors que la question tournoyait dans son esprit, elle posa sur lui un regard sombre, teinté de désir. Dans quelques instants, il lui chanterait la sérénade, si elle continuait à le regarder comme ça !

Il serra les poings, enfonçant les ongles dans sa paume pour se rappeler qu'il n'avait pas le droit de la toucher. Pourtant, le seul bruit qui lui parvint fut le soupir qui s'échappa de ses jolies lèvres. Aussi ridicule que cela puisse paraître, son esprit s'emballa à ce bruit infime. Déjà, il imaginait son souffle sur sa peau, ses épaules, sa poitrine, et ses doigts entortillés dans ses cheveux tandis qu'unis dans une étreinte torride, ils s'offraient l'un à l'autre…

Un grognement monta du fond de sa gorge et s'échappa sans qu'il puisse le retenir.

— Il faut que j'y aille, chuchota-t-elle avec un mouvement de recul. Je…

Sans aller au bout de sa pensée, elle s'éloigna.

Il ne la suivit pas. Elle n'avait ni refusé ni accepté ses avances. Et même s'il avait perçu du désir dans son regard, elle devait venir à lui. Ou lui demander de venir à elle.

Immobile, il la suivit du regard, se demandant ce qui s'était réellement passé, durant ce bref échange.

Elle se dirigea vers la cuisine où s'engouffraient d'autres serveuses chargées de plateaux.

Il la vit faire une pause, poser la main sur l'une des portes battantes, comme pour se stabiliser.

Puis elle jeta coup d'œil par-dessus son épaule et le regarda.

Il avait beau se trouver à l'autre bout de la salle, ce regard le transperça, et son sang se figea dans ses veines.

Un instant plus tard, elle avait disparu. Mais peu importait, car il se dirigeait déjà vers la cuisine.

Vers ce regard qui avait scellé leur destin.

- 2 -

Shay Neal poussa les portes battantes et entra dans l'immense cuisine. Avec son chef étoilé, réputé pour son caractère sanguin et sa créativité hors normes, son second et son armée de commis qui s'affairaient devant les comptoirs en inox et les cuisinières fumantes, la pièce grouillait de monde et débordait d'activités. Dans des circonstances ordinaires, elle aurait essayé, fascinée, d'assimiler au maximum le savoir-faire de la brigade. Mais les circonstances présentes étaient aussi éloignées de l'ordinaire que des nuggets de poulet du coq au vin !

Tout d'abord, en tant que membre d'une des familles les plus anciennes, riches et influentes de Chicago, elle assistait habituellement à ce gala en qualité d'invitée, et non comme serveuse.

Mais dans l'après-midi, lorsque sa meilleure amie, Bridgette, l'avait appelée, malade et désespérée, du fond de son lit, elle avait accepté de la remplacer au sein de l'équipe de service. Son amie avait beau être à la tête d'une jeune entreprise de food trucks, elle ne se versait pas encore de salaire et devait accepter des petits boulots pour payer ses factures. Cela faisait un moment qu'elle travaillait pour ce traiteur et elle ne pouvait pas se permettre de perdre le contrat de ce soir.

Shay avait prévu de ne pas assister au gala, de toute façon. Entre une soirée à la maison à regarder des séries et travailler auprès d'un chef réputé, le choix avait été vite fait. De plus, Bridgette lui avait assuré qu'elle serait probablement en cuisine, puisqu'elle assistait généralement les commis.

Shay avait quand même pris soin de mettre une perruque, des lentilles et des lunettes et de se faire appeler « Camille ». Si elle avait décidé de ne pas assister à l'événement social de la saison, ce n'était pas le cas de son frère aîné, Trévor, et de sa fiancée, Madison Reus – la fille unique du sénateur Julian Reus. Trévor n'approuvait pas son amitié avec Bridgette, alors s'il découvrait qu'elle rendait à sa meilleure amie ce genre de services, n'hésitant pas à déshonorer leur famille, il serait furieux. Et quand Trévor était furieux, il était capable de tout.

Lorsque le superviseur lui avait tendu un plateau garni de coupes de champagne et l'avait envoyée faire le service dans la salle de réception, elle s'était quelque peu inquiétée, mais n'avait pas pu refuser.

Pourtant, tout se serait passé à merveille sans l'apparition de Gideon Knight.

Sentant le désir tapi au fond de son ventre, elle posa le plateau presque vide sur le tapis roulant et pressa un poing contre son nombril. Mais ce geste futile n'éteindrait pas les braises incandescentes, elle le savait.

Ravalant un gémissement, elle se dirigea vers la salle de repos des employés située au fond de la cuisine. Fermant la porte derrière elle, elle entra dans les toilettes et tourna un robinet, passant ses mains sous le jet d'eau. Sa version rapide d'une douche froide. Puis, au lieu de retourner dans la cuisine, elle resta devant le miroir, observant son reflet. Mais ce n'était pas son image qu'elle voyait.

C'était Gideon Knight. Et ce qu'il lui avait dit.

« Elles sont comme des paons exhibant leur plumage dans l'espoir de se faire remarquer. Et, au milieu de tout ça, voilà que tu apparais, telle la lune s'élevant dans la nuit claire. Brillante, seule, au-dessus de la médiocrité, et éclipsant toutes les autres femmes. »

Elle expira lentement.

Les paroles de cet homme, prononcées d'une voix sensuelle, sur le ton de la confidence résonnaient dans sa tête. Dans sa poitrine. Et plus bas encore.

Avec un autre homme, elle aurait considéré ce compliment comme de la pure flatterie. Les hommes se montraient en général très inspirés lorsqu'ils se trouvaient face à l'héritière d'une des plus grosses entreprises de gestion financière du pays. Leurs compliments ne signifiaient rien, ils s'envolaient au gré du vent telles des graines de pissenlit.

Pas avec Gideon Knight. Il y avait de la sincérité dans ses propos brutaux. Comme si la description qu'il faisait d'elle n'était pas une opinion mais un fait. Elle venait de le rencontrer, et elle n'arrivait pas à se défaire du sentiment qu'il ne faisait pas souvent des compliments fleuris. Comme il l'avait déclaré avec tant de force, il ne jouait pas. Et elle le croyait.

Ce qui ne faisait qu'accroître sa confusion quant à la raison pour laquelle il l'avait abordée. Pour la plupart des invités, elle était invisible, quantité négligeable. Une simple serveuse. Mais pas aux yeux de Gideon Knight. Il faut dire que, dans une salle remplie des gens les plus riches et glamours de Chicago, il sortait lui aussi du lot. Un peu comme un requin luisant et silencieux au milieu d'un banc de poissons-clowns.

Seigneur ! Elle était officiellement en train de perdre la tête. Et c'était entièrement la faute de Gideon Knight.

Parce que, vraiment, comment une femme pouvait-elle

plonger dans ce regard sombre sans oublier jusqu'à nom ? Sans avoir envie de s'y noyer de son plein gré ?

À peine cette pensée interdite se fut-elle immiscée en elle qu'une vision de Gideon, dressé au-dessus d'elle, les cheveux noir corbeau détachés de leur catogan tombant en cascade sur ses épaules, lui traversa l'esprit. Son cœur cogna contre sa poitrine, et elle poussa un soupir vibrant tandis que les braises de son désir se ravivaient au fond de son ventre. Elle tenta de se ressaisir, chassant cette vision torride de son esprit. Sauf que l'image de l'homme qu'elle avait emportée quelques instants plus tôt, lorsqu'elle lui avait adressé un dernier regard, ne disparaissait pas si facilement.

Le tailleur de Gideon devait être amoureux de lui vu la façon dont son smoking dessinait sa silhouette puissante mais mince. Des épaules et un torse larges, une taille fine, des jambes longues et musclées. Il était l'image même de l'élégance et du chic. De la force. De la beauté.

Impérial. Le mot lui vint spontanément à l'esprit, et s'il lui paraissait un peu ridicule, elle fut incapable de s'en défaire. Il correspondait tout à fait à cet homme. Avec ses yeux magnifiques, ses pommettes ciselées, son nez arrogant, le pli sensuel, presque cruel, de ses lèvres et son menton volontaire, il faisait penser au roi d'un mystérieux pays asiatique, contemplant ses terres du haut d'un promontoire, ses longs cheveux flottant au vent. Un roi sévère, rusé et, d'une certaine façon, isolé de son peuple.

Il aurait été réellement intimidant sans cette masse de cheveux nouée en catogan. C'était parfaitement incongru chez quelqu'un de si policé, de si sophistiqué et de si rigide en apparence. Mais c'était ce mépris rebelle des règles contraignantes régissant leur sphère sociale qui avait éveillé en elle une curiosité qu'elle ne pouvait effacer.

— Tu es ridicule, murmura-t-elle.

Secouant la tête, elle s'adressa un claquement de langue réprobateur, se sécha les mains et quitta les toilettes.

Il lui restait encore trois heures de travail au moins, et elle ne pouvait pas se permettre de rester cachée là plus longtemps. D'autres préparatifs l'attendaient, car le dîner n'avait même pas encore été servi.

À cet instant, la porte de la salle de repos s'ouvrit à la volée, la faisant sursauter.

L'imposante silhouette de Gideon Knight se découpait dans l'encadrement.

Son cœur fit un bond dans sa poitrine. Que faisait-il ici ?

Quelques secondes seulement s'écoulèrent avant que la réponse s'impose dans son esprit.

Il est là pour elle, bien sûr.

Elle tenta d'écarter cette pensée ridicule de son esprit… sans pour autant réussir à éteindre le désir insensé qui s'était emparé d'elle.

— Que viens-tu faire ici ? demanda-t-elle.

Lorsqu'elle réalisa qu'elle l'avait tutoyé, elle se maudit.

— Je te cherchais, répondit-il, très calme.

Une bouffée d'excitation la submergea. Croisant les bras sur sa poitrine, elle fronça les sourcils, luttant contre le besoin instinctif d'échapper à l'intense magnétisme sexuel qui semblait émaner de cet homme.

— Je dois retourner travailler, dit-elle, jetant un coup d'œil à la fine montre dorée qu'elle portait au poignet. Alors, si… vous voulez bien m'excuser, ajouta-t-elle, optant in extremis pour le vouvoiement.

Une lueur d'agacement traversa le regard de Gideon.

Sans doute n'avait-il pas l'habitude de se voir ainsi congédier.

— Je voulais m'excu…

Elle n'entendit pas le reste de son explication car à cet instant, la pièce sombra dans l'obscurité.

- 3 -

Engloutie dans l'obscurité totale, elle laissa échapper un cri, prise de panique.

Que se passait-il ?

— Camille.

La voix calme de Gideon Knight, légèrement métallique, l'arrêta dans sa chute vertigineuse vers l'hystérie. Deux mains fermes se posèrent sur ses épaules. Mais son pouls continua sa course folle, heurtant les parois de son crâne comme un marteau.

— Doucement, murmura-t-il.

Une de ses mains remonta doucement vers son cou, la massa.

— Reste avec moi. Respire.

Elle ferma les yeux, comme si cela pouvait remédier à l'absence totale de lumière. Il ne restait qu'une chose à faire : s'accrocher à lui, à sa voix, à son parfum à la fois frais et boisé, comme un souffle de vent et de santal, à ses avant-bras solides et fermes qu'elle avait saisis. Les secondes – des heures, semblait-il – s'écoulèrent tandis qu'elle s'efforçait de réguler les battements affolés de son cœur, de respirer calmement. Et bientôt, le sentiment d'être enterrée vivante commença à se dissiper.

À aucun moment il ne relâcha son emprise sur son bras et son cou.

À mesure que la panique s'atténuait, le poids de ses

mains et le sentiment de sécurité et de réconfort qu'elles lui procuraient prirent le dessus sur la peur.

— Je suis désolée, murmura-t-elle.

Embarrassée, elle laissa échapper un petit rire tremblant, involontaire. Finalement, elle le lâcha.

— Mon Dieu, j'ai été ridicule. Je n'ai… Je n'ai même pas peur du noir, chuchota-t-elle.

— Tu n'as pas à t'excuser, la rassura-t-il.

Lâchant son cou et son bras, il tâtonna quelques instants avant de lui prendre la main. Un instant plus tard, une lueur bleutée apparut. Celle d'un téléphone portable. Ce n'était qu'un infime halo dans les ténèbres qui les enveloppaient, mais il dessina soudain le visage de son compagnon. Le soulagement fut tel qu'elle sentit ses genoux se dérober sous elle. Et dire que quelques instants plus tôt, elle ne songeait qu'à le fuir ! À présent, elle avait envie de pleurer tant elle était reconnaissante qu'il soit à ses côtés.

— Je vais aller voir ce qui se passe, dit-il. Mais avant, viens.

Tenant le téléphone devant lui, il la guida doucement jusqu'au canapé qui se trouvait au fond de la pièce. Sans lui lâcher la main, il la fit asseoir.

— Ça va aller ? s'enquit-il. Je dois prendre mon portable. Je vais essayer de passer un appel ou d'envoyer un texto. Je te promets de revenir dans quelques minutes.

— Bien sûr. Ça ira si je suis assise.

Dans le halo de lumière du téléphone, elle capta son regard rassurant.

— Bien, dit-il au bout de quelques instants, avec un signe de tête. Je reviens tout de suite.

Il disparut, et elle se retrouva seule dans le noir. Elle se concentra sur sa respiration, se rappelant qu'elle n'avait pas été projetée au fond d'une fosse grouillante de monstres difformes et terrifiants prêts à la mordre. Elle n'aurait vraiment pas dû regarder *Ça*, de Stephen King, hier soir…

— Camille.

Elle redressa vivement la tête et, une fois de plus, une vague de soulagement la submergea lorsque Gideon et sa lumière bleutée apparurent devant elle.

— Je suis là, répondit-elle, plus soulagée qu'elle ne l'aurait cru. Avez-vous appris quelque chose ?

Elle espéra de toutes ses forces que ce n'était rien de grave. Peut-être le propriétaire de l'immeuble avait-il simplement oublié de payer sa facture d'électricité.

— Panne d'électricité, dit-il d'un ton sinistre. Je n'ai pas pu appeler, mais j'ai échangé quelques textos avec un contact qui travaille dans la police. Toute la ville est concernée. Black-out total. La police conseille aux gens de rester là où ils sont. J'ai entendu un échange entre le chef de la sécurité et son équipe. Le propriétaire de l'immeuble est une sorte de génie de la technologie qui a installé un système de sécurité soi-disant de pointe. Apparemment, cela n'a pas fonctionné. Jusqu'à nouvel ordre, personne ne peut sortir de l'immeuble.

Elle prit quelques profondes inspirations, tentant de relativiser. Où étaient Trévor et Madison ? Étaient-ils en sécurité ? Et Bridgette, malade dans le noir ? Une fois de plus, elle s'en voulut d'avoir laissé son téléphone dans sa voiture. Bridgette l'avait prévenue que son chef n'aimait pas que les membres du personnel aient un portable sur eux, alors elle avait laissé le sien dans la boîte à gants. Sauf qu'à présent…

— Tout va bien se passer, Camille, dit Gideon, sa voix douce et rugueuse l'arrachant à ses inquiétudes. La panne de courant ne durera probablement que quelques heures, et j'espère que le petit génie pourra réparer son système d'ici là, ajouta-t-il sèchement.

— Le *petit génie* ? Vous parlez du propriétaire des lieux ?

— Oui. Tu l'as vu ? Manifestement, il n'a pas plus de vingt-trois ans. Il semble à peine sorti des jupes de sa mère !

Malgré elle, elle se mit à rire.

— Et vous, qui êtes-vous, alors ? Un vieux de trente ans ? Trente-trois ? Et si vous êtes ici en tant qu'invité, c'est que vous devez être assez riche ou assez introduit dans ce milieu pour y avoir été convié. Ce qui fait de vous, monsieur Knight ? demanda-t-elle, haussant les sourcils. Un homme oisif qui vit de la notoriété de son nom de famille et de son argent ? Ou un homme d'affaires prospère à part entière ?

Elle ne le connaissait pas, mais il entrait sans aucun doute dans la seconde catégorie.

Rien chez lui n'évoquait de près ou de loin l'oisiveté. Non, l'intelligence de requin qui brillait dans ses yeux sombres était celle d'un battant qui traçait son propre chemin, et non d'un suiveur qui se contentait d'emprunter le chemin que d'autres avaient ouvert pour lui.

Il ne répondit pas immédiatement, mais la gratifia d'un autre de ses regards intenses. Il semblait avoir la faculté de déchiffrer son âme. De deviner ses secrets. Bien qu'embarrassée, elle redressa la tête et plongea dans son regard sans sourciller.

Une lueur scintilla dans ses yeux sombres, et malgré la faible lumière du téléphone, elle crut y lire de l'admiration.

— Je possède et dirige une start-up qui répond aux besoins en fonds propres des entreprises privées, répondit-il. Je suppose que l'on peut dire que j'ai réussi.

La réponse vague et soigneusement construite n'eut pas l'effet escompté sur elle. Au lieu de noyer le poisson, il lui avait mis la puce à l'oreille. Avait-il dit « start-up » ? Voulait-il parler de KayCee Corp ? Était-il *le* Gideon Knight, celui qui, cinq ans plus tôt, avait révolutionné le marché financier en fondant sa start-up ? Si c'était bien lui, il était soit extrêmement modeste, soit porté sur la rétention d'informations et donc terriblement méfiant.

Car KayCee Corp avait plus que réussi ! La plate-forme Internet travaillait aujourd'hui pour les plus grandes entreprises, les aidant à suivre leurs actions grâce à un logiciel ultra-performant qu'elle avait mis au point. La start-up avait récemment annoncé son intention de se diversifier en travaillant avec des entreprises souhaitant être introduites en bourse. Trévor avait beau l'avoir reléguée à la tête du département Action Sociale de RemingtonNeal Inc, l'entreprise familiale, elle avait entendu parler de KayCee Corp. Suffisamment pour savoir que Trévor désirait désespérément l'acquérir.

La perruque, les lentilles de contact et les lunettes qu'elle portait avaient beau dissimuler sa véritable identité, elle ne put s'empêcher de porter la main à sa joue comme si Gideon avait le pouvoir de la reconnaître, sous ce camouflage. Sa gorge se serra. Cela aurait été le moment idéal pour lui dire qui elle était… Mais quelque chose la retint. Quelque chose de parfaitement inavouable.

Tout à l'heure, dans la salle de réception, Gideon Knight l'avait regardée avec fascination, admiration… Et même convoitise. Et il ignorait qu'elle était Shay Neal, héritière d'un immense empire financier. Certes, elle était loin d'être repoussante, mais elle ne se faisait pas d'illusions. Son argent, son statut social et ses relations étaient souvent tout autant, sinon plus, séduisants que son apparence.

Visiblement, pas pour lui.

Or, en cet instant, son regard sombre parcourait son visage, s'attardait sur ses yeux, ses pommettes, son menton, sa bouche… C'était peut-être absurde, mais elle avait l'impression qu'il la caressait du regard, l'inondait de son désir.

Et ici, dans les profondeurs isolées de cet immeuble, elle avait envie d'aller plus loin.

Ne serait-ce que pour un bref instant.

Le voile de l'anonymat lui offrait une audace et une liberté qu'elle ne possédait pas habituellement.

— Je me demande ce qui se passe dans ta tête, en ce moment…, murmura-t-il, l'arrachant à ses pensées. Tu peux me le dire ?

Sûrement pas !

— Attention, monsieur Knight. Vous commencez à me faire penser à Edward Cullen. Un peu trop à mon goût.

— La dernière fois qu'il faisait beau, je ne brillais pas au soleil, pourtant, répondit-il, amusé. Cela dit, j'avoue bien volontiers mon penchant pour les morsures…

Une bouffée de chaleur la submergea, s'ajoutant à la surprise causée par cette référence inattendue à la saga *Twilight*. Elle serra les poings, espérant stopper le désir brûlant qui semblait s'insinuer dans ses veines comme sous l'effet d'une morsure de vampire.

— Toujours aussi direct, à ce que je vois, remarqua-t-elle d'une voix enrouée, chargée de désir, qui n'échappa sans doute pas à son interlocuteur. Vous ne mentiez pas quand vous avez dit que vous ne jouiez pas.

— Je te mets mal à l'aise, Camille ? demanda-t-il, penchant la tête sur le côté.

Il plissa les yeux, la fixant intensément comme s'il avait la faculté de sonder son esprit.

Elle aurait dû dire oui. Lui ordonner de garder pour lui ses remarques déplacées.

Au lieu de ça, elle l'imita, inclinant la tête à son tour.

— Et si je répondais « oui » ?

— Alors j'irais chercher un commis dans la cuisine pour que tu ne le sois pas. C'est ce que tu veux ?

— Non, répondit-elle, bien que la sagesse eût exigé qu'il invite la brigade au grand complet dans la petite pièce.

Pour la protéger d'elle-même. De celle qui rêvait déjà de voir cet homme aux traits durs, cet homme inflexible rendre les armes sous l'effet du plaisir…

Un frisson parcourut sa peau.

Elle était un papillon qui voletait trop près de ces flammes.

— Qu'est-ce que tu veux ? demanda-t-il d'une voix encore plus grave.

Il ne bougea pas, ne tenta pas de s'approcher d'elle sur le canapé. Pourtant elle était submergée par son magnétisme. Par sa seule force mentale, cet homme l'envahissait, s'insinuait en elle. Il n'avait pas posé cette question pour la ménager ; il lui donnait le loisir de battre en retraite… ou de laisser la porte grande ouverte.

Une vie entière passée à respecter les règles se désagrégeait lentement sous l'intensité de ce regard. La question restait là, en suspens, comme un gant jeté entre eux, un défi qu'elle pouvait relever. Ou un drapeau rouge signalant le danger.

— Tellement de choses qu'une panne de courant n'y suffirait pas, déclara-t-elle enfin. Mais je me sens bien ici, avec toi.

Elle s'arrêta et, consciente des battements erratiques

de son cœur contre sa poitrine et du tutoiement naturel, précisa :

— Seule avec toi.

Une approbation et une satisfaction féroces étincelèrent comme des diamants dans les yeux de Gideon.

— Bien, dit-il. Comme ça, on ne sera pas obligés de partager ce moment avec quelqu'un d'autre.

Il s'éloigna un instant et revint avec une assiette qu'il posa entre eux sur le canapé. Elle sourit à la vue de l'agneau braisé posé dans un écrin de risotto et de légumes grillés, le plat qui figurait au menu de ce soir.

— Charmant, murmura-t-il, le regard rivé non pas sur l'assiette, mais sur son visage.

Elle baissa la tête, regrettant soudain de porter un chignon car en cet instant, les longues mèches de la perruque auraient pu dissimuler la rougeur qui enflammait sa gorge et ses joues.

— En tout cas, tu es débrouillard, fit-elle remarquer, en prenant un bout d'asperge. Ou alors sournois.

Il laissa échapper un petit ricanement.

— J'ai déjà été accusé des deux, dit-il. Mais ce ne sont que des mots. Je fais ce qu'il faut pour atteindre mon but, voilà tout.

— D'ailleurs, je me souviens clairement de ton objectif de ce soir. Tu n'as pas mâché tes mots, tout à l'heure. Je suppose que tu as atteint ton but. Passer la nuit avec moi.

Pourquoi lui reparlait-elle de cela ? Que cherchait-elle en lui rappelant la promesse qu'il avait faite de « la baiser » ? À revoir cette lueur de désir dans ses yeux ? À le tenter ? Elle flirtait avec le danger et ce, avec une témérité qui frisait l'imprudence.

— Tu veux vraiment te lancer dans cette discussion maintenant, Camille ?

Oui.

Non.

— Pas l'estomac vide, murmura-t-elle.

À l'infime sourire qu'il esquissa, le premier sur ce visage austère, elle comprit que son hésitation ne lui avait pas échappé.

Elle se hâta d'enchaîner :

— Tu n'aurais pas une bouteille de vin cachée quelque part, par hasard ?

Le sourire de Gideon s'accentua… et elle sentit son cœur s'emballer de plus belle. En fait, il manqua quelques battements devant la beauté de ce demi-sourire. Seigneur ! Il serait absolument irrésistible s'il se lâchait vraiment. Elle sentait des picotements au bout de ses doigts tant elle avait envie de dessiner ces lèvres sensuelles…

Tentant de se contrôler, elle baissa les mains vers son pantalon, dans l'intention de les frotter sur ses cuisses. Mais elle s'arrêta, réalisant qu'elle venait de manger.

— Prends ça, dit-il en plongeant la main dans la poche de sa veste pour en sortir un mouchoir blanc qu'il lui tendit.

Surprise, elle l'accepta, une fois de plus frappée par sa perspicacité.

— Merci, murmura-t-elle.

Durant la demi-heure qui suivit, ils mangèrent en silence, et Shay dut reconnaître que l'agneau, bien que savoureux, l'intéressait beaucoup moins que l'homme assis en face d'elle et qui la fascinait littéralement.

Lorsque, après le repas, il lui demanda s'il pouvait éteindre le téléphone pour économiser la batterie, elle acquiesça sans hésitation.

Il avait beau être un étranger pour elle, elle se sentait en sécurité avec lui. Totalement. Comme si, à ses côtés, il dévoilait le côté positif de sa personnalité. Peut-être se faisait-elle des idées. Qu'importe ! Dans le noir, elle pouvait se permettre de fantasmer.

Peut-être l'obscurité l'affectait-elle, lui aussi, car il s'ouvrit à elle, du moins autant qu'une personne aussi secrète que Gideon Knight en était capable. Ils parlèrent de choses et d'autres. De leurs loisirs. De leurs pires rendez-vous amoureux. De la meilleure façon de passer un après-midi quand on n'avait rien à faire. Des échanges faciles, mais elle s'accrochait à chaque mot. Y prenait du plaisir. Appréciait sa compagnie.

Appréciait surtout l'obscurité qui faisait tomber les barrières.

Elle se délectait surtout du désir qui pulsait entre eux comme les battements d'un tambour marquant le rythme pour les conduire… où ? Elle l'ignorait. Et pour la première fois depuis une éternité, elle ne pensait pas à l'effet que le moindre mot, la moindre de ses actions pourrait avoir sur la réputation de la famille Neal.

Ici, avec lui, elle était simplement… Camille.

— Nous ne nous reverrons plus jamais, une fois que les lumières se seront rallumées, dit-elle.

Et c'était vrai. Ils ne seraient jamais plus Camille et Gideon, même s'ils se recroisaient à l'avenir. Car elle redeviendrait Shay Neal, héritière de la famille Neal de Chicago.

— Cela me rend presque… triste, ajouta-t-elle, secouant la tête pour se moquer d'elle-même, bien qu'il ne puisse la voir. Ridicule, n'est-ce pas ?

— Pourquoi ? L'honnêteté n'est jamais stupide. C'est trop rare pour être ridicule.

Un sentiment de culpabilité lui serra la poitrine. Ne se montrait-elle pas fondamentalement malhonnête avec lui, puisqu'elle lui cachait son identité ?

— Parce que les fantasmes sont pour les adolescentes, pas pour les femmes adultes qui savent bien ce que la vie réserve.

— Et que crois-tu savoir, Camille ?

— Que sans cette panne de courant, un homme comme toi ne serait pas là… En train de discuter avec moi, ajouta-t-elle après un moment d'hésitation.

— Je ne sais pas ce qui me gêne le plus dans ce que tu viens de dire. Que tu me rabaisses, ou que tu *te* rabaisses.

Un bruissement, puis une main curieuse, douce, mais étonnamment déterminée lui caressa le menton, remontant vers la tempe. Elle s'étonna du contact de ces doigts rêches, calleux. Comment un homme comme lui pouvait-il avoir les mains d'un travailleur manuel ?

— Oui, c'est ça. Ce qui m'ennuie le plus, c'est que tu te sous-estimes. Une femme comme toi, murmura-t-il. Magnifique. Intelligente. Audacieuse. Sûre d'elle. Quel homme ne voudrait pas passer du temps avec toi ? Un homme assez aveugle ou stupide pour ne pas voir ce qu'il a devant les yeux. Lis n'importe quel blog ou journal financier, Camille. Je ne suis pas un homme stupide.

Elle laissa échapper un petit rire, essayant de dissimuler le désir ardent que ses paroles avaient déclenché en elle.

— Comment fais-tu pour te lancer un compliment et me réprimander en même temps ? demanda-t-elle.

Il ignora sa tentative d'apporter un peu de légèreté dans l'atmosphère chargée d'électricité. Au lieu de ça, il lui offrit une autre caresse. Effleurant cette fois la courbe de sa lèvre inférieure. Elle trembla. Ce qu'il avait forcément senti, réalisa-t-elle. Car il répéta son geste.

— Je ne sors jamais avec les femmes.

La franchise de cette déclaration la prit de court.

Au point qu'elle faillit en oublier sa main caressante sur son menton.

Faillit seulement.

— Pardon ? murmura-t-elle.

— Je ne sors jamais avec les femmes. Moi aussi, je sais quelque chose, Camille. Les liaisons, l'engagement sont des mensonges que l'on se dit pour justifier l'utilisation de l'autre. Pour assouvir un besoin sexuel. La passion, elle, est honnête. Le corps ne ment pas. Le plaisir ne s'embarrasse pas de statut social, d'origines ou de tranches d'imposition. Donc non, je retire ma déclaration précédente. Sans cette panne d'électricité, il est très possible que nous n'ayons pas passé ces deux dernières heures à parler. Mais sache que, quel qu'ait été le lieu, salle de réception ou de conférences, je t'aurais remarquée. Je t'aurais désirée. J'aurais fait tout ce qui était en mon pouvoir pour que tu me confies ton corps, ton plaisir.

Seigneur !

Elle ne pouvait plus respirer. Plus bouger. Elle était submergée par le désir qui déferlait en elle.

— À ton tour, Rayon de lune, poursuivit-il en cessant de lui caresser le visage. Dis-moi ce que tu sais.

Rayon de lune… Ce surnom affectueux lui rappela leur conversation dans la salle de réception. Mais elle avait beau savoir que ce n'était pas une marque d'amour ou de tendresse, seulement un artifice pour susciter le trouble en elle, elle sentit les flammes du désir se déchaîner au fond de son ventre.

— Je sais ce que tu veux dire : tu n'as pas changé d'avis, tu veux toujours passer la nuit avec moi. À me *baiser*, ajouta-t-elle, dans un souffle.

— Et toi, tu as changé d'avis ?

Oui. Dès que tu m'as appelée « Rayon de lune ».

Elle garda toutefois pour elle cette vérité qui explosa en elle.

Pourquoi était-elle si prévisible ? Il n'était pas le premier homme à lui déclarer son désir. Il était seulement le premier qu'elle ait envie de toucher à ce point. Jamais elle n'avait autant désiré sentir les mains d'un homme sur son corps. Elle imaginait déjà celles, longues, élégantes de Gideon Knight, sur ses seins… Ou lui maintenant les hanches pour la pénétrer intensément, profondément… Un spasme contracta son bas-ventre à cette pensée. Comme si elle était prête.

Elle expira longuement. Bon, il attendait toujours sa réponse, et elle savait déjà qu'il ne ferait rien, qu'il ne reprendrait pas ses caresses tant qu'elle n'aurait pas répondu.

— Oui, avoua-t-elle enfin, le cœur battant à tout rompre.

— Oui, quoi, Camille ? Qu'as-tu décidé ? Que veux-tu ?

Il ne lui accordait pas le moindre répit. Il la forçait à parler. À se mettre à nu.

Son instinct de conservation se réveilla à cet instant, tentant de la sauver de ce qu'elle était devenue dans l'obscurité et avant, dans cette salle de réception. Mais le désir le terrassa, et elle céda à l'irrésistible attrait de la liberté, à la fascination que cet homme exerçait sur elle.

— Toi, chuchota-t-elle. Rien que toi.

Elle combla le petit espace qui les séparait et discerna son visage. Un gémissement doux monta du fond de sa gorge, qu'elle ne tenta même pas de réprimer. Déjà, elle avait posé la main sur la joue de Gideon, caressait sa barbe naissante. Incapable de s'arrêter, elle effleura du bout du pouce cette bouche dont elle avait tant rêvé ce soir.

Des dents puissantes s'enfoncèrent dans la chair de son pouce, exerçant une pression non pas douloureuse mais assez intense pour la faire suffoquer. Gémir.

Comment avait-elle pu vivre jusqu'à vingt-cinq ans sans savoir à quel point les doigts pouvaient être une zone érogène ? À cette douce morsure, elle sentit ses cuisses se crisper et réalisa… qu'elle avait perdu la tête.

Elle poussa un autre soupir, de surprise, celui-là, lorsque, lui empoignant les bras, il la mit brusquement sur ses pieds. Elle chancela, mais il attendit qu'elle ait retrouvé son équilibre pour la lâcher. Puis, la lumière soudaine de son portable la prit de nouveau de court. Après les ténèbres, la pâle lueur bleutée semblait presque éblouissante. Elle cligna des yeux, regardant l'écran et les ombres qu'il projetait sur le visage de Gideon.

— Tu ne voulais pas économiser la batterie ? demanda-t-elle.

Il secoua la tête, et ses traits semblèrent soudain plus acérés, comme taillés dans le silex. Quant à ses yeux… ils étaient scintillants et enfiévrés. Seigneur ! Il y avait là tant d'intensité et… tant de désir. Ce qui ne fit qu'alimenter le feu qui menaçait de la consumer.

— Je m'en fiche. J'ai besoin de te voir, grogna-t-il, se dépouillant de sa veste avant de la jeter par terre.

Il se maîtrisait toujours, mais son geste trahissait une faille. Elle retint son souffle.

— Enlève ton chemisier, Camille. Montre-moi ce que tu as décidé de m'offrir.

Les doigts tremblants, elle défit les boutons de son chemisier. Au bout de plusieurs tentatives, elle parvint à l'ôter. Gideon ne l'avait pas quittée des yeux. Un air tiède caressa ses épaules dénudées, le haut de ses seins, son ventre.

Elle se demanda un instant pourquoi elle ne ressentait

pas la moindre pudeur, puis comprit qu'elle n'était pas Shay en cet instant, mais Camille.

Aussi fou que cela puisse paraître, ici, avec Gideon, elle était devenue quelqu'un d'autre. Une version débridée d'elle-même. Côté pile, une femme réservée, prisonnière de ses devoirs, de sa famille. Côté face, une panthère libre de se livrer à ses propres désirs égoïstes.

— Magnifique, murmura-t-il d'une voix rauque, chargée de désir. Totalement magnifique. Viens ici.

Une fois de plus, elle retint son souffle, galvanisée par sa hardiesse, le ton parfaitement inconvenant sur lequel il avait prononcé ce compliment.

— À ton tour, ordonna-t-elle, sans bouger malgré l'envie qui la taraudait de caresser la peau et les muscles qui se dessinaient sous le mince tissu de sa chemise. Montre-moi ce que tu as promis de m'offrir.

Il porta les doigts à sa chemise, et l'espace d'un instant elle craignit – espéra – qu'il l'arrache. Mais une fois de plus, le self-control réapparut, et il ôta posément ses boutons de manchette, les jetant négligemment sur sa veste. Puis, un bouton après l'autre, il se révéla à elle.

Elle fixa l'animal qui venait d'apparaître devant ses yeux. Tout en muscles et en chair lisse et ferme. De larges épaules, un torse galbé, des hanches étroites, des abdominaux saillants. Un nombril d'où s'étirait une fine ligne de duvets qui disparaissaient sous la ceinture du pantalon. Elle remarqua soudain des volutes sombres du côté gauche de la cage thoracique, un tatouage qui trahissait un soupçon de sauvagerie, de férocité qu'il ne pouvait plus tout à fait cacher.

La perfection. Il était d'une perfection absolue.

Cette fois, il n'eut pas besoin d'exiger qu'elle vienne à lui. Elle se rapprocha de lui et, avec un gémissement de plaisir, posa les paumes sur son torse, remonta jusqu'aux épaules, faisant glisser la chemise le long de ses bras. Puis elle reprit son exploration. Griffant doucement les petits mamelons plats, cartographiant le fin réseau de veines sous sa peau, suivant le chemin duveteux qui commençait au milieu du torse. Passant les doigts sur les muscles saillants, traçant les lignes noires de son tatouage, rêvant de l'éclairer davantage pour en déchiffrer la forme.

Il ne bougea pas, s'offrit à son exploration sans interférer, même s'il ne pouvait tout à fait contenir ses grognements.

— Tu as fini ? demanda-t-il.

Elle releva la tête, croisant son regard mi-clos, les doigts posés sur la ceinture de son pantalon.

— Pas du tout, répondit-elle. Embrasse-moi.

Un homme aussi déterminé que lui n'avait probablement pas l'habitude d'obéir aux ordres de qui que ce soit. Pourtant, un éclair passa dans ses yeux et, d'un geste à la fois sauvage et doux, il attira sa tête vers la sienne.

Elle poussa un gémissement si fort qu'elle aurait dû en être gênée. Ce serait peut-être le cas demain, à la lumière du jour. Mais ce soir, offerte à l'exploration de la langue de cet homme, elle s'en fichait. Car il la goûtait tel un mets délicieux mais interdit – une gorgée de vin de cacao, une bouchée de cheese-cake new-yorkais – avec lenteur et avidité. Il lui mordillait la lèvre inférieure puis la lui léchait comme pour panser une plaie avant de revenir dévorer sa bouche. Comme s'il savait qu'elle était, elle aussi, un mets interdit auquel il ne pouvait résister.

Il releva la tête, la privant de sa bouche savante et adroite, et elle cria de déception. Il la fit taire en déposant un chapelet de baisers durs et piquants au coin de ses lèvres, le long de son menton, de son cou… à la naissance de ses seins. En quelques secondes, il la dépouilla de son soutien-gorge et la dénuda. De ses grandes mains, il l'enveloppa, la lova contre lui, l'ajustant à son désir. Pour son plaisir. Et le sien.

Elle lui saisit les épaules, s'agrippa à lui, sacrifiant toute faculté de penser, bouger, respirer lorsqu'il baissa la tête pour la dévorer. Tout ce qu'elle pouvait faire, c'était rester là, les genoux de plus en plus flageolants, et se laisser lécher, aspirer, téter par ces lèvres sensuelles et cette langue débridée. Et en jouir.

Incapable de résister à la tentation de ses cheveux, elle y glissa les doigts, s'aventurant jusqu'à l'élastique qui emprisonnait les mèches d'ébène. Il ne lui fallut que quelques instants pour les libérer. Tout à coup, d'épaisses boucles noires cascadèrent sur ses poignets, glissèrent entre ses doigts.

— Oh ! s'exclama-t-elle, cherchant ses mots, tandis que les mèches retombaient une à une, encadrant les pommettes ciselées et le menton volontaire de Gideon.

Elles auraient dû adoucir ses traits. Auraient dû. Au lieu de cela, elles accentuaient leur dureté et ne faisaient que souligner son incroyable virilité.

— Seigneur, tu es magnifique..., murmura-t-elle.

Le compliment était sorti spontanément, mais elle n'avait aucun regret. Car c'était la vérité.

Abandonnant ses seins, il traça du bout des lèvres un chemin chaud et humide sur sa poitrine, sa gorge, puis reprit sa bouche, lui offrant un baiser plus torride, plus sauvage, comme si le contrôle qu'il exerçait sur lui-même s'était effiloché. Soudain, elle n'eut plus qu'une seule idée en tête : le faire craquer complètement.

Avec un petit gémissement, elle laissa glisser sa main sur son épaule, sa poitrine et son torse, l'immobilisant sur l'impressionnant renflement de son pantalon.

Elle frissonna, submergée par un désir incandescent. Sa main parvenait à peine à couvrir son érection. Instinctivement, elle serra les doigts. Seigneur, il était si large, si dur… si grand.

Un grondement monta du fond de sa poitrine, et il plaqua sa grande main sur la sienne, accentuant la pression de son sexe contre sa paume. Elle le laissa faire avec joie. Et tandis qu'il se repaissait de sa bouche, elle le caressa, se délectant de ses grognements.

Sans plus attendre, elle attaqua le bouton de son pantalon, tira la fermeture Éclair avec une hâte qui lui semblerait, plus tard, comme parfaitement inconvenante. Mais pour l'instant, elle s'en fichait. Rien n'avait d'importance hormis ce sexe palpitant au creux de sa main. Qu'elle allait enfin pouvoir toucher, caresser tout son soûl.

Mais au moment précis où elle s'en emparait, une poigne de fer lui bloqua le bras, la coupant dans son élan.

— Pas encore, Rayon de lune.

Il lui prit la main et déposa un baiser humide au creux de sa paume, l'électrisant une fois de plus et décuplant son désir. Tout en écrasant ses lèvres sur les siennes, il la dépouilla rapidement de ses vêtements et de ses chaussures, la laissant tremblante et nue devant lui, à l'exception d'une culotte noire unie et résolument… peu sexy.

Profondément gênée, elle fit de son mieux pour ne pas reculer loin de la lueur du téléphone. Comme s'il avait lu dans ses pensées, Gideon la rattrapa par la hanche, l'empêcha de battre en retraite.

— Quand un homme se tient devant une telle beauté, il n'y a plus qu'une seule chose à faire, murmura-t-il en s'agenouillant, levant la tête pour ne pas la quitter du regard. Tu mérites d'être vénérée, précisa-t-il, laissant errer ses lèvres sur son ventre. Et honorée, ajouta-t-il avant de poser les lèvres non plus sur son ventre mais sur son sexe.

Elle se sentit presque défaillir en songeant à ce qu'il s'apprêtait à lui faire.

— Donne-moi la permission de te faire ce cadeau, Camille.

C'était peut-être un ordre, mais manifestement il ne voulait pas continuer sans son feu vert, et elle lui en sut gré.

— D'accord, répondit-elle, en plongeant les doigts dans ses cheveux, s'y accrochant de toutes ses forces.

Avec une lenteur délibérée qui la révolta, il fit glisser la culotte le long de ses jambes et l'aida à s'en libérer. De ses longues mains élégantes, il lui effleura les mollets et les cuisses et, une fois de plus, elle s'émerveilla de ces durillons qui ajoutaient un soupçon de rugosité aux caresses. Puis elle cessa de penser complètement.

— Gideon ! s'écria-t-elle, s'agrippant à ses cheveux, sans savoir si elle devait le repousser ou l'attirer plus près.

Ce fut le plaisir fou qui déferla en elle qui décida à sa place. Seigneur, ces lèvres, cette langue… Voraces, elles se repaissaient d'elle, ne laissant aucune partie inexplorée, intacte, alternant, combinant tourbillons, aspirations, succions, autant de caresses toutes plus délicieuses les unes que les autres. Il la rendait folle de plaisir.

Comme il le lui avait promis. Comme elle le méritait, avait-il dit.

Il lui écarta plus largement les cuisses, posant une de ses jambes sur l'une de ses larges épaules, se ménageant ainsi un accès plus facile. Telle une bête affamée, il grogna contre son sexe ouvert et humide, et la vibration la porta au seuil de l'orgasme.

— Tu es si douce, murmura-t-il, plongeant le nez dans ses replis soyeux. Si douce et si pure. Un homme pourrait devenir accro à toi. Mais tu as plus encore à donner, n'est-ce pas, bébé ? Je suis avide de toi, et je veux tout.

Il prononça ces derniers mots presque comme s'il se parlait à lui-même. Puis, lui saisissant les fesses d'une seule main, il glissa sa main libre entre ses cuisses écartées.

Lorsqu'il inséra deux doigts en elle, l'emplissant complètement, elle s'embrasa aussitôt, comme s'il avait jeté une allumette sur un tas de bois sec. De loin, elle entendit ses encouragements.

— Oui, vas-y, bébé. C'est bien.

Lâchant ses cheveux, elle porta la main à ses lèvres, étouffant un sanglot, tandis qu'elle jouissait contre sa bouche en ondulant follement des hanches.

Il venait de lui offrir un plaisir brut, purement animal. Cette réalité l'effraya tandis qu'il lapait son sexe et l'intérieur de ses cuisses comme pour les laver de toutes traces de plaisir.

Lorsqu'il se releva, la bouche humide, et l'embrassa, mimant le cunnilingus dont il venait de la gratifier, elle goûta avec une joie sauvage sa propre saveur sur ses lèvres. Et une fois de plus, elle s'ouvrit à lui, possédée par un désir si intense qu'il lui faisait mal.

Lui saisissant les cuisses, il la souleva de terre, et elle noua spontanément les chevilles derrière son dos. Il se dirigea vers le canapé, et avec le frottement de son sexe contre son ventre, l'excitation fut bientôt à son comble.

Après l'avoir étendue sur le canapé, il se dressa au-dessus d'elle. Son regard ténébreux ne quitta pas le sien lorsque, sortant son portefeuille de sa veste, il en extirpa un préservatif. Captivée, elle le regarda se déshabiller. Elle retint son souffle. Seigneur… Vêtu d'un smoking, il était magnifique. Mais nu, débarrassé de tout artifice, sa chevelure de jais cascadant sur ses larges épaules, il était… éblouissant. Ses longues jambes, ses cuisses puissantes… Et elle l'avait touchée, mais *la voir*… Comme le reste de son corps, son érection était fière, belle. Parfaite.

Comme mû par une volonté propre, ses bras se levèrent et elle l'attira contre elle. Déchirant l'étui en aluminium, il enfila la protection puis la rejoignit, posant le téléphone par terre à côté d'eux. Son corps dur couvrit le sien, et elle laissa échapper un soupir à ce contact. L'espace de quelques secondes, elle réalisa qu'elle ne s'était jamais sentie si aimée, si protégée.

— Prête, Rayon de lune ? murmura-t-il, se redressant légèrement.

Il lui prit la main et, comme il l'avait fait précédemment, lui enroula les doigts autour de son sexe dressé.

— Montre-moi le chemin, ordonna-t-il, plantant les paumes de chaque côté de sa tête, lui laissant le contrôle des opérations.

Même si elle avait eu le moindre doute quant à cette rencontre interdite dans le noir – ce qui n'était pas le cas –, son geste l'aurait balayé. Son cœur se serra puis se mit à battre follement dans sa poitrine, mais sa main resta ferme lorsqu'elle le guida à l'orée de son intimité. Agrippant ses fesses musclées, elle se cambra, écarta les cuisses et l'attira en elle. Entièrement.

Elle haleta, et un spasme secoua son corps. Seigneur ! Il était partout ! Sur elle, autour d'elle, en elle. La taille de son sexe étirait ses chairs, la brûlait, et elle dut se contorsionner plusieurs fois pour s'adapter à cette délicieuse invasion.

Il ferma les yeux et inclina la tête, pressant son front contre le sien, son souffle pulsant contre ses lèvres. Son corps, ses muscles étaient tendus, et il s'immobilisa. Un instant plus tard, il leva la tête, et elle vit que l'effort surhumain qu'il faisait pour se contenir était gravé sur ses traits.

— Gideon, murmura-t-elle. Lâche-toi.

Comme si ces deux mots avaient coupé les derniers fils de sa retenue, il gémit et s'exécuta.

Avec un grognement sexy, il se retira et se positionna entre ses cuisses, prenant son élan tel un avion sur une piste d'envol, puis d'un coup de reins, la pénétra de nouveau. Le souffle coupé, elle poussa un gémissement de plaisir.

Oh seigneur ! Elle n'allait pas survivre à ça.

Le plaisir la submergea lorsqu'il plongea en elle. Une fois, deux fois, et puis sans relâche. Glissant un bras sous sa jambe, il lui écarta les cuisses au maximum. Avec un cri étouffé, elle noua les bras autour de son cou, s'offrant à ses assauts telle une victime consentante. Il la chevauchait sans pitié, et elle adorait ça. Chaque ondulation de ses hanches, chaque claquement de sa chair contre la sienne, chaque morsure sur son épaule.

Dans ses bras, sous son corps, elle se transformait en créature sexuelle qui vivait, respirait pour lui, pour l'extase que lui seul pouvait lui offrir.

Elle sentit une série d'étincelles exploser dans le bas de son dos, puis le court-circuit se propagea le long de sa colonne vertébrale. Chaque coup de reins intensifiait la sensation. Lorsqu'il glissa la main entre ses jambes pour la caresser, une avalanche de plaisir s'abattit sur elle, la portant au seuil de l'inconscience. À cet instant, le corps de Gideon se raidit au-dessus d'elle, et un gémissement profond résonna dans son oreille, gronda contre sa poitrine.

— Camille…, murmura-t-il.

Cela ressemblait à une bénédiction, une prière.

Et tandis qu'elle le serrait dans ses bras, elle se prit stupidement à penser qu'elle était la femme de sa vie.

- 4 -

Gideon grogna et tendit la main pour arrêter la sonnerie de son réveil. Il n'avait aucune envie de se réveiller. De délicieuses courbatures tiraillaient ses muscles, et il aurait voulu savourer cette sensation encore un peu. Sans cette satanée alarme !

— Merde, marmonna-t-il, en tâtonnant pour éteindre la sonnerie.

Mais au lieu d'atteindre le réveil posé sur sa table de chevet, sa main retomba dans le vide. Pas de table. Pas de réveil. Bon sang ! Et pas de lit.

Il se redressa et poussa un gémissement en sentant le tiraillement des muscles au bas de son dos. Passant les doigts dans ses cheveux, il les ramena en arrière, examinant la petite pièce équipée d'une télévision, d'une longue table, d'une rangée de casiers en métal gris et du canapé sur lequel il était étendu.

La panne d'électricité.

Camille.

Comme si ce prénom avait ouvert une vanne, les souvenirs de la nuit précédente affluèrent…

Le dîner partagé avec Camille. Leur conversation. Leurs baisers. Leur nuit torride. Aussitôt son corps se durcit tandis que s'enchaînaient dans son esprit, avec la clarté d'un film en HD, les visions de Camille guidant son sexe vers le sien et l'attirant en elle.

Il fouilla la pièce du regard, la parcourant d'un œil

neuf, à la recherche d'un signe d'elle. Seuls ses propres vêtements et une assiette vide jonchaient le sol. Pas de Camille.

Une décharge d'adrénaline se répandit dans ses veines, et il attrapa son pantalon, l'enfilant à toute allure. Elle n'avait pas pu aller bien loin. La lumière du matin éclairait à peine la pièce, donc il devait encore être assez tôt. Et peut-être ne pouvait-on toujours pas sortir de l'immeuble.

Pour la première fois, il prit conscience du bourdonnement du petit réfrigérateur. Le courant était donc revenu. Depuis combien de temps était partie Camille ? Il devait absolument la retrouver !

Tandis qu'il ramassait sa chemise, une chanson du groupe Queen résonna dans la petite pièce. La sonnerie spéciale de sa mère, celle qu'il avait prise pour son réveil. Il récupéra son téléphone à côté du canapé, haussant des sourcils étonnés en voyant qu'il avait encore de la batterie.

Seulement 3 %, nota-t-il, en effleurant l'écran.

— Salut, maman. Il me reste très peu de batterie, je ne pourrai pas parler longtemps. Mais je vais bien et…

— Gideon, dit-elle d'un ton solennel qui l'arrêta net.

L'inquiétude et la peur lui transpercèrent la poitrine. Lorsque sa mère employait ce ton, c'est qu'il y avait un problème.

— C'est Olivia, murmura-t-elle, confirmant ses craintes.

Fermant les yeux, il se redressa, se préparant au pire.

— Que s'est-il passé ?

— Elle est à l'hôpital. J'ai dû l'y emmener hier soir. Gideon…

Elle marqua une pause, laissa échapper un soupir de lassitude et reprit :

— Elle est au courant des fiançailles de Trévor Neal.

Gideon retint un juron, et une colère familière le submergea.

— J'arrive tout de suite.

Trois quarts d'heure plus tard, il sortait de la chambre qu'occupait sa sœur au département Santé comportementale du Mercy Hospital, fermant doucement la porte derrière lui.

Santé comportementale. Autant dire département psychiatrique…

Se passant la main sur le visage, il remonta le couloir jusqu'à la salle d'attente où se trouvaient sa mère et ses grands-parents. Tous trois le fixèrent dès qu'il entra.

— Comment va-t-elle ? demanda sa mère en se levant.

La frustration, le chagrin et la colère lui montèrent à la gorge et, l'espace d'un instant, il fut incapable de parler. Alors il prit sa mère dans ses bras et l'étreignit doucement.

Ai Knight était son roc depuis qu'il avait perdu son père à l'âge de neuf ans. Bien que ses grands-parents soient présents aujourd'hui, ils ne l'avaient pas toujours été. Lorsque Ai avait épousé le père de Gideon, ils l'avaient reniée. Venus s'installer au Canada dans les années 1960, ces immigrants originaires de Kaiping voulaient que leur fille unique épouse un Chinois des « quatre comtés », et non un Américain de Chicago. Mais Ai avait tenu bon, et lorsqu'elle s'était installée aux États-Unis avec son mari, ses parents avaient coupé les ponts avec elle pendant presque dix ans. Heureusement, ils s'étaient réconciliés depuis, et ils avaient même emménagé à Chicago pour se rapprocher d'elle et de leurs petits-enfants. Gideon leur en était reconnaissant, car ils constituaient pour lui et sa sœur leur seule famille, puisque son père, orphelin, avait été adopté.

— Gideon ? dit sa mère.

En soupirant, il la libéra. Bon sang ! Il détestait la voir ici dans cette pièce, les yeux cernés et rongée d'inquiétude malgré sa grande force intérieure.

— Elle dort. Ils l'ont mise sous sédatifs, expliqua-t-il, conscient qu'il ne répondait pas vraiment à la question.

— Combien de temps va-t-elle rester ? demanda sa grand-mère.

— Je ne suis pas sûr, *po po*, répondit-il, utilisant le terme désignant la grand-mère maternelle en dialecte taishanais. Le médecin a dit trois jours. Peut-être plus.

Son grand-père – son *gung gung* – hocha la tête sans un mot et posa une main sur le genou de sa femme.

Ils restèrent là, silencieux mais unis par leur inquiétude.

Au bout de quelques instants, Gideon se tourna vers sa mère.

— Je peux te parler un instant ?

Elle acquiesça et le suivit dans le couloir. Ils formaient peut-être une famille unie, mais ses grands-parents n'étaient pas au courant de tout, surtout en ce qui concernait Olivia.

— Que s'est-il passé, maman ?

— Depuis l'annonce des fiançailles de Trévor et de Madison, j'ai fait mon possible pour le lui cacher. Y compris en bloquant certains sites people sur son ordinateur et son téléphone. Mais je savais que cela ne faisait que repousser l'inévitable. Et hier soir, elle l'a découvert. Je l'ai entendue sangloter du rez-de-chaussée, Gideon, murmura-t-elle, les yeux noirs qu'elle lui avait légués embués de larmes. J'ai couru dans sa chambre et je l'ai trouvée roulée en boule par terre, pleurant de façon incontrôlable. Incapable de s'arrêter. J'ai eu peur. Alors j'ai appelé une ambulance.

Il serra les dents, retenant un flot de jurons qui non seulement choqueraient sa mère mais n'avanceraient strictement à rien.

Rien de ce qu'il pourrait dire n'apaiserait l'angoisse de sa mère et le chagrin de sa sœur. Et rien ne pourrait éteindre la haine que lui inspirait Trévor Neal, le salaud qui avait brisé la jeune femme aimante, douce et fragile qui lui avait donné son cœur. Un cœur que Trévor avait piétiné et jeté aux orties.

C'était il y a un an, mais pour Olivia, la trahison de Trévor aurait aussi bien pu s'être produite la veille.

Sa sœur lui avait caché son idylle avec le P-DG de RemingtonNeal, sachant que tous deux ne s'appréciaient guère. Cela faisait des années qu'ils étaient ennemis et rivaux, et Gideon n'avait jamais caché sa haine pour cet homme.

Ce qui expliquait sans doute pourquoi Trévor avait jeté son dévolu sur Olivia.

Il l'avait séduite, manipulée pour qu'elle tombe amoureuse de lui, lui promettant monts et merveilles. Et, sans crier gare, il l'avait quittée. Mais cela n'avait pas été le pire. Olivia était enceinte de lui. Trévor s'en fichait. Il lui avait même ordonné de se faire avorter, ce qu'elle avait refusé. Elle avait fait une fausse couche, et la perte de l'enfant l'avait plongée dans une dépression dont elle avait commencé à émerger à peine quelques mois auparavant. C'était pour la protéger que Gideon et sa mère lui avaient caché les fiançailles de Trévor.

Sauf que maintenant, elle était au courant.

Sa mère lui caressa la joue, interrompant le cours de ses pensées.

— Je sais que ce doit être difficile pour toi, mon chéri. Comment vas-tu ?

Il posa la main sur la sienne et fit de son mieux pour masquer la peine et l'humiliation qui lui broyaient le cœur.

— Je vais bien, maman. Ce n'est pas de moi que tu dois t'inquiéter aujourd'hui.

Elle ne répondit pas immédiatement et l'examina quelques instants.

— Je suis une mère. J'ai assez d'inquiétude en stock pour mes deux enfants, dit-elle, ce qui amusa Gideon l'espace d'un instant. Madison était ta fiancée, Gideon. Te tromper était déjà assez blessant, mais ça ? Et avec lui, en plus ? C'est impossible que tu ailles bien.

— Laisse tomber, maman. J'ai tourné la page.

Mensonges.

Il n'oublierait jamais la trahison de Madison Reus. Jamais il ne lui pardonnerait ce qu'elle avait fait ! Elle n'aurait jamais dû le tromper avec Trévor.

Gideon savait que ce dernier s'était donné pour mission de l'abattre, et son dernier coup d'éclat – conquérir Madison, coucher avec elle et l'épouser – l'avait frappé en plein cœur.

Une bouffée de colère le submergea. Son ennemi et son ex étaient égoïstes, narcissiques et indifférents aux malheurs qu'ils causaient aux autres. En particulier Trévor.

Quant à lui, il avait été incapable de protéger sa sœur de ce prédateur ! Et aujourd'hui, elle souffrait encore de sa cruauté. Il s'en voulait de l'avoir laissée tomber, même s'il n'avait appris la vérité que trop tard. En qualité de frère aîné et d'homme de la famille, il aurait dû être là. Il aurait dû poser des questions. Il aurait dû…

Bon sang !

Il se passa les mains sur le visage.

Plus jamais ça !

Trévor Neal ne s'en tirerait pas comme ça, cette fois. Il paierait. Pour eux tous.

- 5 -

Shay se dirigea vers la salle à manger et s'arrêta avant d'entrer, s'armant de courage pour le premier repas de la journée. Un petit déjeuner n'aurait pas dû exiger le recours à des techniques de respiration profonde, mais selon l'humeur de son frère, ce moment pouvait se dérouler soit dans le calme et le plaisir, soit dans la crispation la plus totale. Prenant une longue inspiration, elle redressa les épaules et entra.

— Bonjour, Trévor, dit-elle en s'installant à sa gauche.

Dès qu'elle fut assise, Jana, leur bonne, apparut à son côté et déposa une assiette d'omelette fumante devant elle.

— Merci, Jana.

Trévor leva les yeux de la tablette posée à côté de son assiette.

— Tu es en retard, ce matin, dit-il en guise de bonjour.

— Je n'ai pas très bien dormi.

— Ça va ? Tu te sens bien ?

Il y avait des moments comme celui-ci où la sollicitude qui brillait dans le regard de Trévor lui faisait oublier l'homme froid et impitoyable qu'il était devenu. En cet instant, c'était le grand frère bienveillant de son enfance qu'elle voyait dans ce regard noisette identique au sien, celui qui, autrefois, la taquinait affectueusement mais passait des heures à regarder la télévision avec elle quand elle avait la grippe. Seulement, cet homme-là s'était fait de plus en plus rare, ces dernières années ; depuis la maladie puis la mort de leur père, en fait.

— Très bien, répondit-elle en coupant son omelette aux légumes. Pourquoi suis-je en retard ?

— Pour aller au bureau. Tu as une réunion avec le représentant de l'ASPCA. Tu ne peux pas te permettre d'être en retard. Le gala de collecte de fonds au profit de Grace Sanctuary a lieu dans quelques jours, je te rappelle. Je compte sur toi pour que cette soirée soit un succès non seulement pour RemingtonNeal, mais pour la mémoire de maman.

Elle faillit lui dire qu'il arrête de lui parler sur ce ton, mais elle se retint. Difficilement.

Bien que parfaitement consciente que Trévor avait créé ce poste de vice-présidente de l'Action sociale spécialement pour elle, elle remplissait sa mission sérieusement. Oui, c'était un travail important – tout ce qui pouvait améliorer la situation de la ville et de ses habitants en valait la peine – mais ce n'était pas sa passion. Et surtout, ce n'était pas ce qu'elle avait espéré lorsqu'elle était sortie de l'université avec un master en administration des affaires. Elle avait voulu rejoindre son frère au sein de l'équipe dirigeante de RemingtonNeal, mais, tout comme leur père avant lui, il avait rejeté cette idée.

Généralement, Trévor ne s'intéressait pas à ce qu'elle faisait, sauf lorsqu'une opération de communication, séance photos ou gala, était prévue. Il était toutefois attaché à la fondation Grace Sanctuary, qui avait été le bébé de leur mère avant sa mort – Shay avait alors onze ans et Trévor seize. Leur père avait pris la suite de sa femme jusqu'à son décès. C'était aujourd'hui Trévor et elle qui avaient repris le flambeau. La fondation finançait plusieurs refuges animaliers en ville, ainsi que les honoraires des familles qui recueillaient et soignaient les animaux. Le gala de collecte de fonds était un événement important car les dons des participants représentaient une bonne part du budget.

Cela faisait trois ans que Shay dirigeait le comité d'organisation du gala, et les remarques plus ou moins aimables de son frère lui paraissaient toujours parfaitement déplacées.

— Tout se passe bien, et les recettes seront à la hauteur des attentes, *comme toujours*, dit-elle.

— J'en suis convaincu. Après tout, c'est toi qui t'en occupes. Je suis désolé de m'être montré aussi autoritaire, Shay. Et si je ne te l'ai pas dit avant, merci. Crois-moi, je serais encore plus pénible si tu n'étais pas aux commandes. Je sais que je peux compter sur toi pour faire de ce gala une réussite.

Shay lui sourit, émue, et une douce chaleur se répandit dans sa poitrine. Il était là, le grand frère qu'elle aimait. Celui dont l'approbation comptait tant pour elle.

— Merci, murmura-t-elle.

Puis, s'éclaircissant la gorge, elle demanda :

— Comment va Madison ?

La fiancée de son frère arrivait généralement pour le petit déjeuner. En fait, elle passait de plus en plus de temps chez eux, comme si elle se préparait déjà à prendre la place de maîtresse de maison.

— Elle va bien, répondit Trévor. Pour information, je lui ai donné une clé. Elle doit passer dans la journée avec un architecte d'intérieur. Elle a envie de changer quelques petites choses dans le salon et la salle à manger, puisque c'est là, généralement, que je reçois. Et comme elle va bientôt emménager ici… Je me suis dit que cela ne te dérangerait pas, alors je lui ai demandé de s'en occuper.

Shay soupira, profondément agacée. Certes, Madison emménagerait après le mariage, mais elle, elle habitait là depuis vingt-cinq ans !

Comme toujours, Trévor ne la consultait sur rien, même quand il s'agissait de *leur* maison. Comme toujours, il ne lui était pas venu à l'esprit de lui demander son avis, lequel avait toujours été quantité négligeable pour lui. Comme pour leur père, d'ailleurs.

L'ironie de la chose l'avait toujours frappée. Trévor et leur père avaient toujours eu une relation… compliquée. S'il avait aimé et même vénéré son père, cherchant constamment son approbation, Trévor avait souffert de son autoritarisme en ce qui concernait la gestion de l'entreprise. Et son père s'était montré d'autant plus dur avec lui qu'il était le futur héritier de l'empire financier qu'il avait bâti. Pourtant, au fil des ans, Trévor était devenu le reflet de leur père. Et le conflit qui faisait rage en elle, entre la colère que lui inspirait l'arrogance de son frère et l'amour qu'elle éprouvait pour lui, ne cessait de la préoccuper.

Mais, comme elle le découvrait jour après jour, il était inutile de discuter avec Trévor de quoi que ce soit concernant Madison Reus. Obtenir la main de la fille d'un sénateur avait été un triomphe pour lui, et il la gâtait comme une princesse. Ce que Madison acceptait comme un dû.

S'en voulant de le juger si durement. Shay plongea le nez dans la tasse de café que Jana avait posé devant elle.

— Tu as bien fait, répondit-elle d'un ton neutre.

— Bien. Quels sont tes projets pour le déjeuner ? On pourrait se voir pour faire le point sur le gala.

— Je ne peux pas. J'ai rendez-vous avec Bridgette.

Trévor esquissa une moue désapprobatrice. Comme d'habitude. Il n'avait jamais apprécié son amie. La mère de Bridgette avait travaillé pour la famille Neal quand ils étaient plus jeunes. Solitaire, Shay s'était immédiatement liée avec Bridgette, la petite fille précoce et pleine d'humour qui se fichait éperdument de la différence de statut social et de revenus de leurs parents. Par la suite, Shay avait continué à voir Bridgette, sourde aux remarques de son père et de son frère, qui jugeaient cette relation de bas étage indigne d'une Neal. Elle aimait Bridgette comme une sœur, et la désapprobation de Trévor n'y changerait rien.

— À ce propos, poursuivit-elle, se refusant à donner à son frère l'occasion d'exprimer la moindre remarque au sujet de Bridgette. Je ne pourrai pas dîner avec vous ce soir non plus. J'ai d'autres projets.

Il lui lança un regard glacial.

— Il y aura le sénateur, sa femme et plusieurs de ses amis.

— Je sais, et je suis navrée de vous faire faux bond, mais j'ai eu un imprévu.

Elle soutint son regard, sans offrir la moindre explication quant à l'imprévu en question, comme il l'aurait sans doute souhaité. Elle refusait de lui offrir cette satisfaction, de lui céder uniquement pour maintenir la paix. D'autant plus qu'il avait organisé ce dîner sans même vérifier si elle était disponible. Parfois, il prenait son silence pour de la docilité. Et parfois, elle se pliait à ses désirs. Mais pas lorsque c'était important. Et ce soir, c'était important. Pour elle.

— Shay, murmura-t-il d'un ton glacial, se carrant sur sa chaise. Je sais que je n'ai pas besoin de te rappeler combien les prochains mois sont importants pour moi, pour notre famille et, par conséquent, pour RemingtonNeal. Ce mariage ne sera pas seulement l'événement social de l'année. Il précédera de peu le lancement de la campagne du sénateur Reus. Nous ne pouvons pas nous permettre le moindre faux pas. Nous sommes des Neal, et nous avons une réputation à défendre. C'est pourquoi j'espère vivement que tu ne feras rien qui vienne entacher le nom de notre famille.

Furieuse de cette réprimande à peine voilée, elle fit un effort surhumain pour ne pas perdre son sang-froid.

Tout ce qu'avait évoqué son frère – la famille, la réputation, la politique – était précisément ce qui l'étouffait, lui faisait détester son milieu. Elle avait toujours été une fille dévouée, représentant dignement sa famille dans les événements mondains. Elle avait toujours accompli son devoir sans se plaindre, sauf dans sa tête. Mais ces derniers temps, ces contraintes l'insupportaient, et elle souffrait de plus en plus de cette situation.

Elle n'avait jamais rien fait pour entacher le nom de la famille, et…

Soudain, une avalanche de visions des plus inconvenantes de la nuit qu'elle avait passée avec Gideon Knight la submergea, et une onde de désir lui serra le ventre. Des flashs de ces heures d'extase jaillirent dans son esprit comme un feu d'artifice dans une nuit sombre de juillet. Gideon agenouillé devant elle, les lèvres luisantes de l'évidence du plaisir que lui avait donné cette bouche talentueuse. Gideon dressé au-dessus d'elle, ses cheveux de jais répandus autour de son visage, son corps athlétique oscillant au-dessus du sien… Pénétrant le sien… encore et encore…

Gideon endormi tandis qu'elle se rhabillait en silence dans la faible lumière matinale, étonnée de voir que ses traits ne s'étaient pas adoucis malgré l'emprise du sommeil.

Son visage s'enflamma. Elle piqua du nez dans son

assiette, espérant échapper au regard inquisiteur de son frère.

— Shay ?

Elle redressa vivement la tête, chassant toutes ces pensées parfaitement inconvenantes. Prenant une longue inspiration, elle se recentra sur leur conversation.

— Oui, Trévor, je sais, merci. Tout comme je sais que mon absence à un dîner n'entachera pas la réputation de la famille ou ne compromettra pas la campagne du sénateur.

Ignorant le regard désapprobateur de son frère, elle se leva.

— Je dois aller au bureau. À plus tard.

Après avoir déposé une bise sur sa joue, elle quitta la pièce, le laissant frustré de n'avoir obtenu aucune explication.

Dès qu'elle eut franchi le seuil, elle expira longuement, ce qui la libéra de la tension accumulée sur ses épaules.

Des épaules qui avaient de plus en plus de mal à porter le lourd fardeau des attentes de son frère.

- 6 -

Shay sourit au serveur en prenant le porte-addition. Le dîner qu'elle avait partagé avec les deux femmes qui venaient de quitter le restaurant avait été une réussite. Une douce chaleur se répandit dans sa poitrine, et son sourire s'élargit.

C'était pour ce rendez-vous qu'elle n'avait pu assister au dîner avec Trévor, Madison et ses parents. Son travail chez RemingtonNeal avait beau être ennuyeux, elle se réjouissait de l'indépendance qu'il lui procurait. Sans ce salaire à six chiffres, elle n'aurait jamais pu monter sa société, une petite structure qu'elle avait créée en secret pour financer de jeunes entreprises innovantes et prometteuses fondées par des femmes.

C'était sa fierté. Elle permettait à ces femmes de réaliser leurs rêves, et grâce au pourcentage qu'elle percevait sur les bénéfices, elle pouvait continuer à développer sa propre entreprise. Leida Investments, du nom de sa mère, était son bébé et n'avait aucun lien avec sa famille. Même les documents de la société n'étaient pas à son nom. L'anonymat et l'accord de confidentialité qu'elle faisait signer à ses clientes lui permettaient de mettre à profit ses diplômes et toutes ses capacités. Oui, le temps qu'elle passait dans l'entreprise de son frère en valait la peine si cela lui permettait d'être sa propre patronne… ailleurs.

Si Trévor découvrait son secret, il ferait plus que

le désapprouver : il le saboterait. Aussi archaïque que cela puisse paraître, il avait des idées bien arrêtées sur le rôle que devait tenir sa sœur au sein de la famille et de l'entreprise. Non seulement il avait créé pour elle un poste de pure forme chez RemingtonNeal, mais il voulait qu'elle soit une réplique de leur mère : épouse, mère, philanthrope, figure mondaine et hôtesse parfaite. Le côté philanthrope était intéressant, mais le reste ? Très peu pour elle.

Ce dîner lui avait rappelé pourquoi elle prenait de telles précautions pour garder son secret. L'excitation et la joie de Jennifer Ridland et Marcia Brennan lorsqu'elle leur avait tendu le contrat d'investissement lui avait rappelé les raisons pour lesquelles son entreprise devait continuer à prospérer sans aucune interférence de son frère. Les deux femmes allaient peut-être révolutionner l'industrie du voyage, et elle voulait les y aider.

Oui, elle avait bien fait de manquer le dîner avec Trévor.

— Bonsoir, mademoiselle Neal. Je peux me joindre à vous ?

Cette voix... Une onde de choc associée à un frémissement de désir la transperça. Elle retint son souffle, faisant un effort surhumain pour ne pas sombrer dans la panique.

Lorsque Gideon Knight s'assit en face d'elle, elle le fixa, pétrifiée. C'était comme si les visions torrides qui l'avaient assaillie au petit déjeuner avaient fait apparaître la star de ses fantasmes. Son regard sombre, insondable, ne brillait plus de désir, mais il était toujours aussi intense et inquisiteur. Elle hésita entre baisser la tête et le laisser percer ses secrets les plus sombres. Ce visage taillé à la serpe mais infiniment séduisant, ces lèvres pleines, sexy mais dénuées de sourire... Ce corps puissant, immense, qui semblait rapetisser le mobilier environnant…

Elle frémit de la tête aux pieds et pria le ciel qu'il n'ait pas remarqué son trouble.

Qu'est-ce que tu fais là ? La question faillit lui échapper. Elle réprima un soupir de soulagement lorsqu'elle comprit qu'il ne l'avait pas reconnue. Ce qui était logique, après tout. Il avait passé une nuit torride dans l'obscurité la plus totale avec une serveuse prénommée Camille. Et il se trouvait à présent face à Shay Neal, héritière de la famille du même nom. Comment l'aurait-il reconnue sans la perruque, les lunettes et les lentilles de contact colorées et l'uniforme qu'elle portait ce soir-là ?

Avec sa robe aubergine à manches longues et ses longs cheveux bruns, elle ne ressemblait en rien à la femme qu'il avait rencontrée la nuit dernière. Caressée. À laquelle il avait offert tant de plaisir.

— J'ai bien peur d'avoir fini de dîner, M.… ? répondit-elle, feignant de ne pas connaître son nom.

Seigneur ! Comment pouvait-elle être aussi hypocrite ? Ce n'était pas dans sa nature de tromper les gens. À sa décharge, elle ne pouvait pas lui rappeler la façon dont ils s'étaient rencontrés et dont elle lui avait caché sa véritable identité. De plus, s'il découvrait que Camille et elle ne faisaient qu'une, il pourrait le faire savoir à sa famille. Si Trévor l'apprenait… Elle frémit. Non, c'était hors de question.

— Gideon Knight, répondit-il, posant un dossier sur la table. Et je promets de ne pas vous prendre trop de temps. Cela dit, je crois que ce que j'ai à dire vous intéressera.

Bien que consciente du fait qu'elle aurait dû fuir à toutes jambes, elle resta assise. S'il s'était exprimé d'un ton neutre, il y avait dans sa voix une nuance menaçante qui ne lui avait pas échappé.

Et il y avait cette autre partie d'elle-même, cette partie contre laquelle elle luttait désespérément, qui frémissait de désir au voisinage de cet homme. Hélas, elle ne pouvait effacer cette nuit-là de ses souvenirs...

— Désolée, monsieur Knight, mais je ne vous connais pas, dit-elle en tentant de se persuader que ce n'était pas un mensonge.

Après tout, on pouvait connaître un homme bibliquement sans le connaître tout court.

— Par conséquent, je ne vois pas ce que nous pourrions avoir à nous dire. Si vous voulez bien m'excuser...

Elle posa sa serviette sur la table et commença à se lever. Oui, elle se montrait impolie, mais parfois le désespoir l'emportait sur les bonnes manières. Elle devait absolument s'éloigner avant de faire quelque chose de stupide. Comme de le supplier de coucher avec elle une seconde fois.

— Je connais votre secret, mademoiselle Neal.

Elle se figea. Mais pas son cœur. Ce dernier semblait cogner contre sa poitrine tel un marteau sur une enclume. Lentement, elle se rassit, affichant une expression de désintérêt calme et poli, masquant la peur qui la submergeait.

Savait-il, pour la nuit dernière ? Qu'est-ce qui l'avait trahie ? Et surtout... Qu'allait-il faire de cette information ?

— J'ai bien peur de ne pas savoir de quoi vous parlez, répliqua-t-elle.

Il l'examina froidement avant de demander :

— Votre frère sait-il où vous êtes, ce soir ? Est-il au courant de la réunion que vous venez de conclure ?

— Excusez-moi ?

— Est-il au courant, pour Leida Investments ? Cela ne plairait sans doute pas à Trévor Neal de savoir que sa sœur dirige une société qui n'appartient pas à RemingtonNeal. Une société qui échappe à son contrôle.

Shay sentit un mélange de soulagement et de malaise l'envahir. Soulagement parce qu'il n'avait toujours pas fait le rapprochement avec Camille. Malaise parce qu'il connaissait l'existence de son entreprise. Comment l'avait-il appris ? Et surtout, qu'est-ce que cela pouvait bien lui faire ?

— Pardonnez-moi, mais je ne vois pas en quoi cela vous concerne, répondit-elle, glaciale.

— Oh ! Pardon… Nous avons depuis longtemps dépassé ce stade, murmura-t-il.

Et, voyant qu'elle ne semblait pas comprendre sa remarque sibylline, il poussa vers elle le dossier posé sur la table.

Le malaise se mua en appréhension lorsqu'elle posa le regard sur le dossier fermé par des élastiques. Elle tendit la main, mais au dernier moment, retint son geste, comme si elle trouvait soudain devant un scorpion prêt à la piquer et lui inoculer son venin.

Elle finit toutefois par l'ouvrir. Quelques minutes plus tard, son cœur battait désespérément dans sa poitrine. Elle aurait préféré cent fois être aveugle plutôt que de lire le contenu de ce dossier !

Celui-ci contenait une liste impressionnante d'affaires compromettantes impliquant son frère, mais aussi son futur beau-père, le sénateur Reus. Placements de produit consentis en échange de pots-de-vin, appels d'offres truqués, pratiques d'innovation prédatrice, financement illégal de campagne pour le compte du sénateur. Et ce n'était là que quelques-unes des accusations portées contre Trévor et RemingtonNeal.

— Pourquoi me montrez-vous ces… ces mensonges ? demanda-t-elle, lâchant vivement le dossier comme s'il lui brûlait les doigts.

— Des mensonges ? rétorqua-t-il, esquissant un léger rictus. Des faits, mademoiselle Neal. Des faits avérés. Votre détermination à croire que c'est faux n'en fait pas une réalité.

— Idem pour vous. Vous pensez que c'est vrai. Mais est-ce la réalité ? Je ne vous connais pas, et je ne connais pas non plus les gens qui ont rassemblé ces documents diffamatoires. Honnêtement, si tout cela pouvait être prouvé au tribunal, vous ne seriez pas assis en face de moi dans ce restaurant. Vous seriez dans le bureau du procureur ou du responsable des services d'investigation financière.

— C'est là que vous faites erreur, rétorqua-t-il, le regard luisant d'une cruelle satisfaction. Vous devriez savoir que l'opinion publique est plus prompte à juger un individu que n'importe quel tribunal.

Shay se sentit soudain nauséeuse. Elle détestait l'admettre, mais il avait raison. Seigneur ! Si l'une de ces informations fuitait, cela détruirait la réputation de Trévor, ses fiançailles, et nuirait irrémédiablement à l'entreprise familiale. Peu importait que ces accusations ne puissent être prouvées, leur révélation seule causerait des dommages irréparables. Depuis la mort de leur père, le seul but de Trévor avait été de développer RemingtonNeal, de renforcer son influence et son efficacité. Or, rien de tout cela n'aurait été possible si même 1 % de ce que contenait ce dossier était vrai.

Bien sûr, elle n'y croyait pas. Ne pouvait pas y croire. Oui, Trévor pouvait être féroce et même impitoyable, tant sur le plan personnel que professionnel. Elle l'avait constaté elle-même, ces dernières années, et cela l'inquiétait. L'image du frère qu'elle vénérait et adorait dans son enfance se désagrégeait de plus en plus dans son esprit.

Mais par moments, certaines attitudes de son frère lui redonnaient espoir. Lui rappelaient que sous le comportement souvent froid de Trévor se cachait un homme bon. Un homme incapable des malversations listées dans ce dossier.

Et surtout… elle l'aimait. Par amour et par loyauté, elle se devait de croire en lui.

— Que voulez-vous ? demanda-t-elle calmement, bien que taraudée par la peur et le doute.

Cet homme assis en face d'elle ne pouvait pas être celui qui l'avait rassurée lors de la panne d'électricité. Celui qui lui avait donné tellement de plaisir qu'elle en ressentait encore l'onde de choc des semaines plus tard. Non, cet homme… était un étranger. Un étranger aussi séduisant que froid et calculateur.

— Vous, répondit-il.

— Pardon ?

Il ne voulait tout de même pas dire… ?

Non. Impossible. Il n'avait pas envie d'elle. Il devait vouloir dire autre chose. Sauf que son corps à elle avait un mal fou à y croire.

Une onde de désir explosa en elle, se propageant comme autant de minuscules torrents de lave en fusion. Un flot de souvenirs l'assaillit… Le souffle saccadé de cet homme au creux son oreille lorsqu'il l'avait pénétrée, ses longs cheveux noirs tombant sur son visage avide de désir, les « Rayon de lune » qu'il lui murmurait en caressant sa peau… Elle expira longuement, luttant de toutes ses forces pour rester impassible.

— Je vous veux *vous*, précisa-t-il.

Il s'inclina vers elle, la clouant sur sa chaise de son regard sombre.

— Plus précisément, je veux que vous soyez amoureuse de moi.

Les visions torrides qui tournoyaient dans son esprit se désagrégèrent comme un mirage, et elle le dévisagea, bouche bée. Après tout, ce n'était pas tous les jours qu'elle se retrouvait face à un fou.

— Vous êtes fou ? demanda-t-elle, s'agrippant à la table comme si c'était la seule chose qui l'empêchait de bondir hors de sa chaise. Je n'ai même pas la moindre sympathie pour vous. Et nous ne nous connaissons pas, poursuivit-elle, ignorant la vision de leurs peaux humides de sueur pressées l'une contre l'autre. Comment pouvez-vous croire que vous m'aimez ?

Il eut un geste de la main, impatient et dédaigneux.

— Oh ! je ne vous aime pas. Et je n'ai pas besoin de votre affection ou de vos marques de tendresse. Ce ne sont que des prétextes qu'utilisent les imbéciles et les menteurs pour mal se comporter.

Elle secoua la tête, perplexe.

— Mais vous venez de dire…

— Faire semblant. Vous allez *faire semblant* d'être profondément amoureuse de moi, et notre liaison éclair sera aussi fausse que ce sentiment.

— Vous êtes *vraiment* fou, murmura-t-elle. C'est ridicule. Pourquoi proposer une chose pareille ?

— Pourquoi ? répéta-t-il, haussant une fois de plus son fichu sourcil. Votre frère.

Elle éclata d'un rire rauque.

— Mon frère ? Vous croyez vraiment que Trévor se soucie que j'aie une relation avec vous ? Il pourrait même s'en réjouir, figurez-vous.

Certes, Gideon et Trévor étaient rivaux en affaires, et Trévor essayait d'acquérir la société de Gideon depuis des années, mais son frère serait probablement ravi qu'elle sorte avec un homme aussi riche.

Gideon esquissa un sourire menaçant.

— Oh oui. Votre frère s'en souciera. Et il comprendra.

— Une nouvelle énigme ? J'ai passé l'âge de jouer. Quoi que vous vouliez, exprimez-vous clairement.

— Je vais être très clair, Shay, dit-il, l'appelant cette fois par son prénom sans qu'elle l'y ait autorisé.

Prénom qu'il prononça avec une lenteur et une satisfaction délibérées. Presque indécente.

— Vous allez faire semblant de m'aimer et convaincre votre frère que vous avez une liaison avec moi. Ou alors…, poursuivit-il d'un ton tranchant, j'informerai votre frère de l'existence de Leida Investments. Imaginez sa fureur quand il réalisera ce que sa sœur lui a caché. Ensuite, pendant que cette petite bombe explosera, je divulguerai les informations contenues dans ce dossier non seulement auprès des services financiers mais auprès de tous les médias et journalistes auxquels j'ai accès. Et croyez-moi, la liste est longue. Tout comme les peines de prison qu'encourent votre frère et son précieux sénateur pour ce qu'ils ont fait. Quelles seront les conséquences de cette deuxième bombe sur votre réputation et votre entreprise, à votre avis ? Qui voudra ensuite accepter des fonds d'une femme associée à un homme dont le nom sera devenu synonyme de scandale financier et de trafic d'influence ? Même les plus désespérés y réfléchiront à deux fois. Vous seriez tous deux ruinés, si tout ce que contient ce dossier venait à être connu. Ce qui nous laisse dans une impasse, Shay.

Il s'arrêta, et ses paroles, ou plutôt ses menaces,

engloutirent l'esprit de Shay tel des sables mouvants avalant leur victime.

Lentement et inexorablement.

— Et à présent, le choix vous appartient, conclut-il.

- 7 -

Prenant une profonde inspiration, Gideon entra dans la maison de sa mère, et le calme qui l'habitait toujours quand il était avec sa famille l'enveloppa comme une douce étreinte.

Sa mère et sa sœur vivaient dans cette luxueuse maison depuis quatre ans seulement, mais leur présence avait fait de ce lieu son foyer, son sanctuaire, au même titre que son appartement du centre-ville de Chicago. Il entendit sa mère chanter un ancien rock de Pat Benatar qui passait à la radio et sourit. Sa mère écoutait toujours la radio lorsqu'elle cuisinait.

Oui, cette maison était un havre de paix.

Et la famille, une bénédiction.

Il passa devant le salon et la salle à manger, aussi vastes l'un que l'autre, puis le grand escalier, et s'engagea dans le couloir menant vers les pièces du fond. Au départ, sa mère avait refusé qu'il achète cette maison pour elle et Olivia. Située dans l'un des quartiers les plus chics de Chicago, elle était bien trop grande et chère à ses yeux, disait-elle, mais elle avait changé d'avis en voyant la cuisine. En entrant dans la pièce aérée, ultramoderne, avec ses baies vitrées, ses plaques de cuisson digne d'un grand restaurant, ses appareils électroménagers haut de gamme, son grand îlot en marbre, son bloc de boucherie et son double évier professionnel, elle était aussitôt tombée amoureuse. Et c'était dans cette pièce qu'il la trouvait généralement.

Elle se tenait devant la cuisinière, les pieds nus, mais toujours vêtue de sa tenue de professeur, un élégant pantalon gris et un chemisier rouge, et coiffée de son habituel chignon lâche sur la nuque. Visiblement, elle adorait ce rock des années 1980. Son corps mince ondulait en rythme, et Gideon étouffa un petit rire lorsqu'elle exécuta parfaitement un mouvement de danse des bras et des hanches qui lui rappela des vidéos qui passaient naguère sur MTV.

Il l'applaudit lentement.

Elle pivota sur elle-même, surprise, brandissant une passoire à thé comme une massue.

— Gideon ! s'exclama-t-elle, posant sa main libre sur son cœur. Tu veux vraiment que j'aie une crise cardiaque ? Je te préviens, si je meurs, j'ai légué toute ma fortune au bichon maltais de ta grand-mère.

Éclatant de rire, il traversa la pièce et serra sa mère dans ses bras. Son parfum familier aux senteurs de gardénia l'accueillit comme un ami d'enfance. Ce n'était qu'avec sa famille qu'il pouvait être Gideon Jian Knight, fils aîné d'Ai Knight, ancienne employée de cafétéria qui avait travaillé dur pour subvenir aux besoins de ses enfants, ce qui ne l'avait pas empêchée de décrocher un doctorat en sciences de l'éducation.

Avec sa famille, il pouvait baisser la garde qu'il maintenait fermement entre lui et le reste du monde, en particulier tous ces gens qui tournaient autour de lui, attirés par la réussite insolente de Gideon Knight, P-DG de KayCee Corp, et prêts à tout, y compris à lui offrir des faveurs sexuelles, pour profiter de son argent ou de ses relations.

Il protégeait jalousement sa vie privée et sa famille.

— Pas grave, assura-t-il en l'embrassant sur le front. J'ai un excellent service juridique qui casserait ce testament en un claquement de doigt.

Il esquissa un sourire lorsque sa mère le tapa gentiment.

Quand son regard tomba sur les deux tasses posées sur le comptoir, il redevint sérieux.

— Comment va-t-elle ? murmura-t-il.

La lumière dans les yeux de sa mère disparut aussitôt.

— Mieux, répondit-elle en soupirant. Elle dort encore beaucoup et n'a pas quitté la maison depuis son retour de l'hôpital. Mais… mieux. J'allais lui monter un thé et m'asseoir un moment avec elle, conclut-elle en vérifiant l'infusion du thé dans les tasses.

— Je peux le faire, maman. Tu viens visiblement de rentrer. Monte, détends-toi. Je m'occupe de Livvie.

Elle aurait pu renoncer à son poste de professeur de sciences sociales et d'histoire à l'université de Chicago, si elle l'avait voulu. Il était plus que disposé à subvenir à ses besoins, tout comme elle l'avait fait naguère pour Olivia et lui. Mais Ai Knight ne voulait rien savoir, et Gideon était fier d'avoir pour mère l'un des professeurs les plus appréciés de l'université.

— Merci, mon chéri, mais je voudrais passer un peu de temps avec elle avant de corriger mes copies. Tu pourrais peut-être revenir cette semaine avec ta guitare. Elle adore t'écouter jouer.

— Je n'y manquerai pas.

Il adorait jouer. C'était grâce à sa mère qu'il avait commencé la guitare dans son adolescence. Elle lui avait déniché une vieille Fender dans un vide-greniers, et lorsqu'il l'avait prise entre ses mains, il en était aussitôt tombé amoureux. Malgré un budget familial plus que restreint, elle avait trouvé un moyen de lui payer des leçons. Personne hormis sa famille ne l'avait jamais entendu jouer ; la musique était une passion personnelle, et même intime. Un moyen pour lui de trouver la paix et d'échapper au stress d'une vie professionnelle aussi intense qu'exigeante.

Sa mère lui tapota affectueusement la joue.

— Et toi, comment vas-tu ?

— Ça va. Mais j'aimerais te parler de quelque chose.

S'appuyant contre l'îlot central, il croisa les bras sur sa poitrine.

Elle l'examina un instant, quelque peu inquiète, et hocha la tête.

— D'accord, dit-elle. Que se passe-t-il ?

— J'ai eu un… rendez-vous d'affaires, hier soir. Avec Shay Neal. La sœur de… Trévor Neal.

Sa mère le dévisagea, surprise.

— Je ne savais même pas qu'il avait une sœur, murmura-t-elle. Pourquoi, Gideon ? De quoi pouvais-tu avoir à discuter avec elle ?

— De notre intérêt commun. Son frère.

— Gideon… Qu'est-ce que tu as fait ?

Sans quitter sa mère du regard, il lui raconta sa conversation avec Shay, sans rien omettre : les éléments à charge qu'il avait trouvés sur Trévor, l'ultimatum lancé à Shay et le refus de celle-ci de lui donner une réponse.

— Que t'est-il passé par la tête ? demanda-t-elle, inquiète. Tu es conscient que cette jeune femme n'a rien à voir avec tout ça ? Qu'elle est innocente ?

Innocente ? Jamais il n'aurait pensé à associer cet adjectif à Shay Neal.

Il avait épluché son curriculum vitæ avant de lui tendre une embuscade dans ce restaurant. Vingt-cinq ans. Un master en administration des affaires décroché avec mention dans une prestigieuse université. Membre d'une association pour la promotion des femmes dans le monde des affaires et des entreprises. Actuellement vice-présidente du département Action sociale chez RemingtonNeal. Apparemment, ce poste n'était rien d'autre qu'une dénomination ronflante pour désigner une responsable événementielle. Ce qui revenait à dire qu'elle était sous-employée au regard de ses qualifications. Toutes ces informations figuraient sur les réseaux sociaux et le site web de l'entreprise.

Ce n'était qu'en poussant plus avant ses recherches qu'il avait découvert l'existence de Leida Investments. C'était là qu'il avait commencé à s'intéresser vraiment à elle. Visiblement, c'était une femme intelligente et ambitieuse. Elle devait l'être pour avoir fondé une entreprise à l'insu de son frère. Cette figure mondaine connue pour ses brunchs et galas de charité était en fait un mystère pour lui. Et il se méfiait de tout ce qu'il n'était pas en mesure de comprendre, d'analyser. Si l'on ajoutait à cela son nom de famille, il était clair qu'il devrait se méfier car elle serait bien capable de lui planter un couteau dans le dos, s'il n'y prenait pas garde.

Et pourtant, rien, ni sa prudence, ni ses recherches, ni même les photos incluses dans le dossier que lui avait remis son détective privé, n'aurait pu le préparer au choc qu'il avait éprouvé lorsqu'il s'était invité à la table de Shay Neal.

En s'asseyant face à elle, il s'était rappelé un ancien médaillon que sa grand-mère avait apporté de Chine. À l'intérieur, il y avait une photo en noir et blanc de sa sœur aînée, morte en couches. Mais le visage sérieux et austère de sa grand-tante ne parvenait pas tout à fait à masquer la beauté de ses traits et l'incroyable vivacité qui brillait dans ses yeux. En le regardant, on avait l'impression d'assister à un lever de soleil perçant de ses rayons d'or les dernières ombres de la nuit.

Regarder Shay Neal lui avait fait exactement le même effet. Oui, elle était magnifique, indéniablement belle : un visage fin, des pommettes hautes et fières, un nez fin et droit et des lèvres pleines qui faisait penser davantage à un mannequin qu'à une femme de la haute société. Et il n'avait pu s'empêcher de se demander si cette magnifique peau cuivrée était aussi douce qu'elle en avait l'air.

Pourtant, ce n'était aucune de ces qualités qui l'avait attiré. Lui avait donné une folle envie de s'approcher pour découvrir l'odeur de son parfum au creux de son cou. De pincer les cordes de sa guitare pour trouver la mélodie qui la dépeindrait le mieux.

Non, c'était l'intelligence et le feu qui luisaient dans ses yeux noisette.

Ce qui l'avait rendu encore plus méfiant.

Puis il y avait le sentiment de familiarité qui l'avait frappé dès qu'il s'était assis à sa table. Comme s'ils s'étaient déjà rencontrés… Mais comme il l'avait fait la veille, il chassa cette impression de son esprit. S'il avait déjà rencontré Shay Neal, il s'en souviendrait forcément.

— C'est une Neal, maman, dit-il, chassant le trouble qu'il avait ressenti en sa présence. Elle ne peut pas avoir les mains propres.

— C'est probablement avec ce même genre de raisonnements que Trévor s'est cru autorisé à s'en prendre à ta sœur.

— Je n'ai absolument rien à voir avec lui, riposta-t-il, serrant plus fort le bord du plan de travail en marbre. Il a traqué Livvie, lui a menti, l'a utilisée, puis il s'en est débarrassé sans le moindre ménagement ! Moi, j'ai été franc avec Shay, je lui ai clairement exposé mes intentions, je lui ai laissé le choix. Trévor, lui, n'a jamais laissé le choix à Livvie !

Il s'interrompit un instant pour reprendre son calme et reprit :

— Tu n'es peut-être pas d'accord avec mes méthodes, et j'en suis désolé. Je n'ai pas réagi quand il a détruit ma sœur, parce que vous m'avez demandé toutes les deux de ne rien faire. Cette fois, je vais aller jusqu'au bout. Je ne laisserai pas Trévor Neal continuer à maltraiter les femmes. Et quand j'en aurai fini avec lui, il n'aura plus rien, et plus aucune femme ne fera les frais de sa cruauté.

Ce qu'il ne précisa pas, c'est que c'était la culpabilité qui le poussait à agir ainsi. Parce que c'était sa faute si Trévor s'en était pris à Olivia, au départ. Sans la haine qu'ils éprouvaient l'un pour l'autre, sans leur rivalité perpétuelle, elle n'aurait pas été aussi exposée.

— Tu as raison sur le fond, murmura sa mère, lui tapotant la joue une fois de plus. Seulement je ne suis pas d'accord avec tes méthodes. Je crois qu'elles vont se retourner contre cette femme innocente, mais aussi contre toi, mon fils. Si tu as une conscience, et je sais que tu en as une, tu dois savoir que tu n'en sortiras pas indemne. C'est pourquoi j'aimerais que tu mettes fin à cette vendetta avant que ça n'aille trop loin.

Elle soupira, cherchant son regard, et poursuivit dans un soupir :

— Mais je te connais aussi. Dès le moment où tu as refusé de naître à la date prévue, j'ai compris que tu étais têtu. Je ne vais pas te faire changer d'avis, je le sais. Alors, je t'en prie, fais attention.

— Ne t'inquiète pas pour moi, maman. Je contrôle la situation, assura-t-il en la prenant dans ses bras.

Elle resserra son étreinte sans un mot.

Il détestait l'inquiéter, mais rien ne pourrait le détourner de ses projets. Ni la désapprobation de sa mère. Ni la réticence de Shay à lui donner une réponse.

Il n'avait qu'un seul but : détruire Trévor Neal. Et même l'enfer ne pourrait l'empêcher d'accomplir sa vengeance.

- 8 -

— Trévor, ce gala est un grand succès. Tu peux être fier de toi. Je suis sûr que tes parents le seraient aussi, affirma le sénateur Julian Reus en serrant la main de son futur gendre.

Comment pouvez-vous le savoir, alors que vous ne les avez jamais rencontrés ? faillit lui demander Shay, que le ton mielleux du sénateur exaspérait au plus haut point.

Elle s'en voulait d'éprouver une telle antipathie pour cet homme – cet homme influent qui ferait bientôt partie de sa famille —, mais elle ne parvenait pas à l'apprécier. Peut-être parce qu'il était un peu trop… politicien à son goût. Trop flatteur et affable. Complètement factice, pour tout dire. Par chance, elle n'avait jamais voté pour lui !

— Merci, Julian, répondit Trévor, tout sourire, en prenant Shay par les épaules. J'aimerais pouvoir m'en attribuer le seul mérite, mais ce succès est avant tout l'œuvre de Shay. Grâce à elle, les dons ont dépassé ceux de l'année dernière.

Pour la première fois de la soirée, un sourire sincère s'épanouit sur les lèvres de Shay.

— Merci, Trévor, dit-elle, en glissant un bras autour de la taille de son frère.

— Et tu feras encore mieux l'année prochaine, avec Madison à tes côtés, déclara le sénateur Reus. Je suis sûr qu'elle sera ravie de t'aider à organiser cet événement.

— Bien sûr, papa, renchérit Madison en tournant la tête vers Trévor, lequel la gratifia d'un rapide baiser sur les lèvres. Shay et moi formerons une merveilleuse équipe.

Souriante, Madison se tourna vers Shay qui, rompue à l'exercice depuis des années, feignit de s'illuminer à son tour. Elle ne poussa toutefois pas l'hypocrisie jusqu'à se réjouir de leur prochaine collaboration. Madison avait beau s'être toujours montrée cordiale avec elle, elle l'avait toujours trouvée fausse ; elle lui faisait penser à la sculpture qui ornait l'entrée de la salle de réception : belle mais glaciale.

— Profitons de la soirée avant de penser à l'année prochaine, répondit-elle simplement, préférant éviter les mensonges et les promesses.

Trévor se raidit à ses côtés, mais elle ignora son agacement. Ce qui lui rappela aussitôt le dossier que Gideon Knight lui avait montré… Songeant à la façon dont son frère avait fait don d'importantes sommes d'argent à la campagne du sénateur, elle ne put s'empêcher de se demander si une partie de ces sommes provenait de la fondation de leur mère… Non, il n'aurait pas été jusqu'à…

Elle s'obligea vivement à penser à autre chose.

Ce maudit Gideon Knight ! Comment avait-il pu s'immiscer à ce point dans son esprit ? Au point qu'elle ne puisse plus en chasser ni ce fichu dossier, ni le personnage lui-même ! Voilà quatre jours qu'il était venu lui parler. Non, *la piéger.* Quatre jours au terme desquels elle était censée lui faire part de sa décision suite à son grotesque ultimatum.

Quatre nuits de fantasmes enflammés qui lui arrachaient des soupirs dans son lit…

Qu'aurait pensé son frère en découvrant qu'elle

brûlait de désir pour l'homme qui la faisait chanter ? Qu'elle faisait une bien piètre sœur…

Ravalant un soupir, elle s'excusa auprès du groupe sous prétexte de superviser le personnel, et traversa la pièce. À peine eut-elle fait dix pas que d'étranges picotements lui chatouillèrent la nuque.

Elle prit une profonde inspiration et balaya la salle bondée du regard, en quête de la source de cette sensation troublante et… excitante.

Là ! Gideon Knight…

Cette vision inattendue la cloua sur place.

Inattendue ? Vraiment ?

Bon, peut-être pas. Dès qu'elle avait ressenti ces picotements, elle avait aussitôt compris qui en était la cause.

Elle le regarda fixement et, piégée par une sensation de déjà-vu, fut ramenée à la nuit de leur rencontre. Là encore, il lui évoqua ce seigneur de guerre majestueux, toisant ses sujets. À ceci près qu'il avait troqué son armure contre un élégant costume. Oui, il était parfait des pieds à la tête, ses cheveux plaqués en arrière soulignant les lignes dures mais magnifiques de son visage.

Il avait beau se trouver à l'autre bout de la salle, elle sentait ses yeux noirs rivés sur elle, tout comme le premier soir.

Tout comme le premier soir, elle lutta contre deux envies contradictoires : l'affronter et le fuir. Et par « affrontement », elle entendait celui, débridé, de leurs lèvres et de leurs corps…

Elle serra les poings, et se dirigea calmement vers lui. Son cœur, lui, battait comme un tambour déchaîné dans sa poitrine.

— Comment êtes-vous entré ? demanda-t-elle.

Pour éviter d'attirer les curieux, elle garda son masque

social et poli, alors qu'elle aurait voulu le foudroyer du regard.

Il resta impassible… Exception faite de ce maudit sourcil noir arqué.

— Comme tout le monde, j'imagine. Par l'entrée principale. Et en payant les sept mille dollars demandés.

— C'est impossible, répondit-elle sèchement. J'ai moi-même validé la liste des invités. Il n'y avait ni votre nom, ni celui de votre société.

— Alors il vous aura échappé. Peut-être aviez-vous d'autres… *préoccupations* en tête.

Un silence vibrant tomba entre eux. Inutile de nommer ces « autres préoccupations ». Ils savaient tous deux très bien de quoi il s'agissait.

— C'est pour ça que vous êtes là ? répliqua-t-elle, agacée. Pour m'obliger à vous donner une réponse ?

— Cela fait quatre jours, Shay, répondit-il, très calme et sûr de lui.

Une envie irrésistible de réduire à néant cet aplomb la submergea. Et pas n'importe quelle envie… Elle voulait retrouver l'homme de la panne d'électricité qui l'enveloppait de ce regard sombre, brûlant, en les portant tous deux vers un plaisir insensé.

— Je vous ai donné quatre jours de plus que ce que j'accorde habituellement à mes interlocuteurs, précisa-t-il.

— Eh bien, j'en suis flattée.

— Il y a de quoi.

— La réponse est n…

— Cet homme t'importune, Shay ? intervint Trévor, apparaissant à ses côtés.

Elle tressaillit lorsqu'il lui agrippa le bras.

Le regard de Gideon se posa sur le bras de Trévor puis s'enflamma de colère.

— Lâche-la, ordonna-t-il. Tu lui fais mal.

Il n'avait pas haussé le ton, mais seul un imbécile n'aurait pas perçu la menace qui perçait dans sa voix.

Furieux, Trévor regarda ses doigts qui serraient durement le bras de sa sœur puis ôta sa main.

— Que fais-tu ici, Knight ? lança-t-il. Tu n'es pas invité. Pars. Tout de suite.

— J'ai bien peur de ne pouvoir te satisfaire, répondit Gideon, narquois. J'ai payé mon entrée, comme tout le monde, et de plus, j'ai fait un don important à votre fondation. Donc, je reste, conclut-il avec une profonde satisfaction.

— Tu peux reprendre ton argent. Nous n'en avons pas besoin, rétorqua Trévor, s'approchant dangereusement de Gideon. Nous savons tous les deux pourquoi tu es là. Tu as perdu. Assume. Ce n'est pas comme si c'était la première fois, et ce ne sera certainement pas la dernière.

Shay sentit une peur sourde se répandre dans sa poitrine. Jamais elle n'avait vu son frère aussi furieux. C'était plus qu'une rivalité d'affaires. C'était… personnel.

— Trévor, murmura-t-elle en lui saisissant doucement mais fermement le bras. S'il te plaît.

Gideon reporta son attention sur elle. Il était manifestement tout aussi furieux que son frère, mais son regard noir s'adoucit en la regardant.

Sans la quitter des yeux, il recula d'un pas.

Elle retint son souffle. Avait-il reculé… pour elle ?

Non. C'était impossible. Il se fichait bien d'elle ou de ses sentiments. Et pourtant…

— Passez une bonne soirée, tous les deux, dit-il, le regard toujours rivé sur elle. C'était un plaisir de vous revoir, Shay, précisa-t-il, avant de gagner un autre endroit de la salle, et non la sortie, comme l'avait demandé Trévor.

— Comment ça, « de vous revoir » ? s'exclama Trévor lorsque Gideon se fut éloigné. Quand l'as-tu rencontré ?

Dans un effort herculéen, elle détacha son regard de Gideon pour plonger dans celui, inquiet, de son frère. Un sentiment de culpabilité l'envahit. Mais pourquoi ? Elle n'avait rien fait de mal.

— Il y a quelques jours, quand j'ai dîné avec mes amies, il était dans le même restaurant, déclara-t-elle avec aplomb. Il s'est présenté, c'est tout. Et toi ? À quoi rimait tout ça, Trévor ?

— À rien, marmonna-t-il avant de soupirer, comme pris de remords. Je suis désolé. Je ne voulais pas te crier dessus. Simplement, ne t'approche pas de lui, Shay. Je ne veux pas que tu aies quoi que ce soit à voir avec lui. Tu comprends ?

— Je ne suis plus une gamine, Trévor. Et ce n'est pas le meilleur endroit pour avoir ce genre de discussions. Nous avons des invités.

Sur ces mots, elle se fondit dans la foule, s'efforçant de chasser de son esprit la scène troublante qui venait de se dérouler.

Oui, il y avait de l'animosité entre Trévor et Gideon. Maintenant et plus que jamais, elle avait l'impression d'être un pion coincé dans un jeu pervers auquel se livraient les deux hommes. Et elle détestait ça.

Tout au long de la soirée, elle ne put se départir de l'amertume qui la taraudait. Jouer les mondaines insouciantes, un art qu'elle maîtrisait à la perfection, devint rapidement au-dessus de ses forces, et lorsque le personnel se mit à débarrasser les tables, elle se sentit épuisée. Jetant un œil à sa montre, elle remercia le ciel. La soirée finirait dans une heure et elle pourrait enfin s'échapper.

— J'ai vu que tu parlais avec Gideon Knight tout à l'heure, lui dit soudain Madison, assez discrètement pour que Trévor, absorbé par sa conversation avec le sénateur Reus, ne puisse l'entendre.

— En effet, répondit-elle, étonnée que sa future belle-sœur le connaisse.

— Tu le connais bien ? demanda Madison, d'un ton faussement innocent qui la mit mal à l'aise

— Non, pas vraiment. Mais apparemment, Trévor le connaît.

— Oh ! Tu n'es pas au courant ? Trévor ne t'a rien dit ? Gideon et moi étions… proches avant que je rencontre ton frère.

— Proches ? répéta Shay d'un ton neutre, alors qu'elle avait parfaitement compris l'allusion.

— Fiancés, en fait, expliqua Madison, avec un sourire carnassier. Nous avons été fiancés pendant un an, et puis nous avons rompu. Ce qu'il a très mal pris, ajouta-t-elle avec un petit rire, apparemment amusée par son euphémisme.

« Nous savons tous les deux pourquoi tu es là. Tu as perdu. Assume. Ce n'est pas comme si c'était la première fois, et ce ne sera certainement pas la dernière. »

La remarque de Trévor prenait à présent tout son sens, et Shay se sentit soudain nauséeuse. Tout comme lorsque Gideon lui avait proposé son plan ridicule, l'autre soir au restaurant.

La raison d'être de toute la haine qu'éprouvait Gideon pour Trévor, ce chantage, cette rivalité… C'était donc Madison.

Elle serra les poings, de plus en plus mal à l'aise.

— Puis-je avoir votre attention, je vous prie ? demanda le sénateur Reus.

Sa voix chaleureuse et forte de politicien rompu aux discours s'éleva dans la salle, faisant taire aussitôt les bavardages.

— Merci, mes amis. Nous étions réunis ici ce soir pour saluer le travail remarquable de la fondation Grace Sanctuary. Au nom des familles Reus et Neal, je vous remercie pour votre bonne humeur et la générosité de vos dons.

Les applaudissements saluèrent cette entrée en matière, et Julian Reus les accepta avec un sourire bienveillant. La soirée ne le concernait ni de près, ni de loin, mais, comme d'habitude, il avait réussi à tirer la couverture à lui.

— J'aimerais profiter de l'occasion pour rendre hommage à cette merveilleuse fondation, ainsi qu'à Trévor Neal, qui en est le fer de lance depuis le décès de ses chers parents. Je me réjouis d'ailleurs de pouvoir l'appeler « mon fils », car il s'unira bientôt à ma ravissante fille, Madison. Trévor, poursuivit le sénateur, prenant une coupe de champagne sur le plateau d'un serveur apparu à ses côtés, avant de la lever. Félicitations à toi et à ma fille. Tu es le fils que je n'ai pas eu la chance d'avoir, mais que je peux, d'ores et déjà, compter parmi mes enfants.

— À Trévor ! lancèrent les invités, levant leur verre.

Lorsque son frère serra la main du sénateur, arborant un sourire rayonnant, Shay détourna le regard, effarée de le voir ainsi absorber béatement les louanges du sénateur.

Leur père ne l'aurait jamais félicité ainsi, que ce soit en public ou en privé. Lincoln Neal avait toujours été un homme exigeant, critique et avare de compliments.

Et elle, mieux que personne, avait compris combien Trévor avait souffert de ne pas recevoir de sa part la moindre reconnaissance ou félicitations. C'était la dureté de leur père qui avait changé Trévor. Leur père était mort depuis cinq ans, et Trévor aspirait toujours autant à être le meilleur. Recevoir aujourd'hui autant de louanges d'un homme aussi important que le sénateur devait ressembler à Noël pour lui.

Oh mon Dieu ! Elle baissa la tête pour que personne ne voie les larmes qui lui montaient aux yeux.

Elle allait céder au chantage de Gideon. Pour son frère. Pour sa famille. Par loyauté. Un principe qui leur avait été inculqué, à son frère et elle, depuis l'enfance. Certainement par leur père, mais aussi par leur mère qui, avant sa mort, leur avait fait jurer de toujours prendre soin l'un de l'autre.

Elle ne pouvait pas laisser Trévor tout perdre. Son nom. Sa société. Sa fiancée. Son futur beau-père. Plus personne n'était là pour le protéger, hormis elle. Et tant qu'elle n'aurait pas vérifié la véracité des accusations de Gideon – et elle en doutait encore, surtout compte tenu des révélations de Madison —, elle ne livrerait pas Trévor aux chiens. Il avait trop souffert.

Et c'était son frère.

Pour continuer de voir le bonheur sur ce visage, elle était prête à tout, y compris à passer un pacte avec le diable.

Elle parcourut la salle du regard.

Ce n'était pas difficile de localiser Gideon Knight ; toute la soirée, elle avait été consciente de sa présence. Leurs regards se trouvèrent immédiatement, comme s'il n'avait fait qu'attendre qu'elle regarde de son côté.

Elle lui fit un signe de tête, qu'il lui rendit.

Elle expira longuement puis reporta son attention

sur son verre de vin rouge qu'elle avait à peine touché. Un alcool plus fort serait le bienvenu.

Car elle allait avoir besoin de tout son courage, dans l'épreuve qui s'annonçait.

- 9 -

— Quand j'ai accepté de vous rencontrer, je croyais que vous m'emmèneriez au restaurant, et non dans votre appartement.

Gideon descendit les marches menant au salon et glissa les mains dans les poches de son pantalon de smoking. Shay ne lui emboîta pas le pas.

Il passa en revue son intérieur, essayant de le voir à travers les yeux de son invitée.

Avec ses quatre chambres à coucher, ses trois salles de bains, son immense living, ses baies vitrées, ses cuisines intérieure et extérieure, sa terrasse sur le toit et sa cheminée, le duplex était d'un luxe inouï. Mais c'était pour sa vue imprenable sur la rivière et les gratte-ciel de Chicago qu'il l'avait acheté. Ici, on avait l'impression à la fois de faire partie des éléments et d'en être parfaitement protégé.

S'il avait confié la décoration, simple et élégante, à dominantes de gris, blanc et noir à un architecte d'intérieur, les lieux étaient parsemés d'objets personnels qui n'échapperaient sans doute pas à Shay. Sur la cheminée se trouvait une photo de lui, entouré de sa famille, prise lors du nouvel an chinois, l'année précédente, à Chinatown.

Sur le piano à queue blanc dont sa sœur jouait parfois se trouvait son médiator, qu'il avait oublié de ranger la veille.

Sur le canapé traînaient des écouteurs Bluetooth avec lesquels il écoutait de la musique lorsqu'il travaillait chez lui.

Oui, si Shay y prêtait attention, elle pourrait deviner une quantité de choses à son sujet. Ce qui le rendait nerveux et lui donnait envie d'ôter ces indices de sa vue. Mais d'un autre côté, curieusement, il mourait d'envie de se dévoiler, de l'inciter à le questionner. Ce qui était absurde, puisque leur arrangement n'exigeait pas ce genre d'intimité.

Il n'aurait pas dû attendre quoi que ce soit de Shay Neal. Non seulement c'était la sœur de son ennemi, mais elle faisait sûrement partie de ces jolies femmes qui n'avaient que faire de ces témoignages d'authenticité. La dernière fois qu'il avait laissé une femme entrer dans son intimité, elle avait trahi sa confiance. Ce qui l'avait laissé si meurtri qu'il avait juré de ne jamais plus commettre une telle imprudence.

Seule la famille était digne de confiance. Seule la famille méritait sa loyauté et son amour.

Certainement pas la sœur de Trévor Neal.

— Il y aurait trop de monde dans un restaurant pour le genre de conversations que nous nous apprêtons à avoir, répondit-il. Vous buvez quelque chose ? Du vin ? Du champagne ? De l'eau ?

— Du *champagne* ? répéta-t-elle, moqueuse, en le rejoignant dans le salon. Pour célébrer votre victoire ? Pas question. Je vais prendre un scotch. Cette situation exige quelque chose de fort qui puisse faire passer le goût de ce que vous allez me faire avaler.

Curieusement, sa réplique acerbe l'amusa. Il ignora ce sentiment, se retournant pour préparer leurs boissons, un scotch pour elle et un bourbon pour lui. Quelques instants plus tard, il lui tendit son verre et la regarda siroter le puissant alcool. Elle ne grimaça même pas. Son admiration grandit.

Quand elle leva vers lui ses beaux yeux noisette, ce sentiment de familiarité le frappa, une fois de plus. Il pencha la tête sur le côté et l'examina.

— Pouvons-nous commencer, s'il vous plaît ? demanda-t-elle, posant le verre sur une petite table, à côté du canapé.

Elle frotta ses bras nus et, contre toute attente, ce signe de nervosité lui donna mauvaise conscience.

— Je suis sûre que vous avez déjà deviné que je vais accepter votre plan ridicule. Ou, appelons un chat un chat, votre *chantage*.

— Vous avez le choix, Shay, lui rappela-t-il, en sirotant son bourbon.

— C'est vrai. Entre me sacrifier et sacrifier mon frère. Un sacré choix.

— Mais un choix quand même, fit-il remarquer en haussant les épaules.

— Vous n'êtes pas si froid et insensible que vous le paraissez, je le sais, murmura-t-elle, laissant errer son regard sur son visage, comme si elle essayait de percer son masque.

À cette remarque, le souvenir de la panne d'électricité surgit dans l'esprit de Gideon. C'était vrai. Il ne s'était montré ni froid ni insensible lors de cette nuit torride avec Camille. L'espace d'un instant, il avait laissé tomber ce masque qui lui valait sa réputation dans le monde des affaires. Mais cela avait été une parenthèse, un moment exceptionnel, et Shay n'avait rien à voir avec cette serveuse passionnée et ardente. Oui, Camille avait vu la face cachée de sa personnalité. Ce que Shay ne verrait jamais.

— Si vous avez besoin de savoir qui je suis pour

faire semblant de tomber amoureuse de moi, allez-y. Vous serez peut-être plus convaincante devant votre frère et le reste du public.

— Le reste du public ? Vous parlez de Madison Reus ?

Il encaissa l'accusation sans rien laisser paraître. Mais la seule mention du nom de la femme qui l'avait trompé le fit grincer des dents. Madison Reus. La femme qui lui avait appris que l'amour pouvait être vendu au plus offrant. Qui l'avait sciemment trompé avec le seul homme qu'il détestait. Qui lui avait prouvé qu'accorder son cœur et sa confiance hors du cercle familial était une erreur coûteuse, financièrement et personnellement.

Une erreur qu'il ne commettrait pas deux fois.

— Vous deviez vraiment l'aimer pour concevoir une vengeance aussi tordue, reprit Shay, voyant qu'il ne répondait pas. Car c'est bien de cela qu'il s'agit, non ? Vous venger d'un homme qui vous a ravi votre fiancée ? Les punir en m'exhibant devant eux comme un trophée de chasse ?

La douleur et la rancœur qui perçaient sous ce ton calme n'échappèrent pas à Gideon, qui, bien que déterminé à garder ses distances, émotionnellement et physiquement, s'avança vers Shay. Elle ne recula pas. Au contraire, elle plongea son regard dans le sien avec une note de défi qu'il admira. C'était courageux de sa part. Il ne s'attendait pas à ça.

Tout comme il ne s'attendait pas… à cette attirance. Il s'arrêta lorsque ses abdominaux se pressèrent contre ses courbes douces et sensuelles.

Il aurait mieux fait de ne pas la toucher, il le savait, mais sourd au bon sens, il approcha la main des longs cheveux qui cascadaient sur les épaules de la jeune femme. Prenant une boucle entre ses doigts, il la souleva lentement et s'en effleura les lèvres.

— Vous ne savez pas de quoi vous parlez, murmura-t-il sans la quitter des yeux.

Il entendit son souffle se bloquer dans sa gorge, remarqua le battement erratique de son pouls à la base de son cou. Était-ce le stress ou le désir ?

Il sentit son corps durcir.

Recule. Souviens-toi de ton plan. Fais juste ce qui est prévu.

Mais il ne bougea pas. Attiré irrésistiblement par cette peau couleur de bronze. Jouant stupidement avec le feu.

— Vraiment ? répliqua-t-elle, esquissant un sourire sardonique. Est-ce la scène où je vous crois sur parole parce que je suis trop naïve et peut-être un peu trop bête pour saisir toutes les subtilités de la situation ?

Elle se mit à rire, et il recula d'un pas.

— Vous savez, reprit-elle, on me prend de haut tous les jours, alors pardonnez-moi si je vous trouve ridicule.

Lorsqu'elle se détourna de lui, il se força à serrer les poings pour ne pas la prendre dans ses bras. Elle n'avait pas compris. Il ne faisait pas cela pour se venger de Madison, mais pour venger sa sœur. Il faisait cela pour se venger du salaud qui l'avait détruite.

Mais il ne pouvait rien lui dire de tout cela, bien sûr. Il ne pouvait pas prendre le risque qu'elle révèle ses intentions à son frère.

— Vous oubliez que je sais ce que vous faites, Shay. Et je ne parle pas de ce poste ronflant à RemingtonNeal. Ce serait stupide de ma part de vous sous-estimer, vous ne trouvez pas ?

Elle fit volte-face et une lueur passa dans son regard noisette, mais avant qu'il puisse la déchiffrer, elle cligna des yeux et se pinça l'arête du nez.

— Pouvons-nous en finir ? demanda-t-elle d'un ton las. Dites-moi ce que je dois faire pour vous empêcher de saccager la vie de mon frère.

— Comme je vous l'ai dit au restaurant, vous et moi allons faire semblant d'être en couple. Un vrai couple, Shay. C'est-à-dire convaincre tout le monde que nous sommes désespérément amoureux l'un de l'autre. J'ai lu que vous aviez pris des cours de théâtre à la fac. Le moment est venu de mettre à profit ces compétences. Vous assisterez à plusieurs soirées et dîners en ma compagnie. Et de votre côté, vous me convierez à différents événements. Si vous essayez de vous défiler, j'arrête les frais, et je rends les sales affaires de votre frère publiques.

Cette fois, il déchiffra sans peine l'émotion qui scintilla dans son regard : la colère.

— Ne vous inquiétez pas, rétorqua-t-elle sèchement. J'honorerai ma part du marché. Mais pas indéfiniment. Je vous accorde six mois. Pas un de plus.

Six mois ? Ce serait amplement suffisant pour aller au bout de son plan !

— Parfait, dit-il.

— Et à la fin, vous détruirez le dossier et toutes ses copies. Je veux votre parole.

Il hocha la tête, même s'il savait qu'il n'avait aucune intention de le faire. Il n'était pas assez stupide pour se débarrasser de sa carte maîtresse. Certes, cela le mettait mal à l'aise de mentir, mais il pensait vraiment ce qu'il avait dit à sa mère. Son but était d'empêcher Trévor de détruire d'autres femmes comme il avait détruit Olivia. Cet arrangement avec Shay n'était que la première étape de son plan.

— Alors, c'est entendu, déclara Shay avec un regard hautain. Ah. Une dernière chose. Je ne suis pas une prostituée. Ce qui veut dire que je ferai semblant de vous aimer mais que je ne coucherai pas avec vous.

Agacé, il s'avança vers elle, avant de s'immobiliser.

— Je peux vous assurer que quand j'emmène une femme dans mon lit, elle est ravie d'y être. Je me fiche de l'amour, parce qu'il existe une chose beaucoup plus honnête. Le sexe. Il n'y a pas de mensonges, quand une femme vient me chercher, et pour rien au monde, je ne mettrai dans mon lit une femme qui n'a pas envie d'y être. Si elle ne peut pas me donner la vérité de son plaisir, alors je ne couche pas avec elle. Et tout homme qui se contente de mettre une femme entre ses draps sans se soucier de savoir si elle veut s'y trouver n'est pas un homme.

Un silence pesant suivit sa déclaration, et cette impression de déjà-vu l'envahit une fois de plus. Il avait dit à peu près la même chose à Camille, quelques semaines plus tôt, lorsqu'elle l'avait accusé de profiter de sa position pour lui faire des avances. Il secoua la tête. Il devait arrêter de penser à elle et se concentrer sur Shay.

— Tu dois comprendre une chose, Shay, et l'accepter.

Il avança de nouveau, s'arrêtant à moins d'un centimètre de ses lèvres, si près qu'il vit les stries dorées dans ses yeux et sentit le parfum capiteux du scotch qu'elle venait de boire.

— C'est moi qui mènerai la danse, ma belle. Ce qui veut dire que, pour les six prochains mois, tu es à moi. Et que, bien sûr, nous nous tutoierons. Et, bien que tu refuses de partager mon lit, murmura-t-il, dessinant une de ses pommettes du bout du doigt, tu feras comme si nous étions amants. Comme si tu ne pouvais pas te passer de mes caresses. Comme si tu désirais ce que moi seul peux te donner. Je t'inspirerai du désir, du plaisir, de la passion. Un désir si profond que tu ne sauras plus comment tu as pu exister avant moi. Alors, Rayon de lune, même si tu me détestes, ces beaux yeux ont intérêt à convaincre tout le monde que tu es folle de moi.

Le regard scintillant, elle fit un pas en arrière, trébucha et s'exclama, visiblement troublée :

— Ne m'appelez pas comme ça !

Il fronça les sourcils, sans comprendre. Avant de réaliser. Rayon de lune. D'où venait ce surnom ? Pourquoi l'avait-il appelée ainsi ?

— Les petits noms, tout ce qui évoque une affection que nous n'éprouvons absolument pas l'un pour l'autre, sont absolument exclus du marché, décréta-t-elle. Et, pour info, sachez que je n'appartiens à personne ! Ni à mon frère. Ni à RemingtonNeal. Et encore moins *à vous*, conclut-elle en redressant les épaules, plus hautaine que jamais.

Sur ce, elle tourna les talons. Saisissant son manteau, qu'il avait déposé sur une chaise à leur arrivée dans le duplex, elle sortit de chez lui presque en courant.

Il resta immobile, les yeux fixés sur la porte fermée, puis esquissa un sourire.

Qu'elle le veuille ou non, elle venait de lui lancer un défi.

Un défi qu'il avait déjà relevé. Et qu'il avait plus que hâte de remporter.

- 10 -

Shay fit la grimace en sentant la vibration de son téléphone dans la poche arrière de son jean. Ce n'était vraiment pas le moment, songea-t-elle, en tendant une salade verte de papaye Tom Yam à l'un des clients affamés qui faisaient la queue devant le food truck de Bridgette. La délicieuse cuisine thaïlandaise de son amie attirait de plus en plus de monde, et son food truck était l'un des plus fréquentés de Hyde Park à l'heure du déjeuner.

Bridgette était un chef merveilleux, et lorsqu'elle s'était lancée dans la cuisine de rue, Shay avait insisté pour investir dans son entreprise. Et parce qu'elles étaient les meilleures amies du monde, elle n'avait pas hésité un seul instant lorsque Bridgette l'avait appelée à l'aide, ce matin-là, en l'absence de son employée. Ce n'était pas la première fois qu'elle la dépannait et n'hésitait pas à mettre la main à la pâte. C'était l'une des raisons pour lesquelles Trévor désapprouvait leur relation. Par chance, il ignorait qu'elle travaillait parfois dans le food truck.

Son téléphone bourdonna une fois de plus et elle soupira. Elle savait parfaitement qui c'était.

Gideon.

Environ une demi-heure après l'appel paniqué de Bridgette, il lui avait envoyé un message pour l'inviter à déjeuner. Elle lui avait répondu par texto, l'informant qu'elle n'était pas disponible. Ce qui ne l'empêchait pas d'insister… C'était bien le problème de cet homme : il était têtu comme une mule !

Certes, elle s'était engagée à l'accompagner à différents événements, déjeuners, dîners, réceptions ou autres, seulement il devait intégrer le fait qu'elle ne lui appartenait pas, comme elle le lui avait dit, et qu'il n'était pas question qu'elle accoure au moindre coup de sifflet. Elle était prête à honorer leur marché mais il fallait la prévenir suffisamment assez tôt. Elle avait une vie et refusait d'être à sa disposition.

Elle était déjà au service de sa famille. Gideon ne deviendrait pas son deuxième patron.

« Tu m'appartiens. »

Ces mots tournoyaient encore dans son esprit comme un hamster frénétique dans sa roue. Depuis le marché qu'ils avaient conclu deux jours plus tôt, elle n'avait pas réussi à effacer cette déclaration de son esprit.

Pas plus qu'à nier l'étincelle de désir qui s'était, au fil de la courte soirée passée chez lui, muée en une véritable déflagration… Sa voix grave et sensuelle n'avait cessé de lui rappeler l'étreinte torride qu'ils avaient partagée le soir de la panne d'électricité. Au point d'être harcelée de visions de son corps prenant possession du sien.

La connaissance intime qu'elle avait des caresses et du corps de cet homme la prenait constamment au dépourvu. Elle avait un mal fou à se maîtriser. Comme lorsqu'il l'avait appelée « Rayon de lune ». Quelle déception ! Et dire qu'elle avait cru qu'il ne l'avait dit qu'à elle ! C'était apparemment loin d'être le cas.

Un nouveau bourdonnement résonna dans sa poche, et elle serra les dents, excédée. Probablement un message de menace, cette fois. La ténacité qui avait fait le succès de cet homme dans les affaires n'était visiblement pas une légende.

Six mois. Elle n'avait que six mois à tenir. Ensuite, elle serait libre. Libérée de cet accord diabolique passé avec Gideon mais aussi du joug de la famille Neal.

Gideon ignorait pourquoi elle lui avait imposé ce délai. Dans six mois, elle aurait vingt-six ans et pourrait enfin accéder au fonds fiduciaire alimenté depuis sa naissance par sa mère et sa grand-mère maternelle, lui offrant ainsi une totale indépendance financière. Elle n'aurait plus besoin du salaire versé par RemingtonNeal pour financer Leida Investments. Avec ce compte épargne, elle disposerait d'un capital plus que suffisant pour son entreprise mais aussi pour échapper aux diktats et aux attentes de son frère.

Depuis sa naissance, elle avait toujours été sous la coupe d'un homme : celle de son père, de son frère et maintenant celle de Gideon.

Dans six mois, elle serait enfin libre !

— Tiens, chérie, lui dit Bridgette en lui tendant une commande de nouilles sautées, l'arrachant à ses rêves d'émancipation. C'est le numéro 66.

— Merci. Voilà pour vous, dit-elle, en tendant le sac à la jeune femme qui attendait.

Elle sourit au client suivant.

— Bonjour, que puis-je…

Horreur ! C'était Gideon. Visiblement en colère, nota-t-elle en voyant son expression froide et dure.

— Qu'est-ce que tu fais ici ? demanda-t-elle.

— Je perds mon temps à te traquer, apparemment, grommela-t-il. Tu contournes déjà notre accord, et il ne date que de deux jours. Je te l'ai dit, c'est moi qui mène la danse, et je…

— Hé, mon pote, arrête de bavarder et commande !

Il y a des gens ici qui doivent retourner au travail, protesta un homme derrière Gideon.

Lorsque plusieurs autres clients approuvèrent, Gideon tourna vivement la tête. Aussitôt, le marmonnement cessa.

Waouh… Ça, c'était un superpouvoir !

Il se retourna vers elle et, malgré son regard furieux, elle releva le menton.

— J'aide une amie, dit-elle. Elle avait besoin de moi aujourd'hui.

Il la dévisagea quelques instants.

— Ouvre la porte, ordonna-t-il.

Avant qu'elle puisse répondre, il disparut. Quelques secondes plus tard, un coup contre la porte latérale résonna dans le camion.

— C'est quoi, ce bazar ? s'exclama Bridgette, qui s'activait devant le gril.

Shay se contenta de hausser les épaules avant d'ouvrir.

Lorsque Gideon entra dans le camion, celui-ci sembla se réduire à la taille d'un jouet.

Bridgette le dévisagea, bouche bée, mais ne fit aucun commentaire. Ce qui était un exploit.

D'un geste brusque, Gideon ôta son manteau et sa veste et les suspendit à un crochet mural. Après quoi, il se retroussa les manches jusqu'aux coudes.

— Eh bien ? lança-t-il. Où avez-vous besoin de moi ?

Besoin de lui ? Qu'est-ce qu'il racontait ?

Bridgette reprit ses esprits la première.

— Tu sais cuisiner ? demanda-t-elle, lui tendant un couteau lorsqu'il hocha brièvement la tête. Alors tu prends le poulet aux noix de cajou, et moi le curry de légumes.

Sans un mot, il se dirigea vers l'évier et se lava les mains, avant de saisir l'ustensile qu'elle lui tendait.

Quelques instants plus tard, il se mit à émincer les légumes frais et le poulet comme un pro.

Bridgette jeta un regard stupéfait à son amie, et Shay se contenta une fois de plus de hausser les épaules.

— Vous avez des clients qui attendent, leur rappela Gideon, sans se retourner.

Donc, non seulement cet homme savait cuisiner mais il avait des yeux derrière la tête ?

Secouant la tête, Shay regagna le comptoir devant lequel la file de clients ne cessait de s'allonger, et durant les deux heures qui suivirent, tous trois travaillèrent de concert, tels les rouages d'une machine bien huilée. Shay n'en revenait toujours pas que Gideon Knight soit là, dans l'espace exigu d'un food truck, cuisinant des plats thaïlandais comme un professionnel.

Elle essaya d'imaginer Trévor dans la même situation… En vain. Peu d'hommes de sa connaissance auraient pris la peine de se salir les mains. Jamais elle n'aurait imaginé une seule seconde que Gideon ferait une chose pareille. Surtout pour elle.

Lorsque Bridgette baissa le volet du food truck et accrocha le panneau *Fermé*, les questions se bousculaient dans la tête de Shay. Mais avant qu'elle puisse les poser, Gideon se tourna vers elle.

— Je viendrai te chercher à 19 heures pour dîner. Je compte sur toi, cette fois, ordonna-t-il, en enfilant sa veste, puis son manteau.

Pour une fois, elle acquiesça en silence.

— Et surtout, ne me fais pas attendre, ajouta-t-il.

Adressant un bref signe de tête à Bridgette, il sortit en claquant la porte, laissant derrière lui un silence consterné.

Bridgette se ressaisit la première.

— Bon sang, qu'est-ce que c'est que cet OVNI ?

s'exclama-t-elle, formulant à voix haute la question qui tourmentait Shay depuis l'apparition soudaine de Gideon.

Une question à laquelle elle était incapable de répondre.

Quelques heures plus tard, Shay attendait, fin prête, dans son entrée, lorsque la sonnette de la porte d'entrée retentit.

Dix-neuf heures pile.

Son pouls s'accéléra. Elle était si nerveuse qu'elle en avait mal au ventre. Ce qui était, somme toute, logique. N'importe quelle femme aurait été angoissée à l'idée de se plier à une telle mascarade et de tromper son entourage.

Cela dit, il ne fallait pas se mentir. Ce n'était pas tant cet accord qui la rendait si nerveuse que l'homme avec lequel elle l'avait conclu.

Qui était réellement Gideon Knight ?

L'inconnu tendre, protecteur, hyper-sensuel qu'elle avait rencontré le soir de la panne d'électricité ? Le milliardaire distant et brillant, P-DG d'une start-up de haute volée ? L'ex-fiancé vindicatif et impitoyable ? L'homme qui n'hésitait pas à faire irruption dans un food truck et à cuisiner pour les salariés pressés de Chicago ?

Laquelle de ces facettes était la bonne ? Et pourquoi la fascinaient-elles toutes ?

Prenant une profonde inspiration, elle frotta ses paumes humides le long des cuisses. Non, pas de fascination. Ni de curiosité. Ces sentiments étaient dangereux et ne feraient que la pousser sur une pente glissante. Une pente qui l'amènerait à se convaincre que Gideon était avant tout un homme tendre et généreux, et non celui qui menaçait de détruire son frère.

Elle se rappela soudain le dicton préféré de sa mère. « Quand quelqu'un te montre qui il est, crois-le. » Eh bien, Gideon lui avait montré qu'il pouvait se montrer impitoyable pour obtenir ce qu'il voulait, même si cela impliquait de manipuler et de faire souffrir d'autres personnes. Elle devait croire cette vérité, et rien que celle-là. Et l'accepter.

La sonnette retentit de nouveau. Elle ouvrit la porte, s'apprêtant à offrir un sourire factice à son cavalier pour la soirée. Non, correction : à l'homme dont elle serait follement amoureuse durant les six prochains mois.

Gideon la dévisagea, puis ses yeux noirs se posèrent lentement sur la coiffure bouclée pour laquelle elle avait opté ce soir, la robe de cocktail noire avec ses découpes sur les côtés, les fins escarpins qui la grandissaient de dix centimètres. Quand ses yeux replongèrent enfin dans les siens, la lueur de convoitise qu'elle y décela la fit presque défaillir.

Attention danger, se répéta-t-elle plusieurs fois, comme un mantra.

Elle ne le laisserait pas réduire sa vie à un champ de ruines.

— Dix-neuf heures, murmura-t-elle, avant de s'éclaircir la gorge pour chasser son trouble. Comme tu l'avais demandé.

— Tu es magnifique…

Muette, elle en fut réduite à le fixer. Son expression était toujours aussi distante, mais son regard, sa voix… Si son regard la faisait frémir, il y avait dans sa voix une inflexion si vibrante, si sensuelle qu'elle serra instinctivement les cuisses pour tenter de bloquer le désir brûlant qui s'insinuait en elle.

— Où est ton manteau ? demanda-t-il en jetant un regard dans le vestibule.

— Je vais le chercher.

Ressaisis-toi, s'ordonna-t-elle en s'éloignant.

— Laisse-moi faire.

La rejoignant dans le vestibule, il lui prit le manteau des mains et l'aida à l'enfiler. Lorsqu'elle fut prête, elle resta une fois de plus sans voix lorsqu'il lui proposa son bras. Le souffle court, elle hésita un court instant puis, glissant son bras sous le sien, se laissa guider jusqu'à la Lincoln qui les attendait. Un chauffeur se tenait devant la porte arrière, mais Gideon lui fit signe de s'éloigner et l'ouvrit lui-même.

Bon sang, c'était un conte de fées ou quoi ? Elle avait pourtant passé l'âge de croire au prince charmant. Si elle en avait rêvé un jour, c'était il y a bien longtemps. Cependant, assise à l'arrière de cette luxueuse limousine aux côtés de Gideon Knight, enivrée par la chaleur de son corps et les notes de santal de son eau de toilette, elle pouvait presque comprendre pourquoi Cendrillon avait perdu une de ses pantoufles de vair pour un homme !

— Je n'ai pas eu l'occasion de te le dire plus tôt, mais… merci. Merci d'avoir aidé Bridgette, tout à l'heure, précisa-t-elle. Comment se fait-il que tu saches cuisiner ? Je ne m'attendais pas à ça de la part d'un homme comme toi.

Il se tourna vers elle, et dans la pénombre de l'habitacle, ses yeux sombres scintillèrent. La faible lumière des lampadaires balayait son visage, soulignant par intermittence la beauté de ses traits austères. Elle lutta contre l'envie d'effleurer ce visage dur, ces lèvres pleines. De libérer ces mèches soyeuses et d'y plonger les doigts…

— *Un homme comme moi* ? répéta-t-il, d'un ton ironique indiquant qu'il avait parfaitement saisi le sous-entendu. Je ne voudrais pas ternir l'image que tu as de moi, Shay, mais je n'ai pas eu des débuts aussi faciles que les tiens ou ceux de ton frère. Mes grands-parents sont arrivés de Chine avec une simple valise, et mes parents gagnaient à peine le salaire minimum, quand j'étais enfant. Après la mort de mon père, ma mère cumulait deux boulots pour subvenir à nos besoins. Et dès que j'ai été en âge de travailler, j'ai accepté n'importe quoi pour l'aider. J'ai travaillé, entre autres, comme cuistot dans un fast-food. Mais si tu as besoin d'un jardinier ou de quelqu'un pour déboucher tes gouttières, n'hésite pas…

Un sentiment de honte la fit rougir. Elle avait supposé qu'il était issu d'un milieu aussi privilégié que le sien. Quelle erreur ! Elle avait beau ne pas cautionner l'existence oisive de certains représentants de la haute société – elle croyait au travail acharné et à l'importance d'être utile en ce monde —, elle ignorait ce que c'était que de manquer d'argent, d'aller se coucher épuisé à cause d'un travail de misère ou sans savoir comment payer la prochaine facture.

Manifestement, la mère de Gideon, et Gideon lui-même le savaient.

— Je suis désolée, murmura-t-elle. J'ai eu tort.

Elle s'arrêta, se demandant s'il fallait clore le sujet.

— Ta mère doit être fière de toi, ajouta-t-elle.

Il l'examina silencieusement durant quelques instants qui parurent durer une éternité.

— Elle l'est, répondit-il. Mais elle l'aurait été tout autant si j'avais travaillé toute ma vie dans un fast-food.

Shay analysa cette nouvelle déclaration. Pourrait-elle en dire autant de ses parents ? Non. Son père l'aurait sans aucun doute reniée. Et si elle avait adoré sa mère, cette dernière n'aurait pas été fière d'elle ou heureuse pour elle si elle avait accepté un poste indigne de ce à quoi elle pouvait prétendre en tant que représentante de la famille Neal. Pour Leida Neal, sa fille devait non seulement occuper un poste prestigieux, mais faire également ce que l'on appelait « un beau mariage ».

Cette réalité l'attrista. Gideon réalisait-il à quel point il avait de la chance ?

— Ce doit être quelqu'un de très généreux, reprit-elle, bien que déstabilisée par le sujet. Je suis désolée pour ton père.

Un nouveau silence pesant suivit cette déclaration.

— C'était il y a longtemps.

— Ma mère est morte il y a quatorze ans, et elle me manque encore tous les jours, avoua-t-elle doucement.

— Je m'en souviens. Ton frère et moi avons fait nos études universitaires ensemble, mais avant ça, nous étions dans le même lycée. Je me souviens qu'un jour, le principal est venu le chercher en plein cours.

— J'ignorais que tu avais fréquenté le même lycée que Trévor, dit-elle, sous le choc. Il n'a jamais dit qu'il te connaissait.

Trévor n'avait en effet parlé de Gideon Knight que lorsqu'il s'était mis en tête de racheter sa start-up. Et encore, en associant à son nom une ribambelle d'adjectifs peu flatteurs.

Gideon esquissa un petit sourire mi-désabusé, mi-cruel.

— Ton frère et moi avons une longue histoire, expliqua-t-il. C'était un type bien, au départ. J'étais boursier dans un lycée privé fréquenté par les enfants de l'élite. Ce qui faisait de moi une cible pour la plupart des élèves. Mais ton frère n'en faisait pas partie. Du moins, jusqu'à la mort de votre mère. Après ça, il est devenu… l'un des pires. Nous étions souvent en compétition, que ce soit en termes de résultats scolaires ou de sport, ce qui n'a pas aidé. Et comme je n'acceptais pas ses humiliations ou celles de ses petits camarades, tu peux imaginer la haine que nous éprouvions l'un pour l'autre.

— Il a changé après la mort de maman, acquiesça Shay, accablée comme à chaque fois qu'elle songeait à l'évolution de son frère. Elle le protégeait des excès de notre père. Notre père…

Elle s'interrompit et laissa errer son regard sur les immeubles qui défilaient derrière les vitres, revoyant le visage désapprobateur et sévère de Lincoln Neal. Une désapprobation qui visait certes ses deux enfants, mais surtout Trévor.

— Il était exigeant, poursuivit-elle. Strict et presque impossible à satisfaire. Trévor voulait désespérément lui plaire. Ce qui est devenu impossible, bien sûr, lorsqu'il est mort. Pourtant, même maintenant…

Elle s'interrompit de nouveau, cette fois parce qu'elle avait l'impression d'avoir trahi son frère en révélant autant d'informations intimes à son sujet.

— Cela n'excuse pas son comportement, rétorqua Gideon.

— Non, bien sûr. Mais personne n'a été créé dans une bulle. Et personne n'est uniquement bon ou mauvais. Parfois, il est utile de connaître la vie des gens pour comprendre leur comportement. Tout le monde mérite un peu de compassion, ou un peu d'empathie.

De ses doigts forts et fermes, Gideon lui saisit le menton et tourna son visage vers lui. À ce simple contact, elle sentit ses mamelons durcir et son entrejambe pulser de désir. Il avait fait exactement la même chose le soir de la panne d'électricité, pour la regarder jouir. Une fois de plus, elle fut incapable de détacher son regard du sien. Une fois de plus, elle sentit ses lèvres s'ouvrir pour les siennes. Elle eut toutefois la prudence de ravaler le gémissement qui montait du fond de la gorge.

— Ton frère ne mérite rien de tout cela, Shay. Alors n'essaie pas de me convaincre du contraire avec tes histoires tristes sur son enfance.

Du bout du pouce, il lui effleura la lèvre inférieure, et cette fois, elle perdit la bataille, libérant le gémissement qu'elle retenait depuis plusieurs secondes.

Les yeux de Gideon se fixèrent quelques instants sur sa bouche, après quoi il redressa la tête, plongeant dans son regard.

— Pourquoi ai-je l'impression…, murmura-t-il, fronçant les sourcils sans ôter son doigt de ses lèvres.

Il n'alla pas plus loin.

— L'impression de quoi ? demanda-t-elle, frémissante d'appréhension.

Son gémissement sourd lui avait-il mis la puce à l'oreille ? Il faut dire qu'elle avait imploré ses caresses et ses baisers à d'innombrables reprises, durant la nuit qu'ils avaient passée ensemble.

À cet instant précis, elle regretta de ne pas avoir été honnête avec lui. Oui, elle aurait dû lui révéler son identité dès le départ. Si elle le faisait maintenant, il la prendrait pour une menteuse. Une menteuse par omission, mais une menteuse quand même.

Par principe, elle détestait les mensonges. Elle hésita un instant… mais ce fut l'instinct de conservation qui l'emporta. Les raisons pour lesquelles elle lui avait caché son identité étaient toujours valables : elle ne lui faisait pas confiance. Que ferait-il s'il apprenait que Shay Neal se faisait passer pour une serveuse à l'une des réceptions les plus huppées de l'année et n'hésitait pas à coucher avec un inconnu ? Se servirait-il de cette information pour ruiner aussi sa vie, comme il avait menacé de la faire pour Trévor ?

Dans le doute, elle ne pouvait prendre ce risque.

— Oh. Rien, répondit-il, lâchant son menton et reprenant son expression impassible. Tiens. J'ai quelque chose pour toi, ajouta-t-il en sortant de sa poche une petite boîte rectangulaire.

Elle jeta un coup d'œil inquiet au cadeau, avant de le prendre et de l'ouvrir, les doigts légèrement tremblants. Elle écarquilla les yeux de surprise en soulevant le couvercle.

De fins bracelets en or sertis de rubis et de diamants scintillaient sur le fond en velours noir. Ils étaient magnifiques.

— Il y en a huit, précisa-t-il, prenant les bracelets en voyant qu'elle ne faisait pas un geste. Dans la culture chinoise, le chiffre 8 porte bonheur. Tout comme la couleur rouge.

Lui prenant doucement la main, il lui glissa les bracelets au poignet.

— Merci, murmura-t-elle.

Dans le passé, bien des hommes lui avaient offert boucles d'oreilles, colliers ou bagues en espérant la conquérir – ou plutôt conquérir l'héritière de la famille Neal. Mais aucun n'avait pensé à lui offrir un bijou ayant une signification. Ou en pensant à *elle*, Shay. Qu'il l'ait voulu ou non, Gideon lui avait transmis une petite part de lui-même, de son héritage. Et rien que pour cela, elle accepterait son cadeau.

— Merci, Gideon. Ils sont vraiment magnifiques.

— De rien, murmura-t-il, effleurant la peau fine de son poignet.

L'espace d'un instant, elle vit passer dans ses yeux une lueur d'émotion, qui disparut presque aussitôt.

Elle en éprouva une douleur aussi subite qu'inattendue *Tout cela n'est qu'une mascarade*, se rappela-t-elle. Ils jouaient tous les deux leur rôle, et le cadeau qu'il venait d'offrir à sa fausse petite amie n'était qu'un accessoire.

Tant qu'elle garderait cette vérité à l'esprit, elle ne se perdrait pas dans la merveilleuse énigme que représentait de plus en plus à ses yeux Gideon Knight.

- 11 -

— J'ai l'impression d'être un animal de foire, murmura Shay en avalant une gorgée de vin blanc. Ils pourraient quand même nous regarder plus discrètement…

Gideon haussa un sourcil, balayant du regard le vaste salon. Il croisa plusieurs paires d'yeux braqués sur eux. À sa profonde satisfaction, ils se détournèrent aussitôt.

Il avait accepté l'invitation à ce dîner en raison de la liste des convives. Il n'y avait pas que des hommes d'affaires, mais aussi des membres du cercle social dont Shay faisait partie. La rumeur de leur présence, ensemble, à ce dîner, se propagerait au sein de l'élite de Chicago comme un feu de brousse.

— Ils se demandent pourquoi tu es avec la bête, répondit-il.

— Probablement.

Il s'amusa de la rapidité avec laquelle elle avait acquiescé, ce qui lui valut un sourire éblouissant. Il devait l'admettre, Shay était une actrice hors pair. À peine avaient-ils franchi le seuil du manoir qu'elle avait charmé ses propriétaires, Janet et Donald Creighton, de bons clients de sa start-up. Il avait beau savoir que tout cela n'était qu'une mascarade, il trouvait Shay très crédible dans son rôle de femme amoureuse. Brèves caresses sur son bras ou son torse. Délicieuses taquineries. Sourires charmeurs. Regards langoureux. Oui, elle aurait mérité un prix d'interprétation.

Lorsque leurs hôtes les rejoignirent, elle glissa le bras sous le sien, pressant sa ravissante poitrine contre lui. Pour la cinquante-cinquième fois en moins de deux heures, il ordonna à son sexe de se tenir tranquille.

S'il avait été un homme meilleur, il aurait mis une certaine distance entre eux. Il n'aurait pas posé aussi souvent sa main au creux de son dos, un dos recouvert par un voile aussi diaphane que celui qui gainait ses épaules et ses bras. Elle était à la fois sexy et chic dans cette robe qui sculptait délicieusement ses courbes.

À chaque fois qu'il la touchait, la chaleur qui émanait d'elle semblait se diffuser en lui, déclenchant un besoin avide de caresser sa peau, de passer les doigts dans ses mèches épaisses et sombres… De prendre possession de ce corps délicieusement exposé.

Une seule femme avait déjà suscité chez lui cette réaction : Camille. Ce qui le perturbait. La mystérieuse serveuse avait disparu de sa vie. Mais Shay… Tout chez elle mettait ses bonnes manières à rude épreuve.

Par exemple, il n'arrêtait pas de la toucher alors qu'en toute logique, il aurait dû le faire uniquement lorsqu'ils étaient en public, pour donner l'impression qu'ils formaient un couple heureux et amoureux. En réalité, elle ne cessait de le surprendre. Comme lorsqu'elle le foudroyait du regard, alors que personne, hormis ses proches, n'osaient le défier.

À cet étonnement permanent s'ajoutait l'impression, troublante, qu'il y avait chez elle quelque chose de familier…

Puis il y avait ses bracelets qu'elle portait au poignet. L'or et les rubis irradiaient sur sa peau cuivrée comme des rayons de soleil, l'hypnotisaient comme des flammes. Une fois de plus, il les regarda, et cet élan de possessivité qui l'avait saisi dans la voiture le transperça. Une fois de plus, il le repoussa.

Ce n'était pas la première fois qu'il offrait un bijou à une femme. Il en avait offert une telle quantité à Madison qu'elle aurait pu ouvrir une joaillerie ! Cette fois, il était entré dans la bijouterie dans l'intention d'acheter quelque chose de luxueux, mais aucune des pièces qui lui avaient été présentées ne semblait… juste. Alors il était allé chez le petit bijoutier où il avait acheté le cadeau d'anniversaire de sa grand-mère, et les bracelets étaient là, qui l'attendaient. Il n'avait pas prévu d'acheter quelque chose d'aussi personnel, d'aussi… intime. Après tout, ce bijou ne devait être qu'un accessoire censé convaincre les autres du sérieux de leur relation. Pourtant, il l'avait acheté, et contrairement à presque tout ce qu'il faisait dans sa vie, il avait accompli cet acte sans l'analyser, sur un coup de tête. Son envie de voir Shay porter un bijou qu'il avait choisi personnellement l'avait emporté sur la prudence.

Et cette envie était toujours aussi vive.

Lorsqu'il glissa la main sur l'épaule de Shay, s'arrêtant sur sa nuque, ce désir se fit plus aigu encore.

— Je devrais être jalouse devant un aussi beau couple, remarqua aimablement Janet Creighton. Mais grâce à vous, mon petit dîner est devenu l'événement social de la saison, ajouta-t-elle avec un clin d'œil.

Shay sourit.

— J'ai dit à Gideon qu'il aurait dû vous informer de ma présence à ses côtés ce soir, mais… toutes les rumeurs qui courent à son sujet sont vraies : il est têtu comme une mule. Il préférait vous faire la surprise.

— Tu avoueras tout de même que je te cède beaucoup trop souvent, rétorqua Gideon, une nouvelle fois surpris par ses talents de comédienne. D'ailleurs, ma réputation n'y survivra peut-être pas, ajouta-t-il en lui effleurant les cheveux de ses lèvres.

Elle lui planta les ongles dans le bras, et il eut un mal fou à réprimer un gémissement. L'agréable douleur se réverbéra jusqu'à son bas-ventre, et il dut serrer les dents pour ne pas lui demander de recommencer. Mais plus fort.

— Tu ne devrais pas avouer que je suis ton point faible, lui fit-elle remarquer d'un ton dont il fut le seul à percevoir la nuance de sarcasme. Je pourrais être tentée d'en profiter.

— Et moi de te laisser faire, ma chérie.

Un silence vibrant chargé de tension tomba entre eux et, l'espace d'un instant, leurs regards s'affrontèrent, s'entremêlèrent. Leur petit numéro semblait bien trop réel. Tout comme le désir qui brûlait en lui. Que ferait-elle s'il baissait la tête et s'emparait de ses lèvres pulpeuses ? Le repousserait-elle sous un prétexte ou un autre ? Ou profiterait-elle de la situation pour le laisser la goûter ?

— Eh bien, ça alors…

Le murmure amusé de Janet s'insinua à travers la brume du désir qui obscurcissait son jugement. *Quel idiot*, songea-t-il, en reportant son attention sur leur hôtesse. C'était une mascarade. Un numéro qu'il avait créé de toutes pièces. Il ne pouvait pas se permettre de l'oublier.

— Chéri, ajouta Janet en se tournant vers son mari, tu devrais prendre des notes.

À côté de Janet, Donald renifla légèrement.

— Nous sommes mariés depuis trente-deux ans. J'ai des crampes à la main.

À cette plaisanterie, Shay éclata de rire, attirant d'autres regards dans leur direction, et Gideon ne put s'empêcher de sourire. Son plan fonctionnait à merveille.

— Nous sommes prêts à passer à table, annonça Janet en jetant un regard faussement agacé à son mari. Allons-y.

— Ça s'est bien passé, murmura Shay, dès que Janet et Donald furent hors de portée, en lui lâchant le bras. Tu peux en faire autant.

Au lieu d'obéir, il se tourna vers elle pour l'étreindre, ne s'arrêtant que lorsqu'il sentit la pointe de ses seins contre son torse. Elle ne put réprimer un soupir, et il sentit son souffle contre sa gorge où de minuscules frissons pétillèrent sur sa peau.

Lorsqu'il la sentit se raidir, il pencha la tête vers son oreille.

— Tu es censée apprécier mes caresses, Shay. En redemander et non les fuir.

À ces mots, elle glissa les mains sous les pans de sa veste et planta les ongles dans sa peau, à travers sa chemise. Il ne put réprimer un gémissement de plaisir.

— Tu as l'intention de me punir, Rayon de lune ? murmura-t-il tout près de ses lèvres, en lui inclinant la tête en arrière. Ça tombe bien, j'ai toujours aimé pimenter mon plaisir avec un peu de souffrance. Tu enfoncerais tes ongles plus profondément si je te le demandais gentiment ?

Contre toute attente, au lieu de le repousser, elle s'exécuta, lui offrant un avant-goût du traitement qu'elle lui réserverait s'ils se retrouvaient un jour dans un lit. Il essaya de réprimer un nouveau gémissement, mais un léger râle s'échappa contre sa volonté. Il vit un éclair de satisfaction passer dans le regard de Shay.

Elle avait pris le pouvoir. Avait complètement inversé le rapport de forces. Il serra les dents, retenant les mots qui révéleraient qu'elle avait fait de lui sa chose. *Encore, plus fort, je t'en prie…*

— Gideon…, chuchota-t-elle.

— Regardez-moi ça…, fit une voix ironique derrière eux. Vous avez l'air tellement bien ensemble…

Gideon lâcha Shay, se plaçant à son côté et, glissant un bras autour de sa taille, affronta du regard Madison et Julian Reus, prenant soin de ne pas afficher le dégoût et la haine qu'il éprouvait pour Madison et le mépris que lui inspirait son père. Cela dit, il était satisfait. Il attendait leur arrivée. Il avait cru que Trévor serait avec eux, mais comme il n'était pas collé à Madison, c'est qu'il ne devait pas être présent. C'était dommage, mais il se contenterait de son ex et de son père.

Il se concentra sur Madison. Comment avait-il pu ne pas remarquer la lueur cupide et calculatrice qui brillait dans ses yeux bruns ? Certes, elle était belle, avec ses longs cheveux noirs, ses traits sensuels et son corps tout en courbes, mais c'était une beauté dure, un vernis qui ne faisait que détourner l'attention de la froideur intrinsèque du personnage.

L'amour est vraiment aveugle, songea-t-il, s'en voulant encore d'être tombé amoureux d'une telle femme.

— Quand nous avons appris tu étais ici avec Gideon, Shay, je dois admettre que nous n'y avons pas cru, fit remarquer aimablement Julian, tel un bon politicien, mais le regard brillant d'animosité. Ton frère ne m'avait pas dit que tu serais là ce soir. Ou que tu serais… *en si bonne compagnie*. Je suis sûr qu'il sera ravi d'apprendre cette heureuse nouvelle.

— Trévor est un frère merveilleux, mais il n'est que cela : mon frère, répliqua Shay, avec un sourire charmant. Et je n'ai pas besoin de son approbation pour savoir avec qui j'ai envie de passer mon temps. Tout comme il ne m'a pas demandé la mienne avant de sortir avec Madison. Même si je la lui aurais donnée avec plaisir, ajouta-t-elle avec un sourire glacial, cette fois.

Julian Reus cligna des yeux, et sa bouche prit un pli plus dur.

— Ton frère et moi avons beaucoup en commun, dit-il. Nous admirons tous les deux l'honnêteté… et la loyauté.

— Vous voulez vraiment vous aventurer sur ce terrain, Julian ? intervint Gideon, haussant un sourcil.

S'il s'était efforcé de parler d'un ton neutre, presque blasé, il avait donné à sa voix une nuance menaçante qui n'avait pu échapper à son interlocuteur. Il n'était pas question de le laisser intimider ou rabaisser Shay. Surtout devant lui.

— Je me tiens à votre disposition pour en discuter avec votre fille et vous, ajouta-t-il. En détail.

— Allons-y, papa, dit Madison avec un petit rire crispé. Nous avons beaucoup d'autres gens à voir.

Shay attendit que sa future belle-sœur et son père soient hors de portée avant de soupirer.

— Mon Dieu… Cette soirée est devenue soudain beaucoup moins amusante.

— Je ne suis pas d'accord, répondit-il, posant une fois de plus la main au bas de son dos pour l'entraîner ailleurs. La fête ne fait que commencer.

Shay inspira profondément tout en se lavant les mains. Ce moment de solitude dans la salle de bains, loin des regards désapprobateurs de Madison et de son père ou de la curiosité des autres invités, était une bénédiction.

Elle détestait faire l'objet de toutes ces spéculations. Tous ces gens ressemblaient à des vautours, attendant leur part du festin. Si Gideon semblait indifférent, tous ces regards en coin, avides, et ces murmures étrangement audibles la rongeaient telles des fourmis attaquant un pique-nique. À la fin du dîner, elle s'était presque précipitée aux toilettes. Pour être libre, ne serait-ce que quelques instants.

— Tu ne peux tout de même pas rester ici éternellement, dit-elle à son reflet.

Voilà qu'elle parlait toute seule, à présent ! Était-elle en train de perdre la tête ?

Elle se dirigea vers la porte en souriant. Sa mère aussi se parlait à elle-même lorsqu'elle vaquait dans la cuisine et que son père n'était pas là pour la surprendre. Shay réalisa alors à quel point sa mère lui manquait. Sa tendresse, ses paroles rassurantes, sa confiance.

Leida Neal l'aurait réprimandée de se cacher ainsi dans la salle de bains pendant un dîner. Et elle aurait eu raison. Se moquant d'elle-même, Shay sortit des toilettes… et faillit percuter Madison.

Oh non… Pas elle…

— Salut, Madison. J'espère que je ne t'ai pas fait attendre. La salle de bains est à toi.

Alors qu'elle s'apprêtait à contourner Madison, cette dernière s'interposa.

— Je ne suis pas pressée, Shay. J'espérais justement pouvoir te parler seule à seule. Nous avons tant de choses à nous dire, puisque nous avons apparemment plus en commun que je ne le pensais.

— Je suppose que tu parles de Gideon.

— Tu t'es bien fichue de moi, n'est-ce pas ? L'autre soir, tu ne m'as pas dit que tu le connaissais. Et quand je t'ai parlé de la relation que j'avais eue avec lui, tu as fait comme si de rien n'était. Je t'ai sous-estimée, apparemment. Je ne referai pas deux fois la même erreur.

— Je n'ai pas fait comme si de rien n'était, comme

tu dis. Parler de ma vie privée alors que nous étions à table avec mon frère, ton fiancé, n'était pas la meilleure des idées. Et comme je l'ai fait remarquer à ton père, je n'ai pas besoin de l'autorisation de Trévor pour entretenir des relations avec qui que ce soit, ajouta-t-elle, s'efforçant de rester calme. Si j'avais su que tu assistais à ce dîner, je t'aurais dit que j'y serais pour ne pas te prendre par surprise. Seulement je n'en savais rien.

Un silence lourd s'installa entre elles.

Shay s'apprêtait à partir lorsque Madison reprit :

— Ton frère passe son temps à dire à quel point tu es intelligente. Shay a obtenu tel diplôme avec mention. Shay par-ci. Shay par-là. Pourtant, tu es terriblement naïve en ce qui concerne les hommes, dit-elle avec une douceur aussi fausse que ses cils. Comment se fait-il, à ton avis, que mon ex soit tombé amoureux de la sœur de mon nouveau fiancé ? Cela ne te paraît pas curieux ? C'est presque pathétique tellement c'est évident. Il se sert de toi, Shay. Gideon me court après, et tu es tombée dans son piège. Il est avec toi uniquement pour me rendre jalouse.

Shay tressaillit. La révélation de Madison lui avait fait l'effet d'une gifle. Pourquoi cela faisait-il si mal ? Elle s'était lancée dans cette mascarade en pleine connaissance de cause. Gideon se servait d'elle, et il n'en avait pas fait mystère. Alors pourquoi se sentait-elle si humiliée ?

S'efforçant de garder son calme, elle balaya les propos de Madison d'un revers de main.

— Je ne vois pas en quoi cela te concerne, Madison. Ce qu'il y a entre Gideon et moi ne regarde que nous. Maintenant, si tu veux bien m'excuser…

Elle fit quelques pas. Cette fois, si Madison se mettait en travers de son chemin, elle se retrouverait les quatre fers en l'air. Par chance, celle-ci n'en fit rien, et Shay se dirigea vers le grand salon avec un soupir de soulagement.

— Demande-lui lequel de nous deux a rompu ! lança Madison. Tu verras. Il n'a toujours pas renoncé à moi. Si je veux qu'il revienne, Shay, je n'aurais qu'à claquer des doigts.

L'ultime pique de Madison avait des accents de vérité, et Shay dut faire un effort surhumain pour poursuivre son chemin.

Une fois de plus, elle se demanda pourquoi cela lui faisait si mal.

- 12 -

— Tu m'as piégée. Une fois de plus.

Gideon se détourna du paysage qui défilait derrière la vitre de la limousine pour regarder Shay. Elle était silencieuse depuis qu'ils avaient quitté le manoir des Creighton, dix minutes plus tôt. Non, elle était distante depuis qu'elle avait regagné la salle à manger, à la fin du dîner.

Et Madison était arrivée quelques minutes plus tard, un sourire sournois aux lèvres. Or il avait appris à ses dépens que son ex pouvait être terriblement malveillante. Avait-elle dit quelque chose à Shay ? Lui avait-elle fait du mal ? Un élan de protection l'avait alors submergé, au point qu'il avait été à deux doigts de prendre Shay dans ses bras pour la questionner. Pour lui assurer que si Madison avait utilisé contre elle ce poignard qui lui servait de langue, il le lui ferait payer.

Au lieu de cela, il était resté assis à côté d'elle, continuant la mascarade jusqu'à ce qu'ils puissent s'éclipser poliment.

Depuis, le dégoût le rongeait à l'intérieur comme de l'acide. Il l'avait poussée dans la tanière du lion et ne l'avait pas protégée. Chaque guerre avait ses victimes, se répétait-il, une fois de plus, comme un mantra.

Il savait qu'en incluant Shay dans ses plans, elle risquait d'être meurtrie, mais la fin justifiait les moyens. Il revit sa sœur allongée sur ce lit d'hôpital, les cheveux emmêlés, le teint pâle, le regard rivé sur la fenêtre. Oh oui. La fin justifiait les moyens.

— Que dois-je comprendre par cette remarque énigmatique, Shay ? Je dois t'avouer que cela m'échappe…

— Tu savais que Madison et le sénateur seraient là ce soir.

Gideon la regarda fixement, sans même se demander s'il devait lui dire ou non la vérité.

— Bien sûr que je le savais. Janet et Donald sont des associés de Julian.

— Tu n'as pas pensé à me prévenir ? Et si Trévor avait été là ?

— Et alors ? répliqua-t-il, sentant la colère monter en lui comme à chaque fois qu'il entendait le nom de Trévor. Je l'espérais, figure-toi. Mais peu importe. Il sera peut-être encore plus choqué lorsqu'il apprendra de la bouche de son futur beau-père ou de sa fiancée que sa sœur sort avec son pire ennemi.

— Tu es conscient que tu fais souffrir des gens ?

La déception dans la voix de Shay lui parut insupportable.

Il se pencha vers elle jusqu'à ce qu'ils ne soient plus qu'à quelques centimètres l'un de l'autre. Si près qu'il sentit son souffle sur ses lèvres.

— Ton frère ? Oui.

— Tout ça pour elle, murmura Shay, laissant ses magnifiques yeux errer sur son visage.

Des yeux qui lui évoquaient le début de l'automne. Secouant la tête pour chasser cette humeur sentimentale, il se tourna vers la vitre.

— Madison avait raison, ajouta Shay.

Il se raidit. Cette remarque vint confirmer ses soupçons. Lentement, il se retourna et capta une fois de plus son regard.

— Que t'a-t-elle dit ?

— Rien que je ne sache déjà, répondit-elle, en se mordillant la lèvre inférieure.

— Que t'a-t-elle dit, Shay ?

— Que tu m'utilisais pour te venger d'elle et de Trévor. Qu'elle pourrait te récupérer si elle le voulait. Elle...

Elle marqua une pause, et une lueur de tristesse passa dans ses yeux.

— Elle m'a suggéré de te demander qui de vous deux avait rompu, reprit-elle. Je suppose donc que c'est elle qui t'a quitté.

Il ne répondit pas.

Qu'est-ce que cela pouvait bien faire, si Shay connaissait les détails les plus sordides de sa vie ? La façon dont il avait surpris son frère dans le lit de Madison. La façon dont la femme avec qui il pensait passer le reste de sa vie lui avait déclaré que Trévor était une meilleure option pour elle.

Rien de tout cela n'avait plus d'importance maintenant. Pourtant, il resta silencieux.

Shay secoua la tête en riant doucement. Un rire triste qui lui cisailla le cœur.

— C'est ça ton grand projet, Gideon ? Utiliser le dossier que tu as constitué contre mon frère pour t'assurer ma coopération et pour, au final, récupérer ton ex ? Je croyais que tu voulais donner une leçon à Trévor...

— Ne sois pas stupide !

— Tiens, c'est à peu près ce que m'a dit Madison. En fait, je vois très bien où tu veux en venir. Tu te bats pour elle comme pour récupérer un ballon perdu pendant un match. Et à la fin, j'aurai l'air aussi stupide qu'elle me l'a dit. Mais cela n'a pas d'importance pour toi, n'est-ce pas ? Puisque ton seul but est de remporter la partie.

— Remporter la partie ? Et pour quoi faire, à ton

avis ? Renouer une relation basée sur le mensonge et la cupidité ? Récupérer une femme prête à sauter sur le premier venu tant qu'il est prêt à payer généreusement le privilège de coucher avec elle ? Dis-moi, Shay, tu trouves vraiment que le jeu en vaut la chandelle ?

Elle le dévisagea, bouche bée, stupéfaite par la férocité de sa réponse.

— Comment ça ? murmura-t-elle, sondant son visage comme pour y chercher la vérité. Tu veux dire qu'elle…

— Me trompait ? Bien sûr ! répondit-il avec un rictus amer. Nous étions ensemble depuis un an et demi, et nous devions nous marier. Je la trouvais magnifique, amusante, pleine d'esprit, excitante. Je me fichais de savoir qui était son père ou sa famille. Tout ce que je voulais, c'était être avec elle. Seulement tout ce qu'elle voulait, elle, c'était ce que je pouvais lui donner. Du moins, jusqu'à ce qu'elle trouve quelqu'un qui puisse lui donner davantage. Et devine qui c'était ?

Les lèvres de Shay formèrent le nom de son frère, mais aucun son ne sortit.

— Oui, Trévor, dit-il d'un ton sec. Un jour, je suis rentré plus tôt d'un voyage d'affaires et je suis passé chez elle. J'avais la clé. Je les ai trouvés ensemble. Dans le lit où je lui avais fait l'amour deux jours plus tôt. Ce n'était pas la première fois qu'ils couchaient ensemble. Le lendemain, en me rendant ma bague, Madison m'a dit que cela durait depuis six mois. Selon elle, j'étais peut-être riche, mais Trévor avait du prestige, des relations et un nom. Il représentait une meilleure option pour elle.

Shay bascula la tête en arrière comme sous l'effet d'un uppercut. Une lueur de tristesse passa dans son regard, et l'espace d'un instant, il lui en voulut. Il refusait sa pitié ; elle devait simplement comprendre quel genre de salaud était son frère.

— Ton frère l'a fait exprès, Shay.

Tout comme lorsqu'il s'était servi d'Olivia pour l'atteindre.

— Il a choisi Madison parce que c'était ma fiancée. Et comme elle n'a elle-même aucune once de morale, elle n'a eu aucun problème à coucher avec un homme que je détestais, ce qu'elle savait très bien. Elle ne m'a pas seulement trahi avec son corps, mais avec sa loyauté, son cœur. Donc je n'ai pas besoin de prouver à Trévor qui de nous deux est un meilleur homme. Parce que ton frère, Shay, a déjà perdu la partie.

— Gideon, je…

— Et pour répondre à la deuxième partie de ton propos, non, tu n'es pas stupide. Loin de là. Tu es juste aveugle. Pourquoi es-tu si prompte à croire les affirmations d'une femme manipulatrice et jalouse ?

— Qu'est-ce que tu veux dire ? demanda-t-elle en fronçant les sourcils. Madison n'est pas…

— Jalouse ? Pourquoi est-ce si difficile à accepter ? Et cela n'a rien à voir avec moi. Tu représentes tout ce qu'elle veut être. Tu es respectée, admirée, non seulement pour ta beauté mais pour tout le reste. Ton intelligence, ton talent, ton charme. Tout comme moi et tout comme Julian, elle a vu la façon dont tu as séduit tout le monde ce soir, la façon dont tous les invités s'attroupaient autour de toi pour obtenir une seconde de ton temps. Tout cela n'a rien à voir avec ton nom de famille, mais avec toi. Moi, je ne suis rien d'autre qu'un jouet dans ce scénario, Rayon de lune, murmura-t-il. La seule chose qui me rend désirable aux yeux de Madison, c'est que toi, une femme qu'elle ne pourra jamais être, ait mis la main sur moi.

S'il ne l'avait pas observée de si près, il n'aurait peut-être pas remarqué son léger tressaillement.

— Pourquoi dis-tu cela ? demanda-t-elle.

— Les autres femmes, ce soir, brillaient comme des soleils. Essayaient de se faire remarquer. Toi, Shay, tu n'as pas besoin d'essayer d'attirer l'attention. Comme la lune, tu es lointaine, discrète et belle. Les hommes ne peuvent s'empêcher de te remarquer. D'être attirés par toi, prêts à mendier ta lumière plutôt que d'être perdus et seuls dans l'obscurité.

Il se tut, le cœur battant. Seul le bruit de leurs souffles haletants remplissait à présent l'habitacle. Quelque part, il aurait voulu effacer ces mots trop révélateurs. Toutefois il n'en fit rien, préférant attendre de voir ce que Shay allait en faire.

— Quel est ce nouveau jeu, Gideon ? murmura-t-elle, les yeux écarquillés, soudain vulnérable. Je ne sais pas y jouer.

— Alors, fixe les règles, ma belle…

Incapable de résister, il lui prit la joue et, du bout du pouce, dessina la ligne ciselée de sa pommette.

— Fixe les règles, et je les suivrai, Shay.

C'était une idée dangereuse. Dans cette relation factice qu'il avait exigée, le rapport de forces ne pouvait s'inverser ; il ne pouvait pas lui donner une arme à utiliser contre lui. N'avait-il pas monté ce plan pour venger sa sœur ? Pourtant, cette idée ne l'empêcha pas de s'approcher de Shay et d'effleurer ses lèvres entrouvertes, de plonger dans ces beaux yeux et de lui révéler le désir qui le consumait.

— Une seule, murmura-t-elle. Fais-moi…

Elle marqua une pause, fermant brièvement les paupières avant de les rouvrir presque aussitôt.

— Fais-moi oublier.

— Oublier quoi, Rayon de lune ?

Il était déjà prêt à lui obéir. Il était prêt à tout pour continuer à la toucher.

Mais cette soif de la conquérir le disputait à l'envie de savoir ce qui la hantait. Il ne s'était jamais pris pour un chevalier prêt à terrasser un dragon, mais pour Shay, il était prêt à mettre une armure et à s'élancer dans les flammes.

D'une main, elle lui agrippa le poignet puis, glissant l'autre sous sa veste, lui caressa le torse puis le cou, où elle s'arrêta sur la veine palpitante de son pouls.

— Oublier que tu essaies de détruire mon frère, mon univers, chuchota-t-elle. Oublier que tu vas me briser… et que je vais te laisser faire.

Un étau lui serra la poitrine, lui bloquant presque la respiration. S'il avait été un homme meilleur, il l'aurait lâchée, se serait promis de ne plus la toucher. Il aurait renoncé à ce piège dans lequel elle était déjà prisonnière. Elle avait raison : il finirait par lui faire du mal. S'il avait eu une conscience, il lui aurait conseillé de se protéger de lui.

Seulement…

— Embrasse-moi, ordonna-t-il d'une voix sourde. Prends ce que tu désires de moi. Et, Rayon de lune…, ajouta-t-il en glissant son pouce entre ses lèvres humides, ne sois pas douce…

Elle le dévisagea un instant et il vit le désir supplanter la vulnérabilité dans son regard. Il sentit ses dents se refermer sur son pouce, et la douce morsure diffusa un désir foudroyant jusque dans son bas-ventre.

— Ne sois pas douce, répéta-t-il.

Elle posa les yeux sur lui et il sentit sa main s'approcher de son cou. Elle serra les doigts au moment précis où elle lui mordait le pouce, une fois de plus.

— Hum…, gémit-il, laissant la douleur exacerber son désir.

Elle jeta un œil vers le chauffeur.

— Le volet de séparation est insonorisé, expliqua-t-il, lui caressant la lèvre inférieure avant de la mordiller tendrement à son tour.

Le gémissement qu'elle poussa réveilla le loup en lui. Bon sang ! Il brûlait de s'emparer de sa bouche, comme un prédateur de sa proie. Il s'empressa de fermer un second panneau, opaque celui-là, les dissimulant complètement à la vue du chauffeur.

— Tu te sens bien ? demanda-t-il, alors que son sexe se tendait démesurément sous son pantalon.

Il aurait pu attendre qu'ils arrivent à destination, mais le désir avait pris le dessus, et il n'avait plus qu'une seule envie : être en elle. Une envie qui l'avait saisi, réalisa-t-il, depuis qu'il l'avait abordée la première fois dans ce restaurant. Non. Depuis plus longtemps. À la seconde précise où il avait ouvert le dossier monté par son détective privé et posé les yeux sur sa photo. Oubliant jusqu'à ses plans de vengeance, il avait navigué dans ces yeux noisette. Imaginé son joli corps se cambrant et se tortillant sous le sien. S'était demandé si elle le prendrait lentement et doucement, ou durement et sauvagement. Il avait failli devenir fou à cette idée !

Elle acquiesça à sa question, mais il secoua la tête.

— Dis-moi vraiment, Rayon de lune. Tu te sens bien ?

— Très bien, répondit-elle en l'étranglant doucement une dernière fois avant de déposer une traînée de baisers sur sa gorge, son menton, avant de s'arrêter à quelques millimètres de ses lèvres. J'ai fixé les règles, ajouta-t-elle en s'agenouillant sur la banquette, le dominant d'une bonne tête. Tu n'as plus qu'à les suivre, comme tu l'as promis.

Elle écrasa sa bouche contre la sienne.

Son baiser n'était ni doux ni hésitant. Sa langue hardie franchit aussitôt le seuil de ses lèvres, luttant avec la sienne pour la domination. Il réalisa alors qu'elle l'embrassait exactement comme si elle savait déjà ce qui l'excitait. Il y avait là quelque chose de… familier. Il ressentit un frisson au niveau de la nuque, un avertissement, peut-être, mais lorsqu'elle approfondit son baiser, lui aspirant la langue comme si sa vie en dépendait, la curieuse impression disparut. Rien d'autre ne comptait hormis le goût enivrant de cette femme. Car à cet instant, la question qui le taraudait depuis qu'il avait vu sa photo trouva sa réponse : Shay était sauvage et débridée au lit. Ou à l'arrière d'une voiture.

— J'ai envie de…

Au lieu de terminer sa phrase, elle tendit le bras et lui ôta l'élastique qui retenait ses cheveux.

Lorsque les mèches se détachèrent, elle poussa un soupir émerveillé qui lui adoucit les traits tandis qu'elle ramenait ses cheveux vers son visage. Les mouvements de ses doigts dans ses cheveux, sur son crâne déclenchèrent en lui un long frisson des plus érotiques. N'y tenant plus, il lui agrippa les hanches, enfonçant les doigts dans sa chair tendre.

— Magnifique…, murmura-t-elle.

Il tressaillit. Seule une autre femme l'avait déjà qualifié ainsi, exactement sur le même ton admiratif. Cela l'avait frappé sur le coup, tout comme aujourd'hui. Une fois de plus, une étrange impression de familiarité l'envahit, qu'il repoussa aussitôt. Car à présent qu'il avait les mains sur elle, qu'il était enveloppé par son parfum aux notes de roses fraîches, il n'y avait plus de place pour une autre femme. Une femme qui rôdait comme un fantôme dans son esprit. Shay, elle, était réelle, sensuelle, avec sa peau cuivrée et son corps à la fois fin et pulpeux. Sa chaleur faisait bouillonner le sang dans ses veines. Elle le rendait fou de désir.

Elle était là. Pour lui. Avec un grognement, il glissa les mains dans son dos, et la fermeture Éclair lui égratigna les poignets. Désespéré de découvrir si ce qu'il avait imaginé correspondait à la réalité, il l'ouvrit avec impatience et, en un tournemain, lui dénuda le haut du corps. Elle se laissa faire, ôtant les mains de ses cheveux pour faciliter la tâche.

— Non.

— Non ? répéta-t-elle, déçue.

Alors qu'elle s'apprêtait à croiser pudiquement les bras sur sa poitrine, il lui agrippa les poignets, l'empêchant d'achever son geste.

— Tu es encore plus belle que je l'imaginais, grogna-t-il, cueillant doucement un de ses seins et se délectant du globe délicieux qui emplissait sa paume.

Respectueusement, il passa le pouce sur le mamelon et le regarda durcir, fasciné. Non, ce n'était pas la première femme qu'il touchait ainsi, mais aucune n'avait réagi aussi intensément à ses caresses.

Cessant de fixer son sein, il plongea dans son regard.

— Rien ni personne ne pourrait rivaliser avec toi, murmura-t-il d'une voix rauque.

Elle entrouvrit les lèvres, mais aucun mot n'en sortit.

Bien ! Il parlait assez pour deux, et il devait arrêter avant que cela aille trop loin.

Il agaça le mamelon du bout de la langue puis l'aspira dans sa bouche. Shay frémit, et lorsqu'elle enfonça les ongles dans son crâne et attira sa tête contre ses seins, elle lui transmit toute la force de sa passion.

Changeant de sein, il gratifia l'autre du même traitement. Elle se tortilla contre lui, comme si elle voulait se rapprocher. Il lui retroussa la robe jusqu'à la taille Avec un gémissement, elle s'assit à califourchon sur lui et se mit à se frotter contre son sexe tendu.

Avec un grognement satisfait, il se remit à lui téter le sein de plus belle, et elle le récompensa en ondulant lascivement des hanches. En route vers le paradis, il ferma les yeux pour mieux goûter ce plaisir irrésistible. Ils n'étaient pas entièrement nus mais c'était sans importance, car il sentait parfaitement la chaleur humide de son sexe contre le sien à travers le tissu de son pantalon.

— Redonne-moi ta bouche, ordonna-t-il, d'une voix si gutturale qu'il en était presque incompréhensible.

Elle devait lire en lui comme dans un livre ouvert, car elle lui offrit exactement ce qu'il demandait. Sans cesser d'onduler sur lui, elle plongea la langue dans sa bouche, reproduisant le rythme de ses coups de reins. Tout en l'embrassant, elle réussit le tour de force d'ouvrir sa veste et d'attaquer sa chemise, arrachant presque les boutons, avant de glisser les mains sur son torse nu.

Ils gémirent en même temps lorsqu'elle posa les mains sur lui. Ses doigts habiles glissèrent alors sur son torse, s'attardant sur ses tatouages, dessinant les motifs avec vénération.

— Comment est-il possible que tu sois de plus en plus beau ? demanda-t-elle dans un souffle.

Il entrouvrit les lèvres pour lui dire que c'était elle qui était belle, et non lui, mais elle lui ôta toute capacité de parler lorsqu'elle se mit à lui agacer les mamelons. Il lui donna un coup de reins involontaire. C'était comme si le bout de ses doigts était connecté directement à son sexe. Lequel durcissait, palpitait, au point que c'en était presque douloureux.

— Il faut que je vienne en toi, murmura-t-il contre ses lèvres.

Abandonnant ses seins, il enfouit les doigts dans ses cheveux, immobilisant sa tête pour plonger dans son regard.

— Je peux ?

— Oui, murmura-t-elle, glissant les doigts vers la ceinture de son pantalon.

— Tu vas me prendre comme ça ? demanda-t-il, lui donnant un nouveau coup de reins pour lui faire comprendre ce qu'il voulait dire. Me prendre comme si j'étais ta chose ?

— Oui.

La lâchant presque brutalement, il glissa la main dans sa veste pour prendre son portefeuille, qu'il jeta par terre dès qu'il en eut sorti un préservatif. En quelques instants, il libéra son érection.

Elle retint son souffle quelques instants avant de s'en emparer. Il se cambra sous l'effet du plaisir, posant la main sur la sienne, et ils se mirent à le caresser ensemble. Toutefois il n'était pas question d'aller jusqu'à l'orgasme sans la pénétrer.

— Assez, ordonna-t-il.

Lorsqu'ils eurent ôté leurs mains, il déchira l'étui du préservatif avant de l'enfiler.

Au-dessus de lui, elle farfouilla sous sa robe, essayant d'ôter sa petite culotte.

— Et merde…, grommela-t-il.

Lui retroussant la robe jusqu'à la taille, il empoigna le minuscule triangle noir et l'écarta largement. L'espace d'un instant, il savoura la vision de son sexe nu et humide et l'érotisme des bas de soie qui montaient jusqu'à mi-cuisse. Mais il ne put résister très longtemps à la tentation.

Glissant le doigt dans la fente sombre, il gémit en la sentant si mouillée. Elle gémit à son tour, renversant la tête en arrière lorsqu'il se mit à la caresser. Juste ce qu'il fallait pour la faire trembler comme une feuille mais sans la faire jouir. Car cet honneur était réservé à son sexe.

Agrippée à ses épaules, elle s'enfonça lentement sur lui, et malgré l'envie qu'il avait de fermer les yeux pour savourer l'emprise de son sexe autour du sien, il garda les yeux rivés sur elle. Parce que rien, ni les ondulations de son corps, ni le frémissement de ses cuisses, ni le plaisir d'être sa chose, ne pouvait surpasser la beauté de ces yeux écarquillés, ravagés de désir.

Des yeux qui l'imploraient de la laisser faire. Ce à quoi il consentait avec joie. Hormis le léger tremblement de ses muscles bandés, il se tenait parfaitement immobile, la laissant se repaître de lui à son rythme. Même si la lenteur avec laquelle s'enfonçait sur lui menaçait de le précipiter dans la folie ou dans l'orgasme. Lorsque, enfin, elle fut assise sur lui, il était complètement enchâssé en elle. Il ne la libéra pas pour autant de son regard, car en cet instant, enveloppé dans cette gangue de douceur, tout se mit en place. Et il reconnut enfin ce regard.

Sut qui elle était vraiment.

— Baise-moi, Rayon de lune, chuchota-t-il. Et ne me quitte pas des yeux.

Lui empoignant les cheveux, elle remonta les fesses, coulissant doucement sur lui. Il sentit un filet d'air sur la pointe de son sexe, après quoi elle s'enchâssa de nouveau sur lui, l'avalant dans sa chaleur douce et ferme. Une fois. Deux fois. Toujours aussi lentement. Elle semblait ne jamais devoir s'arrêter.

Elle le chevauchait, allant et venant au-dessus de lui, les poussant tous deux implacablement vers l'orgasme.

Ses cris se mêlaient aux siens, mais à aucun moment elle ne détourna son regard du sien. Lui montrant l'effet qu'il produisait sur elle, comme un cadeau. Lorsqu'il sentit des pulsations électriques le long de sa colonne vertébrale, il sut qu'il ne pourrait plus résister bien longtemps.

Ôtant alors la main de ses cheveux, il la glissa entre ses cuisses. Une fois, deux fois, il lui agaça le clitoris. Puis le pinça doucement.

À cet instant, elle poussa un cri et il sentit son sexe se contracter et palpiter autour du sien, le défiant de plonger dans l'abîme avec elle. Lui saisissant les hanches, il lui donna un coup de reins puissant, plongeant si profondément en elle qu'il se demanda s'il pourrait ressortir un jour.

Lorsqu'il bascula à son tour dans l'orgasme, il la serra dans ses bras, poussant un long gémissement au creux de son cou. Le nez plongé dans sa chaleur enivrante, il laissa passer les derniers spasmes puis reprit lentement sa respiration, sentant ses sens se réactiver un à un après cet instant de black-out total.

Le silence régnait à présent dans l'habitacle. Avec précaution, il se retira, se débarrassa du préservatif et lissa leurs vêtements.

Shay ne le regardait pas, absorbée qu'elle était à réajuster sa robe.

— Ça va ? demanda-t-il, d'une voix qui lui sembla trop forte.

— Oui, répondit-elle, toujours sans le regarder.

Camille.

Le prénom frissonnait sur sa langue. Il faillit le dire à voix haute juste pour voir si elle répondrait. Mais il garda pour lui le prénom de la femme qui hantait ses pensées depuis la nuit de la panne d'électricité.

Cette femme qui n'était autre que Shay Neal.

Ce qui expliquait le sentiment de familiarité qui n'avait cessé de le tenailler. L'impression qu'il avait de la connaître. C'était en plongeant en elle qu'il avait vraiment réalisé qui elle était. Comment Shay avait-elle pu croire qu'il ne la reconnaîtrait pas, une fois en elle ? Qu'il ne reconnaîtrait pas la sensation unique de son sexe serré autour du sien ?

Elle lui avait menti. Pendant tout ce temps, elle savait qui il était, savait qu'ils s'étaient déjà donnés l'un à l'autre, mais elle lui avait caché son identité.

Pourquoi ?

Plusieurs raisons lui vinrent à l'esprit : la gêne, la volonté de protéger sa réputation. Seule l'une d'elles, effarante, semblait s'imposer.

Leur nuit d'amour durant cette panne d'électricité était-elle un coup monté ? Shay s'était-elle rendue à ce gala dans l'intention de le piéger ? De se rapprocher de lui ? Certes, c'était lui qui l'avait abordée, mais que serait-il arrivé s'il ne l'avait pas fait ? Aurait-elle trouvé un prétexte pour lui être présentée ? Pour le faire parler, lui soutirer des informations ?

Trévor l'avait-il envoyée au gala dans ce but ?

Quelques instants auparavant, Gideon aurait écarté cette possibilité d'un revers de main. Mais à présent qu'il émergeait de la brume du plaisir, il n'en était plus si sûr. Avant tout, Shay était une Neal, et sa loyauté était acquise à son frère. Avait-elle couché avec lui pour le faire chanter ? Il ne pouvait imaginer que la loyauté de Shay irait jusqu'à coucher avec un homme dans une arrière-cuisine pour aider son frère dans un quelconque chantage. Comme elle le lui avait dit, elle n'était prête à se prostituer pour personne. Mais… se livrer à un petit subterfuge qui profiterait à son frère ?

Ce n'était peut-être pas tout à fait exclu… Était-elle plus fourbe qu'elle ne le laissait paraître ?

Il détailla son profil altier, attendant de voir si elle allait lui dire la vérité, maintenant qu'elle avait une fois de plus uni son corps au sien. Peut-être expliquerait-elle les raisons pour lesquelles elle l'avait trompé.

Mais elle ne dit rien.

Et ce silence lui rappela avec force ce qu'ils étaient vraiment l'un pour l'autre. Elle l'avait incité à s'abandonner à elle. Et il l'avait fait. Mais ce serait la dernière fois. Car s'abandonner entre les bras d'une femme comme elle revenait à baisser la garde et laisser entrer l'ennemi.

Or c'était bien ce qu'elle était. Son ennemie.

- 13 -

Shay enfila sa veste de tailleur et étudia son reflet dans le miroir chevalet de sa chambre. La coupe de la veste et de la jupe grises à fines rayures était flatteuse, soulignant les courbes de sa taille et de ses hanches. Le chemisier crème à jabot lui conférait une allure plus féminine. Elle avait rassemblé ses cheveux en chignon souple et mis les clous d'oreilles en diamant préférés de sa mère. La tenue dans son ensemble était professionnelle, moderne.

Et lui faisait l'effet d'une armure.

Elle en avait bien besoin, aujourd'hui ! Avec un peu de chance, personne ne devinerait qu'elle s'était, la veille, envoyée en l'air sur la banquette arrière d'une voiture.

Mon Dieu… Elle ferma les yeux, se pinçant l'arête du nez. Que lui était-il passé par la tête ? Rien de bien sensé, à l'évidence.

Avec un petit gémissement, elle se détourna du miroir. Cela aurait été tellement plus facile de rester sous la couette aujourd'hui. De faire comme si rien ne s'était passé. Après tout, c'était son point fort, dernièrement : faire semblant. D'être en couple. D'être amoureuse de Gideon Knight. De ne pas avoir trahi sa famille. Aujourd'hui, ce serait faire semblant de ne pas avoir fait l'amour avec l'homme qui la faisait chanter !

Les regrets serraient sa poitrine comme un étau, mais cela n'avait rien à voir avec le sexe. Cette étreinte avait été tout aussi fabuleuse que la première, et même si elle avait été stupide de céder à Gideon, elle n'avait aucun remords de s'être abandonnée à la passion.

Non, c'était ce qui s'était passé ensuite qui l'avait chagrinée. L'espace d'un instant, elle avait oublié que Gideon détestait tout ce qui était associé à sa famille. Qu'il détruirait la réputation de son frère si elle ne cédait pas à son chantage. Qu'elle se trouvait au centre d'une rivalité entre son frère et son amant.

Dès que le plaisir s'était dissipé, Gideon avait repris ses distances. Elle avait pratiquement senti la porte se refermer entre eux ! Certes il s'était montré doux lorsqu'il l'avait aidée à rajuster sa robe, mais ses gestes semblaient presque mécaniques par rapport aux caresses intenses et débridées qu'il venait de lui prodiguer.

De plus, il n'avait pas desserré les dents, hormis pour s'assurer qu'elle se sentait bien et lui souhaiter bonne nuit lorsqu'il l'avait déposée chez elle. Et jamais elle ne s'était sentie aussi vulnérable, aussi… seule.

Et dire qu'elle avait failli lui avouer qu'elle était Camille ! Heureusement, elle s'en était abstenue.

Eh bien, elle avait retenu la leçon : ce qui s'était passé la veille était une erreur qu'elle ne referait pas. Jamais plus elle ne montrerait sa vulnérabilité à Gideon. Aller au bout des six prochains mois, c'était son but. Protéger Trévor de Gideon, avoir accès à son compte épargne pour quitter RemingtonNeal et se concentrer sur sa propre affaire.

La période de sa vie où elle était sous l'emprise des hommes était sur le point de s'achever.

Pour réaliser son rêve d'indépendance, elle pouvait supporter six mois de plus avec Gideon Knight.

Avec un soupir, elle jeta un coup d'œil au réveil posé sur sa table de chevet. Elle n'avait pas le temps de prendre un petit déjeuner ; elle prendrait un café au bureau. Avec un peu de chance, la circulation serait fluide, et elle arriverait à l'heure pour la réunion avec l'équipe de l'agence événementielle qu'elle avait engagée pour la grande réception annuelle de RemingtonNeal.

Prenant son manteau et son sac à main, elle descendit l'escalier, passant mentalement en revue les éléments déjà bien trop nombreux figurant sur sa liste de choses à faire.

— Shay.

Elle s'arrêta à la porte d'entrée, adressant à Trévor un rapide sourire alors qu'elle posait son sac à main sur la console pour enfiler son manteau.

— Bonjour, Trévor. Désolée, je n'ai pas le temps de prendre un café. J'ai un…

— Il va falloir que tu prennes le temps. J'ai à te parler. Et cela ne peut pas attendre. Suis-moi dans le bureau.

Sans même attendre son accord, il tourna les talons et se dirigea vers l'arrière de la maison.

Stupéfaite, elle le regarda s'éloigner. Ôtant son manteau, elle le déposa sur la console puis emboîta le pas à son frère.

— Ferme la porte, s'il te plaît, dit-il, lorsqu'elle entra dans la pièce qui lui servait de repaire, comme à leur père avant lui.

Trévor n'y avait pas changé grand-chose. Hormis le fauteuil de bureau en cuir qui se trouvait derrière le bureau en chêne massif, tout le reste était identique. Les hautes étagères, les lourds rideaux, les deux fauteuils de chaque côté de la grande cheminée. Elle détestait être convoquée dans cette pièce du vivant de son père ; cela signifiait qu'elle avait fait quelque chose de mal. Et elle n'aimait pas davantage ce genre d'entretiens, aujourd'hui, avec son frère.

— Que se passe-t-il, Trévor ? demanda-t-elle, les bras croisés sur sa poitrine.

— Comment se fait-il que j'aie dû apprendre que tu avais une liaison avec Gideon Knight de la bouche de Madison et de son père ? demanda-t-il sèchement, en marchant à grands pas autour de son bureau. Sais-tu à quel point c'était humiliant pour moi de recevoir cet appel ?

Évidemment… Comment avait-t-elle pu oublier Madison et le sénateur ?

Sans doute l'effet Gideon. Et cette partie de jambes en l'air dans sa voiture. Elle avait eu l'intention de parler à Trévor de la relation qu'elle entretenait avec Gideon lorsqu'elle était rentrée la veille, mais cela lui était sorti de l'esprit. Et pour cause !

— Je suis désolée, Trévor, répondit-elle, sincèrement contrite. J'aurais voulu être la première à te parler de nous.

— De *vous* ? répliqua-t-il, posant les mains sur le dossier du fauteuil le plus proche. Il ne devrait même pas y avoir de « vous » ! Je t'ai dit de ne pas t'approcher de cet homme, lui rappela-t-il en la foudroyant du regard. Tu as déjà oublié ? C'était le jour où tu m'as dit que tu le connaissais à peine et qu'il n'y avait rien entre vous.

— Comme je l'ai expliqué à Madison, le soir du gala de la fondation n'était pas le meilleur endroit pour parler de ma vie privée. D'autant plus que tu n'as jamais caché ton hostilité envers Gideon. Je sors avec lui depuis quelque temps, mais du fait de toutes ces difficultés, nous avons préféré ne pas nous afficher ensemble avant d'être sûrs du sérieux de notre relation. Comme je l'ai dit également au sénateur, je n'ai pas à te demander l'autorisation quand j'ai envie de sortir avec quelqu'un. J'avais l'intention de t'en parler hier soir. Encore une fois, je suis navrée que tu l'aies appris par quelqu'un d'autre.

— Où est ta loyauté, Shay ? Celle que tu dois *d'abord* à ta famille ?

La pique la frappa en plein cœur, exacerbant sa culpabilité. Elle tenta de se raisonner en se disant qu'il ignorait tout ce qu'elle avait sacrifié et sacrifiait encore pour lui, mais cela n'atténua pas la douleur que lui causait sa condamnation et son dégoût.

— Elle n'a pas changé, murmura-t-elle. Les gens que je fréquente à l'extérieur n'ont rien à voir avec toi ou l'amour que je te porte.

— Si, si tu te tapes un type que je déteste ! Que j'ai toujours détesté ! s'exclama-t-il en la foudroyant du regard.

— Pourquoi ? Explique-moi pourquoi. Gideon m'a dit que vous aviez fait vos études ensemble.

Elle ne parla pas du harcèlement que Trévor avait fait subir à Gideon. Son frère avait sûrement quelque chose à dire, car s'il avait toujours été snob, elle ne l'avait jamais vu haïr autant une personne simplement parce qu'elle était issue d'un milieu modeste.

— C'est vrai, nous avons fréquenté le même établissement, et à l'époque déjà, il ne savait pas rester à sa place.

— *Rester à sa place*, répéta-t-elle lentement, incapable de croire qu'il puisse faire preuve d'autant d'intolérance.

Oui, ils avaient la chance de faire partie de l'élite du pays. Pourtant, ils étaient d'origine afro-américaine, et aujourd'hui encore, ils devaient endurer les regards racistes qui leur faisaient comprendre qu'ils n'étaient pas de la « bonne espèce » lorsqu'ils osaient entrer dans certains établissements. Alors comment son frère osait-il…

— Pourquoi ? Parce qu'il est sino-américain ? demanda-t-elle.

— Non ! protesta-t-il, furieux. Je me fiche bien de ça !

Elle sentit l'étau qui serrait la poitrine se relâcher quelque peu à ces mots.

— Après la mort de maman, il ne restait plus que papa…, commença-t-il.

Oh mon Dieu…

— Trévor, murmura-t-elle, tendant une main vers lui.

— Non, dit-il en la repoussant. Je sais qu'elle ne représentait pas la même chose pour moi que pour toi. Elle était un bouclier, une protection entre papa et moi. Quand elle est morte, je me suis retrouvé à la merci de papa, en butte à ses attentes, ses exigences, sa désapprobation, ses colères. Je n'ai même pas eu le temps de faire mon deuil parce que papa voulait à tout prix faire de moi un véritable Neal. M'endurcir, comme il disait. Sa façon de me parler… murmura-t-il d'un ton amer avant de s'arrêter en pleine phrase.

— Je sais. J'ai vu à quel point il était dur avec toi. Mais quel rapport avec Gideon ? Papa ne le connaissait même pas.

— Bien sûr que si, grogna Trévor. Qui finançait la bourse qui lui a permis d'entrer dans ce lycée, à ton avis ? C'était une des œuvres caritatives de RemingtonNeal. Et papa ne m'a jamais permis de l'oublier. Sports, résultats scolaires, même le foutu club de débat auquel nous participions. Gideon et moi étions toujours en rivalité, et quand il réussissait mieux que moi, papa était toujours là pour me rappeler qu'un modeste étudiant était meilleur que moi ! Qu'il devrait peut-être l'engager pour diriger l'entreprise familiale parce qu'il était plus intelligent, plus fort, plus rapide ! Il nous comparait constamment, et cela ne s'est pas terminé avec le lycée, cela a continué à l'université et au-delà. Car il a même suivi la carrière de Gideon après ses études. La seule chose dont je me félicite aujourd'hui, c'est qu'il ne soit plus là aujourd'hui pour te voir avec lui. Car il ferait de lui son fils et lui donnerait RemingtonNeal !

Elle le dévisagea, sous le choc. Jamais elle n'aurait pu imaginer…

À présent, elle comprenait mieux son animosité envers Gideon, parce qu'elle connaissait leur père… Elle savait combien il était capable de rabaisser les gens. Surtout Trévor. Lincoln Neal n'avait sans doute pas la moindre affection pour Gideon, mais l'utiliser comme une arme émotionnelle contre son fils lui ressemblait.

Et Trévor… Seigneur ! Si son frère ne guérissait pas de cette amertume, il vivrait en essayant de prouver à leur père mort qu'il valait mieux qu'un homme qu'il aurait pu, autrefois, considérer comme un ami.

— Tu comprends pourquoi tu ne peux pas être avec lui, Shay ? Cet homme a été la source de ma souffrance et de mon malheur pendant plus d'une décennie. Je ne le laisserai pas entrer chez moi ou manger à ma table, encore moins sortir avec ma sœur ! Quitte-le !

Hélas, c'était impossible.

Mettre fin à sa relation avec Gideon signifiait détruire son frère. Cependant, même dans un univers parallèle où Gideon et elle se seraient rencontrés dans des circonstances normales, sans chantage ni vengeance, elle n'aurait pas rompu avec lui à cause de ce que son frère venait de lui dire. La rivalité qui existait entre Trévor et Gideon n'était pas sa faute, mais celle de leur père. Même mort, Lincoln Neal continuait à tyranniser son fils !

— Je n'ai pas l'intention de rompre avec Gideon, dit-elle.

Elle se rapprocha de son frère et posa la main sur la sienne.

— Trévor, je…

Ôtant brusquement sa main, il fit quelques pas en arrière et la regarda fixement.

— Tu ne vas pas rompre avec lui ?

— Non, Trévor.

Je fais ça pour toi ! aurait-elle voulu crier. Mais les mots restèrent bloqués au fond de sa gorge.

— Je ne voulais pas en arriver là, mais tu ne me laisses pas le choix. Leida Investments, Shay.

Pour la deuxième fois en l'espace de quelques minutes, le choc la priva de la parole, et elle regarda son frère, se sentant toute petite face à lui.

— Tu croyais que je n'en savais rien, n'est-ce pas ? reprit-il d'un air suffisant. Tu sais, rien ne m'échappe. Tant que tu étais discrète, que tu assumais tes responsabilités envers ta famille et la société, je t'ai laissé mener tes petites affaires. Mais aujourd'hui, tes actes nous mettent en danger. Si tu ne romps pas avec Gideon, je détruirai toutes les entreprises que tu finances. Et avec mon nom et ma réputation, tu sais que je n'aurai qu'à souffler pour que tout s'effondre. Et comme tu as sûrement besoin de temps pour savoir envers qui tu dois te montrer loyale, je te suspends de ton poste à RemingtonNeal. J'ai déjà demandé à Madison de reprendre certaines de tes missions dans les semaines à venir. Considère cela comme un congé légal. Cela te laissera le temps de choisir entre un homme que tu connais à peine et ta famille.

Sur cet ultimatum, il sortit de la pièce sans même lui accorder un regard.

Non seulement il l'avait congédiée et remplacée par sa fiancée sans même lui en parler avant, mais il avait menacé son entreprise et celles qu'elle finançait. Il était prêt à détruire la vie d'autres personnes pour la mettre au pied du mur.

Non… Ce n'était pas son frère, ça…

D'un pas lourd, elle quitta le bureau et regagna sa chambre. Là, elle ôta son tailleur et sortit ses valises de son placard. Quarante minutes plus tard, elle redescendait l'escalier sans savoir quand elle reviendrait.

Elle ne pouvait rester ici plus longtemps.

Auprès d'un frère qui était prêt à la sacrifier sur l'autel de sa vengeance.

- 14 -

Gideon s'arrêta devant la petite maison en briques du quartier de Humboldt Park. Avec sa façade à bordures blanches, sa pelouse impeccable et ses bacs à fleurs, vides pour l'instant, la maison était charmante et à l'évidence bien entretenue.

Que faisait Shay ici, puisqu'elle avait une maison ? Pourquoi lui avait-elle envoyé un texto lui demandant de venir la chercher ici ce soir et précisant qu'elle habiterait là au moins pour quelque temps ?

Que s'était-il passé ?

Une foule de questions le taraudaient depuis qu'il avait reçu ce message. Désireux d'obtenir des réponses le plus rapidement possible, il avait quitté en hâte la maison de sa mère et s'était rendu directement à l'adresse indiquée.

Il remonta l'allée jusqu'à la minuscule véranda. Shay l'avait sans doute entendu arriver, car avant qu'il puisse frapper à la porte, elle apparut sur le seuil, vêtue d'un châle en cachemire et d'une robe du soir.

Elle détailla sa tenue – caban, jean noir et bottes – et eut un mouvement de recul.

— Tu vas au ballet habillé comme ça ? demanda-t-elle, fronçant les sourcils.

— Non. Viens.

Il lui tendit machinalement la main et fut surpris lorsqu'elle la prit. Ils n'étaient pas en public, donc les démonstrations d'affection n'étaient pas nécessaires. En souriant il pressa doucement ses doigts, sans même réfléchir à la raison pour laquelle il avait ce geste d'affection.

Quelques instants plus tard, elle était assise sur le siège passager, son ample jupe repliée autour de ses jambes. Il démarra aussitôt.

— Que se passe-t-il, Shay ? À qui est cette maison ?

— À ma meilleure amie, Bridgette. Tu l'as vue dans le food truck, répondit-elle, regardant droit devant elle.

— Et pourquoi habites-tu chez elle, au moins pour quelque temps, comme tu m'as dit ?

— Parce que j'ai quitté la maison, répondit-elle avec un soupir las. Et que je ne sais pas quand, ni si j'y retournerai.

Après la surprise, une fureur froide s'empara de lui.

— Tu es partie ou Trévor t'a mise à la porte ?

Un autre soupir, et quand il la regarda, elle secoua négativement la tête.

— C'est moi qui suis partie. Trévor et moi avons eu… un désaccord, et j'ai pensé qu'il valait mieux que nous prenions nos distances pour quelque temps.

— Pourquoi me forces-tu à te cuisiner ? grogna-t-il.

— Je n'essaie pas de te forcer à quoi que ce soit, répondit-elle d'un ton altier. De plus, je n'ai aucune envie que tu me *cuisines*.

Il serra le volant si fort qu'il en fit crisser le cuir.

D'un côté, il avait envie de s'arrêter et d'exiger qu'elle lui avoue tout, parce qu'il savait qu'elle ne lui disait pas le quart de ce qui s'était vraiment passé. Et à en croire ses soupirs à fendre l'âme et ses traits crispés, il avait bien l'impression que le *désaccord* avec Trévor avait été beaucoup plus que cela.

Dans un second scénario, il se serait également garé

sur le bas-côté, mais pour une autre raison : la prendre dans ses bras pour la réconforter, lui murmurer à l'oreille que tout irait bien et qu'elle n'avait rien à craindre. Pour effacer la douleur qui semblait l'habiter.

Ce qui était ridicule. S'il y avait une femme qui n'avait pas besoin de réconfort – et surtout pas du sien – c'était bien Shay Neal.

Un lourd silence s'installa dans l'habitacle comme un troisième passager tandis qu'il prenait la direction de son appartement. Ce ne fut que lorsqu'il se gara dans le parking souterrain qu'elle sembla se réveiller.

— Je peux t'attendre ici pendant que tu te changes si tu n'en as pas pour longtemps, dit-elle en se redressant sur son siège. Le ballet commence dans une trentaine de minutes.

— Ne sois pas ridicule et sors de cette voiture, rétorqua-t-il, agacé par sa réticence manifeste à être seule avec lui. Je n'ai aucune intention de te sauter dessus. Je ne suis pas aussi stupide, ajouta-t-il avant de descendre.

— Ah bon, tu en es sûr ? murmura-t-elle lorsqu'il lui ouvrit la portière.

Malgré sa colère, il ne put réprimer un petit sourire à cette pique.

Quelques minutes plus tard, ils entraient dans son appartement, et tandis qu'il la débarrassait de son châle, le désir s'ajouta au maelström d'émotions qui l'avait envahi. Elle était tout simplement renversante avec cette ample jupe couleur champagne et ce haut moulant doté d'un décolleté vertigineux devant et derrière. Il ferma brièvement les yeux, se détournant de cette délicieuse vision. Aussitôt, des images de leur étreinte à l'arrière de sa voiture se mirent à défiler dans son esprit comme une bande-annonce de film. Lui, caressant ses seins avant d'en happer les pointes entre ses lèvres…

Jurant entre ses dents, il ouvrit la porte du placard et, avec plus de force que nécessaire, suspendit son châle et son sac.

Comment pouvait-elle être à la fois aussi sexy et sophistiquée ?

— Tu veux un verre de vin ? Un scotch ? demanda-t-il en se dirigeant vers le bar du salon.

— Nous avons le temps ? Si tu ne te dépêches pas de t'habiller, nous allons être en retard, lui rappela-t-elle, en le suivant mais en s'arrêtant en haut des marches qui menaient au salon.

Il ôta le bouchon d'une carafe et se versa un doigt de bourbon. Ce n'est qu'après avoir bu une gorgée qu'il se retourna pour lui faire face. Fixant sa peau dorée et le décolleté qui plongeait entre ses seins, il prit une seconde gorgée, espérant que cela suffirait à le maintenir sur les rails de la courtoisie.

— Nous n'allons pas au ballet, décréta-t-il.

Elle fronça les sourcils.

— Ah bon ? Pourquoi ? demanda-t-elle en descendant les marches. Et pourquoi ne m'as-tu pas dit que tu avais changé d'avis chez Bridgette ?

— Pourquoi ? répéta-t-il en sirotant son bourbon tout en la regardant par-dessus le rebord de son verre. Parce que même si tu ne veux pas l'admettre, tu ne vas pas bien. Quelque chose de plus grave qu'un *désaccord* avec ton frère a dû se produire pour que tu quittes la seule famille qui te reste, et le seul foyer que tu aies connu. Je suis peut-être un salaud, Shay, mais je n'ai pas l'intention de t'obliger à assister à un spectacle et à simuler un bonheur que tu es loin de ressentir. Surtout si ton frère est présent.

Il fit tourner le bourbon dans son verre avant de reprendre, haussant un sourcil :

— Et pour ce qui est de savoir pourquoi je n'ai rien dit quand je suis passé te chercher, c'est simple. Tu ne serais pas venue avec moi, si je l'avais fait. La dernière chose dont tu as besoin en ce moment, c'est d'être seule. Comme je sais que ton amie travaille le soir pour compléter les revenus générés par son food truck, tu aurais été seule, ce soir. Donc il ne reste plus que moi.

Elle le dévisagea, agacée.

— C'est un peu déprimant que tu en saches autant sur moi et mes proches, marmonna-t-elle.

Il haussa les épaules, prenant une autre gorgée de bourbon.

— Avant d'aller au combat, il est indispensable de s'informer le mieux possible sur son ennemi.

— Son *ennemi*…, répéta-t-elle d'un ton moqueur. Tu viens de me donner raison. Nous ne sommes pas amis, loin de là. Alors pourquoi te soucies-tu de la façon dont je passe la soirée ? Je ne suis pas sous ta responsabilité.

— C'est vrai. Nous ne sommes pas amis. Mais ne pourrait-on pas faire une trêve et reprendre les hostilités demain ? Tu as raison, tu n'es pas sous ma responsabilité. Seulement je suis responsable. Trévor et toi vous êtes disputés à mon sujet, n'est-ce pas ?

Comme elle ne répondait pas, il insista doucement :

— Shay ?

— Oui, admit-elle à contrecœur.

— Laisse-moi deviner, dit-il, sentant sa colère se ranimer. Trévor voulait que tu rompes avec moi et tu as refusé.

— Encore exact, répondit-elle, redressant fièrement

le menton, ce qui n'empêcha pas Gideon de remarquer le léger tremblement de sa lèvre inférieure. Si j'avais cédé à sa demande, j'aurais détruit tout ce à quoi il tient, je l'aurais détruit, lui. Mais je ne pouvais pas le lui dire. Alors il a menacé de démanteler mon entreprise, en commençant par ruiner toutes celles dans lesquelles j'avais investi. Oh ! et il m'a licenciée, ou plutôt mise en congé forcé. Pour me laisser le temps de choisir. Donc, soit je romps avec toi et je détruis la vie de mon frère. Soit je continue à honorer notre marché et je perds ce à quoi je tiens le plus au monde, à savoir l'entreprise que j'ai créée.

Gideon vit rouge. Trévor avait menacé sa propre sœur ? Il serra son verre si fort que les bords biseautés des parois s'enfoncèrent dans sa chair. Il visualisa l'épais dossier brun qu'il gardait dans son coffre-fort au bureau. Décidément, il avait raison de vouloir faire tomber Trévor. Un homme comme lui méritait l'enfer !

— Je ne le laisserai pas faire ça, décréta-t-il.

Bientôt, Trévor sera trop occupé à essayer de remettre sur pied les décombres de sa vie pour avoir le temps de nuire à sa sœur.

— Ce n'est pas ton affaire, rétorqua-t-elle, balayant ses paroles d'un revers de main. Mais tu as parlé d'une trêve. J'accepte, ajouta-t-elle en s'avançant, la main tendue. On se serre la main ?

Gideon jeta un œil à sa main tendue avant de plonger dans son regard. Bien que déterminé à ne pas la toucher, il s'exécuta. Durant quelques secondes qui parurent durer une éternité, ils se regardèrent fixement. Un choc électrique le transperça à une vitesse fulgurante et mit tous ses sens en éveil, et il réalisa une fois de plus qu'il lui était impossible de la toucher sans réagir. Toutefois, il résista à l'envie de l'attirer au creux de ses bras et de lui murmurer des mots doux à l'oreille.

La paix, la tranquillité, c'était ce qu'il lui avait promis.

— Tu as faim ? demanda-t-il d'un ton léger. Je peux commander tout ce que tu veux.

— Je…

Elle hésita, haussant les épaules avant de poursuivre :

— Je peux cuisiner, si tu as quelques provisions dans la cuisine.

Depuis qu'il l'avait rencontrée, elle n'avait cessé de le surprendre. Il n'aurait donc pas dû s'étonner de cette proposition.

— Tu sais cuisiner ? Et tu comptes rester habillée comme ça ? ajouta-t-il, la détaillant de la tête aux pieds.

— Tu ne commences pas très bien cette trêve, dis-moi. Bien sûr que je sais cuisiner. Montre-moi la cuisine. Enfin, si ça ne te dérange pas que je…

— Non, j'ai envie de voir ça de mes propres yeux, assura-t-il en la guidant vers la cuisine qu'il utilisait rarement.

Sa gouvernante lui préparait souvent des dîners qu'elle laissait au chaud dans le four. Les placards et le réfrigérateur devraient donc être pleins.

— Je te fournirai même des vêtements pour que tu ne taches pas ta robe. Tu vois comme je suis accommodant ?

— Jusqu'à demain, précisa-t-elle, moqueuse.

— Jusqu'à demain.

— Je n'y aurais jamais cru si je n'y avais pas goûté moi-même ! s'exclama Gideon, en jetant un regard émerveillé à son assiette vide.

Shay leva les yeux au ciel, réprimant difficilement un sourire. Avalant sa dernière bouchée de poulet carbonara, elle essaya de ne pas rougir sous son regard admiratif. Elle avait vingt-cinq ans et appartenait à une famille en vue, il allait sans dire qu'elle avait l'habitude des compliments. Mais venant de cet homme…

— Puis-je dire quelque chose sans briser les liens ténus de notre trêve ? demanda-t-il.

Elle aurait voulu échapper à l'intensité de son regard, mais la seule façon aurait été de quitter la pièce. Peut-être même l'appartement !

— Bien sûr, répondit-elle en le regardant dans les yeux.

— Je n'aurais jamais imaginé que tu étais le genre de femmes à te salir les mains dans une cuisine. Je t'ai déjà vue cuisiner dans le food truck, mais j'ai cru que c'était exceptionnel. Ce que tu as cuisiné ce soir montre que tu as du talent. De plus, tu as l'air de vraiment aimer ça. Décidément, tu es une contradiction ambulante.

— Comment ? Tu n'as pas cette information dans ton dossier ? rétorqua-t-elle d'un ton moqueur.

Elle prit une gorgée de moscato, se demandant jusqu'où elle pouvait se confier à lui. Elle ne s'était pas encore décidée lorsqu'elle réalisa qu'elle s'était déjà remise à parler.

— Ma mère adorait cuisiner. Nous avions un chef à la maison, mais quand papa n'était pas là, elle cuisinait pour nous. Elle me laissait l'aider, et ces moments passés ensemble à préparer des gombos ou une quiche comptent parmi les plus heureux de ma vie. J'ai appris à cuisiner et à aimer ça grâce à elle.

Elle se sentit soudain gênée. Jamais elle n'aurait pensé confier cela à Gideon Knight un jour…

— Bref, maintenant que ton dossier est à jour, conclut-elle avec désinvolture, je vais débarrasser.

Elle se leva de table et, prenant leurs assiettes, se

dirigea vers l'évier. Tandis qu'elle y déposait la vaisselle, une longue main se posa sur la sienne.

— Ta mère aurait été fière de toi, lui murmura-t-il tendrement à l'oreille. Maintenant, va te détendre. Tu as fait tout le travail, je peux au moins me charger de la vaisselle.

Sa première réaction avec Gideon avait toujours été de contester ses ordres, mais cette fois, elle accepta son offre et se hâta de s'éloigner de son enivrante chaleur.

Sans doute par lâcheté. Elle se sentait si faible face au charme puissant de cet homme qui semblait saper les défenses qu'elle avait érigées depuis le soir où il l'avait ignorée après lui avoir offert tant de plaisir.

Elle se mit en quête de la salle de bains et, après s'être lavé les mains, poursuivit sa visite.

Elle découvrit une vaste salle à manger. Une chambre à coucher à dominantes bleu tendre et crème. C'était peut-être là que dormait Olivia, la sœur de Gideon, lors de ses visites. Il lui avait dit que le T-shirt et le legging qu'il lui avait prêtés lui appartenaient. Jusque-là, elle ne savait même pas qu'il avait une sœur. Il n'avait pas donné davantage d'informations, et au nom de leur cessez-le-feu temporaire, elle n'avait pas insisté.

Encore une salle de bains. Un bureau. Et puis, une autre pièce qui était probablement la tanière de Gideon.

Elle s'arrêta devant la porte ouverte. Avec ses deux canapés, sa causeuse, sa grande table basse, son immense écran de télévision fixé au-dessus de la cheminée, cet espace semblait plus habité que le reste de l'appartement.

Elle jeta un coup d'œil derrière elle, mais le couloir était vide. Juste une minute, se promit-elle. En entrant dans la pièce, elle effleura le canapé en cuir dont l'assise était un peu plus creusée au centre, là où probablement Gideon avait coutume de s'asseoir.

Elle pouvait facilement l'imaginer assis là, à se détendre, vêtu d'un confortable pull noir à col en V et d'un jean, les pieds nus sur la table, la télécommande à la main, zappant sur les chaînes en quête de… De quoi, au fait ? C'était étrange… Elle savait comment il faisait l'amour mais ignorait tout de ses émissions ou films préférés.

Cette pensée l'attrista.

En même temps, cela lui donna envie d'en savoir plus à son sujet. De découvrir ses préférences dans tous les domaines.

Soudain, son attention fut attirée par une série de guitares alignées au fond de la pièce. Elle s'approcha. Pas moins de six instruments étaient rangés sur un stand rembourré. Elle ne connaissait rien aux guitares, mais elle savait que trois d'entre elles étaient acoustiques et les autres électriques. Toutes étaient parfaitement entretenues.

Étrangement émue, elle tendit la main vers les instruments.

— Tu joues ?

Elle fit volte-face, mortifiée d'avoir été ainsi surprise en train de fouiner.

— Je… Je suis désolée, balbutia-t-elle, s'éloignant des instruments. Je voulais juste… Je voulais juste visiter ton appartement et j'ai aperçu les guitares. Elles sont magnifiques, murmura-t-elle. Non, je ne joue pas, mais apparemment, toi, si…

Il hocha la tête, traversa silencieusement la pièce sur ses pieds nus et s'arrêta à côté du stand.

— Depuis des années, précisa-t-il en caressant le bois luisant d'une guitare acoustique.

Elle se sentit frémir. Son geste lui rappelait la façon dont il la touchait lorsqu'ils faisaient l'amour…

— On n'avait pas beaucoup d'argent quand j'étais enfant, poursuivit-il. Quand je me suis intéressé à la guitare, ma mère a réussi, je ne sais pas comment, à économiser pour me payer des cours. Puis j'ai appris à l'adolescence que mon père jouait aussi de la guitare. Je n'en ai aucun souvenir, mais j'aime à penser que je tiens de lui cet amour de la musique, comme tu as hérité de ta mère celui de la cuisine.

— Tu veux bien…, commença-t-elle avant de s'interrompre, gênée.

Il était clair que peu de gens connaissaient cette passion. Laquelle ne cadrait pas, il est vrai, avec son image d'homme d'affaires impitoyable. Pourtant, en cet instant, elle avait envie de voir ses doigts caresser les cordes des instruments. De l'entendre jouer. De le voir baisser la garde et la laisser enfin vraiment entrer dans son intimité.

— Tu veux bien jouer pour moi ? demanda-t-elle.

Il la dévisagea quelques instants, et elle sentit son cœur s'affoler. Puis il tendit la main vers l'une des guitares acoustiques. L'extrayant respectueusement du stand, il se dirigea vers un des canapés. De crainte qu'il ne se ravise, elle le suivit sans rien dire. Lorsqu'il se fut assis, elle s'installa à ses côtés.

Calant l'instrument sur ses cuisses, il pinça les cordes, tournant les clés. Lorsqu'il fut satisfait du son, il saisit le manche, posant la main sur les cordes, tandis que son autre bras enserrait presque amoureusement la caisse arrondie.

Alors il commença à jouer. Et elle resta bouche bée. Elle s'était attendue à quelque chose de classique, de doux. Non. La passion semblait animer ses doigts. La colère, la joie, le désespoir. La musique aux accents espagnols, mais aussi de blues et de rock. C'était à la fois enlevé et déchirant. En un mot, superbe.

Saisie d'une émotion inattendue, elle prit une profonde inspiration.

Quand les doigts de Gideon s'immobilisèrent et que les vibrations des cordes s'estompèrent, elle resta sans voix, avec l'impression d'avoir fait un aller et retour dans un pays magique connu de lui seul. D'avoir découvert une vérité rare et merveilleuse que bien peu de gens connaissaient sur cet homme.

Il releva la tête, posant sur elle ses yeux noirs insondables. Fronçant légèrement les sourcils, il lui effleura doucement la joue du bout du pouce.

— Tu pleures…, murmura-t-il.

— Vraiment ? fit-elle, en s'essuyant les joues. Je n'avais pas remarqué.

— J'étais si mauvais que ça ? plaisanta-t-il avec un doux sourire qu'elle ne lui avait jamais vu.

— Non ! Tu étais… Tu *es*… stupéfiant.

— Merci, dit-il en la contemplant quelques instants avec une incroyable intensité.

— Je sais que je ne devrais pas te désirer, déclara-t-elle tout à coup. Vraiment pas. Mais… Même en sachant qui nous sommes, même en sachant que cela ne peut se terminer que d'une seule façon, j'ai quand même envie de profiter de ces moments où nous sommes vraiment nous-mêmes, toi et moi. Où nous nous montrons sincères l'un envers l'autre, parce qu'au fond, c'est ce que nous savons faire de mieux.

Elle hésita un instant avant de poursuivre :

— Le sexe, le désir, la passion sont honnêtes. Le corps ne ment pas. Le plaisir ne s'embarrasse pas de statut social, d'origines ou de tranches d'imposition.

C'était risqué de lui répéter ces mots, puisque c'était

ceux qu'il avait dits à Camille, et non à elle. Et à en juger par la lueur qui passa dans son regard mi-clos et le pli de ses lèvres sensuelles, peut-être se souvenait-il de les avoir dits à une autre femme.

L'honnêteté. La sincérité. Comment pouvait-elle évoquer ces valeurs alors qu'elle était la première à lui dissimuler une vérité essentielle à son sujet ?

Il était plus que temps de lui dire la vérité. Elle ne pouvait plus garder ce secret, surtout après ce qu'il venait de partager avec elle.

— Il y a quelque chose que tu dois savoir, murmura-t-elle. Je t'ai caché quelque chose. Le soir de la panne de courant, Bridgette était malade et m'avait demandé de la remplacer pour un travail. Gideon, je…

— Shay, j'ai déjà compris. Tu es Camille.

Elle le dévisagea, bouche bée. Seigneur ! Il savait ? Depuis quand ? Pourquoi ne lui avait-il rien dit ?

— Tu croyais vraiment que je ne te reconnaîtrais pas en faisant l'amour avec toi ? murmura-t-il. Que je ne me souviendrais pas de certains détails délicieux de ton anatomie ? Non, Rayon de lune. C'est impossible.

— Attends… C'est pour ça que tu étais si froid avec moi, l'autre soir ? Tu m'en voulais de ne pas te l'avoir dit ?

Il l'examina longuement sans répondre.

— Ce n'est pas tant que tu m'aies menti qui me gêne, Shay, mais comme tu ne disais rien, je me suis demandé ce que tu faisais *réellement* à ce gala.

— Bridgette aurait perdu son contrat si je ne l'avais pas remplacée, et comme elle vient tout juste de lancer son food truck, elle ne peut pas se le permettre. Cela dit, j'ai dû utiliser un déguisement et un faux nom. J'ai assisté à ce gala à de nombreuses reprises, et mon frère aussi, et je ne voulais pas prendre le risque que Trévor…

Elle s'interrompit, comme si elle venait tout juste de comprendre.

— Mon frère…, murmura-t-elle. Tu as cru que c'était lui qui m'avait envoyée à cette soirée ? Pour obtenir des informations sur toi ?

Après une légère hésitation, il hocha la tête.

— L'idée m'a traversé l'esprit, en effet, avoua-t-il.

— Quelqu'un a dû te faire beaucoup de mal, pour que tu sois devenu si soupçonneux. Mais rassure-toi, Trévor ne savait pas que j'étais à cette soirée. Il n'y avait que deux personnes dans cette petite pièce, ce soir-là, Gideon : toi et moi. Et j'ai vécu entre tes bras l'expérience la plus excitante, la plus libératrice de ma vie. Voilà ce qui s'est passé. J'étais terrifiée. Terrifiée parce que personne ne m'avait jamais touchée de cette façon, au point que je ne me reconnaissais plus moi-même. Mais en même temps, cela m'excitait parce que j'aimais ça… Et maintenant, j'ai constamment envie de recommencer.

Dès que la confession lui eut échappé, elle réalisa qu'il pouvait l'utiliser à son avantage. Non. Gideon n'était pas comme son frère. Il était certes capable de la faire chanter, mais jamais il n'avait essayé d'utiliser contre elle la passion qu'il lui inspirait. Il est peut-être impitoyable, mais il possédait son propre code d'honneur.

Le désir dévorant qu'ils éprouvaient l'un pour l'autre était leur chasse gardée, et elle comptait bien en profiter au maximum avant qu'ils se retrouvent de nouveau dans des camps opposés. Parce que c'était inévitable.

Seulement, pour l'instant…

Elle s'approcha, effleurant la main de Gideon posée sur la guitare. Doucement, elle explora ces doigts qui avaient la faculté à la fois de tirer des sons extraordinaires d'une guitare et de la faire gémir de plaisir. Elle avait envie qu'il la caresse comme il caressait son instrument.

Elle remonta lentement jusqu'à son cou puis lui prit le menton, comme il le faisait souvent avec elle, et lui effleura la lèvre du bout du pouce.

Sans la quitter du regard, Gideon posa la guitare sur la table puis, lui saisissant vivement la main, déposa un baiser au creux de sa paume. Lorsqu'il posa ses lèvres sur la veine palpitante au creux de son poignet, elle cligna des yeux, électrisée, puis se mit à haleter lorsqu'elle sentit ses petits coups de langue. Un désir foudroyant pulsa dans son bas-ventre, et elle ne tenta même pas de réprimer son gémissement.

Il se leva et, lui prenant la main, l'entraîna hors de la pièce.

En haut de l'escalier en colimaçon, ils entrèrent dans une chambre éclairée par une unique lampe de chevet. La chambre de Gideon, à l'évidence. Avec un lit immense recouvert d'oreillers noirs et blancs, une cheminée et deux fauteuils, deux tables de chevet vernies, un tapis. Ce décor presque austère était adouci par la vue imprenable sur la rivière et les hautes tours qui se découpaient à travers les baies vitrées, mais aussi par la fresque en noir et blanc représentant un arbre massif mais sans feuilles qui ornait l'un des murs. C'était magnifique. C'était lui.

Il prit son visage entre ses mains et s'empara de ses lèvres. Le baiser était lent, tendre, érotique en diable. Sa langue transmettait tout ce qu'il avait envie de lui faire. Et alors qu'elle penchait la tête, s'ouvrant tout entière à son baiser, elle lui offrit son consentement.

— Je t'ai prise sur un canapé et dans une voiture. J'ai envie de toi dans un lit, murmura-t-il contre ses lèvres. Dans *mon* lit.

Lorsqu'il fut certain de son consentement, il la dévêtit, jetant au hasard ses vêtements sur le sol, où les siens les rejoignirent presque aussi vite. Alors il la souleva de terre et la porta jusqu'au lit. Elle sentit la couette moelleuse sous son dos et presque aussitôt le grand corps brûlant de Gideon se pressa contre le sien. Il l'embrassa plus intensément, comme s'il avait déjà renoncé à toute velléité de se contrôler. Elle plongea les doigts dans ses cheveux, arrachant l'élastique qui les emprisonnait et libérant les longues mèches qui cascadèrent sur leurs visages. Avec un grognement féroce, il l'embrassa de nouveau, avec avidité cette fois. Après quoi il se mit en devoir de gratifier le moindre centimètre carré de son corps des caresses les plus débridées. Lorsqu'il prit un préservatif dans le tiroir de la table de chevet et l'enfila, elle tremblait de désir et se tortillait sous lui comme pour l'implorer de la prendre, comme il l'avait promis.

Entrelaçant les doigts aux siens, il lui bloqua les mains au-dessus de la tête.

— Ouvre-toi pour moi, Rayon de lune, murmura-t-il en la dévorant du regard et en se positionnant entre ses cuisses.

Elle s'exécuta avec empressement, écartant largement les jambes et nouant les chevilles autour des hanches minces.

— Merci, bébé.

Il gémit lorsqu'il la pénétra et ne s'arrêta que lorsqu'il fut entièrement plongé en elle. Elle se cambra sous lui, se délectant de cette imposante intrusion. Lorsqu'il se mit à aller et venir en elle, elle se laissa bercer et chahuter par ce grand corps fougueux, s'abandonnant totalement à son rythme, à son emprise. Et lorsqu'elle sentit son sexe palpiter autour du sien, la faisant basculer dans un orgasme massif et ravageur, elle écarta les bras, s'offrant à lui telle une victime consentante.

Elle émergea lentement des brumes de l'extase et craignit un instant qu'il la repousse. Ce n'est que lorsqu'il l'attira au creux de son bras et qu'elle sentit son souffle encore haletant au creux de son oreille, qu'elle s'autorisa enfin à se détendre.

Alors qu'elle sombrait dans le sommeil, un murmure sombre et grave résonna contre son oreille.

— Ne me laisse pas te briser, Shay. Protège-toi de moi.

Sans répondre, elle emporta l'avertissement dans son sommeil.

- 15 -

Shay sortit son toast du grille-pain et y étala un peu de confiture. Appuyée contre le comptoir, elle mordit dedans et avala une gorgée de café. Gideon était déjà parti, et en jetant un coup d'œil à sa montre, elle réalisa qu'elle n'allait pas devoir tarder à y aller, elle aussi. Elle avait peut-être perdu son poste chez RemingtonNeal, mais elle avait rendez-vous avec un prospect.

Elle n'avait pas prévu de passer la nuit chez Gideon, mais quand il s'était enroulé autour d'elle après lui avoir offert tant de plaisir, elle n'avait eu aucune envie de partir. Ce matin, il l'avait réveillée avec une tasse de café fumant, les clés d'une de ses voitures et un baiser doux mais sexy qui avait bien failli raviver son désir.

Toutefois, ces charmantes attentions n'avaient pas complètement réussi à effacer l'appréhension qu'il avait instillée en elle.

« Ne me laisse pas te briser, Shay. Protège-toi de moi. »

L'avertissement qu'il lui avait murmuré à l'oreille ne la quittait pas, et elle ne pouvait s'empêcher d'avoir peur. Il ne lui avait pas dit cela parce qu'il risquait de lui faire du mal, mais parce qu'il allait *forcément* lui en faire. Elle serait folle d'ignorer cette vérité. Dans la vraie vie, il la faisait chanter, l'utilisait pour se venger de Trévor, la faisait souffrir. Ce n'était que dans les contes de fées que les grenouilles se transformaient en princes. Ou les loups en héros.

Un froid glacial l'envahit. Perdant soudain l'appétit, elle jeta les restes de son petit déjeuner. Mieux valait ne pas s'attarder plus longtemps ici et retrouver le monde réel.

Elle se dirigeait vers le placard pour récupérer son châle et sa robe quand la porte d'entrée s'ouvrit. Surprise, elle découvrit une femme qui semblait avoir à peu près son âge. Grande, mince, elle portait un manteau en cachemire couleur Camel, et ses longs cheveux noirs faisaient ressortir son teint de porcelaine. Elle était manifestement trop jeune pour être la gouvernante dont Gideon avait parlé la veille. Une bouffée de jalousie la submergea. Qui qu'elle soit, elle devait être proche de Gideon pour avoir la clé de son appartement.

À cet instant, la jeune femme leva la tête, et la vérité éclata soudain au grand jour. Avec ses yeux d'onyx ourlés d'épais cils noirs, elle devait avoir un lien de parenté avec Gideon. Et vu son âge, c'était probablement sa sœur.

— Oh ! Bonjour, dit la jeune femme, haussant un sourcil d'une manière si semblable à celle de Gideon que Shay n'eut plus le moindre doute sur son identité. Je suis désolée. Je ne savais pas que Gideon avait de la compagnie. Je peux revenir.

— Non, pas de problème, répondit Shay. Gideon n'est pas là, et j'allais partir, moi aussi. Vous devez être Olivia.

Comme la nouvelle venue hochait la tête, elle s'avança, la main tendue.

— Je m'appelle Shay. Shay Neal.

Olivia resta pétrifiée.

— Neal ? répéta-t-elle, atterrée. Vous êtes de la famille de Trévor Neal ?

Un malaise envahit Shay.

— Oui. C'est mon frère. Vous le connaissez ?

Olivia pâlit, écarquillant les yeux. Tremblante, elle porta les doigts à ses lèvres.

— Je n'ai pas… Non, il n'aurait pas…

Ces bribes de phrases n'avaient guère de sens pour Shay, mais la détresse de la jeune femme était évidente.

— Olivia, ça va ? demanda-t-elle en s'approchant.

Olivia secoua la tête, les yeux brillants de larmes.

— Pourquoi êtes-vous ici ? murmura-t-elle.

— Gideon et moi…

Elle s'interrompit, se demandant soudain comment décrire leur relation.

— Eh bien, nous sortons ensemble, de temps en temps, reprit-elle. Vous voulez vous asseoir ? Boire quelque chose ?

Olivia secoua de nouveau la tête, les larmes ruisselant sur ses joues, à présent.

Incapable de supporter la douleur de la jeune femme, Shay l'étreignit doucement. Elle s'attendait à ce qu'Olivia la repousse, mais elle s'agrippa à elle et se mit cette fois à sangloter.

Mon Dieu… Olivia devait être vraiment désespérée pour être dans un tel état. Shay resserra son étreinte, elle-même au bord des larmes. Elle se dit qu'elle devrait peut-être essayer de la faire parler pour l'apaiser. Doucement, elle guida la jeune femme en larmes vers le salon et la fit asseoir sur le canapé, où elle s'installa à ses côtés en la berçant doucement comme sa mère le faisait autrefois quand elle avait un gros chagrin.

Elle ne regarda même pas sa montre pour voir combien

de temps elles restèrent assises là. Si Olivia avait besoin qu'elle reste toute la journée, elle le ferait. Elle était prête à tout pour faire cesser ces terribles sanglots.

Peu à peu, Olivia se calma, et Shay ne la lâcha que lorsque ses tremblements se dissipèrent. Elle alla dans la salle de bains, et quelques instants plus tard, après un bref détour par la cuisine, elle revint avec une boîte de mouchoirs en papier, un linge chaud et humide et une bouteille d'eau.

— Merci, murmura Olivia, la voix enrouée de larmes. Je… Je suis désolée. Je ne voulais pas…

— Ne vous excusez pas, je vous en prie. Ce n'est rien. Vous ne me connaissez pas, et vous n'êtes pas obligée de me parler si vous n'en avez pas envie, mais je suis là. Et tout ce que vous direz restera entre nous.

Pendant quelques instants, Olivia serra la bouteille entre ses mains. Elle avait beau s'être essuyé le visage, elle était toujours aussi pâle. Shay attendit, prête à l'écouter si elle souhaitait se confier à elle, prête à rester assise à ses côtés si elle décidait de ne pas le faire.

— Je connais votre frère, commença Olivia, d'abord d'un ton hésitant. Je l'ai rencontré il y a un an, et nous… Nous sommes tombés amoureux. Ou du moins, moi, j'étais amoureuse. Je ne sais pas s'il m'a aimée un jour. Mais il me l'a dit. Et je l'ai cru. J'aurais fait n'importe quoi pour lui. Il m'a demandé de garder notre relation secrète en raison de sa rivalité professionnelle avec Gideon. Il ne voulait pas que cela interfère dans notre relation. J'avais déjà entendu Gideon parler de Trévor, et je savais qu'il ne le portait pas dans son cœur, alors j'ai accepté. J'ai aussi pensé qu'une fois que mon frère verrait à quel point nous nous aimions, Trévor et moi, il changerait d'avis. Surtout lorsque je suis tombée enceinte.

Shay tressaillit, incapable de masquer sa consternation.

À ce mouvement, Olivia se tourna vers elle et la dévisagea. Il y avait dans son regard une telle tristesse que Shay eut envie de la reprendre dans ses bras. Mais elle se ravisa, sentant que la jeune femme avait besoin de se soulager d'un poids immense. Peut-être cela l'aiderait-il à guérir plus vite.

— Je pensais que Trévor serait heureux d'apprendre la nouvelle, reprit Olivia. J'étais ravie. Je ne rêvais que de l'épouser et de fonder une famille. Nous faisions les choses un peu dans le désordre, mais ça m'était égal. Seulement…

Elle marqua une pause et fut une fois de plus secouée par un sanglot.

Shay lui prit la main, l'encourageant à continuer.

— Quand je lui ai parlé de ma grossesse, il m'a dit qu'il ne voulait ni de moi, ni du bébé, poursuivit Olivia d'une voix tremblante. Il m'a demandé de m'en débarrasser, m'a dit que je ne lui étais plus utile, puis il est parti comme si j'étais un déchet qu'il venait de jeter par la fenêtre. Il s'est servi de moi pour se venger de mon frère. À l'époque, je travaillais pour Gideon comme assistante de direction. J'étais si naïve, si amoureuse de Trévor que lorsqu'il me posait des questions sur les activités ou les rendez-vous de Gideon, je lui répondais. Il formulait ses questions de manière à me faire croire qu'il s'intéressait à ma journée, mais en réalité il me soutirait des informations confidentielles. Il ne m'a jamais aimée, n'a jamais eu l'intention de fonder une famille avec moi. Je n'ai pas voulu avorter, mais finalement ça n'a rien changé. J'ai fait une fausse couche et j'ai perdu le bébé.

Shay garda tout son calme, mais intérieurement, elle

bouillonnait de rage, frémissait de dégoût. Quelque part, elle aurait voulu repousser cette histoire d'un revers de main, traiter Olivia de menteuse, mais elle en était incapable. Non seulement elle ne pouvait pas humilier cette femme une fois de plus en refusant de la croire, mais au plus profond de son âme, elle savait qu'Olivia ne mentait pas. Sa souffrance crevait les yeux, et Shay ne pouvait que la croire.

Saisie d'une infinie tristesse, elle se mit à pleurer en silence. Pour Olivia. Pour sa douleur. Pour elle-même, aussi. Pour la froideur de Trévor, sa tyrannie, la façon dont il avait détruit la vie d'Olivia. Pour la terrible déception que lui inspirait sa conduite. Si Trévor était capable de manipuler une jeune femme pour se venger de Gideon, ou de menacer sa propre sœur de détruire ses rêves et ses désirs, alors de quoi d'autre était-il capable ? Des méfaits qui emplissaient le dossier de Gideon ?

Gideon…

Était-ce pour Olivia qu'il avait mis au point son projet de vengeance ? Lorsqu'il lui avait montré pour la première fois le fameux dossier, au restaurant, il avait ironisé lorsqu'elle avait affirmé que Trévor se moquait de savoir avec qui elle sortait.

« Oh oui. Votre frère s'en souciera. Et il comprendra. »

Sur le coup, cette affirmation lui avait paru énigmatique, mais maintenant, elle la comprenait parfaitement. Ce n'était pas étonnant qu'il déteste autant Trévor et n'éprouve aucun remords à la faire chanter. C'était beaucoup plus qu'une rivalité professionnelle ; pour Gideon, Trévor s'en était pris à sa famille.

Si elle avait espéré, après la nuit passée avec lui, qu'il pourrait peut-être y avoir un peu plus qu'une trêve entre eux, les confidences d'Olivia mettaient fin à cette illusion. Elle était apparentée à Trévor et, pour Gideon, elle serait toujours un rappel vivant du mal que Trévor avait fait à sa sœur.

Il n'y avait pas de pardon pour cela.

Ni pour son frère.

Ni pour elle, car elle était coupable par association.

- 16 -

— Je ne pense toujours pas que ce soit une bonne idée…, murmura Shay en regardant le manoir familial tout illuminé devant lequel la limousine venait de s'arrêter.

Un flot incessant d'invités venus célébrer les fiançailles de Trévor et Madison gravissait les marches du perron de la somptueuse maison qu'elle avait cru être la sienne pendant près de vingt-six ans.

— Trévor et toi êtes peut-être en froid actuellement, mais je suis sûr qu'il ne voudrait pas célébrer ses fiançailles sans sa sœur, répondit Gideon, assis à ses côtés.

Elle le regarda, agacée, mais une douleur sourde lui serrait le cœur. Trévor était son grand frère, elle l'aimait malgré tout, et leur brouille lui faisait toujours autant de peine.

— Tu ne veux pas manquer l'occasion d'enfoncer le clou, n'est-ce pas ?

— Non, aquiesça-t-il, plongeant son regard inflexible dans le sien.

Une fois de plus, elle regarda le manoir, le cœur plus lourd. Cela faisait une semaine qu'elle avait quitté la maison de son enfance. Une semaine que la trêve conclue avec Gideon se prolongeait. Une semaine qu'elle avait recueillie les terribles confidences d'Olivia. Une semaine qu'elle avait appris la conduite odieuse de Trévor envers la jeune femme.

Oui, maintenant elle comprenait pleinement les raisons pour lesquelles Gideon exerçait ce chantage sur elle, et une partie d'elle-même ne pouvait pas complètement lui en vouloir. Toutefois, une autre partie, celle qui se rappelait l'homme qui lui avait joué de la guitare, l'avait prise tendrement dans ses bras après lui avoir offert un plaisir fou, aurait voulu qu'il oublie tout cela.

Pour elle. Car elle aurait voulu être plus importante à ses yeux que sa vengeance.

Elle ferma les yeux, tournant la tête pour qu'il ne voie pas le désir ardent que trahissait sans aucun doute son expression. Bien que consciente que c'était une pure folie, elle commençait à tomber amoureuse de Gideon.

Non, en réalité, cela faisait bien plus longtemps que cela qu'elle était amoureuse de lui. Depuis quand ? Elle n'aurait su le dire. Peut-être lorsqu'il s'était confié à elle à l'arrière de la voiture. Qu'il s'était précipité chez Bridgette, le soir du ballet, et avait décidé de la préserver en voyant sa tristesse au lieu de lui imposer une nouvelle mascarade devant la haute société de Chicago. Ou lorsqu'il s'était assis sur ce canapé avec sa guitare et lui avait révélé cette part de lui-même que la plupart des gens ignoraient sûrement.

Mais peu importait le moment exact, finalement.

La vérité, c'est qu'elle aimait Gideon Knight.

Sa férocité. Sa générosité, qu'il s'efforçait de cacher. Sa passion. L'amour qu'il avait pour sa famille.

C'était un homme dur, c'est vrai, mais jamais cruel. Et lorsqu'elle se tourna vers lui et s'abîma dans ce regard sombre, insondable, elle se prit à rêver. À rêver bêtement qu'il pourrait l'aimer comme il avait aimé Madison avant qu'elle le trahisse.

Peut-être croyait-elle aux contes de fées, après tout.

La porte de la limousine s'ouvrit et, avec un soupir,

elle sortit, remerciant le placier. Quelques secondes plus tard, elle sentit le corps chaud de Gideon contre elle, et sa paume se posa au creux de ses reins. Elle se redressa.

Ce n'était pas le moment de s'apitoyer sur son sort alors qu'elle s'apprêtait à jouer le rôle de sa vie. À se jeter dans la gueule du loup, aussi, sachant que son arrivée au bras de Gideon proclamerait haut et fort qu'elle avait préféré l'ennemi de son frère à la loyauté familiale. C'était ainsi que Trévor verrait les choses.

Elle n'était pas naïve ; sa décision aurait forcément des conséquences. Elle perdrait son poste chez RemingtonNeal. Elle devrait très probablement trouver un logement car elle ne pourrait rester éternellement chez Bridgette. Et, surtout, cela fragiliserait Leida Investments et les entreprises qu'elle finançait car Trévor mettrait certainement ses menaces à exécution. Elle avait certes quelques économies, qu'elle pourrait utiliser pour renflouer le capital, mais sans l'apport de son salaire, elle devrait forcément réduire ses activités.

Aimer Gideon avait un prix. Un prix élevé. Mais elle était prête à le payer.

Gideon marchait silencieusement à ses côtés, mais il émanait de lui une tension qui ne fit que s'accroître lorsqu'ils firent leur entrée dans le vestibule du manoir et confièrent leurs manteaux à un employé de maison.

Elle plongea aussitôt dans son rôle de grande mondaine, affichant un sourire éclatant lorsqu'ils se mêlèrent aux autres invités. Nombre d'entre eux ne parurent pas étonnés de la voir en compagnie de Gideon, ce qui voulait dire que les rumeurs avaient dû aller bon train. Cependant, ils n'étaient pas sans connaître la rivalité qui existait entre Gideon et Trévor, et les regardaient avec une curiosité aussi avide que manifeste.

Leur curiosité s'aiguisa encore lorsque Gideon et elle se dirigèrent vers le trio composé de Trévor, de Madison et du sénateur Reus. Le regard de Shay capta aussitôt celui de son frère. Malgré son sourire de façade, il y avait de la fureur dans ses yeux noisette, si semblables aux siens. Lorsqu'il se tourna vers Gideon, une rage féroce se peignit sur ses traits avant qu'il puisse la contrôler.

— Sois forte, Rayon de lune, lui murmura Gideon à l'oreille en posant sa longue main sur sa nuque. Il ne peut pas te faire de mal.

Mais toi, oui. Les mots résonnèrent quelques instants dans son esprit avant qu'elle réponde :

— Permets-moi d'en douter. Je ne suis pas immunisée contre ses mesures de rétorsion. Il n'hésitera pas couper les ponts avec moi et à détruire mon entreprise.

— Dans ce cas, disons plutôt que je ne le laisserai pas te faire de mal.

À ces mots, elle reprit quelque peu espoir et, redressant les épaules, afficha son plus beau sourire.

— Allons donc aller saluer l'heureux couple.

— Ou plutôt en découdre, précisa-t-il, haussant un sourcil.

Longtemps, elle avait détesté cette mimique, mais aujourd'hui, elle ne pouvait plus s'en passer.

— C'est bien ce que j'ai dit, répliqua-t-elle.

Il laissa échapper un petit rire entendu qui cascada le long de ses bras nus. Prenant une profonde inspiration, elle se laissa guider jusqu'au trio qui, stoïque, les regardait approcher.

— Trévor, Madison, félicitations, déclara-t-elle en embrassant Madison sur la joue.

Madison l'embrassa à son tour, très probablement pour ceux qui les observaient de près, mais elle semblait tout sauf détendue.

Se redressant, Shay adressa un hochement de tête au futur beau-père de son frère.

— Sénateur.

— Shay, murmura froidement ce dernier.

— Ta sœur voulait te souhaiter bonne chance, déclara Gideon à Trévor d'un ton glacial où perçait toutefois la colère. Elle doit avoir le cœur indulgent, vu que tu l'as chassée de sa propre maison.

Oh ! Seigneur…

— Elle est partie de son plein gré, rétorqua sèchement Trévor, incapable de masquer sa fureur. Mais il est vrai, Gideon, que nous savons tous deux combien les *sœurs* peuvent être pénibles.

À ces mots, Shay se sentit soudain nauséeuse.

Visiblement hors de lui, Gideon fit un pas en avant.

Terrifiée, elle s'agrippa à son bras. Il n'était pas question qu'il pose la main sur Trévor. D'abord parce que c'était son frère mais aussi et surtout parce que ce dernier ne manquerait pas d'utiliser cet écart contre lui. En portant plainte, par exemple.

— Gideon, non, murmura-t-elle. C'est exactement ce qu'il cherche.

Trévor ricana.

— Shay, il faut que je te parle. Seule, précisa-t-il.

— Bien, répondit-elle, surtout pour séparer Gideon et Trévor. Gideon, je reviens tout de suite.

Lorsque, enfin, ce dernier parvint à détourner le regard de Trévor, elle lui pressa le bras.

— Tu n'es pas obligée de subir ça, murmura-t-il, d'un ton où perçait encore la fureur.

— Si, répondit-elle en se haussant sur la pointe des pieds pour l'embrasser sur la joue.

— Ils n'en valent pas la peine.

Lorsqu'il hocha la tête, elle se tourna vers son frère.

— Dans le bureau, je suppose ? demanda-t-elle.

Sans attendre confirmation, elle se dirigea vers l'arrière de la maison. La colère semblait se diffuser sous sa peau, l'aiguillonnant comme des milliers de petites piques. Lorsqu'elle entra dans le repaire de son frère, elle pouvait à peine le regarder.

— Comment oses-tu amener ce sale type chez moi ? s'exclama Trévor, dès qu'il eut refermé la porte.

— *Chez toi* ? rétorqua-t-elle en croisant les bras. Tu avais raison quand tu as dit à Gideon que j'avais choisi de partir. Choisi. Parce que c'est *notre* maison, Trévor. Je peux y amener qui je veux, et tu n'as pas ton mot à dire. Je n'ai pas besoin de ta permission.

— Je n'aurais jamais imaginé que tu trahirais ainsi ta famille, Shay. Maman et papa ne te reconnaîtraient pas.

Elle encaissa difficilement le coup, luttant pour ne pas chanceler.

Sois forte. Il ne peut pas te faire de mal.

Prenant une profonde inspiration, elle repartit à l'attaque.

— Tu es tellement hypocrite, dit-elle, surprise elle-même par son calme. Tellement magnanime. Tellement sûr de toi. Et dire que je t'ai défendu. Je croyais en toi. J'avais confiance en toi. Tu ne méritais rien de tout ça.

— Où veux-tu en venir ? Je n'ai fait qu'honorer cette famille. Mais toi, tu m'as trahi, ma chère petite sœur.

— Parce que je pense par moi-même, que j'ai de l'ambition pour moi-même ? Pour avoir osé te défier ? Je ne suis pas un mouton, Trévor. J'ai un cerveau. Des sentiments. Un cœur, aussi. Mais de nous deux, un seul peut prétendre posséder ces deux dernières choses. Moi. Parce que, en cours de route, tu les as sacrifiées sur l'autel de l'envie, de la mesquinerie et de la haine. Non, *mon cher grand frère*, poursuivit-elle d'un ton moqueur, je n'ai rien fait d'autre que de soutenir cette famille. Je l'ai protégée alors que tu l'aurais détruite par ta cupidité et ton ambition.

— Je te conseille vivement d'arrêter là, ordonna-t-il, faisant un pas en avant.

Elle ne bougea pas, refusant de se laisser intimider. Il ne la contrôlait pas. Plus maintenant. Elle fit un pas dans sa direction, et il s'arrêta net.

— Non, toi, arrête, rétorqua-t-elle. Et écoute. Je sais ce que toi et ton précieux sénateur mijotez. Délits d'initiés. Appels d'offres truqués. Dessous de table. Financement illégal de campagne. Et ce n'est que la partie émergée de l'iceberg.

Il la dévisagea, visiblement sous le choc, et ne trouva rien à dire.

— Eh oui, Trévor, je suis au courant. Parce que Gideon a constitué un dossier conséquent sur vos pratiques. Je l'ai vu et je l'ai lu. Je sais tout de vos sales combines qui, si elles étaient rendues publiques, pourraient anéantir RemingtonNeal, déshonorer notre famille et vous envoyer en prison, Julian et toi.

— Depuis combien de temps… ?

Il s'interrompit mais elle comprit la question.

— Plusieurs semaines, répondit-elle. Depuis la collecte de fonds au profit de Grace Sanctuary. J'ai passé un pacte avec le diable pour te sauver. J'ai accepté de faire semblant d'avoir une liaison avec lui pour qu'il ne dévoile pas tes méfaits. C'est pourquoi je ne pouvais pas rompre avec lui. Car si je l'avais fait, il t'aurait détruit. Mais ce n'est pas tout, murmura-t-elle, réduisant encore l'espace qui la séparait de ce frère devenu un étranger. Il a fait tout ça à cause d'Olivia. Tu te souviens d'elle, n'est-ce pas ? Cette femme que tu as séduite, manipulée pour lui soutirer des informations sur son frère, que tu as mise enceinte avant de t'en débarrasser. Tout cela parce que tu t'es laissé dévorer par la haine, le ressentiment, la mesquinerie. À ton avis, qui de nous deux papa et maman ne reconnaîtraient pas ?

— Tu ne comprends pas, rétorqua-t-il. Tu ne comprendras jamais.

Mais dans ses yeux l'inquiétude et la peur avaient éclipsé la colère. Sans aucun doute parce qu'il avait compris que son pire ennemi l'avait percé à jour.

— Comprendre quoi ? Combien c'est difficile de porter ce nom de famille ? Au point d'avoir l'impression qu'il va t'écraser ? Si, Trévor, je comprends. Mais la différence entre toi et moi, c'est que j'ai choisi de ne pas me laisser empoisonner par mon nom au point de faire des choses inadmissibles et de détruire des gens. Moi, j'ai décidé de les aider plutôt que de leur faire du mal. Seulement toi, juste pour m'imposer ta volonté, tu es prêt à me dépouiller de ça aussi.

Pendant trop longtemps, elle avait laissé Trévor et son sens de la famille lui dicter sa vie, son comportement, ses décisions. C'était terminé, maintenant.

— Je t'aime, Trévor. Pour le frère et l'homme que tu as été, je te donne le choix. Si tu touches à Leida Investments ou à l'une des entreprises dans lesquelles j'ai investi, ou à mon compte épargne, ce ne sera pas Gideon qui divulguera à la presse et aux services d'investigation financière ces peu reluisantes informations à ton sujet. Mais moi. Il m'a remis une copie de son dossier, lequel se trouve actuellement en lieu sûr. Donc, si tu touches à ce qui m'appartient, et dans cette catégorie, j'inclus Gideon lui-même et ses proches, je te ferai tomber. Et je peux t'assurer que cela ne m'empêchera pas une seconde de dormir.

Trévor la dévisagea, sous le choc, et resta silencieux.

De toute façon, rien de ce qu'il aurait pu dire n'aurait réparé ce qu'il avait brisé.

Il ne lui resterait plus qu'à accepter l'idée que certaines personnes empiraient en vieillissant, et que Trévor appartenait à cette catégorie, même si cela lui brisait le cœur.

— Je dois admettre, Gideon, que je ne m'attendais pas à ce que tu ailles jusque-là, déclara Madison, dont le parfum familier s'insinua dans ses narines.

Ce parfum aux nuances fleuries qu'il avait autrefois trouvé irrésistible et qui lui soulevait le cœur, aujourd'hui.

Lentement, elle lui effleura le bras et le dos de la main. Penchant la tête sur le côté, elle lui adressa ce qu'elle considérait probablement comme un sourire timide. Mais elle ne réussit ni le séduire, ni à l'apitoyer. Il savait trop qui elle était vraiment pour tomber dans le piège.

Il écarta son bras, faisant tomber la main caressante de son ex-fiancée.

Il s'en voulait de s'être isolé dans cette pièce qui lui rappelait celle où il jouait de la guitare chez lui. Seulement il avait éprouvé le besoin de se calmer après la rage que lui avaient inspiré les sous-entendus de Trévor au sujet d'Olivia.

Sans Shay, il l'aurait étranglé et fait passer à travers le mur, et tant pis pour les conséquences. Mais la voix de Shay et la peur dans ses beaux yeux l'avaient arrêté. C'était lui qui avait mis cette peur dans son regard, et il se détestait pour cela. Pourtant, malgré la rage qui bouillonnait en lui comme de la lave dans un volcan sur le point d'exploser, il l'aurait accompagnée à cette entrevue avec son frère ; il ne voulait pas la laisser seule avec un type aussi dangereux. Mais il avait compris qu'elle avait besoin de régler ses comptes avec Trévor, et de lui tenir tête toute seule.

Ce qu'elle n'aurait pu faire avec sa présence menaçante à ses côtés.

À peine s'était-il isolé dans cette pièce vide pour se calmer en buvant son bourbon que Madison était apparue avec ses minauderies à lui cisailler les nerfs.

— Que veux-tu dire, Madison ? demanda-t-il, avalant une dernière gorgée de bourbon avant de poser son verre sur la cheminée. Je n'ai pas le temps pour tes petits jeux.

— Pas de temps pour moi, corrigea-t-elle, en affichant une expression blessée. C'est ce qui n'allait pas entre nous, tu sais ? Tu passais tellement de temps à ton bureau ou en rendez-vous que je me suis sentie négligée. Tu me manquais et je ne pouvais pas supporter la solitude.

Il ricana.

— Ce qui explique sans doute pourquoi je t'ai surprise dans un lit avec Trévor, je suppose. Oublie ça, et rapidement. Non seulement tu ne réussiras pas à me culpabiliser, mais c'est beaucoup trop tard. Je m'en fiche complètement aujourd'hui.

— Nous savons tous les deux que c'est faux, Gideon, murmura-t-elle s'agrippant à son bras.

Il se raidit. Il ne supportait plus les mains de cette femme sur lui. C'était complètement déplacé. Il fut un temps où il avait aimé ses caresses, ses taquineries, ses audaces. Aujourd'hui, cela le piquait, le gênait comme si son corps lui-même se rebellait contre elle. À présent, une seule femme avait le droit de le toucher. Shay.

Il se déroba de nouveau, délogeant la main insistante.

— Gideon, si tu avais répondu à mes appels cette semaine, tu saurais…

— Je n'ai pas répondu parce que nous n'avons plus rien à nous dire.

— Donc tu vas me dire que les sentiments que tu avais pour moi ont disparu ? Comme par magie ? demanda-t-elle, furieuse, avec un claquement de doigts. Je n'y crois pas une seule seconde.

— Eh bien, tu as tort ! Tu as tué mes sentiments, et tu n'auras pas de seconde chance. Mets-toi bien ça dans la tête, Madison. C'est terminé.

Lassé de cette discussion, il fit mine de la contourner mais elle s'interposa. À moins de la déplacer physiquement lui-même, il ne pouvait pas passer. Seulement la simple idée de poser la main sur elle lui glaçait le sang.

— Alors qu'est-ce que c'était, toute cette… petite mascarade avec Shay ? Tu n'imagines quand même pas que moi, ou qui que ce soit d'ailleurs, ait cru une seconde que tu étais follement amoureux d'elle ? La sœur de l'homme qui t'a pris la femme que tu aimes ? Ce n'est plus la peine de faire semblant, Gideon. Surtout pas avec moi…

Lorsqu'elle s'approcha de lui, son parfum s'insinua jusqu'au fond de sa gorge. Il lui saisit les épaules pour la repousser, mais elle posa les paumes sur son torse.

— Je t'aime, Gideon. J'ai fait une erreur en te quittant pour Trévor. C'est toi depuis le début, et je sais que tu m'aimes et que tu as fait tout cela pour me récupérer.

Absurde ! Il l'empoigna plus fort, prêt à l'écarter de son chemin.

— Madison…, grogna-t-il.

— Oui, Gideon…

Elle gémit, et se haussant sur la pointe des pieds, elle glissa les bras autour de son cou et posa les lèvres sur les siennes.

L'espace d'un instant, il resta pétrifié. Avec un juron, il recula et, lui saisissant les poignets, la repoussa.

— Bon sang ! s'écria-t-il.

Mais tous les autres mots qui lui vinrent à l'esprit en cet instant restèrent bloqués au fond de sa gorge.

Shay se tenait dans l'entrée de la pièce, atterrée.

— Oh ! Shay…, murmura Madison, haletante. Nous ne t'avions pas vue…, ajouta-t-elle, visiblement satisfaite.

Il écarta vivement Madison pour se diriger vers Shay qui posait sur lui un regard douloureux.

— Je suis prête si tu l'es, dit-elle d'un ton neutre, terriblement poli.

Lorsqu'elle lui tourna le dos pour sortir, il se sentit complètement perdu.

- 17 -

Par la vitre de la limousine, Shay regardait défiler les célèbres monuments de Chicago. Elle aurait donné n'importe quoi pour être dans l'un d'eux, en cet instant ! Ou n'importe où ailleurs. Seulement Gideon était assis à ses côtés, et il régnait entre eux une tension palpable.

Elle avait vécu l'enfer, ce soir. Entre la confrontation et la rupture inévitable avec Trévor et le baiser échangé par Madison et Gideon, elle n'avait plus qu'une seule envie : se terrer quelque part et attendre que la douleur passe. Un jour, peut-être.

À ses côtés, Gideon, silencieux, ruminait. Elle ne l'avait jamais vu ainsi. Distant, oui. Sarcastique, oui. Passionné, absolument. Mais jamais dans cet état d'accablement qui semblait peser sur elle, comme pour la faire craquer.

Attends d'être sortie de cette voiture. Tu pourras craquer une fois arrivée chez Bridgette. Mais pas maintenant. Pas devant lui.

— Shay…

La voix grave et douce de Gideon l'enveloppa comme une caresse… Elle fit de son mieux pour y résister.

— Je ne l'ai pas embrassée, Shay.

Elle ferma les yeux. Comme pour chasser la vision de Madison lovée contre lui, embrassant ces lèvres qu'elle en était venue à adorer, dont elle ne pouvait déjà plus se passer. Cette image resterait sans doute gravée dans son esprit pour toujours. Sans parler de la douleur qui était associée.

Et pourtant…

— Je sais, Gideon.

Il y eut une pause, puis un soupir de soulagement.

— Tu me crois, dit-il.

— Oui.

— Alors, regarde-moi, ma douce. Je t'en prie.

C'est ce « je t'en prie » qui lui fit tourner la tête et s'abîmer dans ce regard beau comme la nuit.

— Alors qu'y a-t-il ? demanda-t-il. Pourquoi ne m'as-tu pas parlé, ou même regardé depuis que nous avons quitté la réception ? Dis-moi ce que tu me reproches et laisse-moi t'expliquer.

— Tu n'as rien fait, répondit-elle en l'étudiant attentivement comme pour mémoriser ses traits. C'est juste que je ne peux pas continuer cette mascarade. Je romps notre marché.

Il tressaillit à ces mots et la dévisagea.

— Pourquoi ? Ton frère t'a convaincue de me quitter ?

— Te quitter ? répéta-t-elle avec un petit rire triste. Un jour, tu m'as accusée d'être aveugle, Gideon. Apparemment, c'est contagieux. Tu ne vois même pas que je ferais n'importe quoi pour rester avec toi. Mais pas en tant que fausse compagne. Je veux que ce soit vrai. Je mérite ce qu'il y a de mieux.

— Shay, murmura-t-il, et elle sentit son cœur se serrer si fort qu'elle posa la main sur sa poitrine. Qu'est-ce que tu dis ?

— Je dis que je t'aime. Désespérément. Totalement. Définitivement. Il n'y a pas de retour en arrière possible pour moi. Et c'est un problème, parce que toi, tu ne m'aimes pas. Tu ne vois en moi qu'une partenaire de lit et un moyen pour arriver à tes fins.

— Tu es injuste, protesta-t-il, les yeux brillants de colère. Tu es beaucoup plus pour moi qu'un bon coup. Tu le sais très bien.

— Peut-être. Tu es l'un des rares hommes à avoir vu qui j'étais vraiment, au-delà de la mondaine, de mon nom de famille et de l'argent. Tu as vu l'entrepreneuse, la femme active et compétente. Tu m'as respectée pour cela, et tu étais bien le seul, même si tu m'as utilisée pour te venger de mon frère. Il est là, le problème. Parce que tu me verras toujours et avant tout comme la sœur de Trévor Neal.

Elle hésita quelques instants avant de poursuivre, mais elle comprit soudain qu'elle n'avait plus rien à perdre.

— Je sais ce qu'il a fait à Olivia.

Gideon se figea. Seuls ses yeux brillaient de colère et d'une autre émotion plus sombre, plus déchirante.

— Qui te l'a dit ? Sûrement pas Trévor, j'imagine ! répliqua-t-il, prononçant le nom de son frère avec mépris. Il ne t'aurait pas confessé ses péchés. Il est bien trop lâche pour ça.

— Non, ce n'est pas Trévor. Je ne te l'ai pas dit, mais Olivia est passée le matin, après la nuit que j'ai passée chez toi. Elle s'est littéralement effondrée quand je lui ai dit qui j'étais, et elle a fini par tout me raconter. C'est pour elle que tu as monté ce dossier contre Trévor et que tu m'as fait chanter. Pas parce que Trévor t'a pris Madison. Ta haine va bien plus loin que cela.

— Oui, renchérit-il, toujours aussi impénétrable. Tu sais maintenant comment ton frère a traité Olivia. Elle est dépressive depuis qu'il l'a quittée, et elle a perdu son bébé. Le lendemain de la panne d'électricité, elle a appris ses fiançailles avec Madison, et elle a dû être hospitalisée. Elle va un peu mieux, mais ce n'est plus la même personne.

— Et toi, tu ne pourras jamais tourner la page. Je ne te le reproche pas. Ce qu'a fait Trévor est impardonnable, et rien ne peut justifier de tels actes. Seulement, même si j'en suis consciente, je ne peux pas perdre un jour de plus à espérer que tu passes à autre chose. Un jour de plus à vivre dans le mensonge. Il est temps pour moi de vivre ma vie, de décider de mon avenir, ce qui serait impossible avec un homme bloqué dans le passé. Un homme pour qui la vengeance est plus importante que l'amour, que moi…

— Je ne t'ai pas demandé de m'aimer, rétorqua-t-il sur un ton tranchant comme un rasoir qui lui cisailla le cœur. Je t'avais prévenue de ne pas me laisser te briser, Shay.

— Et je ne t'ai pas demandé la permission de t'aimer, répondit-elle doucement. Ne te sens pas coupable, Gideon. J'ai l'habitude d'être quantité négligeable, pour les hommes de mon entourage. Mais la différence, et c'est toi-même qui me l'as appris, c'est que cela m'est devenu parfaitement égal. Je me suffis à moi-même.

À cet instant, la limousine s'arrêta devant la maison de Bridgette. Shay n'attendit pas que le chauffeur vienne lui ouvrir la porte ; elle le fit elle-même. C'était comme une métaphore de sa nouvelle vie. Elle en avait assez de compter sur les autres. Elle était maîtresse de son destin, à présent, elle pouvait ouvrir ses propres portes.

Et elle le ferait.

Les doigts puissants de Gideon lui saisirent le poignet.

— Shay… Je t'en prie.

— Adieu, Gideon, murmura-t-elle.

Dégageant sa main, elle sortit de la voiture et s'éloigna. Sans même un regard en arrière.

- 18 -

Gideon entra une série de chiffres dans le tableur, et quelques instants plus tard, il jura entre ses dents et les effaça, hors de lui. Cela faisait des heures qu'il essayait de remplir ce tableau.

Des heures, bon sang ! Des jours !

Cela faisait cinq nuits et cinq jours qu'il était incapable de se concentrer. Cinq nuits et cinq jours que Shay était sortie de sa vie. Elle avait annoncé calmement qu'elle l'aimait et puis elle était partie, sans se retourner. Une vision de son dos droit, de sa démarche élégante et fière tournoya dans son esprit. Il ferma les yeux, fixa l'image dans son esprit et se remémora une fois de plus les paroles de la jeune femme qui s'étaient plantées dans son cœur comme autant de lames.

La détermination et la force qui émanaient d'elle et qui lui avaient fait comprendre que, s'il ne disait rien, ne faisait pas quelque chose pour l'empêcher de sortir de la voiture, il ne la reverrait jamais plus. Ne s'enivrerait jamais plus de son parfum aux nuances de rose. N'entendrait jamais plus sa voix chargée de désir. Ne sentirait jamais plus son corps contre le sien, s'ajustant comme une pièce de puzzle manquante.

Il n'avait rien fait.

Il lui avait agrippé le poignet mais son geste manquait de conviction, et ils le savaient tous les deux.

— Bon sang, Shay, murmura-t-il.

Comme il le lui avait dit ce soir-là, il ne lui avait pas demandé de l'aimer. Ne voulait pas de son amour. S'était toujours méfié de ce sentiment. Pour la plupart des gens, ce mot était une justification pour trahir l'autre, le maltraiter, l'abandonner. Madison avait affirmé qu'elle l'aimait. Trévor avait juré la même chose à Olivia.

L'amour était un marché de dupes, il s'usait et puis… mourait, semant la douleur, la désillusion et le regret sur son passage. Il ne rendait pas les gens meilleurs, mais plus cruels.

Gideon avait toujours su que, s'il laissait entrer Shay dans sa vie, s'il prenait le risque de s'ouvrir à elle, cela ne l'empêcherait pas de partir – il savait d'expérience que c'était inévitable –, et le naufrage serait bien pire que les dommages causés par Madison. Shay avait le pouvoir de le laminer.

Depuis Madison, il refusait de s'exposer une fois de plus aux caprices de l'amour. Non, jamais plus.

Déterminé, il se tourna vers son écran et le rapport qu'il s'efforçait de terminer depuis deux heures déjà.

Son téléphone de bureau sonna.

— Monsieur Knight, M. Trévor Neal demande à vous voir. Il n'a pas de rendez-vous.

— Faites-le entrer, répondit Gideon.

Que pouvait bien faire Trévor ici ?

Après avoir quitté Shay, Gideon avait, deux jours durant, essayé de l'oublier en noyant sa peine dans l'alcool. Cela avait échoué, et il s'était alors jeté à corps perdu dans le travail. Apparemment, cela ne fonctionnait pas non plus. Recevoir Trévor était probablement une mauvaise idée, mais il brûlait d'envie d'en découdre. Cela le calmerait. Il esquissa un sourire sinistre. Pour la première fois depuis des jours, il attendait quelque chose avec impatience.

Quelques secondes plus tard, la porte s'ouvrit, et l'homme qu'il détestait depuis treize ans et haïssait véritablement depuis qu'il s'en était pris à Olivia, fit irruption dans son bureau. Il semblait furieux, et ses yeux, qui ressemblaient tant à ceux de Shay, brillaient de colère.

S'immobilisant devant le bureau, il serra les poings.

Apparemment, je ne suis pas le seul à avoir envie d'en découdre, songea Gideon en souriant.

— Bonjour, Trévor. Je te dirais bien que ça me fait plaisir de te revoir, mais nous savons tous les deux que ce serait des conneries. Alors épargnons-nous les politesses et venons-en au fait : que fais-tu ici ?

— Espèce de salaud !

— Oh ! Déjà les insultes, murmura Gideon, feignant la déception. Qu'est-ce que tu veux ? demanda-t-il plus sèchement, en se levant.

— Où est ma sœur ? J'ai appelé Bridgette. Shay n'est plus là-bas. Alors, où est-elle ?

— Je ne sais pas.

Malgré son calme apparent, tout son esprit était en alerte. Pour lui, Shay logeait toujours chez sa meilleure amie. Que s'était-il passé ? Où était-elle ? Est-ce qu'elle allait bien ? Les questions le taraudaient mais il se força à se concentrer sur Trévor.

— D'ailleurs qu'est-ce que ça peut te faire ? reprit-il. Tu l'as laissée partir parce qu'elle ne voulait pas se plier à tes exigences. Alors, Trévor, on a soudain une petite crise de conscience ?

Ce qui était peu probable pour un homme qui n'en avait aucune.

— Ce ne sont pas tes affaires, Knight, mais je dois absolument lui parler. La dernière fois que je l'ai vue, elle a lancé des accusations, des menaces… irrationnelles. Il faut que l'on éclaircisse ça, elle et moi. En *famille*, précisa-t-il, ironique.

— Des menaces ? répéta Gideon d'un ton admiratif, haussant un sourcil étonné. Voilà qui est intéressant…

— Évidemment, tu trouves ça amusant, grogna Trévor. Elle n'était pas comme ça, avant. Ce doit être à cause de ses fréquentations.

— Merci, mon vieux. Et pour info, ta sœur a toujours été forte. Elle ne m'a pas attendu pour l'être. Tu étais simplement trop occupé à jouer les despotes pour t'en rendre compte. Si tu avais été plus attentif, tu aurais mis son intelligence au service de l'entreprise familiale au lieu de la mettre dans un placard doré. Elle n'aurait peut-être pas été obligée de créer sa propre entreprise, et elle aurait pu aider la tienne à prospérer.

— Tu ne connais pas Shay, répliqua Trévor, faisant un pas en avant comme s'il s'apprêtait à sauter par-dessus le bureau. Ce n'est pas comme si votre *relation* était réelle. Je sais que tu l'as fait chanter, que tu l'as forcée à faire comme si vous étiez en couple. Elle me l'a dit. Elle m'a également informé que tu avais un dossier bourré de mensonges à mon sujet.

Gideon accusa le coup.

Lorsque Shay lui avait affirmé qu'elle ne vivrait pas un jour de plus dans le mensonge, avait-elle voulu lui faire comprendre qu'elle avait informé son frère de leur arrangement ?

Tournant et retournant ces révélations dans son esprit, il fixa un instant Trévor avant de reprendre :

— Tu as peut-être eu cette discussion avec Shay, mais tu ne l'auras pas avec moi. Tout ce que contient ce dossier n'est rien à côté de tes autres crimes. Nous savons tous les deux ce dont tu es capable, Trévor. Tu t'es servi de ma sœur, et puis tu l'as jetée et écrasée comme un vulgaire insecte sous ta chaussure. Même pas, en fait. Car si cela avait été le cas, tu te serais au moins arrêté un instant pour l'ôter de ta semelle. Or tu ne lui as même pas fait cette grâce. Et tout ça pour quoi ? Pour une stupide rivalité de lycée ? Tu l'as brisée ! Sans le moindre remords.

— Comme tu as brisé ma sœur ? riposta Trévor. Œil pour œil, dent pour dent ? Arrête de me faire la leçon comme si tu n'avais rien à te reprocher ! Je te rappelle que tu as fait la même chose à Shay. Tu l'as utilisée pour te venger de moi ! Cela ne fait pas de toi le héros de cette histoire.

— Tu as raison.

Trévor se tut, étonné, se demandant probablement pourquoi son ennemi juré lui donnait soudain raison.

Gideon se garderait bien de lui donner la moindre explication.

Il était sincère en disant que Trévor avait raison : il avait utilisé Shay. Et même, il avait justifié cela en affirmant qu'il rendait justice à Olivia, qu'il protégeait d'autres femmes de la cruauté de Trévor. Or, en agissant ainsi, il n'avait fait preuve d'aucune noblesse d'âme, il s'était montré égoïste, vindicatif… et avait commis des actes répréhensibles. Peut-être impardonnables.

Pas à cause de Trévor ; il se fichait complètement de lui, au fond. Non, parce qu'il avait impliqué une innocente dans cette vengeance : Shay. Tout comme Trévor l'avait fait avec Olivia.

Il repensa à la mise en garde de sa mère, qui résonnait à présent dans son esprit comme une prémonition. Une prémonition qui s'était hélas réalisée… En voulant venger sa sœur, il avait blessé Shay.

Non, il n'était pas Trévor – il était incapable de manipuler et détruire une femme et de lui tourner le dos en découvrant sa grossesse –, mais il avait bel et bien fait chanter, blessé et rejeté la femme qu'il aimait.

Car oui, il aimait Shay.

Cette révélation le frappa comme un uppercut dans la poitrine. Il se laissa tomber dans son fauteuil, le regard perdu dans le vide.

Il aimait Shay. De toutes ses forces. En dépit des barrières qu'il avait érigées, des boucliers qu'il avait brandis pour se protéger, elle s'était logée dans son cœur, avait pris possession de son âme. Ce n'était pas étonnant qu'il se soit senti si vide, ces derniers jours ! Celle qui l'avait ramené à la vie était partie. Car, oui, elle l'avait ressuscité. Grâce à elle, son cœur s'était remis à battre. Elle lui avait offert une perspective bien plus joyeuse et excitante que le travail : elle lui avait donné son humour, sa force d'âme, son courage, sa loyauté, son corps… son amour.

Et qu'en avait-il fait ? Il avait jeté tout cela aux orties comme si cela ne voulait rien dire.

« Ne te sens pas coupable, Gideon. J'ai l'habitude d'être quantité négligeable, pour les hommes de mon entourage. »

Le souvenir de ces mots éveilla en lui une douleur insoutenable. Rien, absolument rien, ne pouvait être plus éloigné de la vérité. Elle était tout sauf quantité négligeable. Sa présence à ses côtés était un cadeau du ciel, le comblait totalement. Dire qu'il avait fait une croix sur elle, sur l'avenir qu'ils pourraient avoir ensemble pour aller jusqu'au bout de sa vengeance…

— Gideon ? reprit Trévor, l'arrachant à l'enfer de ses pensées.

Il redressa la tête et cligna des yeux. Bon sang ! Il avait complètement oublié cet homme venu le provoquer dans son bureau. À présent, il n'avait plus de temps pour lui et pour leur ridicule vengeance.

Il se leva et traversa la pièce en trombe. Décrochant un tableau du mur, il tapa rapidement le code de son coffre-fort, en retira un épais dossier brun et claqua la porte du coffre sans même prendre la peine de replacer le tableau.

— Tiens, dit-il, en fourrant dans les mains de Trévor le dossier contenant les preuves accablantes de ses malversations. Prends-le. Il n'y a pas d'autres copies que celle que j'ai donnée à ta sœur.

— Quoi ? fit Trévor, stupéfait, avant de s'agripper au dossier comme à une bouée sauvetage. Que cherches-tu, à présent ? Tu ne peux pas sérieusement me donner ça sans vouloir quelque chose en retour.

Gideon lui jeta un regard méprisant.

— Je ne cherche rien du tout, mais tu as raison. Je veux quelque chose en retour. Ou plutôt, quelqu'un. Shay. Plus que ce dossier, plus que cette vengeance. Mais c'est à moi d'arranger ça, pas à toi.

Il n'avait aucune idée de la façon dont il allait s'y prendre. Et peut-être Shay ne lui accorderait-elle même pas son pardon. Il n'était sûr que d'une chose : il l'aimait.

Et il se battrait pour la conquérir.

Parce que conquérir Shay n'était pas une bataille comme tant d'autres.

C'était la bataille de sa vie.

- 19 -

— La commande est prête, chérie.

Shay traversa l'espace réduit du food truck et s'empara des deux boîtes de salade thaï. Prenant des serviettes et des couverts, elle fourra le tout dans un sac et le tendit aux clients qui attendaient devant le camion. Avec un sourire, elle les remercia avant de se tourner vers la personne suivante et de prendre sa commande, cette fois une salade de papaye verte.

Bridgette l'avait appelée ce matin pour lui demander de venir l'aider. Shay soupçonnait son amie d'avoir inventé cette mission pour l'occuper et lui faire oublier une certaine personne, mais elle avait sauté sur l'occasion. Ça lui ferait le plus grand bien de sortir de son nouvel appartement, vide pour l'instant, et surtout… de s'arracher à ses sombres pensées.

Au cours des deux semaines qui s'étaient écoulées depuis qu'elle avait quitté Gideon, elle avait trouvé un appartement – malgré les protestations de Bridgette qui avait assuré qu'elle pouvait rester chez elle aussi longtemps qu'elle le voulait – où elle avait installé un petit bureau pour s'occuper de Leida Investments. Elle avait aussi démissionné officiellement de RemingtonNeal, loué un coffre pour y déposer le dossier compromettant au sujet de son frère et fait des recherches sur Internet pour trouver des entreprises innovantes dans lesquelles elle pourrait investir.

Certes, sa vie familiale et amoureuse avait explosé en vol, mais elle refusait d'arrêter de vivre. Malgré le trou béant qu'elle avait désormais à la place du cœur, il n'était pas question de sombrer dans le désespoir. Elle pensait chacun des mots qu'elle avait dits à Gideon.

C'était son heure. Sa vie. Et personne d'autre qu'elle-même n'en aurait le contrôle.

Elle avait peut-être perdu l'homme qu'elle aimait parce qu'il avait fait passer la vengeance et la haine avant elle, mais pour la première fois depuis bien longtemps, elle s'aimait. S'estimait. Et elle exigeait qu'il en soit de même pour tous ceux qui l'entouraient.

Comme Bridgette le lui avait fait remarquer : « C'est toi la patronne ! » Il n'y avait rien de plus vrai ! Elle avait au moins appris quelque chose, ces deux dernières semaines.

Bien sûr, elle aurait aimé avoir Gideon dans sa vie… Mais il n'était pas dans sa vie. C'était ainsi.

— Une autre salade thaï, s'il te plaît, mais sans nouilles, lança-t-elle à Bridgette par-dessus son épaule avant de se tourner vers le client suivant. Bonjour, que puis-je…

Oh non…

Elle plongea dans le regard d'onyx de Gideon et sentit ses genoux flageoler. Que faisait-il ici ? Après l'avoir humiliée lorsqu'elle lui avait déclaré son amour, il osait revenir la voir ? Était-il venu la regarder souffrir ? Prenait-il plaisir à cela ?

Eh bien, ça ne se passerait pas comme ça !

Affichant l'expression la plus neutre dont elle était capable, elle soutint son regard, bien décidée à ne rien lui offrir de plus qu'une politesse désincarnée.

— Qu'est-ce qui t'amène, Gideon ? demanda-t-elle,

soulagée d'entendre qu'il n'y avait pas le moindre trémolo dans sa voix.

Bridgette apparut soudain derrière elle, tel un garde du corps venu à la rescousse.

— Un problème, ma chérie ? demanda-t-elle, une spatule à la main.

— Je m'en occupe, murmura Shay à son amie. Nous sommes débordées, comme tu peux le voir, ajouta-t-elle à l'attention de Gideon. De plus, toi et moi n'avons plus rien à nous dire.

Une fois de plus, elle se félicita de la froideur de sa voix.

En réalité… Elle avait des picotements au bout des doigts tant elle avait envie de le toucher. L'amour, la douleur, la nostalgie, le désir brûlaient toujours en elle avec la même force, au point qu'elle pouvait à peine respirer.

— Ce n'est pas à toi de parler, Rayon de lune. Tout ce que je te demande, c'est de m'écouter.

— Ne m'appelle pas comme ça ! riposta-t-elle.

— Deux minutes, Shay, demanda-t-il, plongeant son regard sombre dans le sien. Je t'en prie.

« Je t'en prie… » Comment résister à ces mots ?

— D'accord, deux minutes. Mais pas plus, marmonna-t-elle.

— Merci, dit-il, avant de se passer les mains dans les cheveux, comme s'il ne savait pas par où commencer.

Surprise par sa nervosité, Shay le dévisagea, remarquant les cernes sous ses yeux et sa barbe de deux jours. Où était passé l'homme tiré à quatre épingles qu'elle avait toujours connu ?

Il laissa échapper un petit rire fébrile.

— Maintenant que je suis là, je ne sais plus quoi dire…, admit-il en soupirant. Si. D'abord, je te dois des excuses. Je suis désolé, Shay. Je me suis servi de toi. C'est indiscutable. J'ai justifié mes actes en prétendant que je devais le faire pour Olivia. En affirmant que je devais mettre ton frère hors d'état de nuire. Mais ce que je ne voulais pas admettre, c'est que je me sentais en fait responsable de toute cette situation.

Il marqua une pause avant de reprendre :

— Je me détestais encore plus que je détestais ton frère. C'était mon boulot de protéger ma sœur, et j'avais échoué lamentablement. Si j'avais été un meilleur frère, elle se serait sentie libre de me parler de sa liaison avec Trévor au lieu de me la cacher. Et surtout, sans moi, Trévor ne l'aurait jamais choisie. Quand j'ai pris conscience de cela, j'ai ressenti une telle culpabilité, une telle colère… C'est cette colère qui m'a poussé à faire exactement la même chose que ce que je reprochais à ton frère : t'utiliser pour l'atteindre. Je me suis persuadé que j'étais plus honnête que lui, sans voir que dans ma rage, j'étais devenu comme lui. Et pire que tout, je t'ai fait du mal. Cela, je ne me le pardonnerai jamais.

Shay le regardait le cœur battant, sous le choc. Même les clients qui faisaient la queue derrière lui avaient cessé de protester. Certains d'entre eux avaient même sorti leur téléphone portable. Elle faillit intervenir. Gideon serait sans doute furieux d'apprendre que leur échange était diffusé en direct sur les réseaux sociaux.

— Gideon, tu n'as pas à…

— Si. Je suis désespéré, Shay. Je n'ai plus de fierté. Je n'ai plus rien à défendre si je dois te perdre. Et si j'en suis là, c'est parce que je n'ai pas voulu te dire à quel point tu étais importante. À quel point tu es vitale pour moi. Rien n'est plus pareil, sans toi. Avant toi, le travail, la famille, l'argent, la réussite étaient mes priorités. Depuis que tu m'as quitté, ces choses sont toujours là, mais hormis ma mère et ma sœur, elles ne m'apportent plus rien.

Il s'interrompit, reprenant son souffle, et enchaîna :

— Je ne peux plus me concentrer au travail parce que je me demande où tu es, ce que tu fais, si tu penses à moi. Je pourrais m'évader dans toutes ces choses que la richesse achète, je pourrais voyager dans les endroits les plus exotiques, mais je ne verrais rien, je n'apprécierais rien, parce que tu ne serais pas là avec moi. La réussite ? Avant de te connaître, je la mesurais au nombre de clients que j'accumulais, aux profits que j'engrangeais, au nombre de portes qui s'ouvraient devant moi. Mais aujourd'hui ? Elle pourrait se résumer au nombre de fois où j'ai la chance de te faire sourire. De t'entendre dire que tu m'aimes. Au nombre de fois où j'ai la chance de m'endormir auprès de toi. De te dire que tu es la femme la plus aimée, la plus adorée en ce monde. Mais voilà : je suis passé à côté de cette chance.

— Waouh ! s'exclama Bridgette d'un ton admiratif. Quel salaud, je veux dire ! s'empressa-t-elle d'ajouter en souriant d'un air penaud devant le regard noir que Shay lui jeta.

Secouant la tête, Shay se retourna vers Gideon.

Elle avait de plus en plus de mal à refouler ses larmes, et son cœur tambourinait follement contre sa poitrine. L'espoir pointait déjà le bout de son nez, mais elle le fit taire impitoyablement. Une fois déjà, elle s'était prise à rêver qu'elle aimait Gideon, même s'il ne lui avait jamais fait de promesses. Il était là, le problème : elle devait arrêter de nourrir des espoirs insensés au sujet d'un homme qui se refusait de faire d'elle sa priorité. Même si son discours d'aujourd'hui était, bien sûr, tout à fait charmant.

— Merci pour les excuses, Gideon. J'apprécie. Seulement je ne peux pas me permettre de prendre ce risque avec toi. Combien de temps te faudra-t-il avant de comprendre que tu couches avec l'ennemi et de me reprocher d'être ce que je suis, c'est-à-dire la sœur de Trévor, que tu hais. Je n'ai aucune envie de vivre en attendant que ce jour arrive.

— Tu ne comprends pas, Rayon de lune, murmura-t-il, s'agrippant désespérément au comptoir du food truck.

En dépit de sa détermination, elle se pencha en avant, sans doute parce qu'une partie d'elle-même, celle qui se réveillait la nuit en pensant à lui et qui se refusait à cesser de croire aux contes de fées, avait une envie folle d'entendre ce qu'elle n'avait pas compris.

— Je t'aime, Shay. Je ne sais pas quand c'est arrivé. Quand je me suis assis en face de toi dans ce restaurant et que tu m'as dit d'aller au diable ? Quand tu as refusé de répondre à mes appels parce que tu t'étais engagée à aider ton amie ? Quand j'ai joué de la guitare pour toi ? Mais peut-être que cela remonte à notre toute première rencontre… Quand tu étais déguisée en Camille.

— Quand tu étais déguisée en Camille ? C'est quoi, ce binz ? marmonna Bridgette, derrière elle.

Shay l'ignora. Suspendue aux lèvres de Gideon, elle était captivée par ces yeux d'onyx et ne pouvait plus s'en détacher.

— Bien sûr, je ne te mérite pas, reprit-il. Aucun homme sur cette Terre ne te mérite. Mais cela ne m'empêchera pas de me battre pour toi. De me battre pour *nous*. De te supplier de ne pas me quitter, même si moi, j'ai failli le faire. Rayon de lune, tu me combles. Bien plus que n'aurait pu le faire cette vengeance. Sans toi, sans ta conscience pour me guider, mon amour, mon amie, je ne suis qu'une coquille vide. Je veux être plein. Je veux être digne. Prends-moi, je t'en supplie. Je t'aime, Shay Neal. Désespérément. Complètement. Il n'y a pas de retour en arrière pour moi. Il n'y a personne d'autre.

C'était à son tour de se dévoiler comme elle l'avait fait deux semaines plus tôt. Seulement cette fois, c'était lui qui se tenait au bord du gouffre, espérant qu'elle lui tende la main pour le sauver, pour l'aimer. Il l'avait repoussée, ce soir-là, et à présent, elle pouvait faire la même chose. Lui rendre la pareille. Opter pour un avenir où il serait absent, mais qui serait bon quand même. Ou bien, elle pouvait remettre son cœur en jeu et se jeter dans le vide, en espérant qu'il la rattraperait et la garde auprès de lui pour toujours.

Avait-elle vraiment le choix ?

En trombe, elle sortit du camion, mais alors qu'elle s'apprêtait à en faire le tour pour rejoindre Gideon, elle se retrouva dans ses bras. Il ne l'avait pas attendue, préférant aller à sa rencontre plutôt que de l'attendre. L'un comme l'autre avait fait la moitié du chemin. Était-ce un bon présage pour l'avenir ?

Un tonnerre d'applaudissements et d'acclamations retentit, mais tandis qu'elle glissait les bras autour du cou de Gideon, tout ce qui les entourait cessa d'exister. Leur baiser balaya d'un coup les doutes qui l'habitaient encore. Ce fut un baiser en forme de promesse car avec sa langue, ses lèvres, Gideon s'engageait à l'aimer, à la chérir, à l'adorer. Un baiser qu'elle accepta et lui rendit de tout son cœur, de toute son âme.

— Je t'aime, murmura-t-elle en déposant un chapelet de baisers sur ses lèvres et son menton. Je t'aime de toutes mes forces.

— J'ai cru que je ne t'entendrais plus jamais le dire, dit-il en appuyant son front contre le sien.

— Je te promets que je n'arrêterai jamais de te le dire.

Cette fois, ce fut elle qui happa ses lèvres, lui offrant un baiser qui les laissa pantelants et tremblants tous les deux.

— Je t'aime, répéta-t-elle.

— Pour toujours ?

— Pour toujours.

Épilogue

Un an plus tard

— Madame Knight, votre mari est là.

Shay sourit, appuyant sur la touche du haut-parleur de son téléphone de bureau. Jamais elle ne se lasserait d'être appelée ainsi.

— Faites-le entrer, Jackie.

Quelques secondes plus tard, son assistante ouvrit la porte, tout sourire, et Gideon fit son entrée.

Leida Investments n'était encore qu'une toute jeune entreprise, mais Shay pouvait à présent se permettre d'avoir du personnel. Même si celui-ci se résumait pour l'instant à Jackie. Malgré tout, l'entreprise était en croissance constante, et c'était le principal sujet de satisfaction de Shay. Peut-être plus pour longtemps, songea-t-elle en adressant un sourire resplendissant à Gideon, lequel traversa la pièce avant de la prendre dans ses bras. Avec la nouvelle qu'elle venait d'apprendre, il y aurait un sujet de satisfaction supplémentaire. Et non des moindres !

Elle entrouvrit les lèvres sous les siennes et, comme toujours, son baiser enflamma le désir que lui seul pouvait éveiller en elle. Se pressant contre lui, elle s'ouvrit davantage et il approfondit longuement leur baiser. Lorsqu'il la relâcha, ils étaient à bout de souffle.

— Je suis censé t'inviter à déjeuner, dit-il en la dévorant du regard. Mais si tu m'embrasses comme ça, Rayon de lune, c'est toi que je pourrais dévorer.

— Tu as vraiment l'esprit mal placé ! répliqua-t-elle en riant. D'ailleurs, je refuse de faire attendre ta mère et ta sœur. De plus, j'ai dû forcer la main de Bridgette pour qu'elle me laisse Olivia cet après-midi. Donc, pas question de manquer ce déjeuner.

Les yeux de Gideon s'illuminèrent en entendant le nom de sa sœur. Et pour cause ! Olivia avait parcouru un long chemin en un an. En apprenant sa malheureuse expérience avec Trévor, Bridgette avait décidé de la prendre sous son aile. Du reste, Olivia n'avait pas vraiment eu le choix. Bridgette s'était imposée tel un bulldozer dans sa vie et avait assumé le rôle de grande sœur. Bientôt, elle avait entraîné Olivia dans son aventure culinaire, et celle-ci travaillait aujourd'hui à ses côtés dans le food truck. À la surprise générale, Olivia s'était prise au jeu, excellant tant dans l'aspect relationnel avec les clients que dans la gestion. Elle était ainsi devenue l'associée de Bridgette, et les deux jeunes femmes envisageaient aujourd'hui d'investir dans un second food truck.

Quant à Trévor… Comme toujours, le regard de Shay se voila en songeant à lui. Elle n'avait pas divulgué le contenu du dossier qu'elle détenait sur lui ; c'était son frère, et quoi qu'il ait fait, elle ne pouvait le détruire. Mais la vérité trouvait toujours un moyen de se frayer un chemin. Le sénateur et lui faisaient à présent l'objet d'une enquête des services d'investigation financière et étaient dans le collimateur de la justice. Bientôt, Trévor perdrait non seulement sa femme, l'entreprise familiale, sa réputation, mais aussi sa liberté. Il avait causé beaucoup de torts, s'était enrichi indûment, et il devait faire face aux conséquences de ses actes. Elle l'aimait mais ne l'avait hélas pas revu depuis le soir de ses fiançailles.

— Tu es sûre, pour le déjeuner ? demanda Gideon en lui volant un autre baiser. Maman et Olivia comprendraient.

— Sans aucun doute, répondit Shay avant de prendre son visage entre ses mains. Mais voilà, j'ai très faim. Il faut dire que je vais devoir manger pour deux, maintenant, précisa-t-elle en le fixant intensément.

Il la dévisagea un instant, interdit. Lentement, il réalisa ce qu'elle venait de dire, et ses yeux noirs se mirent à scintiller.

— Quoi ? murmura-t-il, bouleversé. Tu es en train de me dire que nous sommes… Enfin que tu es…

— Enceinte, oui, compléta-t-elle avec un large sourire, glissant une fois de plus les bras autour de son cou. Nous allons avoir un bébé.

— Rayon de lune…

Avec une vénération qui lui fit monter les larmes aux yeux, il recula d'un pas et s'agenouilla devant elle, posant ses longues mains sur son ventre encore plat.

— Bon sang, Rayon de lune. Comment peux-tu continuer à faire de moi l'homme le plus heureux et le plus chanceux au monde ? demanda-t-il en lui embrassant doucement le ventre.

Lorsqu'il se releva, il l'attira dans ses bras, enfouissant le visage au creux de son cou.

— Je t'aime, Shay. Je t'aime comme un fou.

— Moi aussi, je t'aime. Pour toujours.

Ce qui se passe dans l'obscurité reste rarement dans l'obscurité. Surtout pour le meilleur ami et associé de Gideon, Grayson Chandler, et la ravissante jeune femme avec qui il a passé la nuit de la panne de courant. Lui fera-t-il une proposition qu'elle ne pourra refuser ?

Vous avez aimé *Un séduisant chantage* ?
Découvrez la suite et fin de la série
« Secrets milliardaires » dès le mois prochain,
dans votre collection Passions.

MAUREEN CHILD

Dans les bras d'un héritier

Traduction française de
TATIANA ANDONOVSKI

PASSIONS

HARLEQUIN

Titre original :
TEMPTING THE TEXAN

Prologue

Kellan Blackwood en avait toujours voulu à son père Buckley, qui, de son vivant, avait réussi à imposer sa loi de main de maître. Et il en allait de même encore aujourd'hui, alors qu'il avait désormais quitté ce monde.

Dans le bureau de la maison familiale où il se trouvait avec son frère et sa petite sœur pour la lecture des dernières volontés de leur père, il régnait une atmosphère étrange. Comme si celui-ci était présent, bien qu'invisible, et comme s'il s'apprêtait à leur jouer un dernier tour depuis sa tombe…

Il poussa un soupir et regarda d'abord Vaughn, puis Sophie.

Ils avaient l'air tout aussi tendus que lui.

Vaughn fronçait les sourcils et ses yeux émeraude paraissaient plus intenses que jamais.

Sophie s'était vêtue de noir pour l'occasion et avait noué ses longs cheveux auburn sur la nuque. Ses yeux noirs brillaient de larmes. Quant à son expression, elle semblait osciller entre le chagrin et la colère.

Et pour cause, vu qu'ils avaient chacun eu une relation compliquée avec leur père. Heureusement, même si cette situation était dure pour eux, ils savaient qu'ils pouvaient compter les uns sur les autres, ayant formé un lien étroit qui était maintenant plus fort que jamais.

Kace LeBlanc, l'avocat de Buck, entra dans le bureau.

— Kellan, Vaughn, Sophie. Bonjour. Merci d'être venus.

— Ce n'est pas comme si on avait eu le choix, rétorqua aussitôt Vaughn, se redressant sur son siège en tirant sur sa veste pour souligner son mécontentement.

— En effet.

La situation devait être des plus inconfortables pour Kace, il le comprenait bien, dans la mesure où, comme tous les gens proches de la famille, il savait que Buck ne s'était jamais intéressé à ses enfants et qu'il avait consacré tout son temps et toute son attention à ses affaires et à son empire.

— Où est Miranda ? s'enquit Kace, regardant alentour comme s'il s'attendait à ce qu'elle surgisse de derrière un fauteuil.

— En retard, comme toujours, lâcha-t-il.

Si son ton révélait exactement ce qu'il pensait de la femme qui avait été mariée à son père pendant quelques années, tant pis.

Miranda Dupree était âgée de trente-six ans, comme lui. Cela n'avait pas été évident de voir son père épouser une femme de son âge.

À l'époque de sa rencontre avec Miranda, Buck avait accumulé une fortune considérable, il était âgé et solitaire, et elle s'était vite immiscée dans sa vie, ne tardant pas à s'emparer de son chéquier et à faire sa loi.

Sophie l'avait surnommée « la Diablesse ».

— Bonjour tout le monde !

Justement, quand on parlait du diable…

Il se leva pour dire bonjour à son ex-belle-mère car, malgré tout, les bonnes manières qu'il avait apprises dès son plus jeune âge l'emportaient sur tout. Puis il administra une légère tape sur l'épaule de Vaughn pour qu'il se lève également.

En revanche, il ne put donner à sa voix un ton accueillant.

— Miranda. Je suis étonné de te voir de retour à Royal.

Elle était très belle, rien à dire. Une abondante chevelure rousse, des yeux bleus éclatants et une silhouette à faire tomber les hommes à la renverse, y compris son défunt père.

Mais quand il la regardait, il ne voyait en elle que la femme qui avait agrandi le fossé entre Buck et ses enfants.

— Buck m'a envoyé une lettre me demandant d'être présente, et d'accomplir quelques missions pour lui. D'après ce que je sais, tu n'es pas souvent là non plus, Kellan. Tu es toujours basé à Nashville, c'est ça ?

Un sourire s'étira lentement sur ses lèvres.

Il aurait été prêt à parier qu'elle s'était entraînée de longues heures devant la glace pour mener cette petite scène avec autant d'aplomb.

Serrant la mâchoire, il ravala les mots qui lui brûlaient la langue. Les raisons de son déménagement à Nashville il y a quelques années étaient nombreuses mais il n'avait aucune envie d'en discuter avec elle.

— Que fais-tu là, Miranda ? Buck n'est plus là pour se laisser séduire par tes charmes imparables, déclara Vaughn sur un ton sarcastique.

— Je viens de vous le dire. C'est votre père qui a souhaité ma présence aujourd'hui, dit-elle en s'asseyant.

Elle se tourna vers Sophie, ignorant les autres.

— Je suis désolée pour ton père, Sophie.

— Pas autant que moi, rétorqua-t-elle sèchement.

Kace les rappela à l'ordre.

— Kellan, Vaughn, vous pouvez vous rasseoir ?

— Bien sûr, dit-il, désireux d'en finir au plus vite.

Son but était de régler les affaires de son père et de repartir de Royal au plus tôt, afin d'éviter…

Il s'arrêta net. Pas question de penser à elle.

Pas maintenant. Jamais, d'ailleurs.

La voix de Kace le ramena à l'instant présent.

— Buck voulait que vous soyez tous là pour entendre la lecture de son testament.

— On t'écoute.

— Ce ne sera pas long. Vous voulez la version longue avec tout le jargon officiel ou la version courte ?

Il lança un bref regard en direction de Vaughn et Sophie, pour s'assurer qu'il pouvait parler en leur nom. Il ne prêta aucune attention à Miranda. Il se fichait bien de ce qu'elle pensait.

— La version courte, merci.

— Buck a laissé toute sa fortune à Miranda.

Pendant un instant, un silence de stupéfaction se fit dans la pièce, puis, sans pouvoir se retenir, il bondit de son siège.

— Quoi ? s'écria-t-il.

— Comment est-ce possible ? renchérit Vaughn, se levant à son tour.

Sophie, quant à elle, resta assise, abasourdie.

— J'espère que tu plaisantes, dit-il en fixant Kace du regard.

— Non. Je suis tout ce qu'il y a de plus sérieux. Il savait ce qu'il voulait et il l'a bien stipulé. Et si jamais vous avez un doute, je peux vous assurer qu'il était sain d'esprit au moment du testament.

— Sain d'esprit ? Permets-moi d'en douter.

— Aux yeux de la loi, il n'y a aucun doute. Je sais que c'est dur mais…

Dur ? C'était impensable.

Non seulement Buckley Blackwood n'avait jamais

assumé son rôle de père auprès d'eux, ses enfants, mais il était allé jusqu'à les déshériter pour laisser le ranch familial à son ex-femme. Il n'en revenait pas.

Lentement, il pivota la tête pour se tourner vers elle.

Aucune trace de surprise sur son visage.

Pourquoi ?

Kace l'avait-il déjà prévenue ? Ou Buck ?

— Miranda, tu peux nous expliquer ?

Elle haussa les épaules puis lui adressa un sourire semblable à celui de tout à l'heure.

— Je n'ai rien à expliquer. J'ignore pourquoi il a fait ça. Tout ce que je sais c'est que, ,après sa mort, j'ai reçu une lettre de sa part, me demandant de me présenter pour la lecture du testament. Votre père était un homme généreux.

— Tu parles ! s'exclama-t-il.

— Moi, je ne veux pas de son argent. Je n'en ai pas besoin. Mais je sais qu'il n'aurait jamais fait ça s'il avait été sain d'esprit au moment de la rédaction du testament, commenta Vaughn en fusillant Miranda du regard.

— Pourtant, c'est le cas, ajouta Kace.

— Il devait vraiment nous détester, murmura Sophie.

— Non. Il ne nous détestait pas.

— Alors, comment est-ce possible ? s'enquit Sophie d'une voix étranglée.

— Je ne sais pas, mais je mettrai tout en œuvre pour découvrir la vérité. Kace, sache que ce dossier est loin d'être clos et que tu auras de nos nouvelles, lâcha-t-il avant de prendre congé.

Vaughn et Sophie le suivirent.

- 1 -

Plus tard dans la journée, Kellan était encore animé d'une rage folle lorsqu'il arriva au ranch familial. Blackwood Hollow était un ranch de trois cents hectares en pleine activité, mais la maison principale ressemblait à un hôtel de luxe. Un manoir, presque.

Il se gara devant la construction imposante, étincelante dans la nuit tombée grâce aux multiples décorations de Noël et aux guirlandes blanches lumineuses qui en faisaient tout le tour.

Le tout offrait un spectacle féerique.

Hélas, pour lui, le lieu avait perdu de sa magie.

Quand Buck était encore en vie, ces dernières années, Vaughn et lui avaient tout fait pour l'éviter. Préférant couper les ponts, ils ne revenaient plus au ranch. Sophie, qui était restée à Royal, y passait parfois.

Il avait su que Miranda, sans gêne, avait pris ses quartiers au ranch en arrivant à Royal. Et maintenant, aux yeux de la loi, cette propriété lui appartenait.

Secouant la tête pour chasser la colère et l'amertume qui l'envahissaient de nouveau, il sortit de son Range Rover noir et se dirigea vers la grande bâtisse.

Quelques ouvriers du ranch lui firent un signe de la tête ou de la main en guise de salutation, mais aucun ne chercha à lui parler. Heureusement, car il n'était pas d'humeur.

Il était venu au Blackwood Hollow en sachant qu'il

ne tomberait pas sur la Diablesse. Sa sœur l'avait appelé pour lui dire que la voie était libre car Miranda était en ville, en train de faire du shopping. Naturellement. Quand on héritait de plusieurs milliards, on pouvait allègrement se permettre de délester son portefeuille.

Il passa la grande porte d'entrée, traversa le hall immense et se dirigea directement dans la salle principale du rez-de-chaussée. Un feu brûlait dans la cheminée, la pièce respirait la sérénité, mais les sofas en cuir étaient orphelins, et l'atmosphère manquait de vie.

Pour éviter d'avoir mal au cœur, il s'efforça de ne pas s'attarder sur le sapin de Noël qui trônait face aux baies vitrées faisant la hauteur du plafond et donnant sur le jardin.

L'arbre étincelait de guirlandes lumineuses multicolores et de rubans dorés et argentés. L'odeur de pin embaumait la pièce, ravivant en lui des souvenirs d'antan.

Enfant, il avait toujours adoré la période de Noël car, année après année, sa mère avait veillé à ce que ce soit un moment inoubliable.

Donna-Leigh avait toujours vu les choses en grand et elle n'avait jamais lésiné sur les décorations.

Leur mère était morte dans des circonstances tragiques, mais Buck avait entretenu la tradition, même pendant son mariage avec Miranda, qui s'était soldé par un divorce.

Visiblement, il avait même laissé des instructions pour qu'après sa mort, la tradition perdure.

Sans plus tarder, il monta à l'étage là où se trouvaient les chambres.

Il avança dans le couloir, le son de ses pas absorbé par le tapis rouge couvrant en partie le plancher en chêne lustré.

Ouvrant une chambre après l'autre, il chercha celle où Miranda s'était installée.

Il ignorait combien de temps elle resterait en ville mais Sophie lui avait dit qu'elle était accompagnée d'une équipe de télévision, dans le cadre de l'émission télévisée ridicule qu'elle animait avec d'autres femmes : *La vie secrète des ex-femmes de milliardaires.*

Quand Sophie lui avait appris la nouvelle, l'ironie ne lui avait pas échappé. Elle était tellement obnubilée par sa soif de richesse qu'elle avait même trouvé un moyen de se faire encore plus d'argent après son divorce. Et elle avait poussé le vice jusqu'à venir à Royal avec son équipe pour transformer la famille Blackwood en attraction de téléréalité.

Chassant ces pensées qui lui polluaient l'esprit, il se concentra sur sa mission.

Sur un coup de tête, il avait décidé de venir au ranch dans le but de fouiller dans les affaires de Miranda pour trouver la fameuse lettre envoyée par son père. Il voulait voir par lui-même ce que Buck lui avait dit. Et s'il lui parlait du fait qu'il avait déshérité ses enfants.

Il n'avait jamais eu de vrais rapports avec son père, dont la seule préoccupation avait été son empire.

À présent, cela n'avait plus d'importance. Et tout ce qu'il voulait, c'était que le ranch reste dans la famille. Blackwood Hollow était estimé à environ soixante millions de dollars, et cela sans compter la fortune personnelle de Buck et les revenus de la banque Blackwood.

Pourquoi Miranda hériterait-elle de tout ça ?

Il avait besoin d'aller au fond de cette énigme et d'obtenir les réponses à ses questions.

Après avoir ouvert deux chambres inhabitées, il toucha le jackpot avec la troisième. La lumière était allumée. Sûrement un oubli dans un départ précipité.

Au-delà du sapin décoré et positionné devant les fenêtres qui donnaient sur la piscine et le jardin à l'arrière de la maison, il y avait des vêtements de femme étalés sur le lit et une brosse à cheveux sur la commode en bois.

C'était bien la chambre de Miranda. Même s'il ne reconnaissait pas son parfum et que les vêtements sur le lit étaient plus conservateurs que ceux qu'elle portait habituellement.

Il fouilla la penderie, rien.

La table de nuit, rien.

Rien non plus dans la commode.

Où pouvait-elle avoir mis ce document ?

Soudain, il entendit un bruit dans la salle de bains adjacente.

Miranda était-elle là, après tout ?

Y avait-il eu un changement de dernière minute ?

L'instant d'après, la porte de la salle de bains s'ouvrit, une femme en sortit dans un nuage de vapeur, comme dans un rêve, et en le voyant, cria d'effroi.

Quand le nuage se dissipa, il se figea.

Ce n'était pas Miranda mais la seule et unique personne sur qui il ne voulait pas tomber en revenant à Royal.

Ses longs cheveux blond vénitien humides tombaient sur ses épaules délicates et son corps qu'il savait sublime était entouré d'une grande serviette-éponge.

De ses grands yeux verts écarquillés, elle le dévisageait, incrédule.

— Kellan Blackwood !

— Irina Romanov.

Elle resserra la serviette autour d'elle.

— Je peux savoir ce que tu fais dans ma chambre ? s'enquit-elle, choquée.

Mon Dieu, cette voix ! Toujours aussi sensuelle et excitante. Avec une pointe d'accent russe.

En un instant, il fut projeté sept ans en arrière.

C'était aussi la période de Noël.

Ils avaient passé une semaine torride, se retrouvant au lit dès qu'ils le pouvaient, avant qu'il ne s'aperçoive qu'il ne pouvait plus se regarder dans la glace.

Du jour au lendemain, il avait quitté le Texas et Irina.

Encore maintenant, s'il s'autorisait à le faire, il pouvait l'entendre lui murmurer des mots doux dans le noir, sentir ses mains sur lui, et revoir leurs corps onduler à l'unisson.

Cette semaine inoubliable avait marqué son âme au fer rouge et réveillé un cœur qu'il croyait endormi à jamais.

La serviette toujours serrée contre elle comme un bouclier, elle le regarda droit dans les yeux, pâle comme un linge.

— Kellan, sors d'ici.

C'était en effet la solution la plus sûre dans la mesure où pour le moment, il ne pensait qu'à une chose : lui ôter la serviette et la prendre sur le lit, ou sur le tapis. Ou contre le mur.

Peu importait. Tout ce qu'il voulait, c'était assouvir son désir et la posséder de nouveau. Le sexe dur comme de la pierre, les oreilles bourdonnantes, le souffle court, il ne savait plus à quel saint se vouer.

Tentant de retrouver une respiration à peu près normale, il trouva la force de lui répondre.

— Je te laisse. Mais je ne quitte pas cette maison. Je serai en bas quand tu seras prête.

L'instant où il quitta sa chambre, Irina claqua la porte et la ferma à double tour. Puis elle s'adossa au lourd panneau en chêne et leva les yeux au ciel. Son cœur battait à tout rompre et des dragons semblaient papillonner dans le creux de son ventre.

Elle s'efforça de respirer calmement, luttant contre les larmes qui s'amoncelaient sous ses paupières. Pourquoi avait-elle soudain envie de pleurer ?

Elle aurait dû être furieuse, indignée. Cela faisait sept ans qu'il l'avait quittée. Et sa première réaction était d'avoir les larmes aux yeux ?

Quel choc de le revoir, même si elle s'y attendait un peu depuis le décès de Buck, qui avait demandé à être incinéré sans cérémonie.

Elle pensait être prête à revoir Kellan, car elle avait changé depuis leur dernière entrevue.

Mais jamais elle ne s'était attendue à ce qu'il soit dans sa chambre, à la sortie de sa douche, alors qu'elle était seulement entourée d'une serviette. Même avec leur bref passé en commun, elle savait qu'une simple serviette n'avait jamais empêché Kellan de la prendre sur-le-champ et de lui embraser les sens.

D'ailleurs, il avait toujours autant d'effet sur elle, à en juger par sa réaction.

Il n'avait pas perdu de ses charmes. Au contraire, il était même plus beau que sans son souvenir.

Il avait toujours été conscient de sa puissance et de son magnétisme, l'air dangereux et ténébreux avec ses cheveux coupés court, sa mâchoire carrée, ses traits virils et sa barbe de trois jours qui maintes fois l'avait chatouillée, lui laissant des marques rouges sur la peau.

L'étincelle qu'elle avait aperçue dans ses yeux bleus lui avait fait perdre ses moyens. Elle avait vu la chaleur incandescente qui l'animait et cela lui avait rappelé le feu qui les avait consumés chaque fois qu'ils s'étaient retrouvés.

Elle se souvenait de longues nuits langoureuses, de leurs deux corps plongés dans l'obscurité avec pour seule source de lumière les petites guirlandes de Noël clignotant dans la pièce.

Elle se souvenait aussi de matinées passées sous les draps, leurs corps enchevêtrés, avant de devoir se lever pour travailler en tant que domestique dans la grande maison.

Oui, elle se souvenait de chaque détail, comme si cette semaine passée avec lui avait été gravée à jamais dans sa mémoire, malgré elle.

À l'époque, elle s'était convaincue qu'elle vivait un conte de fées. L'aîné d'une dynastie tombant amoureux d'une domestique engagée par le patriarche dans la maison familiale… C'était le scénario rêvé.

Mais le conte de fées avait pris une tournure amère quand Kellan avait subitement quitté le Texas.

Il avait eu la courtoisie de la prévenir avant son départ mais depuis, aucune lettre d'explication, aucun appel, et aucun regret, apparemment.

Elle s'était retrouvée seule, ses rêves bafoués et le cœur brisé.

Dès le départ, elle avait senti que Buck était au courant de l'idylle qui se déroulait entre elle et son fils aîné. Il s'était montré tout particulièrement attentionné quand Kellan était parti. Jamais elle ne pourrait s'acquitter de la dette qu'elle avait envers lui, avec toute la gentillesse qu'il lui avait témoignée, et en plus de tout ce qu'il avait fait pour elle.

Après son départ, elle avait mis du temps à se remettre sur les rails et à retrouver un sens à sa vie.

Aujourd'hui, pas question de dérailler de nouveau ou de retomber dans les abysses du chagrin d'amour. Kellan était là mais il n'était que de passage.

Elle s'était construit une vie à Royal et rien ni personne ne l'empêcherait de continuer sur la trajectoire qu'elle s'était tracée.

Elle n'avait pas besoin de Kellan : elle s'était faite sans lui et n'était plus la même jeune femme d'autrefois, à l'époque de leur semaine enivrante mais irréelle.

Elle avait repris ses études et avait intégré la faculté de droit. En plus de cela, elle avait écrit un roman.

Un seul regard avait failli lui faire perdre pied mais elle saurait se ressaisir et se montrer forte. Il suffisait de garder ses distances. Elle ne laisserait pas Kellan l'attirer dans une liaison alors qu'il lui avait prouvé qu'il ne l'estimait pas à sa juste valeur.

Armée de cette détermination, elle s'habilla puis descendit, prête à l'affronter avec toute la dignité et la fierté qu'elle avait en elle.

- 2 -

Kellan était appuyé contre le rebord de la cheminée et regardait fixement les flammes danser dans l'âtre quand il l'entendit entrer dans la pièce.

Elle faisait tellement peu de bruit en se déplaçant qu'il l'avait peut-être même sentie plutôt qu'entendue.

Il se tourna vers elle.

La vue d'Irina lui coupa le souffle.

La dernière fois qu'ils s'étaient rencontrés remontait à sept ans mais, malgré tout, chaque parcelle de son corps s'était mise en état d'alerte en sa présence, comme pendant la semaine torride qu'ils avaient partagée.

Comme si le temps n'avait en rien étouffé le désir qu'il éprouvait pour elle. Bien au contraire.

— Kellan, je peux savoir ce que tu fais ici ?

Cette voix provoqua en lui un émoi sans précédent, réveillant au plus profond de son être des souvenirs qu'il avait enfouis jusqu'à l'instant présent.

Ses réactions n'auguraient rien de bon.

Il y a sept ans, il l'avait quittée sur un coup de tête, ayant décidé que c'était la meilleure chose qu'il avait à faire.

À l'époque, il n'avait rien à lui offrir.

Et aujourd'hui ?

Il n'en avait pas beaucoup plus.

C'était donc à lui de ne pas commettre la même erreur et de garder ses distances.

Mais elle le regardait avec une expression qu'il ne lui connaissait pas. De la rage mêlée à du défi, avec une pointe de malice.

Son attitude le mit aussitôt sur la defensive. Comment interpréter les signes émanant de cette femme qui lui avait déjà fait perdre la tête plus d'une fois ?

— Je te rappelle que le ranch s'appelle Blackwood Hollow et que je suis un Blackwood, donc je n'ai pas à me justifier d'être ici, dans la maison où j'ai grandi.

— Tu ne vis plus ici depuis des années, d'où ma surprise, rétorqua-t-elle sans ciller.

Inclinant légèrement la tête, il la scruta, sans la lâcher du regard.

— En effet. Et pour ma part, j'étais à mille lieues de m'imaginer que tu vivais encore ici.

— Ce n'est pas étonnant dans la mesure où tu n'as pas remis les pieds ici depuis sept ans, lâcha-t-elle, du tac au tac.

Touché.

Il avait évité cette maison comme si elle avait été hantée des pires fantômes.

Peut-être qu'à présent, c'était le cas. Les fantômes de son enfance, les souvenirs de sa mère. Mais ce qui l'obsédait le plus, c'était le souvenir de cette semaine passée avec Irina.

Le fait de revenir aujourd'hui dans cette maison lui faisait prendre conscience à quel point il n'avait rien oublié, à quel point tout était ancré dans sa mémoire, comme si c'était hier. Les images affluaient dans son esprit telles des apparitions, lui donnant le sentiment qu'il aurait presque pu les atteindre, les revivre.

De son regard aiguisé, il l'inspecta, de haut en bas, en un clin d'œil, pour ne pas paraître trop envahissant.

Il ne rata rien.

Ses longs cheveux étaient encore humides. Un haut jaune pâle col bateau révélait ses exquises épaules. Ses longues jambes sensuelles étaient malheureusement recouvertes d'un pantalon de yoga. Aux pieds, elle portait des ballerines noires.

Il sentit son corps se raidir.

Même habillée en tenue décontractée, elle était plus belle que jamais.

Une vague de chaleur se répandit en lui.

Les étincelles dans ses yeux l'intriguèrent.

Elle semblait plus fière et plus confiante que par le passé.

Ce qui n'était pas pour lui déplaire.

Elle lui avait dit un jour avoir été mannequin en Russie, son pays natal. Il avait eu du mal à la croire tellement elle avait été timide et peu sûre d'elle quand il l'avait connue.

L'Irina qui se trouvait face à lui, soutenant son regard d'un air de défi, menton relevé, était une tout autre personne.

Elle croisa les bras sur sa poitrine, l'alléchant au plus haut point, sans s'en douter.

En cet instant, il la trouva plus attirante que jamais.

— Pourquoi étais-tu dans ma chambre ? Pourquoi as-tu fouillé mes affaires ?

— Je ne savais pas que c'était ta chambre.

— Tu pensais que c'était la chambre de qui ?

— Celle de Miranda.

Elle eut un mouvement de recul, accompagné d'un froncement de sourcils qui en disait long sur l'idée qu'elle se faisait de lui.

Il frissonna à l'idée de se retrouver dans un lit avec l'ex-femme de son père. De plus, Miranda n'était pas du tout son genre. Elle était trop effrontée, trop directe, et surtout trop entraînée à séduire les hommes.

— Non, ce n'est pas ce que tu penses ! Crois-moi.

— Admettons que je te croie. Pourquoi cherchais-tu sa chambre et pourquoi voulais-tu fouiller ses affaires ?

Il prit une grande inspiration pour calmer la frustration qui bouillait en lui. À tous les niveaux.

Non seulement il avait très envie d'Irina, mais il n'était pas habitué à expliquer ses faits et gestes.

Il avait toujours agi selon son bon vouloir, que cela plaise aux autres ou non. C'était beaucoup plus simple de vivre selon ce principe.

Ce qui le choquait, en ce moment même, c'était l'aplomb avec lequel elle s'adressait à lui. Comme si elle était invincible et qu'elle n'avait peur de rien ni personne.

Quand ils s'étaient connus, sept ans auparavant, elle n'aurait jamais osé lui parler sur ce ton assuré.

Le feu qui animait son regard confirmait le changement de personnalité qui s'était opéré en elle depuis leur dernière entrevue et la rendait encore plus admirable à ses yeux.

Sa voix le rappela à l'ordre.

— Alors ? J'attends une réponse.

— Je voulais trouver la chambre de Miranda car je cherche une lettre que Buck lui aurait envoyée.

— Mais encore ?

— Kace nous a annoncé aujourd'hui que mon père avait légué toute sa fortune à Miranda.

— Oui, je sais.

— Comment ça ?

— Kace m'a contactée plus tôt dans la journée pour me parler de l'héritage que Buckley m'avait laissé.

Cette annonce le laissa sans voix.

Jamais il n'aurait cru son père capable de remarquer l'existence d'une de ses domestiques, et encore moins de lui léguer une partie de sa fortune.

Buck n'était pas connu pour être un Bon Samaritain. Loin de là. C'était un homme égoïste qui n'avait jamais pensé qu'à lui, à ses affaires et à sa fortune. Il était bien placé pour le savoir.

Il n'y comprenait plus rien. Enfin, il parvint à se ressaisir pour reprendre le fil de la conversation.

— Mon père t'a laissé quelque chose ?

— J'ai l'impression que ça te surprend. Pourtant, ton père a toujours été très gentil avec moi.

Il secoua la tête. Entendre quelqu'un faire des compliments sur son père l'horripilait au plus haut point.

— Non, s'il te plaît, arrête. Je ne veux pas qu'on me dise que mon père mérite d'être mis sur un piédestal ou que c'était l'homme le plus généreux du monde. C'était un gros égoïste, un point c'est tout.

— Soit, comme tu voudras. Si ça peut te conforter de penser ça.

— Me conforter ? Que veux-tu dire par là ? lança-t-il, la défiant d'un regard noir.

— Rien. Tu as visiblement une vision très arrêtée de ton père et je n'ai pas pour ambition de te faire changer d'avis.

Soit. Buck s'était peut-être comporté de manière irréprochable envers Irina mais il ne pourrait jamais changer d'avis sur son cher géniteur. Il avait grandi avec lui, donc il le connaissait mieux que quiconque.

— Tu ne m'as pas vraiment répondu. Quel document cherchais-tu, au juste ?

Difficile de se concentrer sur sa réponse alors qu'il fantasmait de la déshabiller pour lui faire l'amour devant la cheminée.

— J'ai appris que Buck lui avait fait envoyer une lettre après sa mort. Je veux la voir. J'ai besoin d'en connaître le contenu.

— Pourquoi ? Ce ne sont pas tes affaires.

— Permets-moi de ne pas être d'accord sur ce point. Ce sont justement complètement mes affaires. J'ai besoin de savoir ce qu'elle sait. Je veux comprendre pourquoi Buck lui a tout laissé.

Elle le fixa de ses yeux vert foncé.

Au bout d'un moment, il commença à se sentir mal à l'aise.

— Désolée, Kellan, je ne peux pas t'aider. Et je ne te permettrai pas de fouiller dans les affaires de Miranda.

La frustration croissante qu'il éprouvait depuis le début de leur échange se transforma en agacement.

— Ah oui ? Et tu penses pouvoir m'en empêcher ?

— Oui, en la prévenant de tes agissements.

— Le temps qu'elle revienne, je serai déjà parti, dit-il sans bouger pour autant.

Car, autant l'admettre, malgré le caractère tendu de leur échange, il était très heureux de la revoir. Il était même étonné à quel point cela lui faisait du bien de pouvoir humer son parfum, d'entendre sa voix, d'observer ses mouvements.

Jamais il n'aurait cru être aussi bouleversé par leurs retrouvailles impromptues. Le temps aurait dû œuvrer dans le sens inverse et l'immuniser contre ses charmes.

Mais le contraire s'était produit. Il la désirait plus que jamais.

Il s'était délibérément coupé d'elle pendant des années, car à l'époque il n'était pas disposé à s'engager sur le long terme. C'était pour cette raison qu'il avait déménagé à Nashville. Il n'aurait pas supporté d'être près d'elle sans pouvoir la posséder pleinement.

Mais la distance n'avait pas suffi à l'éloigner entièrement. Elle était revenue le hanter dans ses rêves. Chaque fois qu'elle était apparue dans son esprit, il l'avait chassée. Chaque fois qu'il avait fait l'amour avec une autre femme, il avait tout fait pour se convaincre que c'était aussi bien qu'avec Irina.

Il avait tissé sa vie de mensonges pensant que ce serait plus simple d'avancer ainsi.

À présent, devant elle, ces mensonges lui éclataient au visage, telle une bombe à retardement.

— Depuis quand es-tu du côté de Miranda ?

— Et depuis quand devrais-je te prouver ma loyauté ? Je te rappelle que c'est toi qui as disparu.

— J'étais obligé.

— Je n'en doute pas.

Puis elle alla s'asseoir sur l'un des sofas en cuir, les jambes recroquevillées sous elle, la tête inclinée, le regard vissé sur lui.

— Tu ne me crois pas, Irina ?

— Peu importe. Miranda est l'invitée de Buck.

— Buck est mort.

— Je sais, mais c'est chez lui.

— Et chez moi.

— Tu es parti il y a des années. Tu as quitté cette maison, ta famille, Buck… Et tu m'as quittée.

Voilà, c'était fait. Le passé avait réussi à s'imposer à eux. Il trônait à présent dans la pièce, avide de souffrance, assoiffé de sang, prêt à faire des victimes.

Dès l'instant où ils s'étaient revus, il savait qu'il devrait revivre le passé, repenser à d'anciennes décisions et justifier ses actions. En était-il capable ? Il l'ignorait.

— Je n'ai pas pu faire autrement.

Elle leva les yeux vers l'homme en qui elle avait un jour placé tous ses espoirs. Le fils aîné de son employeur qui lui avait sauvé la vie.

Buck l'avait prise sous son aile et lui avait offert une chance sans commune mesure. Elle était arrivée chez lui brisée puis elle s'était peu à peu reconstruite, laissant le passé derrière elle.

Grâce à Buck, elle avait retrouvé goût à la vie. Il lui avait offert un emploi en tant que domestique, puis il lui avait permis de faire des études et d'espérer des jours meilleurs.

Quant à Kellan, il l'avait touchée au plus profond de son être. À bien des égards, il lui avait tout simplement coupé le souffle, l'enivrant comme jamais un homme ne l'avait enivrée.

Elle avait tout de suite eu confiance en lui, malgré tout ce qu'elle avait vécu. Elle avait cru en lui. Et il était parti sans crier gare.

Sept ans auparavant, ils avaient partagé une semaine idyllique. Ils avaient chacun beaucoup souffert avant que le destin ne les pousse à se croiser et à aller au-delà d'eux-mêmes, pour tenter de surmonter leurs épreuves respectives.

Pour elle, cela avait été une expérience magique. Des moments volés, des bulles de passion, avec la promesse d'un rêve d'amour lointain mais réalisable.

Son départ l'avait anéantie et elle avait de nouveau souffert à cause d'un homme.

Jamais deux sans trois, disait-on ? Pas pour elle. Il n'y aurait pas de troisième fois. Son cœur était maintenant sous haute surveillance et c'était sa raison qui la guidait.

Pourtant, si elle avait été soumise à un détecteur de mensonges, elle aurait dû avouer que la raison pour laquelle elle s'était assise sur l'un des canapés de la grande pièce à vivre était que, malgré tout, Kellan la faisait encore fondre sur place et qu'elle ne sentait plus ses jambes quand il posait les yeux sur elle et la scrutait d'un regard sulfureux.

Elle le voulait. Son cœur battait la chamade, son ventre ne cessait de papillonner. Son corps tout entier frémissait de désir. Quant à son esprit, il était bien incapable d'étouffer le feu de ces émotions.

Elle leva les yeux vers lui, tentant de masquer ce qu'elle éprouvait en cet instant.

— Tu n'as pas pu faire autrement ? C'est tout ce que tu as à dire ?

— Irina, je ne voulais pas te blesser.

Leurs regards s'entrechoquèrent en silence.

Puis elle ferma les yeux, respirant calmement pour maîtriser son émoi.

Elle ne voulait plus en parler.

C'était du passé.

Des souvenirs douloureux enfouis qu'elle ne souhaitait pas voir remonter à la surface.

— Tu n'avais peut-être pas l'intention de me blesser mais sache que j'ai profondément souffert.

— Irina…

Elle se leva.

— S'il te plaît, n'en parlons plus. J'imagine que, à l'origine, tu n'étais pas venu pour ça. Et j'irais même jusqu'à dire que tu ne pensais même pas me trouver ici.

— Non, en effet.

— Alors, que veux-tu savoir ?

— Sais-tu jusqu'à quand Miranda compte rester à Royal ?

Elle haussa les épaules, indifférente.

— Non. Elle ne m'a rien dit.

— J'imagine qu'elle va s'installer ici, pour continuer à nous embêter.

Elle avait toujours trouvé Miranda sympathique et n'avait jamais compris la réaction des enfants de Buck envers elle.

Elles s'étaient liées d'amitié en se racontant leurs chagrins d'amour passés. Et comme elle avait connu la souffrance, elle ne pouvait s'empêcher de défendre les causes perdues ou les personnes qui se faisaient harceler.

— Hormis son mariage avec ton père, puis leur divorce, je ne vois pas ce que vous avez contre elle.

— Tu trouves que ce n'est pas suffisant ?

— Non.

L'amour s'estompait, les gens divorçaient. Et on oubliait souvent que lorsqu'un couple se défait, chacun des deux a sa responsabilité.

— Pour moi, c'est suffisant. Elle n'a rien à faire ici.

Elle secoua la tête en le regardant.

— Alors heureusement que ça ne tient pas qu'à toi.

— Irina, enfin ! Comment peux-tu soutenir Miranda aveuglément ? Et pourquoi es-tu aussi loyale envers mon père ?

— Je dirais que tu n'as pas été assez loyal envers lui. Il n'était pas l'homme que tu pensais.

— Je sais très bien l'homme qu'il était. Mais je veux que tu me dises pourquoi tu protèges Miranda à ce point.

— Cela ne te regarde pas. Pour ce qui est de ton père, oui, je suis loyale envers lui. Et je veux respecter son souhait. Enfin, pour ce qui est de sa fortune, c'était à lui de décider ce qu'il voulait en faire, dit-elle avant de se lever.

Il la scruta, incrédule, le regard perdu.

— Qu'est-ce qu'il a fait pour toi, au juste ?

Tout. Mais elle n'avait pas envie d'en parler.

Buckley Blackwood avait fait beaucoup de bien autour de lui, mais en insistant toujours pour rester dans l'anonymat. Donc personne, même pas ses enfants, ne savait à quel point il avait été un homme bon.

Elle ne pourrait jamais l'oublier.

— Ta question arrive trop tard. Tu es parti. Tu ne peux pas arriver la bouche en cœur sept ans plus tard et exiger des réponses.

Il fit un pas dans sa direction.

Elle se figea.

Sentir son parfum était une véritable torture. Cette fragrance épicée la hantait encore la nuit.

La mâchoire serrée, les yeux emplis d'une lueur de frustration, le corps raide, il émanait de lui une tension palpable.

Elle aussi était animée d'une tension sans pareille qui palpitait en tout point de son corps.

Mais plus question de se soumettre à son hégémonie sensuelle. Il avait eu trop de pouvoir sur elle. Il suffisait qu'elle le voie pour fondre sur place. Il suffisait qu'il la touche pour qu'elle brûle d'envie pour lui.

Pourtant, ce qui lui manquait le plus, c'était de se retrouver lovée contre lui, entourée de ses bras musclés, leurs corps plongés dans la pénombre, à rire et à parler. C'est leur proximité et leur intimité qui avaient eu le plus d'importance à ses yeux pendant cette relation de courte durée et c'est ce qui lui avait le plus manqué quand leur liaison avait pris fin.

Il s'était rapproché d'elle.

La situation était dangereuse.

Ses jambes étaient de nouveau vacillantes, son désir croissait seconde après seconde et son sang bouillait dans ses veines.

Tout dans cet homme n'était que tentation.

Après son départ, elle s'était battue pour retrouver le contrôle de sa vie, de son cœur, de son esprit. Impossible de se laisser entraîner avec lui dans une nouvelle relation éphémère.

Car, le connaissant, il opterait pour du temporaire.

— Irina, tu es toujours aussi belle, murmura-t-il.

Seigneur, sa voix si caressante…

— Kellan…

— Je pense que je vais t'embrasser. Y vois-tu un inconvénient ?

Son cœur fit un bond dans sa poitrine. C'était le moment de s'opposer à ses tactiques de charme et de quitter la pièce.

— Non, souffla-t-elle.

Alors il l'embrassa.

L'instant où ses lèvres effleurèrent les siennes, un brasier se déclencha en elle, se répandant à la vitesse de l'éclair.

Elle se souvenait de cette sensation. Elle l'accueillit tout en sachant que c'était une erreur.

Il la prit par les épaules et l'attira à lui.

Sa bouche resta scellée à la sienne alors que ses bras lui entouraient la taille.

Sentir son corps ainsi pressé au sien la mit au supplice, lui donnant envie d'aller plus loin qu'un simple baiser.

Sa langue avide s'immisça entre ses lèvres pour venir danser avec la sienne. Il resserra son étreinte, elle lui rendit la pareille.

Ce baiser l'extirpait d'une torpeur longue de plusieurs années et ce réveil brutal en était presque douloureux.

Son corps tout entier vibrait d'impatience.

Son esprit était trop confus pour donner un sens à la réalité.

Son souffle restait court, haletant, et elle s'accrochait à lui comme s'il en allait de sa vie.

Mais sa raison la poussait à mettre fin à ce baiser, pour se préserver. Car malgré la magie de l'instant, il finirait par la quitter.

Cette pensée réussit à pénétrer l'épais brouillard de ses sensations en fusion. Elle avait beau vivre un moment extraordinaire, inespéré, cet instant était placé sous le sceau de l'éphémère. Après ce baiser, ce ne serait que souffrances et regrets.

Si elle continuait, elle courait à sa perte.

Aussitôt, elle le repoussa, secouant la tête pour appuyer sa décision et se convaincre qu'elle n'avait pas le choix.

Elle inspira profondément pour reprendre le contrôle d'elle-même et leva les yeux vers lui, croisant son regard azur le plus calmement possible pour lui prouver qu'elle agissait en toute sérénité.

— Nous n'aurions pas dû. C'était une erreur.

Il la regarda, interloqué, puis sembla se ressaisir pour ne pas perdre la face.

— Une erreur. Tu as raison. Mais une bonne erreur.

— Non.

— Menteuse.

— C'était très agréable. Mais nous savions déjà que le courant passait entre nous.

— Tu as raison, dit-il, reculant d'un pas, comme s'il avait peur de passer de nouveau à l'acte s'il restait près d'elle.

En était-elle attristée ou reconnaissante ? Elle n'aurait su dire.

— Irina. Tu dois me croire. Je ne pouvais pas rester, à l'époque. Royal ne représentait pour moi qu'une série de souvenirs douloureux. J'éprouvais trop de souffrance.

Elle connaissait son histoire. Il y avait perdu sa

femme un an avant sa rencontre avec elle. À l'époque, il était veuf, le cœur brisé et l'âme anéantie. Elle sortait elle-même d'une expérience traumatisante. Et l'espace de quelques jours, ils avaient pansé leurs blessures.

— Donc, comme tu souffrais, tu as voulu me faire souffrir ?

Il la regarda droit dans les yeux.

— Ce n'était pas mon intention.

— Pourtant, c'est ce que tu as fait.

— Je ne suis pas venu ici pour me disputer avec toi.

— Non, tu es venu pour fouiller dans les affaires de Miranda.

— J'ai besoin d'avoir des réponses.

— Trouve une autre façon pour les obtenir.

— J'espère que Miranda sait à quel point tu lui es loyale.

— Je ne fais pas ça pour elle, ou disons, pas uniquement pour elle. Je fais ça avant tout pour ton père. Buck a écrit un testament. Ce n'est pas parce que ça ne te plaît pas que tu as le droit de ne pas le respecter.

— J'espère aussi que mon père était conscient d'avoir un cerbère pour le défendre.

— En effet.

— Et moi, je ne baisserai pas les bras.

— Je compte sur toi pour aller jusqu'au bout. Mais sache que Buck t'aimait plus que tout. Il vous aimait tous les trois.

— Je t'en prie, arrête, dit-il en faisant un signe de la main comme pour effacer ses mots.

— C'est vrai.

— Et il nous l'a prouvé en nous déshéritant ?

— J'ignore pourquoi il a fait ça. Mais j'ai toujours eu confiance en Buck.

— C'est là toute la différence entre toi et moi. Je

n'ai jamais fait confiance à mon père. Et ce n'est pas maintenant que je vais commencer.

— Donc tu ne rentres pas à Nashville ?

Elle espérait que, après la lecture du testament, il repartirait de Royal.

— Non. Je ne repartirai pas d'ici tant que cette situation ne sera pas réglée, dit-il en tournant les talons.

Avant de passer la porte, il se tourna vers elle.

— On se reverra, lâcha-t-il.

Bizarrement, l'idée n'était pas pour lui déplaire, pensa-t-elle alors qu'il disparaissait de son champ de vision.

— Alors, comment s'est passé la grande opération d'espionnage ?

Kellan regarda son frère entrer dans le salon et s'affaisser sur un sofa.

Comme Vaughn vivait à Dallas, les rares fois où il revenait à Royal, il logeait soit dans le ranch d'un ami de leur mère, à Magnolia Acres, soit chez lui, qui s'était acheté un ranch où il n'avait jamais vraiment séjourné.

Il avait toujours dit à Vaughn qu'il était le bienvenu mais en cet instant, il regrettait sa politique de porte ouverte car il aurait souhaité être seul.

— Aussi bien que ce que tu avais prédit.

Vaughn laissa échapper un rire étouffé.

— Kellan, je t'avais dit que ton plan ne tenait pas la route. Aller chez papa, fouiller dans les affaires de Miranda ? Franchement, tu vaux mieux que ça, non ?

— Tu veux une bière ?

— Et comment !

Il alla dans le frigo du bar et en sortit deux bouteilles en verre. Il revint en direction de Vaughn, lui tendit une bière puis prit place en face de lui.

— Pour ta gouverne, je suis bien allé au ranch mais

je n'ai pas eu le loisir de fouiller dans les affaires de Miranda.

— Pourquoi ?

— Je suis tombée sur Irina, qui m'en a empêché.

— Intéressant, dit Vaughn sur un ton mystérieux.

— Quoi donc ?

— J'ignorais qu'il existait quelqu'un sur cette Terre capable de t'empêcher de faire quelque chose une fois ta décision prise.

— Très drôle.

Il prit une gorgée de bière, évitant de regarder Vaughn. Son frère était trop perspicace.

— Comment va Irina ?

— Elle va bien, rétorqua-t-il, furieux.

— En tout cas, je l'ai vue en ville et je l'ai trouvée toujours aussi canon.

— Canon ? Tu as des vues sur elle ?

— Non. Mais toi, tu es aveugle. Et je dirais même jaloux.

— Pas du tout.

— C'est rassurant. Donc, que comptes-tu faire à ce sujet ?

Le goût d'Irina lui revint à l'esprit, ainsi que la sensation de son corps serré contre le sien. Son souffle dans le cou. Le parfum de ses cheveux. Sa peau soyeuse.

Pour calmer ses ardeurs, il reprit une gorgée du breuvage pétillant.

Il n'avait pas besoin de son frère pour lui faire penser à Irina.

— Qu'est-ce que tu veux, Vaughn ?

— Rien.

— Alors lâche-moi, et arrête de me parler d'Irina.

— Entendu.

— Merci.

— Mais…

— Vaughn…

— Avoue que, avant que tu ne partes à Nashville, vous avez eu une aventure.

— Comment tu le sais ?

— Tout le monde le savait.

— C'était il y a longtemps.

— Vrai. Mais d'après Sophie, Irina est toujours célibataire. Et toi aussi.

Il se renfrogna.

— Je ne cherche pas à me caser.

— À cause de Shea ? demanda Vaughn à voix basse.

Il se leva d'un bond du canapé, comme s'il avait été lui-même monté sur ressort.

Cela faisait huit ans que sa femme était morte dans un accident de voiture.

Huit ans et aujourd'hui encore, il ne voulait toujours pas repenser à cette journée funeste. Cette terrible perte qui avait créé un abysse dans sa vie. Et dans son cœur.

Au bout d'une semaine avec Irina, sept ans auparavant, il n'avait plus supporté de la toucher tellement il avait l'impression d'être un imposteur et un lâche. Il trahissait deux femmes à la fois. L'une par la mémoire, l'autre en sachant qu'il n'était pas prêt à s'engager.

— Je t'interdis de parler d'elle.

— Dis donc, avec toi, ça ne rigole pas. Interdiction de parler d'Irina. Interdiction de parler de Shea. Tu peux me dire ce que j'ai le droit de dire, au juste ?

— « Bonne nuit, je vais me coucher. » Ou bien « Je rentre à Magnolia Acres. » Ou encore « Je repars pour Dallas. »

Vaughn éclata de rire.

— Elle est bien bonne, celle-là ! Mais tu n'as pas de chance. Je vais rester à Royal quelques jours. J'ai des amis à voir. Maintenant que nous n'avons plus à nous soucier du testament, je suis libre.

— Pourquoi tu n'es pas en colère ? demanda-t-il de but en blanc.

— Je ne comprends pas sa décision mais je ne veux pas de son argent. Je me suis fait tout seul, sans l'aide de personne. Il arriverait trop tard pour m'aider.

— Je ne parle pas de l'argent. Je parle du ranch. Blackwood Hollow fait partie de notre héritage familial. Tu ne peux pas dire que tu t'en fiches de le laisser à Miranda. C'est notre terre. Notre propriété.

Vaughn scruta sa bière quelques instants avant de reprendre la parole.

— Ta colère ne changera rien. Accepte que papa ait été un enfoiré et tourne la page.

— Non. Je ne peux pas.

— Comme tu voudras ! Fonce dans le tas avec ton épée magique. Mais n'attends pas que je vienne t'aider.

— Très bien, c'est noté.

— Alors bonne chance pour ta prochaine mission, 007, dit Vaughn, avant de poser sa bière et de prendre congé.

Le lendemain matin, il travaillait au ranch, vêtu d'un jean, d'une chemise en coton vert foncé et d'une veste épaisse en cuir. Ses bottes étaient usées mais quand il les enfilait, il se sentait comme dans des chaussons. Il avait beau travailler en ville, vêtu d'un costard, il avait le Texas dans le sang.

Alors qu'il s'affairait pour s'occuper l'esprit, il repensa aux événements de la veille. L'échange avec Vaughn qui l'avait contrarié. Et le baiser avec Irina qui l'avait empêché de fermer l'œil. Pendant des heures il s'était repassé la scène en boucle. Impossible d'ignorer l'ampleur de l'impact que leurs retrouvailles avaient laissé sur son corps.

Il avait eu beau boire un litre de café, il n'arrivait toujours pas à ouvrir correctement les yeux.

Même s'il y venait rarement, il était satisfait de l'achat de ce ranch. Au départ, il avait envisagé de le louer, mais pour finir, comme il n'avait pas besoin de revenus supplémentaires, il avait préféré le confier à un chef d'équipe avec qui il s'entendait bien et qui s'occupait des affaires courantes en son absence. Puis il avait pensé le revendre et enfin, il avait décidé de le garder.

Non pas pour faire prospérer son argent, car le terrain avait pris de la valeur, mais pour avoir un point d'attache à Royal, et parce que le Texas était sa région natale, là où il avait grandi et là où il se sentait chez lui. Même si les circonstances l'en avaient éloigné.

Les Blackwood étaient établis à Royal depuis plus de cent ans, raison de plus pour se battre contre le testament qui lui semblait frauduleux.

Cette Miranda Dupree n'avait créé que des ennuis depuis son arrivée dans la vie de leur père. Il ne lui faisait pas confiance. Penser à elle lui hérissait le poil. Quand Buck avait divorcé de Miranda, ils s'étaient dit qu'ils n'en entendraient plus parler. Mais le sort en avait voulu autrement. Ou Buck, plutôt.

Une jeep rouge vif arriva à toute allure et freina non loin de lui.

Malgré les pensées maussades qui le taraudaient, il sourit en voyant sa petite sœur sauter de sa voiture.

— Salut, Kellan ! s'exclama-t-elle en resserrant sa veste noire autour d'elle.

Il avait oublié à quel point les hivers pouvaient être rudes et froids au Texas. Et quand un vent glacial soufflait, mieux valait être chaudement vêtu.

— Qu'est-ce qui me vaut cette visite matinale ?

— J'ai des clients qui veulent faire évaluer un meuble d'antiquité et tu étais sur ma route.

Il prit quelques instants pour admirer sa sœur.

Cheveux auburn, yeux noisette, un corps aux formes féminines exquises, et un tempérament calme et chaleureux. Que demander de plus ? D'après lui, aucun homme ne la méritait.

À vingt-sept ans, elle avait sa propre chaîne YouTube sur la mode, une renommée en tant que décoratrice d'intérieur et un magasin d'antiquités à Royal.

— J'ai vu Vaughn qui prenait un café en ville. Il m'a dit que, quand il t'a quitté hier soir, tu lui avais paru agité et que tu n'avais sûrement pas dû fermer l'œil.

— Notre frère a la langue un peu trop bien pendue.

— Alors il a vu juste ? Pour tout te dire, moi non plus, je n'ai pas fermé l'œil de la nuit.

— Pourquoi ?

— À cause du testament. C'est aussi pour ça que je suis passée. Pour voir ce que tu en pensais.

— Je compte aller en ville un peu plus tard pour tenter de voir Kace et lui demander ce qu'il faut faire pour contester le testament.

— Et si on ne peut pas contester le testament ?

— Dans tous les cas, on le contestera. Pas question de laisser notre héritage familial à Miranda.

— Je suis d'accord. Je me disais justement que je pourrais mener une petite enquête parallèle en ville. Parler aux gens. Voir si quelqu'un sait quelque chose sur Miranda. Comme nous n'avons pas passé beaucoup de temps à la maison ces dernières années, on ne sait pas trop ce qui s'est passé.

— Tu as raison. Et si papa a manigancé quelque chose, nous avons le droit de connaître le pot aux roses.

- 3 -

Kellan sentit que Sophie n'en menait pas large. S'il avait pu, il serait allé chercher son père dans sa tombe et il lui aurait demandé de s'expliquer tout en exigeant des excuses pour avoir osé faire souffrir Sophie, qui était la bonté personnifiée.

— Ton plan semble tenir la route. Tu sais par où commencer ?

— Après mon rendez-vous chez mes clients, je vais aller au ranch parler à Irina.

— Non ! rétorqua-t-il aussitôt, sans raison.

— Pourquoi ?

Bonne question.

Il improvisa pour ne pas perdre la face.

— Je comptais me rendre au ranch plus tard aujourd'hui. Donc je parlerai à Irina.

C'était faux mais les plans étaient faits pour être changés.

— Entendu.

— Tu pourrais essayer de parler à des amis de Miranda en ville ? Peut-être que tu pourrais tirer quelque chose des femmes qui font partie de l'émission de télévision et qui sont venues de New York avec elle ?

— C'est une bonne idée. Elle s'est installée à New York tout de suite après le divorce, donc elle avait sûrement un tas de choses à dire sur sa séparation.

C'était en effet une bonne idée et il en eut une autre.

Si leur petite sœur en parlait à Vaughn, peut-être qu'il changerait d'avis et serait prêt à les aider ?

— Tu pourrais aussi essayer d'appeler Vaughn et lui raconter notre plan.

— Je sais que ça ne l'intéressera pas. Il va bientôt retourner à Dallas. Il m'a dit qu'il se fichait de l'héritage et de Miranda.

Dommage. Mais dans un sens, il comprenait l'attitude de son frère. Il s'était fait sa propre fortune et n'avait pas besoin de l'argent de leur père. Lui non plus, d'ailleurs. Pourtant, sur le principe, il ne pouvait accepter l'état actuel des choses. Et il aurait aimé que Vaughn se sente concerné.

— Donc pour l'instant, on fait équipe à deux, dit-il, avant de la serrer contre lui.

— On se tient au courant sur nos découvertes respectives. Entendu ?

— On fait comme ça. Et surtout, conduis moins vite, dit-il en la regardant remonter dans sa jeep.

— Promis ! lança-t-elle avant de lui adresser un large sourire en claquant la portière.

L'instant d'après, elle fit rugir le moteur et démarra en trombe.

Son conseil était déjà tombé aux oubliettes.

Sophie avait toujours conduit trop vite et elle s'était déjà fait retirer son permis à l'adolescence. Une fois par Buck et une fois par le shérif Battle. Mais cela ne l'avait pas empêchée de récidiver.

La dernière fois qu'il était passé à Royal, Nathan Battle lui avait fait savoir que la réfection du poste de police était entièrement subventionnée par les amendes d'excès de vitesse de Sophie.

Une fois sa sœur partie, il reporta son attention sur la tâche qu'il s'était fixée pour la matinée. Il avait besoin de se jeter corps et âme dans un travail manuel pour oublier les choses qui le tracassaient en ce moment.

Une fois l'esprit vidé, il pourrait penser à la prochaine étape. Étape qui nécessitait toute sa concentration, car il allait revoir Irina.

Depuis ses retrouvailles avec Kellan, Irina se sentait agitée. Elle n'avait plus l'habitude d'éprouver cette sensation, et avec les pensées troublantes qui tourbillonnaient dans son esprit, elle n'arrivait pas à retrouver la sérénité qui la caractérisait ces derniers temps.

Miranda la tira de ses tourments.

— Je vais déjeuner avec mes amies new-yorkaises à Royal. Cela fait des années que je leur parle du fameux Royal Diner et elles ont toutes envie d'avoir leur propre expérience. Tu aimerais te joindre à nous ?

Miranda était arrivée à Royal quelques jours avant la lecture du testament, ce qui leur avait permis de renouer leur lien d'amitié et de faire davantage connaissance.

Quand Miranda était encore mariée à Buck, elles s'étaient bien entendues mais, se sentant un peu intimidée par cette femme si belle et assurée, elle n'avait pas eu suffisamment confiance en elle pour aller plus loin dans leur complicité.

Ces derniers jours, elle avait découvert qu'elles avaient beaucoup de choses en commun.

Elles étaient toutes les deux divorcées, même si leurs situations étaient aux antipodes.

Elles étaient toutes les deux en train de reconstruire leur vie.

Elles savaient toutes les deux des secrets sur la vie de Buckley Blackwood.

Et, chacune à sa façon, elles lui devaient beaucoup.

C'était tellement rafraîchissant de pouvoir parler de

lui à quelqu'un qui la comprenait. En effet, à Royal, très peu de gens connaissaient le « vrai » Buckley.

En affaires, il s'était montré intraitable, coriace, déterminé et implacable. Mais en coulisses, il avait aidé plus de gens qu'on ne pouvait l'imaginer.

Elle était vraiment contrariée que ses enfants ne soient pas conscients de cette facette de la vie de Buck. Mais elle lui avait un jour promis de garder le secret et elle s'y tiendrait. Ce n'était pas parce qu'il était mort qu'elle devait oublier son serment.

— Merci, Miranda. C'est gentil de me proposer mais je pense que je préfère travailler sur mon livre.

Elle approchait de la fin de l'histoire et avait hâte d'arriver à la dernière phrase du dernier chapitre. Cette aventure l'avait amenée à réaliser son rêve : écrire un roman semi-autobiographique.

Son expérience, bien que traumatisante, pourrait peut-être aider certaines femmes à s'identifier et à prendre de meilleures décisions qu'elle dans sa jeunesse. Les lectrices qui avaient touché le fond et cherchaient à reconstruire leur vie y trouveraient le réconfort nécessaire pour ne jamais perdre espoir même dans les moments les plus durs.

Elle se sentait très privilégiée car elle avait la chance qu'un agent et qu'un éditeur s'intéressent à son roman et croient en elle. Elle avait vendu l'histoire six mois auparavant et n'en revenait toujours pas.

Bientôt, son livre sortirait en librairie et ce serait la fierté de sa vie. Parallèlement, elle finirait ses études pour devenir un avocat spécialisé en droit de l'immigration. Et son rêve serait réalisé. Du moins, un rêve partiel, sans l'amour de celui qu'elle avait jadis cru être l'homme de sa vie.

Miranda lui sourit.

— Je comprends. Et je sais que Buck serait fier de toi. Tu n'as jamais baissé les bras et tu t'es battue pour être publiée.

— Merci. Tes paroles me vont droit au cœur.

— Et si tu le veux bien, j'aimerais lire ce que tu as écrit, dit Miranda en prenant son sac à main.

Elle manqua de s'étrangler.

Quelqu'un voulait lire ce qu'elle avait écrit ? Elle ne s'attendait pas à éprouver un tel sentiment de panique. Pourquoi cela la terrifiait-il à ce point ?

Après tout, elle avait fait des pieds et des mains pour que son roman soit publié et dès qu'il serait dans les rayons des librairies, des gens le liraient.

Mais là, c'était différent. C'était une personne de son entourage proche. Avec l'agent et l'éditeur, c'était purement professionnel. Avec quelqu'un qu'elle connaissait et appréciait, c'était une tout autre histoire.

— Si tu n'as pas envie, ce n'est pas grave. Je ne veux pas t'embêter avec ça.

— Non, tu ne m'embêtes pas ! J'avoue, j'ai paniqué quand tu m'as dit vouloir lire mon livre mais j'aimerais beaucoup que tu lises le premier chapitre et que tu me dises ce que tu en penses.

— Parfait ! Et surtout, ne t'inquiète pas, je suis sûre que c'est très bien.

Elle poussa un soupir.

— Malheureusement, je pense que l'inquiétude est une seconde nature chez moi.

— Alors essaie de te détendre un peu quand même. À ce soir. Et n'oublie pas, Irina. Tu es une invitée, tu n'es plus une domestique dans cette maison.

— Merci, c'est gentil.

Elle jeta un regard circulaire à la grande pièce qu'elle avait toujours trouvée chaleureuse et accueillante. À la période de Noël, c'était encore plus flagrant, avec le grand sapin décoré par ses soins, et les multiples guirlandes lumineuses qui ornaient les vitres et conféraient à l'espace une atmosphère féerique.

— Mais ? J'ai l'impression que tu allais ajouter un « mais », n'est-ce pas ?

— Oui ! Comment as-tu deviné ?

— Mon sixième sens.

— Mais tant que je serai ici, je continuerai à aider la gouvernante. Je ne pense pas que je pourrais faire autrement.

Miranda l'inspecta un long moment.

— Je comprends. Tu ne veux pas que les choses te soient servies sur un plateau. Tu veux les mériter. Tu veux te tracer ta propre voie. Et payer ta dette à ta façon.

Elle la regarda, surprise par sa perspicacité.

— Oui, c'est tout à fait ça !

— Tu sais, je crois que nous sommes très similaires, toi et moi.

Elle sourit.

Elle venait de penser à la même chose.

— Amuse-toi bien en ville.

— Merci. Lulu, Seraphina et Rafaela sont très emballées. Et je pense aussi que Lulu en pince pour Kace, l'avocat de Buck.

— Ah bon ? Dis donc, il faudra me raconter tout ça.

— Promis. À plus tard.

Seule, elle repensa à leur conversation. Aux secrets qu'elle gardait en elle. Aux promesses qu'elle avait faites et à Kellan qui en voulait encore tellement à son père.

Après ce moment de réflexion, elle prit une décision.

Elle allait se concentrer sur son écriture puis elle irait voir Kellan pour lui dire des choses qu'il devait savoir.

Plus tard cet après-midi-là, elle se gara devant la grande maison du ranch de Kellan.

Une fois le moteur coupé, elle observa les lieux, en silence.

Une maison d'un blanc éclatant, sur deux étages, avec des volets et des piliers noirs qui délimitaient la terrasse en bois entourant le rez-de-chaussée. De grands chênes majestueux entouraient la bâtisse.

Ce n'était pas la première fois qu'elle venait ici. Depuis qu'il avait fait l'acquisition de cette propriété, il lui était arrivé de venir jusque devant la maison, de se garer et d'attendre un peu, comme en espérant le voir sortir pour l'accueillir. Elle n'avait pas fait cela de manière obsessionnelle, mais le ranch était devenu pour elle comme une pierre de touche, le dernier élément reliant Kellan au Texas et donc la reliant à Kellan.

En venant ici, elle entretenait l'illusion qu'il n'était pas vraiment parti. D'ailleurs, elle savait qu'il revenait de temps à autre pour rendre visite à son frère et à sa sœur. Et pour faire le point sur sa propriété.

Mais il n'avait jamais cherché à reprendre contact avec elle.

Elle en avait beaucoup souffert, piquée au vif dans sa dignité. Mais elle avait fini par mettre tout cela derrière elle, préférant se concentrer sur son travail, ses études, son écriture et son avenir.

À présent, elle ne pensait plus à lui à chaque instant. Elle ne rêvait plus de lui chaque nuit. Mais quand cela lui arrivait, elle éprouvait une douleur profonde liée à la perte incommensurable qu'elle avait connue quand il l'avait quittée. Parfois, elle se réveillait en pleurant. Cela avait le don de l'agacer.

Pourquoi pleurer pour un homme qui n'avait pas voulu d'elle ?

Pourquoi donner des larmes à Kellan alors qu'il lui avait prouvé qu'il ne voulait pas s'engager ou faire partie de sa vie ?

Elle ne lui devait rien.

Mais elle avait une dette envers Buck.

Elle ignorait combien de temps Kellan resterait à Royal, donc si elle devait lui dire des vérités au sujet de son père, elle ne pouvait pas attendre le moment opportun. Il n'y en aurait pas.

Malgré tout, elle reculait pour mieux sauter, effrayée de se retrouver en sa présence. Et pour cause !

Il était dangereux. En le côtoyant, elle risquait de perdre la stabilité qu'elle avait mis tant de mal à trouver au fil des ans. Aujourd'hui, elle avait retrouvé une vie normale et équilibrée. Elle n'était plus cette pauvre jeune femme effrayée et timide.

De plus, elle avait pris sa décision et n'y reviendrait pas.

Retarder ce moment n'avancerait à rien.

Elle prit le porte-documents en cuir sur le siège passager, inspira longuement puis sortit enfin de son véhicule.

À cet instant, la porte rouge vif de la belle bâtisse s'ouvrit et une femme flamboyante en sortit.

Les cheveux noirs coupés court, un manteau trois-quarts noir ouvert sur une robe bleu nuit, des chaussures à talons aiguilles, elle avait l'air radieuse. De loin, elle la vit rire en réaction à ce que Kellan venait de lui dire.

Il mit son chapeau puis sortit avec elle.

En haut des marches du perron, ils se donnèrent l'accolade. Puis, toujours souriante, l'inconnue se rendit à sa voiture, s'installa au volant puis démarra avant de disparaître de la propriété.

Elle se sentit soudain dénuée de toute énergie.

C'était idiot.

Comment avait-elle pu s'imaginer que Kellan était resté célibataire depuis tout ce temps ? Lui qui était beau comme un dieu, il avait forcément des femmes qui lui tournaient autour.

Il ne l'avait évidemment pas consultée pour avoir le droit de collectionner les conquêtes. Et en la quittant, il ne lui avait pas promis d'entrer dans les ordres.

Toujours est-il qu'elle ne supportait pas l'idée qu'il puisse avoir une relation avec une autre femme, et que la scène qu'elle venait de voir l'avait profondément affectée.

Soudain, il tourna la tête, repéra sa voiture et dévala aussitôt les escaliers.

Trop tard pour changer d'avis. Elle poussa un soupir et alla à sa rencontre.

Maintenant qu'elle avait vu la splendide inconnue sortir de chez lui, elle était contente d'avoir pris le temps de se faire une beauté et d'avoir choisi sa tenue avec soin.

Sa longue chevelure blond vénitien tombait en vagues sur ses épaules. Elle portait un pantalon noir, un chemisier pourpre à manches longues et une veste en cuir.

Elle sentit aussitôt le vent venir lui balayer le visage, comme si les éléments lui indiquaient qu'elle ferait mieux de remonter dans la voiture et de partir quand il était encore temps.

Au loin, elle entendit dans le corral des cow-boys qui lançaient des instructions ainsi que les hennissements des chevaux.

Mais elle n'avait d'yeux que pour Kellan.

Il avait la fière allure d'un propriétaire de ranch texan.

Son chapeau de cow-boy était vissé assez bas sur son

front, accentuant le bleu perçant de ses yeux. Il avait relevé le col de sa veste en cuir pour se protéger le cou. Il portait une chemise à carreaux en flanelle dans les tons vert foncé et un jean qui moulait à merveille ses cuisses musclées et descendait dans ses santiags usées.

L'ironie du sort ne lui échappa pas.

Il était la quintessence même du cow-boy américain dont elle avait tant rêvé quand elle avait grandi en Russie. Mais dans son rêve d'enfance, l'histoire ressemblait davantage à un conte de fées, avec la promesse d'une fin heureuse placée sous le sceau de l'amour, et non la réalité d'un cœur brisé et de tourments incessants.

Elle inspira profondément. Vaine tentative de se calmer :

Son corps tout entier était en état d'alerte.

Son estomac se noua et son pouls se mit à battre sourdement dans ses oreilles.

— Irina. Je m'apprêtais justement à venir te rendre visite.

Intéressant. Et dans ce cas, c'était d'autant mieux qu'elle se soit déplacée la première. D'une part, elle n'avait pas à subir l'élément de surprise et d'autre part, elle ne souhaitait pas qu'il pénètre de nouveau dans sa chambre. Avec ou sans préméditation.

— Je vois que tu avais de la visite, dit-elle en montrant de la tête le chemin où venait de disparaître la voiture de sport noire étincelante.

— C'est Ellie Rae Simmons. Mon assistante exécutive. Elle est arrivée de Nashville hier soir pour une réunion improvisée. Elle avait des dossiers urgents à gérer et elle avait besoin de mon aval et de ma signature pour certains documents.

— Ah…

Son « assistante exécutive ».

Cet élément aurait dû la rassurer mais l'accolade qu'ils avaient échangée paraissait beaucoup plus amicale qu'une simple accolade entre un patron et son employée.

— Que se passe-t-il ?

— De loin, j'ai cru comprendre autre chose.

Il pencha légèrement la tête, l'air interrogateur.

— Dois-je déceler une pointe de jalousie ?

— Pas du tout, rétorqua-t-elle aussitôt.

Ce serait trop humiliant d'avouer qu'il avait raison et que, à l'instant où elle avait vu la fameuse Ellie Rae partir, elle s'était sentie meurtrie et furieuse.

Il ne lui appartenait pas, aux dernières nouvelles. Il ne lui avait d'ailleurs jamais appartenu. Mais quand elle l'avait vu dans les bras de cette femme, son corps s'était aussitôt tendu et son cœur avait sombré.

— Tu es sûre ?

— Absolument. Et je n'aurais aucune raison d'être jalouse, n'est-ce pas ?

— Non, en effet, dit-il, croisant les bras sur son torse.

— Alors nous pouvons passer à la raison de ma visite.

— J'allais justement te poser la question. Pourquoi es-tu venue jusqu'ici ?

— Je suis venue te parler de Buck.

Aussitôt, son visage se referma, son air se renfrogna.

— Je n'ai aucune envie que tu me parles de mon père.

— Je pense que tu dois savoir certaines choses.

Elle ne pouvait pas tout lui dire, bien sûr. Elle l'avait promis à Buck et elle tiendrait sa promesse mais elle pouvait néanmoins lui dévoiler des faits importants pour réhabiliter Buck aux yeux de son fils aîné et de ses deux autres enfants, si Kellan choisissait d'en parler à Vaughn et Sophie.

— Irina, s'il te plaît. Buck est mort et tout ce que

tu pourrais me dire n'y changerait rien, lâcha-t-il d'une voix étranglée.

— J'ai des choses à te dire qui pourraient changer ta vision de lui.

Il laissa échapper un petit grognement cynique.

Regardant brièvement alentour, elle prit conscience que certains des ouvriers du ranch les regardaient, intrigués. Elle en reconnaissait quelques-uns, pour les avoir vus dans Royal. Mais ce n'était pas le moment d'aller leur dire bonjour.

— On pourrait rentrer chez toi pour en parler ? dit-elle, le regardant droit dans les yeux, avec aussi peu d'émotion que la situation le lui permettait.

Elle crut l'espace d'un instant qu'il allait refuser.

— Entendu, entrons.

Il s'effaça pour la laisser passer en premier.

Prenant la tête de leur duo, elle sentit le poids du regard de Kellan peser sur elle.

Elle frissonna puis les frissons laissèrent place à une délicieuse vague de chaleur.

Visiblement, elle n'avait absolument aucun contrôle sur les réactions de son corps en présence de cet homme.

Elle n'avait plus qu'à s'accrocher en espérant que son esprit gagnerait la bataille acharnée.

— Allons dans cette pièce, indiqua-t-il une fois qu'ils furent entrés dans le grand hall.

Cette fois, c'est elle qui le suivit, reluquant sans honte ses fesses admirablement moulées dans son jean élimé.

Une fois dans l'immense salon, il plaça son chapeau sur un guéridon et enleva sa veste qu'il posa dans un fauteuil Chesterfield.

Elle en profita pour inspecter les lieux. Aucune trace de décoration de Noël, contrairement à Blackwood Hollow.

Les portes-fenêtres qui allaient du sol au plafond offraient une vue imprenable sur le ranch et les terres alentour. Un spectacle époustouflant.

À l'intérieur, la lumière du jour inondait la pièce, faisant briller les meubles et le sol en chêne que l'on voyait entre les tapis persans aux tons rouge foncé.

Dans l'ensemble, l'ambiance était très agréable mais il y manquait indéniablement une touche féminine ici et là.

À son tour, elle enleva son manteau et le posa à côté de celui de Kellan.

— Tu as dit que tu avais l'intention de venir me voir quand je suis arrivée. Quel aurait été le but de ta visite ? s'enquit-elle, tenant dans sa main le porte-documents qu'elle avait apporté pour appuyer ce qu'elle avait à dire à Kellan.

— Je cherche toujours des informations, comme je te l'ai dit. Ce n'est pas un secret.

— Dans ce cas, peut-être que je peux t'aider.

Une lueur de surprise anima ses yeux l'espace d'un instant.

— Hier, tu m'as clairement fait comprendre que tu ne pouvais pas m'aider et que tu étais contre mon idée de fouiller dans les affaires de Miranda. Tu as changé d'avis ?

— Non. Je ne suis pas venue te parler de Miranda mais de Buck.

— Dans ce cas, non merci.

Décidément, il était plus buté que jamais.

Le regard vide, l'air désintéressé, les lèvres sans expression, il lui montrait à quel point il n'avait pas envie de l'écouter.

— Kellan... Buck n'était pas l'homme que tu croyais.

Il laissa échapper un rire bref et stérile.

— Ah bon ? Sans blague !

— Écoute-moi…

— Non. Inutile de perdre ton temps à essayer de me convaincre que Buck n'était pas l'homme que je croyais. J'ai grandi avec lui, je te rappelle. Et tu veux me dire que tu penses le connaître mieux que moi ?

Son amertume l'attristait énormément.

— Oui. Je t'en supplie, laisse-moi une chance, dit-elle en le fixant intensément, pour lui faire comprendre qu'elle était sérieuse et qu'il devait l'écouter.

— Entendu, lâcha-t-il sèchement.

— Les enfants n'ont pas toujours l'occasion de connaître vraiment leurs parents. Pour une multitude de raisons. Mais moi, j'ai eu la chance d'apercevoir une facette cachée de sa personnalité.

— Et alors ?

— Et alors je peux te dire que Buck a aidé beaucoup de gens dans sa vie. Il en a même sauvé. Et je fais partie de ces gens-là.

— Où veux-tu en venir, au juste ? s'enquit-il, l'air toujours aussi renfrogné, niant l'évidence de la situation.

Elle était venue dans le but de lui dire une partie de la vérité sur Buck et cela signifiait partager un pan de sa vie personnelle dont elle ne lui avait jamais parlé.

— Je pense que tu sais que j'ai été mariée.

— Oui.

Elle prit une grande inspiration pour se donner le courage de continuer son récit.

— Ce que tu ne sais pas, c'est que je me suis mariée par correspondance.

Cette annonce sembla enfin avoir attiré pleinement son attention.

— Tu es sérieuse ?

Il avait l'air très surpris, ce qui était compréhensible. La plupart des gens ignoraient que c'était encore une pratique courante, et elle espérait sincèrement que pour la majorité des mariées dans le même cas, l'expérience était plus concluante et surtout moins traumatisante que la sienne.

— Depuis l'adolescence, ma sœur et moi rêvions de venir habiter aux États-Unis.

Elle se souvenait avec une tendre nostalgie des conversations à voix basses qu'elles avaient, le soir, en se couchant.

À l'époque, leur rêve était simple : trouver le grand amour, épouser l'homme de leur vie et vivre dans un lieu où elles se sentiraient en sécurité.

Après cette parenthèse mélancolique, elle reprit son récit.

— Plus tard, Olga a abandonné son rêve, préférant épouser un fonctionnaire pour assurer ses arrières. Quant à moi, j'ai décidé de m'inscrire sur un site matrimonial qui mettait en relation des jeunes femmes russes avec des hommes d'affaires américains aisés.

— Pourquoi ne m'as-tu jamais rien dit ? l'interrompit-il.

— Parce que ces souvenirs sont trop douloureux.

En réalité, elle ne lui avait rien dit car elle avait eu honte qu'il apprenne la vérité sur sa présence aux États-Unis. Après tout, ce n'était pas reluisant d'avouer qu'elle avait été prête à épouser un étranger dans l'espoir d'une vie meilleure loin de chez elle. Et c'était encore plus humiliant de devoir avouer qu'elle avait été bernée, prise à son propre piège. Même s'il s'agissait d'une erreur de jeunesse.

En tant que top-modèle en Russie, sa vie n'avait pas été très grisante. Et quand le mari d'Olga avait été muté dans une région lointaine, elle s'était retrouvée seule à Moscou, désespérée.

Quand une amie lui avait suggéré l'idée du mariage par correspondance, elle avait sauté sur l'occasion.

— Toujours est-il que j'ai été choisie par un dénommé Dawson Beckett. Il m'a fait venir au Texas et nous nous sommes mariés. Mais le problème…

La voix tremblante, elle marqua une pause.

— Le problème ?

— Dawson était beaucoup plus âgé que moi et il avait des idées bien arrêtées sur le rôle de la femme dans un couple. Comme je n'étais pas d'accord, il a vite eu recours à des « méthodes » pour me faire obéir.

— Quoi ? Comment ça ? Quelles méthodes ? Il était violent envers toi ?

Hélas, oui. Il avait deviné. Son indignation lui réchauffa leur cœur. Mais pas question de rentrer dans les détails. Ce qu'elle avait souffert durant son premier mariage resterait enfoui dans sa mémoire.

— C'est du passé. Je n'ai pas envie d'en parler. Et ça n'a plus d'importance.

— Comment ça ? Bien sûr que ça a de l'importance. Enfin, Irina, comment as-tu pu rester avec ce monstre ?

— Que voulais-tu que je fasse ? Je ne parlais pas bien anglais. Je n'avais pas de qualification, hormis mon expérience de top-modèle. Je n'avais pas d'amis chez qui aller. Je n'avais pas d'argent. J'étais prisonnière. Et c'était ma faute.

— Tu aurais dû m'en parler, dit-il sur un ton de reproche.

— Quand je t'ai rencontré, c'était terminé et c'était bien la dernière chose que j'avais envie que tu saches à mon sujet.

— Tu aurais quand même dû m'en parler.

— Je voulais tourner la page. Et encore aujourd'hui, je n'ai pas envie d'en parler. D'ailleurs, si je suis venue te voir, ce n'est pas pour te raconter mes souffrances. Je suis venue te parler de Buck.

— Je ne comprends pas ce que mon père a à voir là-dedans.

— Justement, j'y viens. J'ai rencontré ton père à un dîner. Il a eu l'œil car il a vite remarqué que Dawson me maltraitait. Un de ses amis m'avait peloté les fesses et je l'ai giflé. Dawson m'a prise à part pour me faire la leçon. Comme je me rebellais, il m'a donné un coup dans les côtes. Ton père a été témoin de la scène et m'a sauvée.

Elle se souvenait encore du moment où Buckley Blackwood avait fait la morale à Dawson.

— Bon sang, Irina, c'est vraiment terrible.

— Oui, mais Buck a été fidèle à sa parole. Après être intervenu, il a promis de m'aider et il l'a fait. Il s'est occupé de mon divorce, il m'a offert un emploi au ranch et m'a obtenu un visa de travail. Il a même proposé de payer mes études de droit, mais j'ai négocié qu'il m'avance l'argent et que je le rembourse petit à petit.

Elle sourit.

— Qu'est-ce qui te fait sourire dans cette histoire ?

— Finalement, Buck a eu gain de cause. Dans son testament, il a annulé la dette que j'avais envers lui. Ma vie a changé du tout au tout grâce à lui. Je lui en serai toujours profondément reconnaissante. Je suis arrivée dans ce pays pensant trouver le prince charmant. J'ai vécu un enfer et maintenant, grâce à ton père, je peux envisager de nouveaux rêves.

— Je te trouve admirable.

— Non, c'est Buck qui a été admirable. Il m'a sauvée sans me connaître. Et il a aidé beaucoup d'autres gens.

— Comment ça ?

— Il a réglé des crédits au logement pour que les gens puissent garder leur maison. Il a donné de l'argent à des couples qui voulaient essayer d'avoir un bébé-éprouvette. Il a sponsorisé des enfants pour qu'ils puissent partir en colonie de vacances. Il a financé la réhabilitation d'un quartier entier après un ouragan. Tout ça dans l'anonymat le plus total. Et si tu veux savoir comment je le sais, c'est parce que je l'ai aidé à suivre les dossiers.

Tout en parlant, elle avait observé Kellan.

Son expression butée du départ avait peu à peu laissé place à l'incrédulité. Il devait être abasourdi d'apprendre que son père ait pu accomplir de tels actes charitables.

— Il a toujours demandé que les gens ne sachent pas qui les avait aidés. J'ai décidé de rompre ma promesse car c'était important que tu saches la vérité.

— Je ne sais pas quoi dire, dit-il, le regard confus, la mine déconfite.

Elle marqua une pause pour reprendre ses esprits.

Elle se trouvait courageuse de lui avoir parlé de son passé. Ce n'était jamais une partie de plaisir de devoir se replonger dans ces souvenirs douloureux.

Dans ce cas-là, nécessité avait fait loi.

Même si proportionnellement, le mariage traumatisant qu'elle avait traversé ne représentait qu'une petite partie de sa vie, il avait joué un rôle déterminant sur la personne qu'elle était devenue.

Depuis son divorce, elle avait appris à tirer un trait sur le passé, à faire taire la souffrance et à aller de l'avant.

Or Kellan n'avait jamais réussi à en faire de même.

Il avait perdu sa femme dans un accident de voiture huit ans auparavant et elle sentait que la douleur qu'il avait éprouvée à l'époque ferait toujours partie de lui.

Malheureusement, il s'en servait aussi comme d'une massue pour repousser quiconque était prêt à s'approcher de lui.

Tant que son passé dicterait son présent, il ne serait pas en mesure de façonner son avenir.

- 4 -

— Tu n'es pas obligé de dire quoi que ce soit. Mais je voulais que tu saches que Buck n'était pas un égoïste, comme tu me l'as souvent répété.

Kellan se passa une main sur le visage.

Il avait l'impression d'être passé sous un rouleau compresseur. Les révélations d'Irina l'avaient abasourdi.

Jamais il n'aurait imaginé un seul instant que son père ait joué au Bon Samaritain en coulisses. Mais cela n'excusait pas tout.

— Je veux bien croire qu'il ait aidé et sauvé une multitude de gens mais il n'en reste pas moins qu'avec ses enfants, il n'a pas été à la hauteur.

— Attends, je n'ai pas terminé.

Il la vit poser sur la table basse le porte-documents qu'elle tenait dans la main depuis son arrivée.

À l'intérieur, il y avait quatre enveloppes.

Elle en prit une et la lui tendit.

Il la regarda, puis leva les yeux vers Irina.

À quoi tout cela rimait-il ?

— Tu dois regarder à l'intérieur.

Il obtempéra, ouvrant doucement l'enveloppe comme s'il s'attendait à tout moment à une explosion.

Le regard d'Irina pesait sur lui.

— Buck avait un dossier sur chacun de ses enfants. Comme vous ne lui parliez pas, il trouvait d'autres moyens pour se renseigner sur vous et suivre votre vie par procuration.

À mesure qu'il feuilletait les articles de journaux, de magazines, les photos et les lettres, il sentait le sol se dérober sous lui. Son dossier contenait des faits auxquels il n'avait pas pensé depuis des années. Des plus insignifiants aux plus remarquables de ses accomplissements, tout y figurait. Même la notice nécrologique de Shea.

— Il a gardé tout ce qu'il pouvait trouver sur vous. Il faisait partie de votre vie à votre insu car c'était la seule solution que vous lui aviez laissée.

Il sentit que ses paroles commençaient à avoir de l'effet sur lui et qu'il n'avait soudainement plus autant de haine envers son père.

S'était-il donc trompé à son sujet toutes ces années ?

Non, pas question de tomber dans ce piège, c'était trop facile. Ce dossier détaillé sur sa vie n'excusait pas la sévérité dont Buck avait toujours fait preuve envers ses enfants, à tous les niveaux.

Ses décisions n'étaient jamais négociables, tout n'était qu'à prendre ou à laisser. C'était lui le chef, toujours. Il n'avait jamais trouvé un seul instant pour leur montrer de l'attention ou de l'affection, préférant s'enfermer dans son bureau pour gérer son empire ou partir en voyage d'affaires.

— Il aurait dû nous parler, lâcha-t-il enfin.

Sa sentence était tombée, implacable.

— Vous l'auriez écouté ?

— Peut-être pas. Mais il aurait dû essayer.

Elle secoua la tête, tristement.

— Peut-être qu'il est arrivé un moment où il s'est rendu compte que c'était trop tard pour construire un lien entre vous et lui. Buck m'a dit savoir au fond de lui qu'il vous avait perdus il y a longtemps. Il m'a aussi avoué qu'il regrettait de ne pas s'être rendu disponible pour vous.

Il ne cessait d'avoir des sensations étranges qui le tiraillaient de l'intérieur. Comme des pointes glaciales, ici et là.

Que penser de ce père distant qu'il n'avait jamais vraiment connu et qui se révélait à présent sous un autre jour ?

— Avant de mourir, il aurait eu amplement le temps de nous le dire.

— Oui, je sais. J'ai tenté de l'en convaincre. Mais Buckley Blackwood était l'un des hommes les plus têtus au monde.

— Donc j'ai de qui tenir, c'est ça ?

— En effet. En tout cas, il voulait faire partie de vos vies mais il n'a jamais réussi à trouver le moyen de dépasser la culpabilité de ses erreurs passées.

Il en avait assez entendu.

Excédé, il remit le dossier dans l'enveloppe qu'il tendit à Irina.

— Oui, et il nous l'a clairement prouvé en léguant notre maison de famille à Miranda, lança-t-il, hors de lui.

— Je ne sais pas pourquoi il a fait ça. Il ne m'en a jamais parlé. Je ne me l'explique pas, dit-elle en se levant.

— Je pense que personne ne peut vraiment expliquer les actions de Buck, marmonna-t-il.

C'était trop d'informations, trop d'émotions à la fois, il ne pouvait plus supporter de parler de son père.

Comment pouvait-il le mettre soudainement sur un piédestal après avoir passé tant d'années à lui en vouloir ?

Il avait envie de se concentrer sur Irina.

Elle était là, à un pas de lui et le regardait, attendant en silence.

Qu'attendait-elle, au juste ?

Maintenant qu'il prenait pleinement conscience de sa présence chez lui, il voyait cela comme de la torture.

Cela faisait des années qu'il avait coupé les ponts car c'était trop dur d'être près d'elle.

Or, maintenant qu'ils étaient réunis, il n'imaginait pas de la laisser partir. Peut-être parce qu'elle lui avait raconté toutes ces choses sur son père, et sur elle ?

Cela le rendait fou de penser qu'un homme avait pu violenter Irina. Bien sûr, à titre posthume, il était reconnaissant envers son père de l'avoir sauvée des griffes de ce monstre. Mais il n'arrivait pas à savoir comment se positionner par rapport à son père qui, pendant toutes ces années, avait vécu la vie de ses enfants par procuration.

Scrutant le regard bleu océan de Kellan, Irina vit la douleur qui le torturait et la confusion qui l'animait.

— Il a même gardé une interview que j'avais donnée à un petit journal de Nashville il y a cinq ans. Pourquoi aurait-il fait une chose pareille ?

— Parce qu'il aimait ses enfants mais qu'il ne savait pas comment se faire pardonner de ne pas avoir été à la hauteur.

— J'ai quand même du mal à y croire.

— Comment ça ? Il a aidé un tas de gens. J'en ai la preuve. Rien que dans Royal, deux boutiques sont encore ouvertes parce que Buck a racheté le fonds de commerce et épongé leurs dettes.

— Quoi ?

— Et il a aussi aidé un jeune couple d'origine asiatique qui ne pouvait pas avoir d'enfant à aller en Chine pour adopter un bébé dans un orphelinat.

— Irina, arrête. Je n'arrive pas à décider si toutes ces informations sont bienvenues ou malvenues dans mon esprit. Je ne connaissais pas l'homme dont tu me parles. Et pour finir, ça change quoi ? Rien. Buck est mort et il a légué notre ranch à Miranda. Donc la seule façon que je vois pour expliquer toutes ces bonnes actions, c'est qu'il se sentait vieillissant et mourant et qu'il a eu envie de se racheter pour être sûr d'aller au paradis.

Mais comment pouvait-il être aussi cynique ? L'exaspération s'empara d'elle.

Voulant contrer ce sentiment, elle changea de tactique.

— C'est vrai. Tu as raison. Ce que je t'ai révélé ne va pas changer le passé. Mais si tu prenais le temps d'intégrer ces nouveaux éléments, tu pourrais peut-être changer la vision que tu as de ton père. Or tu ne veux rien entendre parce que tu es décidé à le haïr pour tout ce qu'il n'a pas été.

— Je ne le hais pas. Je ne l'ai jamais haï. Mais je ne vais pas faire semblant d'avoir eu des rapports formidables avec lui. Ou pire, considérer que sa bonté envers les autres efface la façon dont il s'est comporté envers ses enfants.

Elle se baissa pour refermer le porte-documents.

— Je comprends que tu n'aies pas envie de faire semblant. Mais je voulais que tu le saches, parce que, au fond de moi, je pense que Buck mérite d'être reconnu pour ses actions. Il ne s'en est jamais vanté mais je voulais que toi, Sophie et Vaughn sachiez qui se cachait derrière Buckley Blackwood.

— Tu ne vois pas à quel point c'est ironique ? Tu essaies de me convaincre que mon père était quelqu'un de bien à travers les actions qu'il a réalisées pour des inconnus. Moi, son propre fils.

— Si, je comprends. Mais tu es trop fermé.

— Et que proposes-tu pour que je sois plus ouvert ?

Avant de répondre, elle regarda la pièce dans laquelle

ils se trouvaient. C'était du grand Kellan. En théorie, sa vie avait l'air formidable car il avait tout pour être heureux. En réalité, c'était un homme seul, décidé à le rester.

Et cela l'agaçait au plus haut point.

— Tu pourrais décider de découvrir ce que le présent a à t'offrir plutôt que de rester bloqué dans le passé. C'est ce que j'ai fait, pour pouvoir aller de l'avant.

— Où veux-tu en venir, au juste ?

Elle se retint de hurler de frustration.

— Tu n'es pas le seul à avoir surmonté une épreuve douloureuse. Mais survivre ne suffit pas. Tu laisses tellement les mauvais souvenirs obscurcir ta vision que tu en deviens aveugle.

— Que je comprenne bien. Là, il n'est plus question de Buck, n'est-ce pas ?

— Non, en effet, dit-elle, croisant les bras pour se donner plus d'aplomb.

Intérieurement, elle vacillait, incertaine.

Elle était venue pour lui faire découvrir une facette de Buck qu'il ne connaissait pas. Mais il avait tout rejeté en bloc et elle n'avait plus envie de faire des efforts.

Cependant, en chemin, elle s'était retrouvée face à son passé. Un passé dont il ne lui avait jamais parlé, dont il l'avait toujours exclue.

Pourtant, à une époque, elle avait espéré qu'un jour il finisse par s'ouvrir à elle, qu'il lui fasse confiance au point de la laisser entrer dans son monde.

Mais rien n'y avait fait.

— Irina, il n'est pas question que je te parle de Shea.

Elle tressaillit. Malgré elle.

— C'est bien ce que je pensais.

— Tu ne m'avais pas parlé de ton mari avant aujourd'hui ! lança-t-il, sur la défensive.

— Oui, mais je t'en ai parlé, pour finir. Or toi, tu ne m'as jamais rien dit sur Shea. Comme si c'était un secret d'État. Et que voulais-tu que je te dise au sujet de mon ex-mari ? Que j'avais été assez bête pour épouser un homme que je ne connaissais ni d'Ève ni d'Adam ? Que j'aurais dû être plus avisée ? Que c'était ma faute si je m'étais retrouvée entre les griffes d'un homme violent, dominateur, possessif et dérangé ? Buck m'a permis de divorcer de cet homme en l'intimidant et je lui dois ma vie. J'étais jeune, naïve. J'ai cru réaliser mon rêve, je me suis retrouvée dans un cauchemar. Il m'a sauvée et rien ni personne ne pourra me faire changer d'avis à son sujet !

Elle s'arrêta net, sentant que les larmes qui s'étaient amoncelées sous ses paupières menaçaient de couler à tout moment.

Il se leva et s'avança vers elle.

Elle recula aussitôt, une main levée pour le sommer de ne pas aller plus loin.

S'il la touchait, elle s'effondrerait sur place. Or, elle n'avait pas envie de fondre en larmes devant lui.

En colère, elle le fusilla du regard, sans mot dire.

— Bon sang, Irina, calme-toi. Je suis désolé. Je ne voulais pas te faire souffrir en te forçant à reparler du passé.

— C'est moi qui suis désolée pour toi. Je n'ai pas peur de mon passé. J'y ai fait face. Et je le surmonte, jour après jour. Je ne l'ai pas enfoui. Au contraire. Il fait partie de qui je suis devenue. Même si je déteste repenser à mon mariage, chaque fois que je le fais, j'y puise de la force en me disant que, même si j'ai souffert, j'ai réussi à me réinventer.

Il la scruta un long moment.

La tension entre eux devint palpable au point d'en être dangereuse.

— Et tu considères que je suis un lâche parce que je ne veux pas partager le moment le plus douloureux de ma vie ?

— Ce n'est pas ce que j'ai dit.

— C'est ce que j'ai compris.

— Kellan, je sais que tu as perdu ta femme…

— Et mon enfant.

— Quoi ?

Il la dévisagea, blême, regrettant sûrement d'avoir dévoilé ce secret.

— Shea était enceinte.

Elle sentit son cœur se déchirer.

C'était trop affreux.

Comme elle regrettait amèrement de l'avoir poussé dans ses derniers retranchements. Elle l'avait forcé à ressasser des souvenirs déchirants et s'en voulait terriblement. Pas étonnant qu'il soit resté bloqué dans le passé.

— Oh ! Kellan, je suis vraiment désolée…

Il leva une main pour l'arrêter.

— Non, s'il te plaît. C'est pour ça que personne ne sait. Je ne voulais justement pas entendre tous ces gens désolés ou voir la pitié dans leurs yeux.

— Je n'avais pas l'intention de te prendre en pitié.

— Ah oui ? Alors pourquoi on dirait que tu vas pleurer ?

Ces accusations l'exaspérèrent au plus haut point.

— Enfin, Kellan ! Comprends-moi. Je ne suis pas un robot. Je me sens mal pour toi. Je suis vraiment désolée que tu aies perdu ta femme et votre enfant. Mais je ne te propose pas ma pitié.

— Alors qu'est-ce que tu me proposes, au juste ?

— Je…

Elle tenta d'ordonner ses pensées en pagaille mais rien ne sortit. Pour finir, elle dut s'avouer vaincue.

— Alors ?

— Alors je ne sais pas.

Il fit un pas dans sa direction.

Aussitôt, elle sentit la chaleur de son corps l'envelopper telle une cape ensorcelante.

Elle évoluait en territoire dangereux, elle le savait. Mais elle n'avait pas peur. Au contraire. Elle se sentait l'âme d'une aventurière.

Peut-être était-ce parce qu'ils commençaient à se faire confiance ? Après tout, ils avaient plus parlé au cours des quinze dernières minutes qu'ils ne l'avaient fait par le passé.

Ou plus simplement, peut-être qu'elle répondait instinctivement au brasier animant ses yeux océan.

— Je crois que je sais ce que tu me proposes, lui souffla-t-il à l'oreille.

— Je ne suis pas venue pour ça, murmura-t-elle en retour, consciente que la situation lui échappait.

Elle avait envie de lui, bien sûr.

Mais aujourd'hui, elle avait surtout eu envie de se rapprocher de lui et de le faire réagir.

— Je sais, dit-il avant de la prendre par les épaules.

Elle ferma les yeux, emportée par une vague de désir s'emparant de tout son corps.

Si elle s'abandonnait à lui, elle mettait son cœur en danger. Elle s'en rendait bien compte, mais le pire était que cela l'indifférait.

Cela faisait sept ans qu'elle n'avait senti ni ses mains ni sa bouche sur elle, hormis leur baiser de la veille. Elle avait tout fait pour le chasser de son esprit et pourtant, voilà qu'elle se retrouvait devant lui, aussi avide d'être dans ses bras que la première fois.

— Ce n'est pas une bonne idée, dit-elle, formulant la phrase la plus raisonnable que son esprit ait pu assembler.

— Ou bien, au contraire, c'est la meilleure idée qu'on ait eue depuis sept ans.

Elle le regarda, abasourdie.

— Ah bon ? Tu m'as quittée du jour au lendemain. Depuis, chaque fois que tu es revenu à Royal, tu m'as évitée. Et aujourd'hui, tu voudrais me faire croire qu'on pourrait se retrouver dans un lit comme si de rien n'était ?

La mine renfrognée, il prit le temps de l'observer.

— Pas question de m'excuser d'être parti il y a sept ans. C'était la seule chose sensée à faire.

— Pour toi, peut-être.

Hélas, elle se souvenait trop bien de ce qu'elle avait ressenti à son départ, comme s'il l'avait entièrement vidée et n'avait laissé derrière lui qu'une carcasse. Trop fière pour le lui avouer, elle préféra étouffer ces souvenirs douloureux.

Pendant de longs mois, elle avait pleuré sa perte. Et puis un jour, le temps ayant fait son effet, elle avait décidé de se ressaisir. Comment pouvait-elle pleurer un homme qui ne voulait pas d'elle ? Pourquoi s'abîmer les yeux pour quelqu'un qui l'avait abandonnée aussi facilement ?

Elle s'était peu à peu sortie de cette torpeur émotionnelle, puis attelée à découvrir qui elle était vraiment, et ce qu'elle voulait dans la vie.

Si elle replongeait maintenant, cela annulerait-il tous ses efforts passés ? Ou cela lui permettrait-il d'être encore plus forte ?

— Pour toi aussi, finalement. Tu as fait des études, tu as été admise à la faculté de droit.

— Comment le sais-tu ?

— C'est toi qui me l'as dit.

— Je ne m'en souviens pas.

— Tu étais trop occupée à défendre Buck. Et il paraît que tu écris un livre.

— Je suis sûre de ne pas t'en avoir parlé.

— Non, c'est Sophie qui me l'a dit. Le livre raconte quoi ?

— Comment réussir à réinventer sa vie quand tout s'est écroulé autour de soi.

— Tu penses que je devrais le lire ? murmura-t-il.

— Il n'est pas fini.

— J'achèterai une copie à sa sortie.

— Pourquoi ?

Au lieu de lui répondre, il fit glisser ses mains le long de son cou pour venir prendre son visage dans le creux de ses paumes.

— Tu m'as manqué, Irina. J'ai essayé de t'oublier, mais je n'ai pas pu.

— Si tu cherches à me flatter, je ne comprends pas pourquoi tu fais ça.

Alors que ses mains retenaient toujours son visage prisonnier, il se mit à lui caresser les joues de ses pouces, les yeux rivés aux siens.

— Alors j'espère que tu comprendras ça, dit-il avant de se pencher sur elle pour réclamer sa bouche avec douceur et légèreté.

Puis il approfondit le baiser et le monde alentour disparut. Seul Kellan existait. Comme sept ans auparavant.

Pourtant, à cet instant, la réalité reprit sa place et elle réagit, se soustrayant à ses lèvres.

— Non, je ne peux pas recommencer.

— Irina, ce n'est qu'un baiser.

— Tu sais très bien où ça peut nous mener.

Un baiser entre eux était comme une allumette embrasant de la dynamite.

— Es-tu capable de me regarder dans les yeux et de me dire que tu n'as pas envie d'aller dans cette direction ?

— Non.

Inutile de mentir. Il aurait su tout de suite qu'elle mentait si elle avait dit l'inverse. Il voyait très bien le désir incandescent qui animait ses yeux.

— Donc ?

— Donc j'ai envie de toi mais passer à l'acte ne résoudrait rien.

— Pourquoi cela devrait-il résoudre quelque chose ? Pourquoi ne peut-on pas saisir le moment, en toute simplicité ?

— Parce que…

Impossible de lui donner une raison valable.

En fait, pourquoi refusait-elle de céder à la tentation ? Après tout, au lit, leur entente avait toujours été parfaite et le courant passait merveilleusement bien entre eux.

— Finalement, tu n'as pas de bonnes raisons pour résister.

— Je vais en trouver une. Un instant.

— Prends ton temps. Mais autant te dire que ça ne changera rien. J'ai envie de toi. Depuis le premier jour. Mon désir pour toi ne s'est jamais estompé, avoua-t-il enfin.

— Mais tu es quand même parti.

— Et je vais de nouveau repartir.

— Pourquoi ?

— Parce que je ne peux pas rester.

— Tu ne veux pas rester, c'est différent.

— Peu importe. Là, je te parle de l'instant présent. Nous sommes tous les deux. Allons-nous saisir cette opportunité ou la laisser filer ?

Était-ce vraiment aussi simple qu'il le laissait entendre ? Ou le chemin qui s'offrait à eux était-il semé d'embûches qui ne manqueraient pas de lui briser le cœur en mille morceaux ?

Était-elle capable de « profiter » d'un moment avec lui pour ensuite le laisser partir ?

D'un côté, sa raison lui imposait de mettre fin à leur échange et de lui dire au revoir pour se montrer forte.

De l'autre, son cœur l'implorait de se laisser tenter par ce moment de folie car l'idée de ses mains sur son corps enflammait tous ses sens.

Pourquoi ne pas saisir l'instant et laisser libre cours à la tentation, sans rien attendre par la suite ?

Le souffle court, elle sentit son cœur s'affoler. Impossible de se soustraire à son regard. Peut-être parce qu'elle désirait ardemment être captive de ses yeux.

Après son départ, elle avait essayé de sortir avec d'autres hommes mais aucun n'avait été à sa hauteur. Elle avait préféré se plonger dans ses études et l'écriture de son livre. Peu à peu, elle avait réussi à se convaincre qu'elle avait tout ce dont elle avait besoin dans la vie. Mettre en doute cet état de fait revenait à faire face à une réalité morose.

En cet instant, elle avait l'occasion de revivre une expérience magique avec Kellan. Elle serait folle de refuser.

Alors qu'elle levait les yeux vers lui, elle vit le brasier qu'elle avait provoqué en lui. Mais il ne broncha pas, ne chercha pas à l'attraper. Il la laissa venir à lui. Il avait dit ce qu'il pensait, maintenant il attendait sa réponse.

Un autre homme aurait précipité les choses, ou

essayé de l'amadouer. Kellan Blackwood était différent. Il était honnête. Il ne faisait pas de promesses s'il ne pouvait pas les tenir.

— Nous allons peut-être le regretter, murmura-t-elle enfin.

— Peut-être.

— Mais nous allons quand même le faire.

— Ah bon ? dit-il, l'air penaud, tête penchée.

Elle lui sourit, pour la première fois depuis longtemps, alors qu'elle acceptait l'inévitable.

— Tu en doutais ?

— Je t'attendais, dit-il tout simplement avant de l'étreindre contre lui d'une manière qui lui coupa le souffle.

Enfin ! Ce qu'elle attendait arriva. Se retrouver contre lui, dans l'étau rassurant de ses bras musclés.

— Je suis là, dit-elle en le prenant par le cou, le regard plongé dans la profondeur abyssale de ses yeux merveilleux.

— Dieu merci.

Puis il l'embrassa fougueusement, désespérément, comme s'il en allait de sa vie, sa bouche réclamant ses lèvres, sa langue et tout ce qu'elle avait à lui offrir.

Son corps s'embrasa.

Le sang bouillonnant, une chaleur intense dans le creux de ses cuisses, le vertige des sens… Voilà ce qui lui avait manqué toutes ces années passées. Voilà ce qu'elle avait voulu dès l'instant où elle l'avait revu.

S'arrachant à sa bouche, il déposa une pluie de baisers dans son cou, entremêlés de coups de langue et de mordillements. Renversant la tête pour mieux s'offrir à lui, elle frémit d'excitation.

Comment avait-elle fait pour vivre sans ces sensations, sans ses caresses, sans ses baisers ?

Son esprit perdit pied avec la réalité tandis que son corps prenait la relève. Elle souleva la jambe droite, pour s'accrocher à ses hanches. Puis il la prit par les fesses et elle gémit de plaisir.

— Tu as trop d'habits à mon goût, susurra-t-il.

— Toi aussi, dit-elle alors que ses mains exploraient la largeur de son dos, palpant ses muscles et se régalant de leur fermeté.

Elle voulait plus que tout sentir sa peau contre la sienne et laisser le feu qui les animait les consumer jusqu'au point de non-retour.

— Montons dans ma chambre, soupira-t-il lascivement.

— Oui ! s'exclama-t-elle d'un souffle.

- 5 -

Kellan la prit par la main pour l'entraîner à l'étage. Grâce à ses longues jambes, Irina n'eut aucun mal à suivre le rythme qu'il lui imposait, ayant décidé de monter les marches deux par deux, pour aller plus vite.

En haut des escaliers, il la guida jusqu'à la dernière chambre au bout du grand couloir. Une fois à l'intérieur, il l'attira à lui avidement.

Elle était plus que désireuse de se soumettre à son étreinte, le corps vibrant de la tension charnelle qu'il avait déclenchée en elle.

Toutes les années qui les séparaient de leur dernière nuit disparurent en un clin d'œil.

Il s'empara de ses seins et, malgré l'épaisseur de ses vêtements, elle sentit les pointes se durcir. Chaque caresse ne faisait qu'attiser le brasier qui brûlait en elle.

Sans tarder, il déboutonna son chemisier dans une impatience fébrile.

— Tu peux m'aider à l'enlever ? Sinon je sens que je vais devoir le déchirer, lâcha-t-il enfin, la voix étranglée.

Une nouvelle vague de frissons la traversa de part en part en l'entendant prononcer ces paroles. Étant donné l'avidité dont il faisait preuve, elle n'aurait pas été étonnée qu'il passe à l'acte.

Obtempérant, elle ôta complètement son chemisier qui alla choir sur le sol.

Quand il aperçut son soutien-gorge en dentelle, ses yeux s'illuminèrent d'un éclat incandescent.

— Je te trouve absolument superbe. Je ne verrais aucun inconvénient à ce que tu le gardes, hormis que j'ai très envie de prendre tes tétons dans ma bouche.

— Je suis à toi ! lança-t-elle, dégrafant aussitôt le sous-vêtement qui alla rejoindre le chemisier.

Puis elle crut défaillir lorsqu'à son tour il se mit à se déshabiller, exposant son torse musclé.

Elle ne rêvait que d'une chose ! Parcourir de ses paumes impatientes cette chair virile et ferme.

Il dut lire dans ses pensées, avec en tête la même idée, car quelques instants plus tard, ils tombèrent nus sur le lit dans les bras l'un de l'autre, roulant sur la couette.

— Tu es toujours aussi belle, murmura-t-il, baissant la tête pour venir mordiller l'un de ses tétons raidis.

— Et tu es toujours aussi talentueux, susurra-t-elle en retour, arquant le dos pour mieux lui offrir sa poitrine.

Tour à tour, il l'embrassa, la lécha, lui mordilla les seins et titilla de la langue ses tétons gonflés.

Folle de désir, elle lui griffa le dos sur toute la longueur et il gémit sourdement contre elle.

— Irina, tu es tellement bonne, murmura-t-il.

— J'adore ce que tu me fais. C'est trop bon. S'il te plaît, ne t'arrête pas.

— Je n'en avais pas l'intention, grogna-t-il d'une voix basse qui venait du plus profond de son être.

Il laissa glisser sa main le long de son corps, sur le contour de ses hanches, effleurant son ventre pour ensuite venir se poser dans le creux de son intimité.

La chaleur de son contact traversa sa peau, fit bouillir son sang et la laissa pantelante.

Une vague d'un plaisir puissant monta en elle. Oh ! elle voulait aller plus loin. Tout de suite.

Il lut dans ses pensées.

L'instant d'après, il glissa deux doigts dans sa moiteur, la sondant, la caressant, mettant ses sens au supplice.

Ses ongles s'enfoncèrent dans ses épaules alors qu'elle cherchait à reprendre son souffle. Plantant les pieds sur le matelas, elle souleva les hanches pour lui offrir un meilleur accès.

Elle ne se souvenait pas avoir vécu pareil enivrement.

Alors qu'il continuait à la titiller par d'agiles caresses, elle sut qu'elle ne tiendrait pas plus longtemps. Elle avait envie de le sentir en lui quand elle jouirait mais elle ne pouvait plus attendre. Impossible d'arrêter ce qui était en train de lui arriver. D'ailleurs, elle n'en avait aucune envie, trop avide de vivre ce moment de libération tant attendue.

Prisonnière de ses sens, elle se laissa aller, accueillant avec délectation ces sensations délicieusement bouleversantes, alors qu'un orgasme d'une puissance inouïe l'emportait, lui faisant vivre un moment qui sembla durer à l'infini.

Haletante, elle se laissa faire quand il s'allongea sur le dos et l'aida à se positionner sur lui.

À cheval sur ses hanches, le visage rivé au sien, elle put lire dans ses yeux la passion qui l'animait.

Elle lui sourit, se lécha les lèvres et lui caressa le torse de ses paumes possessives.

Il était beau comme un dieu, ainsi offert sous elle.

Son corps hâlé était une œuvre d'art, sculpté de muscles, tout en fermeté. Le fait de le toucher provoquait en elle un désir insensé, un désir que jamais aucun autre homme n'avait su éveiller en elle.

— Attends, dit-il, avant de tendre le bras pour ouvrir le tiroir de la table de chevet.

Il prit un préservatif, le sortit de son emballage puis l'enfila en un clin d'œil.

— Tu aurais dû me laisser faire, susurra-t-elle.

— Si je t'avais laissé faire, je n'aurais pas pu me contrôler plus longtemps. Je suis au bord de l'explosion.

— Je n'avais pas remarqué, le taquina-t-elle.

— Viens là, dit-il, lui prenant les seins dans ses mains.

— Comme c'est bon !

Elle avait tellement envie de lui.

En elle. Profondément. Puissamment. Rapidement.

— Je pense qu'on a assez parlé.

— Je suis d'accord.

Il la prit par les hanches, la souleva assez haut pour qu'elle sente la pointe de son érection effleurer son sexe mouillé de désir.

Elle prit une grande inspiration, puis sans le lâcher des yeux, elle se laissa glisser sur lui, le laissant entrer en elle, au plus profond de son intimité.

Alors qu'elle l'accueillait en elle, elle sentit son désir pour cet homme se décupler. Elle ne s'était pas sentie aussi entière depuis de longues années.

Les flammes qui animaient ses yeux attisaient le brasier qui brûlait en elle.

Quand elle commença à le chevaucher, il gémit son prénom tout en lui enserrant les cuisses de ses mains impulsives. C'était tellement bon de sentir ses ongles s'enfoncer dans sa chair. Cela lui donnait d'autant plus l'impression d'être à lui.

Elle adorait ce sentiment.

Elle adorait se donner à lui, sentir son envie pour elle.

Mais ce qu'elle adorait par-dessus tout, c'était que, lorsqu'ils faisaient l'amour, plus rien n'avait d'importance, le monde alentour disparaissait.

Jetant la tête en arrière, elle se cambra, posa les

mains sur son torse et se mit à osciller sur lui en un va-et-vient frénétique.

Chaque assaut venant renforcer le désir qui les unissait en cet instant hors du commun.

Chaque minute attisant la promesse d'une libération prochaine.

Ses hanches imposèrent un rythme qu'il suivit avec ardeur. Alors qu'elle se laissait bercer par le chant de sa respiration haletante, elle sut qu'il était à elle.

Elle le fit entrer plus profondément en elle, créant une friction enivrante, accélérant leurs sensations et les rapprochant du moment ultime.

Comment était-ce possible de ressentir autant d'émotions et d'avoir de nouveau envie de jouir alors qu'elle venait de vivre un orgasme bouleversant ?

Pourquoi avait-elle autant besoin de Kellan ? Pourquoi lui seul était capable de faire naître en elle un tel désir, de la projeter dans un tourbillon aussi magique ?

Baissant la tête vers lui, elle imprima son visage dans sa mémoire, pour pouvoir plus tard se souvenir de ce moment et le revivre quand bon lui plairait.

Plus tard… Quand leurs chemins respectifs les sépareraient de nouveau, et quand, dans l'obscurité et la solitude de la nuit, elle replongerait dans ce moment pour y puiser la douceur et la passion de l'amour, tentant d'ignorer la douleur de l'abandon.

Il était… tout pour elle.

Leurs regards fixés l'un à l'autre, il vint la caresser d'une main à l'endroit où leurs corps étaient scellés, l'endroit qui renfermait les sensations les plus merveilleuses du monde.

Dès qu'il la toucha, elle sentit son corps exploser, comme s'il ne lui appartenait plus. Redoublant la cadence de sa chevauchée, elle cria son prénom.

Et ils jouirent ensemble, dans un long gémissement de délivrance.

Puis elle s'effondra sur son torse et sentit ses bras l'entourer.

Kellan étreignit Irina contre lui, attendant que son pouls retrouve un rythme normal.

Il avait toujours su qu'en matière d'ébats sexuels, ils étaient faits l'un pour l'autre. Mais il venait néanmoins de vivre une expérience qui l'avait fait chavirer. Elle l'avait possédé comme jamais une femme ne l'avait possédé. Il la caressa doucement.

En réponse, elle poussa un doux soupir de satisfaction, avant de lever les yeux vers lui.

Ses longs cheveux entouraient son visage radieux et ses yeux vert foncé faisaient penser à une forêt sombre sous un ciel étoilé.

Quand elle lui sourit, il sentit ses lèvres en faire de même.

— Qu'est-ce que tu m'as manqué !

Elle secoua la tête légèrement, laissant échapper un rire qui lui fit vibrer le cœur.

— Non. Je ne t'ai pas manqué. Nos ébats t'ont manqué.

— En effet. Mais tu avoueras que c'est extraordinaire.

En réalité, elle avait tort.

Elle lui avait manqué aussi. Ses regards, ses mots, ses attentions, ses cheveux, sa bouche, tout en elle lui avait manqué.

Il sentit son cœur se serrer.

Ce manque était un signal d'alarme lui indiquant qu'il était en danger.

— J'avoue, tu as raison, c'était extraordinaire, dit-elle avant de rouler sur le côté.

Il regretta aussitôt qu'elle s'éloigne de lui.

Ce qui l'inquiéta davantage. Il avait envie d'elle, il avait besoin de sa chaleur, il voulait la sentir contre lui.

— J'ai froid, dit-elle, se réfugiant sous la couette.

— Je vais arranger ça.

Il prit une télécommande qui se trouvait sur la table de chevet.

À l'opposé de la pièce, une cheminée au gaz s'alluma, avec des flammes qui dansaient à travers des bûches artificielles. Dehors, le vent soufflait encore dans les arbres et le ciel semblait plus sombre que jamais.

— Merci, c'est beau d'avoir allumé la cheminée, dit-elle, se tournant vers lui.

— Je t'en prie. Cette maison a tout le confort nécessaire.

— Oui, je vois ça. Mais tu sais que c'est bientôt Noël ?

— Et alors ?

Elle se releva pour s'asseoir dans le lit, tenant les draps contre elle.

— Eh bien… Je trouve que ta maison est très agréable, et j'adore ta chambre, mais…

— Oui, moi aussi j'adore ma chambre, surtout quand tu es dans mon lit. Mais ?

— Mais tu ne trouves pas qu'il faudrait un sapin décoré devant cette grande fenêtre ? Avec la cheminée, le décor serait planté. Et un grand sapin dans la pièce principale en bas. Avec plein de petites guirlandes lumineuses. Ce serait bien.

Il se renfrogna.

Il savait qu'elle adorait Noël, comme sa mère. Et comme Shea. Or, depuis le décès de Shea, il avait refusé de fêter Noël car cela lui rappelait sa solitude et le départ de la femme qu'il avait aimée.

Mais pas question d'en parler à Irina.

Il préféra mentir.

— Ce n'est pas parce que le ranch familial est décoré comme dans un conte de fées que je dois suivre la tradition. C'était maman qui l'avait instaurée. Et j'ai toujours été étonné que Buck ait continué après leur divorce.

— Il y tenait et il m'a demandé d'y veiller. Je comprends que tu n'aies pas envie de décorer ta maison pour Noël mais je trouve ça quand même dommage.

Il se leva, alla nu dans la salle de bains pour se rafraîchir puis revint se glisser sous la couette.

— Non, ce n'est pas dommage. J'habite à Nashville, je te rappelle. Je viens rarement ici.

— Donc tu as décoré ta maison à Nashville ?

— Non. Pourquoi faire ? Et pour qui ? C'est inutile, quand on habite seul.

— Franchement, je ne comprends pas ton attitude. Noël, c'est un très beau moment de l'année, où on peut prendre le temps de profiter de petits plaisirs. D'être reconnaissants de ce qu'on a. À Noël, rien n'est jamais inutile.

Il ne voyait pas les choses de la même façon. Pour lui, décembre était le pire mois de l'année et il préférait se mettre des œillères en attendant que la période prenne fin et que les gens cessent de l'embêter à ce sujet.

Il décida de changer radicalement la tournure de la conversation.

— Tu veux qu'on discute de sapins de Noël ?

— Pourquoi pas ? C'est un sujet sans danger, au moins, ironisa-t-elle.

— Que veux-tu dire, au juste ?

— Tu préférerais qu'on aborde un autre sujet ? Comme notre relation en suspension ? Ou on pourrait aussi discuter de nos ébats merveilleux et se demander s'ils ne changent vraiment rien entre nous ?

Le regard sérieux, il se souleva sur un coude pour mieux lui faire face.

— Pardon ?

— Tu m'as très bien entendue. Je le vois dans tes yeux. Tu es déjà en train d'écrire un discours de départ. Et dans ce discours, tu ne manqueras pas de me dire que le fait de s'être retrouvés nus dans ton lit et d'avoir passé un moment extraordinaire ne change absolument rien entre nous et que je ne devrais surtout pas commencer à me faire des idées ou élaborer des scénarios fondés sur de faux espoirs.

Irrité de ne pas avoir réussi à mieux cacher ce qui se passait en lui, il resta sur la défensive.

— Je n'ai pas besoin de te dire tout ça car tu le sais déjà, n'est-ce pas ?

— Absolument. Tous les espoirs que j'avais te concernant ont été déçus il y a bien longtemps. Je ne me fais pas d'illusions.

Pourtant, malgré tout, la situation le poussait à en douter.

Ce qui l'énervait d'autant plus car il n'était plus sûr de ce qu'il ressentait ou de ce qu'il aurait aimé faire en pareilles circonstances.

Sept ans auparavant, il lui avait dit qu'il la quittait, sans explication.

Il avait vu sa réaction. À ce jour, elle était encore gravée dans son esprit comme si c'était hier.

Quand elle avait levé les yeux vers lui, il avait vu dans son regard que ses paroles avaient eu un effet dévastateur sur elle, comme s'il venait de lui enlever sa raison de vivre.

Ils avaient passé une semaine incroyable, au lit, pour la majeure partie. Mais quand il avait été temps pour lui de partir, il avait tourné les talons en se promettant de ne plus refaire la même erreur et de ne plus jamais chercher à se rapprocher d'elle.

Il avait vu ses yeux s'obscurcir, troublés de chagrin. Il l'avait vue trembler de peur et de tristesse en comprenant que leur idylle avait pris fin.

Aujourd'hui, sept ans plus tard, la dynamique entre eux avait changé même si l'attirance sexuelle était restée intacte.

Elle semblait plus sûre d'elle, mais elle cherchait néanmoins à le pousser dans ses derniers retranchements concernant leur liaison et il n'était pas prêt à jouer à ce jeu avec elle.

— Pourquoi as-tu l'air aussi inquiet ?

— Je ne suis pas inquiet, dit-il, s'efforçant de détendre les traits de son visage.

— Alors tant mieux. Je ne voulais pas que tu t'inquiètes à mon sujet ou à propos de mes sentiments. Cette fois, tu ne pourras pas me faire de mal.

— Je ne voulais pas te faire de mal, la dernière fois.

— Pourtant, c'est ce que tu as fait.

Évidemment, il le savait, mais ne supportait pas qu'elle le lui rappelle. À l'époque, Royal était en train de l'étouffer et il n'avait eu d'autre choix que de partir.

Partout où il allait, Shea se manifestait d'une manière ou d'une autre. Cela l'avait étouffé, obsédé, paralysé. Partir avait été pour lui une question de survie. Et quitter Irina un besoin impératif. Car avec elle, il avait eu l'impression d'avoir trahi Shea.

Alors qu'il s'apprêtait à se défendre, elle leva la main, l'empêchant de parler.

— Inutile de t'expliquer. J'ai survécu. Je ne suis plus la même femme qu'il y a sept ans. J'ai changé. Je connais la situation.

Bizarrement, il sentit une vague d'irritation monter

en lui. Impossible d'enrayer ce sentiment. Il voulait garder son droit au silence sur le sujet tout en n'acceptant pas qu'elle puisse se montrer nonchalante et détachée.

— Ah oui ? Et quelle est la situation ?

— Pareille qu'à l'époque. Rien n'a changé. Une liaison. Simple. Sans engagement. Deux adultes souhaitant profiter d'un bon moment à deux sans devoir rompre de promesse, dit-elle avant de lui adresser un large sourire.

Puis elle s'étira.

Levant les bras, elle lâcha le drap qu'elle avait gardé contre elle, si bien qu'elle se retrouva seins nus devant lui.

Ne l'avait-elle pas fait exprès ?

Puis elle se rapprocha de lui et lui prit le visage dans ses mains.

— Tu as encore l'air beaucoup trop sérieux à mon goût. C'est inutile. Je t'assure. Tout ira bien pour moi. On s'entend bien au lit. On est tous les deux célibataires donc on ne fait de mal à personne. On doit tous les deux accepter la mort de Buck. Donc c'était facile de se retrouver, même pour un bref instant. Et maintenant, on peut chacun reprendre le fil de notre vie.

Elle semblait si patiente, si chaleureuse.

Étrange. Il ne se souvenait pas avoir été aussi calme quand il l'avait quittée sept ans auparavant.

Pourtant, cette fois, c'était elle qui le quittait en lui disant qu'ils n'avaient pas besoin d'aller plus loin.

Il était même étonné de l'efficacité avec laquelle elle le congédiait. Il avait quitté plusieurs femmes dans sa vie mais jamais il n'avait été de l'autre côté de la barrière, à subir un discours de rupture. Cela n'était pas du tout à son goût.

Était-ce la façon d'Irina de lui donner un aperçu de ce qu'elle avait éprouvé il y a sept ans ?

De profonds remords s'emparèrent de lui.

Il aurait dû lui être reconnaissant qu'elle se montre aussi mûre et raisonnable. Au lieu de cela, il avait l'impression d'être un gigolo à qui l'on montrait la porte.

— Non, je ne suis pas sérieux.

— Oh ! que si. Je le vois dans tes yeux, dit-elle en tendant la main pour lui replacer une mèche de cheveux.

La sensation de ses doigts était aussi légère que l'air et malgré tout, elle pénétra très profondément en lui.

— Je t'assure…

— Franchement, crois-moi. Tout ira bien. Je me sens comblée et mon cœur est en sécurité.

Il la regarda, interloqué.

— Donc que va-t-il se passer ? On se serre la main et on se quitte bons amis ?

— Ah, non. Je ne pense pas qu'on puisse être bons amis. Trop de choses se sont passées entre nous.

— Tu nous fais une petite séance de psychanalyse sur la rupture ?

Elle rit légèrement avant de tourner la tête vers les flammes.

— Non. Rien d'aussi formel. Je formule simplement l'acceptation de la réalité entre nous. C'est tout.

— Je vois.

En fait, il ne voyait pas du tout mais n'avait pas envie de passer pour un idiot.

Il préférait avoir le rôle de meneur de la danse.

Entendre Irina dicter la suite des événements ne lui convenait pas du tout. Il ne supportait pas l'idée qu'elle puisse avoir une attitude aussi calme et détachée.

— Je sais qu'au départ j'ai dit que ce serait une erreur de se retrouver dans un lit. Mais je ne le pense plus.

— Formidable.

Elle ignora son commentaire ironique.

— Je pense que c'était une bonne chose.

— Ravi de te l'entendre dire.

Elle ne releva pas non plus son ton empreint de sarcasme. Ce qui ne fit qu'augmenter sa frustration.

— Maintenant, on a la confirmation que nous sommes faits pour nous entendre dans un lit. Mais rien d'autre.

Bon sang, il ne trouvait même pas les mots pour la contrer.

Pourtant, malgré ce qu'elle venait de dire, elle savait tout aussi bien que lui que leur relation allait bien au-delà d'une simple complicité sexuelle.

C'était là d'où provenait tout le danger.

Il l'avait toujours su. Il l'avait d'ailleurs décelé l'instant où il avait posé les yeux sur elle. Irina était la seule femme au monde capable de lui faire perdre ses moyens et le mettre en danger. C'était pour cette raison qu'il était parti. Et qu'il l'avait par la suite évitée.

— Je suis contente qu'on ait fait l'amour. C'était bien pour moi.

— J'en suis heureux, grommela-t-il, déçu que la situation n'ait pas évolué comme il avait pu l'imaginer.

Il savait d'avance que la posséder de nouveau l'aurait comblé. Et qu'il aurait du mal à la quitter de nouveau.

En revanche, il ne s'attendait pas à ce qu'elle puisse le laisser partir aussi facilement.

— J'ai presque envie de te remercier.

— Ah oui ? Surtout, avant de partir, n'hésite pas à laisser ton avis sur mes prestations. On ne sait jamais, ça pourrait servir.

Elle éclata de rire.

— Pourquoi prends-tu ce ton ? On dirait que tu te sens lésé.

— Et quel ton je devrais prendre, au juste ? J'ai la nette impression que tu t'es servie de moi pour te libérer.

— Tu as l'impression que je me suis servie de toi ?

— Un peu, dit-il, contrarié.

Elle rit de plus belle.

Quand elle vit sa mine déconfite, elle cessa de rire.

— On dirait que tu es furieux.

— En effet.

Furieux. Irrité. Frustré. Confus.

Ce cocktail d'émotions n'était pas à son goût.

— Bon sang, Irina, tu peux m'expliquer ce qui se passe ?

Elle effleura sa joue, puis haussa les épaules avant de reprendre le drap pour se couvrir les seins.

Bizarrement, ce geste le blessa.

Se tournant vers lui, elle le scruta d'un regard sombre.

— Alors voilà. La dernière fois, c'est toi qui es parti. Et je t'ai regardé partir. Tu as dit que tu devais me quitter pour nous sauver tous les deux. Eh bien, cette fois, c'est moi qui te quitte.

- 6 -

Abasourdi, sans voix, il la fixa pendant un long instant. Avant d'avoir pu réfléchir à une réponse sensée, il entendit quelqu'un monter à l'étage.

Avait-il verrouillé sa chambre ?

Son frère fit une entrée bien remarquée puis s'arrêta net.

Seigneur, il avait oublié de la verrouiller.

— Vaughn, voyons ! Que fais-tu ?

— Oh ! pardon. Je te cherchais. Bonjour, Irina, ravi de te revoir, dit-il en faisant un petit signe de la main, la mine penaude.

— Bonjour, Vaughn, dit-elle, le plus posément du monde.

Il n'en revenait pas. Pas de scène d'hystérie, pas de gêne. Aucune réaction.

Il y a sept ans, elle avait toujours eu peur qu'ils soient découverts par quelqu'un. Aujourd'hui, elle était nue sous les draps et n'importe qui aurait compris qu'il venait de se passer quelque chose entre eux, mais elle arborait un air de sérénité inégalé, comme si elle était en train de prendre le thé avec la reine d'Angleterre.

Qui était cette femme ?

Pourquoi l'intriguait-elle davantage qu'il a sept ans ?

— On ne t'a pas appris à frapper avant d'entrer ? s'enquit-il, fâché contre son frère.

Vaughn leva les deux mains, comme pour se défendre.

— Désolé. En plein milieu de l'après-midi, je ne pensais pas te trouver occupé… au lit.

Il lui en voulait terriblement.

— S'il te plaît, va-t'en.

Vaughn lui lança un regard étonné, tout en s'appuyant dans l'embrasure, pour lui faire comprendre qu'il n'avait pas l'intention d'obtempérer.

— C'est une façon de parler à un frère qui t'apporte des nouvelles ?

Capitulant, il poussa un gros soupir.

— Alors, dis-moi ce que tu voulais me dire, puis déguerpis.

— Je faisais un tour en ville et j'ai appris que Miranda et sa clique de femmes divorcées sont allées tourner une séquence au ranch pour leur émission de télé.

— Quoi ? s'écria-t-il en bondissant hors du lit.

— Frérot, merci, mais je ne suis pas venu pour voir ce spectacle. Tu peux t'habiller ?

— C'est ce que je fais, dit-il, s'empressant d'enfiler ses vêtements.

Irina ne pouvait pas se plaindre d'avoir vu Kellan bondir du lit en tenue d'Adam. Au contraire. Dommage qu'il se soit habillé aussi rapidement.

— Kellan, je peux savoir ce que tu fais ?

— Je vais aller au Blackwood Hollow. J'ai deux mots à dire à Miranda.

— Je ne vois pas ce que ça peut te faire, dit Vaughn.

— Et toi, alors ? Si ça ne te fait rien, pourquoi es-tu venu jusqu'ici me raconter tout ça ?

Mal à l'aise, Vaughn enfonça les mains dans ses poches.

— Je me disais que l'information t'intéresserait, mais moi, ça m'est égal.

— Donc, ça t'est égal qu'une équipe de télévision vienne s'immiscer dans notre vie privée et filmer des images dans le ranch familial ?

— Ce n'est plus chez nous. Depuis longtemps.

— Tu mens. Le ranch s'appelle Blackwood Hollow. Il a été fondé par nos ancêtres et on s'appelle Blackwood, dit-il en enfonçant ses bottes.

Elle écoutait l'échange houleux des deux frères tout en gardant les yeux rivés sur Kellan. Il avait l'air furieux et elle en voulait à Vaughn d'être venu colporter pareille information.

Non seulement il avait mis Kellan dans tous ses états mais de plus, il avait interrompu une conversation importante entre eux.

Elle avait été fière de pouvoir se montrer forte face à Kellan, en lui prouvant qu'elle n'était plus la jeune femme timorée de l'époque. Mais l'annonce de Vaughn semblait avoir tout envoyé aux oubliettes.

— Kellan, voyons, c'est chez Miranda maintenant, que tu le veuilles ou non, dit-elle, pensant le calmer.

Mais ce fut l'échec.

— Ne dis pas ça, lâcha-t-il sèchement.

Elle aurait voulu pouvoir se lever, le prendre dans ses bras mais elle était bloquée car elle ne voulait pas se retrouver nue devant Vaughn.

— Pourquoi veux-tu y aller ?

— Pour lui rappeler que ce n'est pas terminé, que j'ai contesté le testament et qu'elle ne peut pas faire comme chez elle. Je suis en pourparlers avec mes avocats. En attendant que notre appel se fasse entendre, je refuse qu'elle montre notre ranch à la télévision, dit-il en la fusillant du regard.

C'était horrible de lire la froideur dans ses yeux mais elle n'abandonna pas pour autant.

— Ce n'est qu'une émission de télé. Ce n'est pas important.

En voyant son visage se durcir, elle sut qu'elle n'avait pas bien choisi ses mots.

— Blackwood Hollow ne devrait pas servir de décor à une émission qui rassemble une horde de femmes idiotes qui ont divorcé d'hommes riches.

Elle secoua la tête.

— Tout le monde est d'accord pour dire que l'émission est ridicule. Alors pourquoi es-tu en colère ?

Il prit une grande inspiration avant de répondre.

— Parce que c'est la maison où j'ai grandi. Buck n'a jamais été un bon père mais je tiens beaucoup à notre maison. Je n'ai pas envie qu'elle serve de plateau de tournage.

— Comment comptes-tu empêcher ça ? s'enquit Vaughn.

Elle aurait aimé qu'il disparaisse car il n'aidait en rien à résoudre la situation. Inconsciemment, il ne faisait qu'attiser la colère de Kellan.

— En parlant à Miranda.

C'était sans doute inutile, mais elle tenta une fois de plus d'intervenir.

— Kellan, tu vas envenimer la situation. Buck lui a laissé le ranch. Légalement, elle peut faire ce qu'elle veut dans cette maison.

— Toi qui fais des études de droit, tu devrais savoir qu'il est possible de contester un testament. Donc je ne vois pas pourquoi tu prends son parti.

— Enfin, je ne prends pas son parti ! Et même si tu as décidé de contester le testament, pour le moment, le ranch lui appartient et tu ne peux rien y faire.

Le silence envahit la pièce.

Kellan et Vaughn la toisaient tous les deux d'un

regard accusateur. Apparemment, Vaughn n'était pas non plus satisfait de la situation mais il réussissait mieux à masquer son émotion.

Kellan s'approcha du lit, lui jetant un regard d'une froideur sans pareille.

Elle fut glacée sur place.

— Pas question de laisser cette chercheuse d'or revenir la bouche en cœur de New York pour prendre ce qui appartient à ma famille. Buck avait forcément perdu la tête le jour où il a écrit ce testament.

— Sur ce point, je suis d'accord avec toit, commenta Vaughn.

— Si c'est une question d'argent…

Il l'interrompit aussitôt.

— Ce n'est pas une question d'argent, Irina. Mon père aurait pu laisser toute sa fortune à Miranda. Mais pas le ranch familial. Désolé, mais je ne peux pas rester assis sans rien faire. C'est plus fort que moi, dit-il, tournant les talons.

— Kellan ! Attends, je vais venir avec toi.

Mais il avait déjà disparu.

— Vaughn, c'est toi qui es venu lui parler de ça, donc la moindre des choses serait de l'accompagner.

— Non. Je comprends que Kellan ne soit pas d'accord avec le testament, mais je n'ai pas l'intention de le contester. Si Kellan veut partir en guerre contre Miranda, je le laisse faire. Au revoir, Irina. Ravi de t'avoir revu.

Dès qu'il quitta la pièce, elle s'empressa de s'habiller et ne partit que cinq minutes après Kellan.

Quand elle pénétra dans la grande maison de Blackwood Hollow, la dispute était à son comble. Miranda et Kellan étaient dans le hall d'entrée, à couteaux tirés, tandis que le reste de l'équipe de télévision suivait la scène depuis le salon.

Elle grinça des dents en voyant que les deux cameramen ne rataient pas une seule miette de leur échange houleux.

Kellan était venu pour mettre fin au tournage, mais finalement, il se donnait en spectacle.

— Tu n'as pas le droit d'être ici ! s'écria-t-il, furieux.

— Si, justement, j'ai tous les droits dans cette maison. Car j'en ai hérité, riposta Miranda sur un ton calme.

— Cela reste à prouver.

Les personnes présentes semblaient fascinées par la confrontation. Elle se sentait mal pour Kellan qui n'était probablement pas conscient que les caméras tournaient.

Décidant d'intervenir, et sachant qu'il n'avait pas vu qu'elle était là, elle s'approcha de lui en posant une main sur son épaule.

— Kellan…

— Irina ? Que fais-tu là ?

— J'essaie de t'empêcher de dire des choses que tu pourrais regretter, dit-elle en jetant un œil en direction de l'équipe de tournage.

— Ne t'inquiète pas. Je n'ai pas honte et je ne regretterai rien.

Elle soupira.

Elle devait aller jusqu'au bout.

Le tirant vers le bras, elle l'attira à l'écart puis lui parla en le regardant droit dans les yeux, pour être sûre d'avoir son attention.

— Je crois que tu ne comprends pas. Les caméras sont en train de tourner.

— Quoi ? Je n'avais même pas remarqué. Merci de m'avoir prévenu. Dans tous les cas, ils auraient besoin de mon autorisation pour diffuser ça. Mais je ne signerai rien.

— Je sais mais…

Avant qu'elle ait pu finir, il se tourna vers Miranda.

— Je ne veux pas que tu filmes ton émission ridicule dans ma maison.

— C'est chez moi. Et pour ta gouverne, ce n'est pas une émission ridicule. Elle est assez bien cotée.

— Par des gens qui n'ont rien d'autre à faire que vous regarder dépenser l'argent de vos ex-maris ?

— C'est très réducteur. Tu ne dois pas bien connaître l'émission.

— Peu importe. Je ne veux pas de ton équipe de tournage dans ma maison de famille.

— J'ai compris, Kellan.

— Tant mieux. Alors jusqu'à nouvel ordre, j'aimerais que vous débarrassiez le plancher avant que je m'énerve.

Irina le prit de nouveau par le bras.

— Kellan. Arrête. Tu ne te rends pas service.

— Elle a raison. Tu n'aimes peut-être pas notre émission, mais tu ne te rends pas service en te donnant ainsi en spectacle. Laisse-nous finir, et ensuite on partira.

— Partez maintenant.

— Non. On n'a pas encore terminé.

Maintenant, il voyait rouge. Il fallait faire diversion.

— Pourquoi tu ne vas pas parler à Clint en attendant ? Je l'ai vu quand je me suis garée.

— Pourquoi tu prends le parti de Miranda ?

— Non, je ne prends le parti de personne. Mais je pense que vous auriez tous les deux beaucoup à perdre si vous continuiez cet échange absurde.

Il avait l'air d'avoir envie de monter au créneau. Sa mâchoire était tellement serrée qu'elle semblait sur le point de se briser. Et ses yeux étaient aussi sombres qu'un soir d'orage en hiver.

Malgré tout, elle le trouva plus séduisant que jamais. Lui qui était toujours posé et au contrôle de la situation… Le voir dans cet état l'attendrissait.

Chaque fois que son ex-mari avait laissé éclater sa fureur, elle s'était repliée sur elle-même, par peur. Mais Kellan n'était pas un homme violent. Sa vulnérabilité lui donnait envie de l'aider, de l'entourer.

Cela signifiait-il qu'elle était plus forte, à présent ? Ou qu'il l'avait ensorcelée et que son magnétisme sensuel était imparable en ce qui la concernait ?

Au bout d'un long moment, qui sembla durer une éternité, il céda.

— Soit, je m'en vais. Mais je reviendrai, ajouta-t-il à l'attention de Miranda.

— Je n'en doutais pas un instant, répondit-elle du tac au tac.

— Irina, tu viens avec moi ?

— Non, Kellan, je vais rester un peu.

— Tant mieux, Irina ! Car c'est justement pour toi que nous sommes venus ici, lança Miranda, tout sourire.

— Pour moi ? Pourquoi ?

Que se passait-il ? Soudain, elle devint le centre de l'attention. Elle ne s'attendait pas à ça. Elle regarda un à un les gens qui la dévisageaient, avant de revenir à Miranda.

— Parce que tu es une femme extraordinaire et le monde entier devrait le savoir ! lança Miranda avec enthousiasme, toujours aussi souriante. Quand je suis arrivée tout à l'heure, je t'ai cherchée partout. Je ne t'ai pas trouvée, mais je suis tombée sur ton manuscrit. Et comme tu m'avais dit que tu voulais que je lise un chapitre, j'en ai profité.

Elle se sentit vaciller.

— Et alors ?

— Ton livre est formidable, Irina. Je pense qu'il va aider de nombreuses femmes dans le monde.

Personne n'avait encore eu accès à son livre, hormis son agent et son éditeur, donc entendre les louanges de Miranda était très important pour elle. Plus que l'ex-femme de Buck n'aurait pu le croire.

— Allez, maintenant, j'aimerais que tu passes devant la caméra car nous avons décidé avec l'équipe que tu serais l'invitée spéciale de cette émission. Ce serait bien si tu pouvais nous parler de ton livre et que tu dises à nos spectatrices et futures lectrices quand elles pourront s'emparer d'une copie de ton chef-d'œuvre.

Un tel coup de pouce ? Vraiment ? L'émission de Miranda était regardée aux États-Unis par des millions des téléspectateurs. On allait parler de son livre à grande échelle ! Cette pensée, bien qu'intimidante, lui donna du baume au cœur. C'était une chance inouïe qu'elle ne voulait rater sous aucun prétexte. Elle releva le menton et annonça à Miranda qu'elle acceptait sa proposition.

Cette dernière la prit par l'épaule pour la guider dans la grande pièce et la présenter à ses collaboratrices : Zooey Kostas, douce et à l'apparence fragile. Rafaela Marchesi, très friande d'attention. Seraphina Martinez, la plus exubérante, et Lulu, la meilleure amie de Miranda.

Heureusement, elle avait pris le temps de choisir une tenue et de s'habiller avec soin pour aller voir Kellan car elle était présentable pour passer à la télé. En revanche, pourrait-on voir que trente minutes auparavant, elle était encore dans le lit d'un homme ? À cette pensée, sentant ses joues s'empourprer, elle prit une profonde inspiration pour chasser son malaise et se laissa hypnotiser par le point rouge de la caméra qui la traquait comme un lapin qu'on chasserait au fusil. Elle ne s'attendait pas à être interviewée par une équipe de télévision et ignorait comment se comporter devant une caméra.

De plus, Kellan, qui aurait dû déjà être reparti, était finalement resté en arrière-plan et la dévisageait comme s'il ne l'avait jamais vue. Non, c'était même pire que cela. L'expression de son visage s'apparentait à un sentiment de trahison. Comme si elle avait été de mèche avec Miranda depuis le départ et qu'elle lui avait menti. Comme si elles avaient convenu de cet arrangement pour le piéger afin qu'il se ridiculise devant les caméras de télévision.

Plus elle analysait la réaction silencieuse de Kellan et plus elle sentait la colère monter en elle. Malgré leur complicité au lit, visiblement, il ne la connaissait pas.

À présent, il la fixait durement, comme si elle était responsable de tous ses maux. Non ! Elle releva fièrement le menton. Hors de question de s'excuser ou de se sentir coupable pour quelque chose dont elle n'était pas responsable. Pas question non plus de se plier en quatre pour arrondir les angles alors que la réaction de Kellan n'était pas justifiée.

Il avait les yeux en feu et la chaleur qui en émanait la brûlait malgré la distance qui les séparait.

Autour d'elle, les femmes parlaient et lui posaient des questions. Miranda lui donna un petit coup de coude, comme pour la réveiller. Mais elle était pleinement éveillée. Comment ne pas l'être alors que Kellan avait les yeux rivés sur elle ?

Quand il enfonça son chapeau de cow-boy sur la tête et tourna les talons, elle le regarda partir, se sentant immédiatement un peu seule.

Ce n'était pas une réaction normale.

Sept ans auparavant, elle avait failli perdre la raison

après son départ. Mais pas cette fois. Elle ne mettrait pas son cœur de nouveau en péril pour un homme qui lui avait clairement fait comprendre qu'il n'en voulait pas.

Elle avait réussi à reconstruire sa vie sans lui et il était temps de passer à l'étape suivante.

— Irina, tu pourrais nous en dire plus sur le livre ?

— Avec plaisir, dit-elle, tentant de se concentrer sur l'interview.

— Irina, je peux raconter à nos téléspectateurs les circonstances dans lesquelles tu es arrivée aux États-Unis ?

Émue, elle acquiesça.

— Irina est arrivée de Russie après s'être mariée par correspondance. Quand son mariage a pris fin, dans des circonstances tragiques, elle s'est relevée, dans un dernier sursaut de fierté, puis elle a reconstruit sa vie. Je suis certaine que les femmes du monde entier seront inspirées par son histoire. Irina, peux-tu nous en dire plus sur ton mariage par correspondance et le contenu du livre ?

Kellan n'était plus là pour la juger, la voie était libre. Elle prit une grande inspiration et se jeta à l'eau.

- 7 -

La semaine avait été longue.

Kellan n'avait pas vu Irina depuis le jour où elle avait accepté de se faire interviewer par Miranda et son cirque itinérant. Le souvenir d'Irina devant la caméra, entourée de Miranda et de ses acolytes lui était encore insupportable.

Était-elle avide de vendre son livre au point d'être de mèche avec la femme qui avait volé son héritage familial ?

Il avait beau retourner le problème dans tous les sens, il ne comprenait pas. Impossible de retrouver un semblant de tranquillité d'esprit. Même quand il arrivait à dormir quelques heures, Irina était présente, dans ses rêves. Nue. Sous lui. Sur lui. Puis il se réveillait, frustré et furieux qu'elle ait autant d'emprise sur lui, même à distance.

Entre-temps, il avait revu Kace LeBlanc pour parler du testament. Jusqu'à présent, la situation n'augurait rien de bon.

— Allô, Kellan, ici la Terre.

La voix de sa petite sœur le tira de ses pensées maussades. Elle était assise en face de lui, à la table du restaurant où la fratrie Blackwood avait rendez-vous pour dîner. Comme Vaughn était en retard, il prenait un verre avec Sophie en attendant.

Il était encore tôt, donc la clientèle était éparse, même si la vieille garde était déjà en poste.

Le Texan Cattleman's Club avait vu de nombreux changements au fil des ans, le principal étant que depuis peu, les dames étaient admises. Certains avaient bien sûr été récalcitrants à l'idée, mais les femmes avaient su s'imposer en douceur et procéder à des améliorations saluées de tous. Il y avait une garderie, la décoration avait été remise au goût du jour, et dans l'ensemble, le club ressemblait moins à une grotte réservée aux hommes et davantage à un lieu de rencontre agréable où venir entre amis ou en famille.

Il lança un regard noir à l'un des serveurs qui inspectait sa sœur d'un peu trop près. Il avait du mal à accepter que sa sœur ait autant de succès auprès des hommes.

Sophie avait une beauté naturelle incroyable.

Ce soir, elle portait une robe rouge un peu trop courte et au décolleté un peu trop plongeant à son goût. Ses longs cheveux auburn tombaient en vagues successives sur ses épaules tandis que ses yeux noisette étincelants éclairaient son visage resplendissant.

Son admiration face à sa petite sœur était une preuve supplémentaire du fait qu'il n'avait pas passé assez de temps à Royal depuis des années.

Quand il était parti, elle n'avait que vingt ans. Pendant ses années à Nashville, elle était devenue une très belle femme, et il avait l'impression d'avoir raté des moments précieux. Vaughn aussi avait changé. Il était devenu plus indépendant, plus distant.

— Je me demande pourquoi tu fais une tête aussi sérieuse et pourquoi tu as l'air aussi renfrogné, lui demanda-t-elle brusqyement. C'est Irina ?

Il la regarda, interloqué.

— Irina ? D'où te vient cette idée ?

— Ne fais pas l'innocent. Vaughn m'a dit qu'il vous avait surpris au lit.

— Les nouvelles vont vite.

— Donc je me suis dit que vous étiez de nouveau ensemble, dit-elle avant de prendre une gorgée de martini.

— Nous n'avons jamais été ensemble.

— Encore une fois, n'essaie pas de faire le malin avec moi. Je sais que vous étiez ensemble il y a sept ans. Mais si tu préfères te mentir, fais comme tu veux.

— Je ne me mens pas, je…

— Donc tu pensais à Irina ? C'est pour ça que tu fais cette tête ?

— Passons à un autre sujet, tu veux bien ?

Elle lui coula un regard amusé.

— D'accord. Je voulais te faire part des résultats de mon enquête au sujet de Miranda à Royal.

— Alors ?

— Alors, rien. J'ai interrogé un tas de gens, mais je n'en ai tiré aucune information. Tout ce qui les intéresse, c'est Miranda. Ils sont ravis de connaître quelqu'un qui est dans une émission de télé. De plus, l'équipe tourne à Royal. Quant aux autres femmes, je les trouve très sympathiques car elles adorent parler et faire du shopping. Mais pour ce qui est du testament, elles ne savent rien. Apparemment, s'il y a un secret, Miranda ne l'a confié à aucune de ses amies.

— Cela dit, ça ne fait qu'une semaine, dit-il avant de prendre une gorgée de whisky.

— Je sais, c'est frustrant. D'habitude, c'est plus facile de glaner des ragots. Mais là, rien. Il n'y en a que pour l'émission de Miranda.

La fameuse émission de Miranda, qui avait même recruté Irina. Essayaient-elles de lui tendre un piège ?

Et pourquoi Irina aurait-elle finalement accepté de

venir dans son lit pour ensuite le congédier ? Cela ne ressemblait pas à l'Irina qu'il connaissait. Peut-être même qu'elle était de connivence avec Miranda depuis le départ…

Il se souvint des enveloppes qu'elle lui avait apportées. Elle lui en avait montré une mais il y en avait trois autres dans la mallette. Elle lui avait dit que Buck avait un dossier par enfant. Alors pourquoi quatre enveloppes ?

À présent, il s'en voulait de ne pas s'être montré plus ouvert. S'il y avait mis du sien, elle en aurait peut-être dit davantage et lui aurait peut-être dévoilé des informations qui auraient pu l'intéresser.

— Kellan, tu m'écoutes ?

— Oui.

— Alors dis-moi à quoi tu penses.

— Miranda.

Son équipe l'avait filmé et il était quasiment persuadé qu'elle s'en servirait, même sans son accord. Il en avait parlé à un avocat. Pour finir, il avait décidé de ne rien dire. Après tout, il n'était pas à son avantage, mais elle non plus.

Il voulait que tout le monde sache que son ex-belle-mère était une chercheuse d'or qui s'était servie de son père pour faire fortune.

— Tu sais, j'en ai reparlé à Vaughn. Il feint l'indifférence mais en fait, il est aussi contrarié par la situation.

— Je sais.

Il n'arrivait même plus à se concentrer sur sa famille. Irina occupait la moindre de ses pensées. Après toutes ces années, il ne s'attendait pas à ce que ce soit aussi troublant de la revoir. Comme il ne s'attendait pas à être à ce point obnubilé par elle. Nuit et jour.

— Que proposes-tu, Kellan ?

— Comme je l'ai dit, ça ne fait qu'une semaine.

J'imagine qu'il faudra plus de temps avant de trouver une piste.

— Oui, mais j'ai aussi eu une autre idée.

— Ce n'est jamais bon signe, dit-il sur un ton taquin.

— Très drôle. Tu veux connaître mon idée ?

— Je t'écoute.

— Si je ne trouve rien à Royal, j'irai faire un tour à New York pour parler aux amis de Miranda ou aller au studio où elle travaille.

— Sophie, tu sais qu'ils ne te laisseront pas entrer dans le studio. Et que ses amis ne te diront rien.

— Ne sois pas aussi pessimiste. Je suis assez douée pour faire parler les gens. Surtout les hommes. Fais-moi confiance.

— Non, pitié, je ne veux pas entendre ça. Les hommes qui te tournent autour, c'est mon pire cauchemar.

— Arrête tes bêtises. Je suis une grande fille et je n'ai pas besoin de toi comme chaperon. Bref, je pense que c'est à New York que je pourrai trouver des réponses.

— D'accord. Mais pour le moment, essayons encore un peu à Royal. Parfois, les langues mettent du temps à se délier.

Elle soupira.

— Combien de temps ?

Sophie avait toujours été la plus impatiente. Quand elle avait quelque chose en tête, elle voulait que ce soit fait sur-le-champ. Là, elle allait devoir apprendre à prendre son mal en patience.

— Une semaine.

— Entendu.

— Ou pourquoi pas ne pas attendre après Noël ?

— Comment ça ? Tu veux dire que tu vas passer Noël ici ?

— Non, ce n'est pas ce que j'ai dit.

Il n'avait pas encore eu le temps de réfléchir à la question.

En venant à Royal, il n'avait pas échafaudé de plan mais n'avait pas non plus eu l'intention d'y passer Noël.

Or, maintenant qu'il avait lancé l'enquête avec Sophie, et que les choses semblaient plus compliquées que prévu, il ne se voyait pas rentrer à Nashville avant d'avoir démêlé la situation.

— Mais tu vas y réfléchir ?

— Oui.

— Promis ?

— Oui.

— Youpi ! Un miracle. Les Blackwood réunis pour Noël ! Qui aurait cru que ça puisse arriver ?

À ces mots, son cœur se serra.

Il se sentit terriblement coupable car, en coupant tous les ponts avec Royal, il avait privé son frère et sa sœur des fêtes de Noël en famille, qui étaient une évidence pour tout le monde. Pourquoi n'y avait-il donc jamais pensé avant ? C'était injuste.

Cependant, en voyant la réaction de Sophie et en repensant à la promesse qu'il venait de lui faire, il éprouva soudain un sentiment de panique.

Était-il prêt à passer Noël à Royal ?

— Sophie, ne t'emballe pas, s'il te plaît. Attendons de voir comment les choses vont évoluer dans les jours à venir.

Car hélas, il avait la nette impression que la situation lui échappait. Depuis la mort de Shea, il n'avait pas fêté Noël et avait évité de revenir à Royal à cette période.

Mais depuis son retour, tout lui semblait différent.

Étaient-ce ses retrouvailles avec Irina ?

Était-ce parce qu'il se sentait soudain investi d'une

mission, depuis qu'il avait appris que son père avait légué le ranch à Miranda ?

Était-ce tout simplement l'idée de passer de bons moments en famille avec Vaughn et Sophie ?

Impossible de savoir.

Dans tous les cas, même s'il n'était pas prêt à l'avouer à sa petite sœur, il n'avait pas envie de rentrer à Nashville. Pas tout de suite, du moins. L'idée de se retrouver seul dans sa grande maison ne l'attirait pas du tout.

— D'accord, je ne m'emballe pas. Rien que le fait que tu aies promis d'y réfléchir, je trouve ça déjà suffisant pour le moment. Tu es d'accord avec moi ?

— Oui.

— Je peux savoir ce sur quoi vous vous êtes mis d'accord ? dit Vaughn en les rejoignant.

— Vaughn ! On ne t'attendait plus !

— Très drôle. Je me suis commandé une bière au bar, d'où mon retard.

— Toi aussi tu es drôle.

— Alors, je peux savoir de quoi vous parliez ? De Miranda et de l'héritage ? De Kellan et Irina ?

— Vaughn, ne recommence pas, dit-il sur un ton menaçant.

— Ah si, justement, moi aussi je voulais savoir où ça en était. Je le lui ai demandé tout à l'heure mais il a évité le sujet. Alors, Kellan, Irina et toi, vous formez de nouveau un couple ? s'enquit Sophie.

— Non.

— Pourtant, Sophie, je peux te garantir que quand je les ai surpris tous les deux nus dans le lit de Kellan, ils avaient l'air bien ensemble, ironisa Vaughn.

Elle arborait un sourire espiègle.

— Alors, Kellan ? Tu confirmes les dires de Vaughn ?

Il fusilla son frère du regard.

— Tu ne pouvais pas garder ça pour toi ? Tu étais obligé de tout raconter ?

— Ah non, personne ne m'a obligé à le dire. Mais j'en avais très envie, dit-il avant de prendre une gorgée de la bière que le serveur venait de lui apporter.

— Kellan, tu n'es pas un moine. Et Irina et toi êtes tous les deux célibataires et adultes. De plus, Irina est une fille géniale. Donc je ne vois vraiment pas où est le problème et pourquoi tu prends la mouche à ce point.

— Je ne prends pas la mouche.

— Arrête de mentir. Alors, raconte-nous tout.

— Il n'y a rien à raconter.

— C'est triste. Vaughn t'a trouvé nu dans ton lit avec une femme et il ne s'est rien passé ? Remarque, tu n'es plus si jeune…

— Sophie, arrête. Ce n'est pas ce que je voulais dire.

Lui qui s'était dit qu'il aimerait passer plus de temps en famille. Il commençait déjà à revoir son plan à la baisse.

— Qu'est-ce que tu voulais dire, alors ?

— Que ce ne sont pas vos affaires, c'est tout.

— Quand même, moi j'aimerais savoir si…

— Sophie, on arrête, lui dit Vaughn.

Elle soupira.

— D'accord mais… Je voudrais juste ajouter que j'aime beaucoup Irina et que ce serait bien de te voir heureux de nouveau.

— Je suis heureux.

— C'est flagrant, persifla Vaughn.

— Kellan, avoue que tu n'es pas heureux. Tu as perdu ta joie de vivre depuis la mort de Shea, ajouta Sophie.

— Pas question de parler de ça.

Même Vaughn parut surpris que leur sœur ait osé parler de sa femme défunte.

— Kellan, ça fait huit ans que tu as perdu Shea et que nous t'avons perdu. Je sais à quel point tu l'aimais. Nous l'aimions tous beaucoup. Mais il est peut-être temps de revivre dans le présent en lui gardant une place spéciale dans ton cœur et tes souvenirs passés ?

Les paroles de sa sœur résonnèrent en lui, comme un rappel à la réalité.

Les souvenirs qu'il avait de Shea n'étaient plus aussi clairs qu'avant, et la douleur de la perte s'était estompée avec le temps. Même si une partie de lui regretterait toujours son départ précoce, il se rendait compte qu'il devrait un jour aller de l'avant. Mais il ignorait comment procéder.

Deux jours plus tard, toute la ville était en ébullition.

La bande-annonce de l'émission à laquelle Irina avait participé était devenue virale. C'était le sujet numéro 1 de conversation des habitants de Royal.

Alors qu'elle marchait dans la rue principale pour aller rejoindre l'équipe de télévision au restaurant, elle fut accostée plusieurs fois par différentes personnes qui tenaient à la féliciter ou lui demander ce que cela faisait de passer à la télévision.

Elle souriait et se rendait disponible dès que les gens l'arrêtaient, tout en se demandant comment les stars supportaient cela à longueur de journée. Comment pouvait-on vivre avec des gens qui vous sollicitaient à chaque instant, partout où vous alliez ?

Comme c'était la période de Noël, il y avait vraiment beaucoup de monde en ville. Les gens venaient faire leurs achats dans la joie et la bonne humeur. Il y avait des décorations partout, et l'on voyait des pancartes qui souhaitaient à tous les habitants de Royal un joyeux Noël en lettres dorées. Les trottoirs étaient bondés et les parkings de proximité avaient été pris d'assaut, si bien qu'elle avait été obligée de se garer à l'autre bout de la ville.

Elle vivait à Royal depuis plus de sept ans, et pourtant les gens n'avaient jamais vraiment fait attention à elle. Une bande-annonce avait suffi à renverser la tendance.

Les gens qui l'accostaient lui manifestaient beaucoup d'attention, ce qui était agréable. Mais depuis son arrivée aux États-Unis, elle n'avait pas eu le temps de se faire de vrais amis. Quand son mariage avait pris fin, elle s'était repliée sur elle-même, avec l'envie de redécouvrir qui elle était mais dans l'intimité la plus totale. Elle avait besoin de se rappeler qui elle avait été avant que Dawson Beckett n'entre dans sa vie.

Entre son emploi au ranch, ses études de droit et son livre, elle avait mené une existence assez solitaire.

Jusqu'à aujourd'hui.

Bizarrement, elle se sentait assez vulnérable. En effet, des gens à qui elle n'avait jamais parlé ou qu'elle n'avait jamais vus avaient eu accès à la vidéo. Ils avaient vu Miranda et ses collègues parler de son mariage, de son livre. Ils étaient au courant du divorce. Et des violences conjugales qu'elle avait subies.

C'était assez humiliant de voir sa vie ainsi exposée au vu et au su de tout le monde. Pourquoi n'y avait-elle pas pensé avant d'accepter de figurer dans l'émission ?

Dans un sens, après la parution de son livre, ce serait la même chose, les gens sauraient ce qui lui était arrivé. Donc mieux valait peut-être s'y habituer maintenant.

D'ailleurs, elle n'était pas l'unique cible des spéculations. Tout le monde parlait aussi de la confrontation entre Miranda et Kellan. Les habitants de Royal avaient toujours été friands de commérages, donc cette vidéo était une véritable aubaine.

Elle se demandait ce qu'il en pensait.

À vrai dire, ces derniers temps, il était très présent à son esprit. Elle se demandait souvent ce qu'il était en train de faire, s'il pensait à elle, ce qu'il pensait d'elle. Est-ce qu'elle lui manquait autant qu'il lui manquait ? Chaque fois que ces pensées allaient un peu trop loin, elle s'efforçait de les chasser, de se persuader qu'elle n'avait pas besoin de lui pour vivre, qu'elle ne l'avait pas attendu pour avancer.

Mais si elle devait dire la vérité et rien que la vérité devant un tribunal, elle serait contrainte d'avouer qu'elle mourait d'envie d'être à ses côtés.

Tout en évoluant sur le trottoir animé, elle continuait de sourire et de répondre aux gens qui l'accostaient amicalement avec des paroles encourageantes concernant son livre à paraître.

Son livre. Voilà ce sur quoi elle devait se concentrer. Cette publicité serait forcément un coup de pouce énorme pour les ventes. C'était un sentiment de liberté incroyable de savoir qu'elle allait enfin réaliser pleinement son rêve : vivre en femme libre et indépendante aux États-Unis, après un faux départ.

Soudain, quelqu'un la prit par la taille.

— Alors, chérie, ça fait un bail.

Elle se figea.

Comment oublier cette voix ? Elle survenait encore parfois dans des cauchemars.

Instinctivement, elle tenta de se soustraire à Dawson Beckett mais il resserra son étreinte de manière à la faire prisonnière de sa poigne de fer.

— Avance. Continue à sourire. Les gens penseront que je suis une ancienne connaissance. J'aimerais qu'on parle un instant. Après, je partirai.

— Tu peux partir maintenant. Je n'ai rien à te dire.

— Si tu penses que je vais t'écouter, tu te trompes. C'est moi le chef, tu te rappelles ?

— Tu n'es plus mon mari, alors lâche-moi.

Il la serra encore plus fort, au point de lui faire mal.

— Écoute, espèce de traînée. J'ai vu la vidéo.

Elle ferma les yeux, étourdie.

Depuis l'interview, elle n'avait pas eu le temps de réfléchir aux conséquences de la vidéo diffusée sur Internet. Dawson l'avait vue et il était furieux.

Même si elle n'était plus sa femme et qu'elle avait mis de la distance entre eux, elle eut néanmoins soudain très peur.

Elle devait absolument se débarrasser de lui.

— Dawson, tu n'as plus aucun droit sur moi. Si tu ne me lâches pas, je vais hurler et tu auras affaire au shérif Battle.

Chaque fois qu'elle osait lui tenir tête, il la pinçait.

— Si j'étais toi, je ne ferais pas ça, dit-il sur un ton glacial, la toisant de toute sa hauteur.

Il n'avait pas changé. Et malgré les sept ans de séparation, il lui inspirait toujours un profond sentiment de panique.

— Je suis une femme libre, dit-elle, tentant de se débattre.

— Arrête de gesticuler. Et parle-moi sur un autre ton.

— Que veux-tu, Dawson ?

Cette fois, le pincement lui arracha des larmes.

— Enfin une question intéressante. Figure-toi que je n'aime pas la mauvaise publicité. Depuis notre divorce, certaines personnes ont pris leurs distances et je n'ai pas apprécié. Maintenant, avec ce livre, je pourrais avoir de gros ennuis et mon chiffre d'affaires pourrait même s'en ressentir. Or je ne peux pas l'accepter. Donc je ne peux pas te laisser faire.

— Tu n'as aucun droit sur moi. Ce n'est pas à toi de décider de mes actes.

— Irina, tu sais très bien que ce n'est pas bon de me contrer. Si j'entre dans une rage folle, tu sais que ça va mal finir pour toi. De plus, je me suis dit que tu m'étais redevable.

— Redevable ?

— Sans moi, tu n'aurais pas pu écrire ce livre.

— C'est faux.

— Irina, tu risques gros en me tenant tête. Tu sais très bien ce que je vais t'infliger si tu me pousses dans mes derniers retranchements, dit-il avant de la pincer une nouvelle fois.

Son sang se glaça.

Elle se souvenait trop bien des deux années d'enfer qu'elle avait vécues avec Dawson, à l'époque où elle pensait qu'elle était condamnée à vivre ce calvaire pour toujours.

Mais c'était fini. Grâce à l'aide de Buck, elle s'était battue pour reconstruire sa vie. Pas question de retomber entre les griffes de son ex-mari.

— Le livre n'est pas sur toi. Il s'agit de l'histoire d'une femme qui surmonte des épreuves et se reconstruit peu à peu. Tu ne pourras pas m'empêcher de le publier.

— Je te conseille vivement de changer ton attitude.

Ils étaient bientôt arrivés au restaurant et certaines personnes commençaient à les regarder en faisant des messes basses.

Il s'arrêta pour lui faire face.

— Aujourd'hui, j'ai perdu un marché de dix mille dollars à cause de cette fichue vidéo.

— Et alors ? C'est bien fait pour toi.

— Tu as de la chance qu'il y ait des témoins sinon tu mériterais une bonne correction.

Elle le regarda, sans ciller.

— Je n'ai pas peur de toi.

— Peut-être, mais tu me dois ces dix mille dollars.

— Je ne te dois rien.

Elle commençait à s'en vouloir d'avoir été aussi docile, de l'avoir écouté, de s'être laissé pincer par cet homme qui n'avait pas le droit de lui faire mal. Elle ne devait en aucun cas lui obéir ou avoir peur de lui.

L'ancienne Irina n'existait plus.

— Si tu ne trouves pas cet argent, je peux t'assurer que tu vas souffrir, ma petite, dit-il sur un ton menaçant.

— Tu me fais chanter ?

— Oui. Et Buckley n'est plus là pour te protéger.

En effet. Et elle regrettait les années où Buck venait immanquablement à la rescousse. Elle pensa un instant qu'elle pourrait faire appel à Kellan, mais elle ne l'avait pas vu depuis une semaine, et étant donné la façon dont les choses s'étaient passées entre eux lors de leur dernière entrevue, elle doutait qu'il ait envie d'intervenir en sa faveur.

— Je n'ai pas dix mille dollars à te donner.

— Tu les auras quand tu auras publié ton livre.

— Ma réponse est non.

— Trouve-moi l'argent ou sinon…

— Sinon quoi, Dawson ?

Dégoûtée par ce fantôme survenu de son passé, elle s'arracha enfin de lui.

— Je te ferai payer, d'une manière ou d'une autre.

— Je vais prévenir la police.

— Tu n'as pas intérêt, dit-il, la fusillant du regard. J'ai beaucoup d'amis haut placés à Dallas. Ils sauront imposer leur loi à ton petit shérif.

— Tu n'as pas d'amis. Tu te sers des gens qui sont dans ton entourage, c'est différent.

— On verra qui aura le dernier mot.

Lulu, de l'équipe de télévision, la sauva des griffes de Dawson.

— Irina ! Viens !

— À jamais, Dawson.

— Oh ! ne sois pas si sûre de toi. Je saurai me rappeler à ton bon souvenir.

Elle le connaissait suffisamment bien pour savoir qu'elle n'en avait pas terminé avec lui. Tant qu'il n'obtiendrait pas ce qu'il voulait, il ne la laisserait pas tranquille. Et même si elle lui donnait ce qu'il voulait, elle n'avait aucune garantie qu'il ne reviendrait pas.

Tournant les talons, elle avança vers Lulu. Sans avoir des yeux dans le dos, elle eut la conviction que Dawson la regardait, tellement le sentiment était désagréable.

Arrivée à hauteur de Lulu, elle se laissa happer par les collaboratrices de Miranda qui étaient de véritables pipelettes. Habituellement, elle adorait se plonger dans leur monde et appréciait tout particulièrement parler avec Miranda, Lulu et Fee.

Mais dans ces circonstances, elle avait le cœur lourd et n'arrivait pas à se mettre dans le bain.

— Qui était ce type avec qui tu parlais ? s'enquit Lulu, toujours aussi curieuse.

— Oh ! un ancien ami de Buck, répondit-elle sur un ton évasif pour ne pas devoir parler de Dawson.

Heureusement, ses nouvelles amies trouvèrent la réponse satisfaisante.

Malgré le sentiment de malaise qu'il lui avait insufflé, elle était néanmoins soulagée de pouvoir se fondre dans cet environnement rassurant, enveloppée des bruits du restaurant, ainsi que des rires et des conversations des clients.

L'équipe de télévision avait décidé de faire une petite

fête improvisée à mi-parcours. Il leur restait encore des scènes à tourner dans Royal, mais ils étaient contents du résultat de la séquence tournée à Blackwood Hollow.

Elle prit un verre de thé glacé et le sirota en écoutant les autres parler. Regardant alentour, elle sourit en constatant que l'équipe de tournage avait apporté un vent de renouveau à Royal, et que tous les locaux étaient ravis de ce divertissement impromptu.

Soudain, elle tomba sur Kellan, qui, lui, n'avait pas l'air aussi ravi que les autres personnes présentes dans le restaurant.

Il était assis à l'une des petites tables. En face de lui se trouvait son « assistante », Ellie Rae Simmons. Toujours aussi pimpante, impeccablement maquillée, coiffée à la perfection, vêtue d'une robe à manches longues bleu marine qui mettait son teint en valeur.

Mais Kellan ignorait sa belle collaboratrice. L'ayant aperçue, il avait maintenant les yeux rivés sur elle.

Le pouvoir de son regard ne tarda pas à faire son effet. Au bout de quelques instants, elle crut fondre sur place. Cela faisait une semaine qu'ils ne s'étaient pas vus, et pourtant, il n'avait pas été absent de son esprit plus d'une minute à la fois.

Tout lui manquait. Sa présence, son parfum, son contact, son corps musclé, sa bouche alléchante.

Ses yeux lui lancèrent des flèches incandescentes qui ne manquèrent pas d'enflammer son corps. Ils avaient beau être dans un lieu public bondé, c'était comme si elle était seule au monde avec lui.

Tout ce qui comptait, c'était le courant électrique qui circulait entre eux en un va-et-vient frénétique.

Chaque parcelle de son corps la suppliait d'agir, là, maintenant qu'il était dans la pièce. D'aller le voir, de lui parler.

Mais elle n'avait pas envie de cette rencontre. Elle n'avait pas la force de lui faire face. Entre les étincelles d'excitation que provoquait son attirance pour lui et le choc de ses tristes retrouvailles avec Dawson, elle ne savait plus à quel saint se vouer, ni sur quel pied danser.

À contrecœur, elle décida de quitter la fête. C'était dommage de rater une belle occasion mais c'était la meilleure chose à faire. Et personne ne remarquerait son absence.

Après avoir posé son verre sur le comptoir, elle se dirigea vers la sortie, s'efforçant de ne pas regarder Kellan.

Décidant de ne dire au revoir à personne pour partir en toute discrétion, elle baissa la tête, serra son manteau contre elle, puis sortit du restaurant, prête à braver le vent glacial qui soufflait à l'extérieur.

— Alors comme ça, tu n'allais pas venir me voir ?

- 8 -

Irina sursauta. Pour la seconde fois aujourd'hui, un homme la surprenait par-derrière.

— Kellan !

— Désolé, je ne voulais pas te faire peur.

— C'est raté, dit-elle, continuant à marcher.

Il l'arrêta en la prenant par le bras.

— Irina, que se passe-t-il ? Pourquoi es-tu partie si vite ? À peine arrivée, tu t'éclipses. Je pensais avoir le temps de prendre un verre avec toi.

— Je n'étais pas d'humeur. C'est tout.

— Ah bon ? Moi j'ai l'impression que tu ne me dis pas toute la vérité.

— Tu ne devrais pas être avec ton « assistante » ? demanda-t-elle en retirant son bras de l'emprise de Kellan.

Il ne la retenait pas fort, comme l'avait fait Dawson tout à l'heure, mais l'expérience avait été traumatisante et elle n'avait pas envie qu'on la touche.

— Le rendez-vous est terminé.

— Dis donc, vous avez des rendez-vous fréquents, dit-elle, le regrettant aussitôt.

Seule une femme jalouse dirait une chose pareille.

Peut-être était-elle jalouse ? Ce serait vraiment pathétique, d'autant qu'il lui avait bien fait comprendre qu'au-delà de leurs ébats sexuels, il ne pourrait jamais rien se passer d'autre entre eux.

De son côté, elle avait voulu être honnête. Elle lui avait bien dit qu'elle ne le laisserait pas lui briser le cœur une seconde fois. Et qu'elle ne l'attendait pas pour réaliser ses rêves.

— Je ne t'ai pas couru après pour parler d'Ellie.

— Alors pourquoi m'as-tu couru après ? dit-elle, s'arrêtant sur le trottoir, les cheveux lui balayant le visage.

— Je voulais qu'on se parle.

— Désolée, je n'ai pas envie de parler, dit-elle avant de se remettre à marcher.

De nouveau, il la prit par le bras.

— Attends…

Il se posta devant elle, la dévisageant quelques instants d'un regard doux et attentionné. Elle se demanda ce qu'il lisait en elle et s'il sentait les ondes émanant de son corps meurtri.

— Il s'est passé quelque chose. Je le sens.

Elle fut choquée de sa perspicacité.

— Mais non, arrête. J'ai froid, c'est tout.

— Viens, dit-il, la prenant par la main.

— Arrête, Kellan, je vais rentrer.

— Oui, tu vas rentrer. Chez moi.

— Non.

Pas question de le suivre. S'il voulait l'emmener, il devrait la traîner de force. Ses émotions étaient trop en pagaille. Elle était à fleur de peau.

— Voyons, Irina, je sais qu'il s'est passé quelque chose. Je l'ai lu sur ton visage.

Elle voulait se montrer forte, ne pas céder. Si elle craquait maintenant, elle risquait de s'en remettre entièrement à lui. Or, elle ne voulait pas de cette fragilité.

— Si c'est le cas, ça ne te regarde pas.

— Peut-être pas. Mais si tu penses que je vais

abandonner alors que je sens que tu as des ennuis, c'est mal me connaître.

D'un côté, elle était tellement épuisée qu'elle avait envie d'accepter son offre. De l'autre, elle n'avait aucune intention de mêler Kellan à Dawson.

— C'est gentil, mais tu ne peux pas m'aider.

— Moi, je crois que si. Laisse-moi t'aider, s'il te plaît, dit-il, croisant son regard.

Plongeant dans la profondeur de ses yeux bleus, elle lut la détermination et l'inquiétude qui y régnait.

Elle soupira.

En effet, il n'abandonnerait pas.

Il était entouré d'un bouclier impénétrable mais au fond d'elle, elle savait qu'il irait jusqu'au bout pour savoir ce qui la taraudait.

Enfin, elle capitula.

— Entendu. Je vais venir chez toi. Mais je prends ma voiture car je ne resterai pas longtemps.

— Je t'attends, comme ça, tu pourras me suivre.

— Tu as peur que je ne vienne pas ?

— Non, j'ai peur que tu ne sois pas en état de conduire. Donc je veux m'assurer que tu arrives à bon port et en un seul morceau.

Se rappelant que sa femme était morte dans un accident de la route et ne voulant pas raviver des souvenirs douloureux, elle n'argua pas plus avant.

— Vaughn est là ?

Kellan regarda Irina faire les cent pas dans la grande pièce à vivre, comme si elle refusait de s'asseoir de peur de devoir lui parler.

Elle avait les bras croisés sur la poitrine, le regard soucieux, et ne cessait de se mordiller la lèvre inférieure.

Dès l'instant où il l'avait vue dans le restaurant, il

avait su que quelque chose clochait. Une lueur dans son regard, les traits de son visage, sa posture.

Il ne supportait pas l'idée qu'elle soit dans cet état. Agitée, fatiguée, et refusant de lui dire la vérité.

Et voilà qui était étrange : la sentir malheureuse le rendait malheureux. Cela le prenait aux tripes, l'empêchant de respirer correctement.

— Non, Vaughn n'est pas là. Il est reparti à Dallas quelques jours, pour gérer ses affaires.

Bizarrement, depuis son départ, Vaughn lui manquait. Malgré leurs petits différends, il avait apprécié sa présence. Il avait aussi beaucoup aimé pouvoir passer du temps avec Sophie.

À la réflexion, en dépit des circonstances, il passait un bon moment à Royal, ce qui était une véritable surprise pour lui.

Cela faisait des années qu'il évitait sa ville natale, sa famille et tout ce qui pouvait de près ou de loin lui rappeler la perte de Shea.

Pourtant, au cours du séjour actuel, il prenait conscience que l'ancienne douleur qui avait toujours été présente avait diminué.

Il avait cru qu'en revenant à Royal, rien n'aurait changé, comme dans une bulle hors du temps, et qu'il plongerait aussitôt dans un brouillard de souvenirs tellement épais qu'il perdrait de vue la réalité fragile qu'il avait reconstruite autour de lui.

Au lieu de cela, il avait été agréablement surpris de voir que la ville avait évolué, que Sophie était devenue une jolie jeune femme indépendante et que son frère menait son bonhomme de chemin.

Finalement, il était le seul à s'accrocher au passé.

De retour à Royal, il comprenait que c'était son port d'attache, là où il se sentait le mieux, et que les souvenirs de Shea devenaient davantage comme des tableaux de Monet – brumeux, enveloppés de volutes mélancoliques atténuant le chagrin et mettant en exergue des instants de bonheur.

Ne sachant pas comment réagir à cette nouvelle donne, il reporta son attention sur la femme qui occupait la moindre de ses pensées.

Vêtue d'un jean bleu foncé, d'un pull évasé vert bouteille et chaussée de ses bottes noires… Elle était ravissante.

Ses cheveux blond vénitien rebondissaient en vagues, lui donnant envie d'enfouir ses doigts dans leur masse soyeuse.

Se ressaisissant, il tut l'excitation qui montait en lui pour reporter toute son attention sur Irina.

— Dis-moi ce qui se passe.

— C'est un ordre ?

Il la regarda à deux fois, interloqué.

— Pourquoi dis-tu ça ? Je ne t'ai jamais donné d'ordre, à ce que je sache.

— Non, c'est vrai.

— C'est une requête que je formule humblement. S'il te plaît, parle-moi.

— Pourquoi ? En quoi cela est-il important pour toi ?

Difficile à dire ou à expliquer. Tout ce qu'il savait, c'est qu'en cet instant, il avait besoin plus que tout au monde qu'elle ait assez confiance en lui pour lui parler.

Peut-être qu'elle n'avait pas envie de lui faire confiance. Peut-être qu'il avait perdu ce droit sept ans auparavant, en la quittant.

Mais il était là, aujourd'hui.

Et il voulait être là pour elle.

— Peut-être que je peux t'aider. J'ai envie de t'aider.

Elle secoua la tête.

— Pourquoi aurais-tu envie de m'aider ? Tu m'as bien fait comprendre qu'il n'y avait rien entre nous.

— Cette fois, c'est toi qui n'as pas voulu aller plus loin.

— Parce que je savais que sinon, la rupture viendrait de toi. J'ai préféré prendre les devants plutôt que de subir la situation, comme il y a sept ans.

— Peu importe. Ce qui compte, c'est toi. Dis-moi ce qui ne va pas.

Il vit qu'elle hésitait encore à se confier, l'esprit en émoi, les sens confus.

Au bout de quelques instants, elle se décida à parler.

— Mon ex-mari m'a retrouvée dans Royal aujourd'hui.

— Quoi ? Comment est-ce possible ? hurla-t-il.

— Il est furieux depuis qu'il a vu la bande-annonce de l'émission. Et il m'en veut de vouloir publier mon livre car il dit que ça va endommager ses affaires. Il veut de l'argent en contrepartie, pour les dommages collatéraux. Or je n'ai pas d'argent à lui donner. Et même si j'en avais, je ne voudrais pas le lui en donner.

Son sang ne fit qu'un tour.

— Je n'en reviens pas ! Tu veux dire qu'il a essayé de te faire chanter ?

— Oui, c'est ça.

En quelques enjambées, il arriva à sa hauteur.

La prenant par les épaules, il attendit qu'elle lève les yeux vers lui pour parler.

— Irina, je suis tellement en colère. Comment a-t-il pu oser ? Je m'en veux de ne pas avoir été à tes côtés pour te protéger. Et je n'en reviens pas d'avoir dû quasiment te supplier pour que tu me dises une vérité aussi accablante.

— S'il te plaît, lâche-moi.

Ce qu'il fit aussitôt, inquiet d'entendre un relent de panique dans sa voix.

— Je suis désolé.

— Non. C'est moi qui suis désolée. Ce n'est pas ta faute. C'est Dawson le fautif. Il me traite toujours mal.

— Je ne suis pas Dawson.

Il n'en revenait pas qu'elle le compare à son ex-mari. Jamais il n'avait fait de mal à une femme. Et il détestait les hommes violents.

— Je le sais. Désolée, je n'aurais pas dû venir, c'était une erreur.

— Pourquoi ?

— J'ai besoin de temps pour réfléchir.

— Ce sont des foutaises.

— Quoi ?

— Tu m'as bien entendu, dit-il, reposant les mains sur ses épaules, délicatement, pour bien lui faire comprendre qu'il ne voulait que son bien.

— Tu n'as pas besoin de réfléchir. Tu dois agir. La première chose à faire, c'est aller parler au shérif Battle. Nathan saura comment gérer Dawson.

— Quand j'ai dit à Dawson que j'en parlerai à la police, il a dit qu'il avait des amis haut placés qui donneraient une leçon au shérif pour s'assurer qu'il ne puisse pas m'aider.

— Et tu l'as cru ? Enfin, Irina, cet homme est un salopard. Son but a toujours été de te faire du mal. De te faire peur. Comment peux-tu encore croire un mot de ce qu'il dit ?

Elle le scruta intensément, pendant de longs instants. Puis elle hocha la tête.

— Tu as raison. J'aurais dû m'en rendre compte toute seule.

— Tu t'en serais sûrement rendu compte plus tard. Je t'ai simplement aidée à accélérer le processus.

— Tu le penses vraiment ?

— Bien sûr. Tu es une femme formidable, courageuse et intelligente. Tu aurais fini par voir que ce salaud essayait de t'embobiner pour t'empêcher d'aller parler à la police.

Elle exhala longuement, comme pour renouveler pleinement son apport en oxygène et s'éclaircir l'esprit.

— Encore une fois, tu as raison.

— Oui. Mais peu importe. Ce qui compte c'est que tu es plus forte que ce qu'il pense. Tu as réussi à lui survivre et à renaître de tes cendres. Tu as reconstruit ta vie. Maintenant, c'est lui qui a peur car tu as les moyens d'anéantir son monde.

— Tu penses ?

— J'en suis sûr.

— Alors tu as raison. Je dois aller parler au shérif Battle.

— C'est la bonne décision. Je vais t'accompagner.

Pas question de la laisser y aller seule.

Sa décision était prise. Il resterait à ses côtés pour lui apporter tout le soutien nécessaire jusqu'à ce que Dawson Beckett ne soit plus qu'un mauvais souvenir.

— Merci, je veux bien que tu m'accompagnes.

— De toute façon, tu n'avais pas le choix, dit-il, un sourire penaud aux lèvres.

Ravi de ne pas avoir dû user de subterfuge pour la convaincre de la laisser l'accompagner, il la prit dans ses bras, en une étreinte qui se voulait chaleureuse et rassurante.

— Aïe, gémit-elle en se soustrayant à lui.

Il eut un mouvement de recul, étonné.

— Que se passe-t-il ? Je t'ai fait mal en te prenant par la taille ?

— Non, ce n'est rien, dit-elle en passant la main sur son flanc.

— Irina…

— Je te dis que c'est bon, dit-elle, évitant de le regarder.

Mais il n'avait pas besoin de voir ses yeux pour comprendre la situation.

La rage monta en lui instantanément.

— Il t'a fait mal.

— Ce n'est rien.

— Montre-moi, dit-il d'une voix calme alors qu'il avait envie de hurler et que son sang bouillait en lui.

Il vit dans son expression qu'elle voulait lui refuser sa requête mais pour finir, elle leva les yeux vers lui.

— Tu es sûr qu'on est seuls ici ?

— Sûr et certain.

C'est alors qu'elle souleva son pull pour lui montrer l'endroit où son ex-mari l'avait meurtrie.

Des marques rouges recouvraient une partie de ses côtes. D'ici demain, la peau pincée prendrait des teintes bleues.

Il se débattait pour garder son calme. Ses mains se refermèrent en poings, comme si ce monstre de Beckett était en face de lui et qu'il s'apprêtait à l'affronter.

Dans tous les cas, il lui ferait payer cet acte de violence lâche.

— En public, Dawson a toujours privilégié les pincements, dit-elle sur un ton neutre, comme si elle lui parlait du temps qu'il faisait.

— Irina, ne dis pas ça…

Alors qu'il lui effleurait la zone meurtrie du bout des doigts, il vit que ses yeux se brouillaient de larmes. De douleur ? D'humiliation ? De colère ?

Lentement, il se mit à genoux devant elle.

— Kellan…

— Attends…

Délicatement, il se mit à embrasser la zone où Dawson Beckett avait laissé des marques. De sa bouche, il tenta d'effacer le souvenir traumatisant de son ex-mari.

Elle laissa échapper un soupir qui le rassura et l'attendrit.

C'était un soupir de contentement.

Encouragé, il laissa ses mains glisser le long de ses jambes, puis remonta jusqu'à ses fesses.

— C'est bon, souffla-t-elle.

— Je peux continuer ?

— Surtout, ne t'arrête pas, dit-elle, comme si son toucher la gardait en vie, ou plutôt, la ramenait à la vie.

Il leva les yeux vers elle, lui sourit pour lui manifester sa gratitude puis sans la perdre des yeux, il se mit à défaire son pantalon.

Dans son regard, il lut la passion qui l'animait.

Elle était dans le moment.

Ses attentions l'avaient ramenée à lui.

À présent, elle n'avait plus peur, il le savait.

Il acheva son acte en faisant glisser le vêtement jusqu'au sol.

— J'ai toujours adoré tes jambes. Elles sont merveilleuses.

— Merci…

Excitée, elle attendait la suite et il ne se fit pas prier.

L'instant d'après, il fit glisser le sous-vêtement en dentelle rose pâle pour la mettre à nu devant lui.

— Kellan…

— Oui ? dit-il, le regard levé vers elle.

— Je pensais que tu voulais que j'aille voir le shérif.

— On va y aller. Mais d'abord, concentrons-nous sur l'instant présent. À moins que tu préfères que je m'arrête ? – Non, surtout pas, dit-elle, enfouissant ses doigts dans ses cheveux pour l'attirer à lui.

Terrassé par un désir fulgurant, il ne perdit pas une seule seconde pour réagir.

— Mets-toi contre le mur.

— C'est un ordre mais je m'y soumets volontiers.

C'était bon signe, elle avait retrouvé son sens de l'humour, elle se détendait et avait visiblement autant envie de lui qu'il avait envie d'elle.

Elle obtempéra et il lui ouvrit les jambes pour venir recouvrir son sexe moite de sa bouche avide.

Gémissante de plaisir, ouverte, elle lui empoigna les cheveux, le pressant davantage contre son intimité charnelle.

Sa langue ne tarda pas à la goûter, la titiller de mille et une façons. C'était un régal inouï.

Il la sentit frémir contre lui, ne lâchant pas prise, l'encourageant à continuer plus avant.

— Encore, lui souffla-t-elle, dévorée de désir.

Trop heureux de s'exécuter, il glissa un doigt dans son sexe mouillé, alors que de sa langue il continuait à lui lécher son doux bouton gonflé et palpitant.

Sans relâche, il la suça, l'aspira, but son jus tout en continuant à la caresser de l'intérieur.

Il était loin d'être rassasié d'elle. C'était tellement enivrant de la sentir ainsi offerte à lui. Les petits râles et soupirs qui s'échappaient du fond de sa gorge venaient renforcer son excitation.

Jamais une femme n'avait eu un effet aussi électrisant sur lui. Sa peau vibrait. Son sang pulsait. Son pouls tonnait dans ses oreilles.

Pris de court par ce raz-de-marée érotique, il n'arrivait pas à suivre la cadence des vagues d'émotion successives qui l'assaillaient.

Il la désirait plus que jamais. Il voulait la toucher davantage, la caresser davantage, la goûter davantage.

Il avait plus que jamais envie et besoin d'elle.

Elle représentait à ses yeux un mélange intense de force, de vulnérabilité, de confiance et d'angoisse. Et ce cocktail sans précédent attisait toujours plus son désir pour elle.

— Kellan !

La respiration haletante, elle cria son prénom plusieurs fois. Alors que son corps se mettait à frémir en tout point, elle ouvrit davantage les cuisses, instinctivement, pour obtenir tout ce qu'il avait à lui offrir.

Il voulait se montrer à la hauteur de ses attentes.

S'appliquant avec une frénésie renouvelée, il la fit basculer dans l'orgasme à coups de langue de plus en plus rapides.

Enfin, elle eut droit à sa libération et il eut la satisfaction de sentir son corps trembler passionnément sous l'effet de ses attentions. Comblée, elle vacilla, et il se leva pour la prendre dans ses bras.

Ils restèrent ainsi enlacés pendant quelques instants, puis, sans tarder, il lui remit son sous-vêtement en dentelle et son jean.

— Tu sais qu'il va falloir attendre un peu avant que je puisse retrouver l'usage de mes jambes ?

N'ayant aucunement l'envie d'attendre, il la souleva dans ses bras.

— Ne t'inquiète pas, je gère, dit-il avant de l'embrasser sur la bouche pour lui faire goûter le fruit de son orgasme.

En haut des escaliers, il s'arrêta pour plonger ses yeux dans les siens. En cet instant précis, un changement s'opéra en lui. Un changement fondamental.

Alors que le monde alentour dérogeait à son orbite habituelle, elle lui prit le visage dans ses mains.

Inclinant la tête, il lui embrassa sa paume.

— Irina, tu m'éblouis.

Ses lèvres se courbèrent en un sourire et ses yeux vert forêt le fouillèrent.

C'était un échange profond, sans mot.

— Fais-moi l'amour, murmura-t-elle.

C'était précisément tout ce qu'il voulait faire.

Il la porta jusqu'à sa chambre, il la posa et prit le temps de verrouiller la porte. Mieux valait être prudent.

Puis il la reprit dans ses bras et elle se laissa aller, comme pour danser, leurs lèvres scellées en un baiser fougueux.

Les étincelles qui explosèrent entre eux lui coupèrent le souffle.

Il était ensorcelé par la douce passion dévorante qui les animait. Elle lui avait jeté un sort, il était à sa merci.

Lentement, ils se déshabillèrent l'un l'autre, tout en se caressant et en s'explorant.

Alors qu'elle inclinait la tête en un mouvement agile et sensuel, il en profita pour déposer une pluie de baisers sur sa nuque soyeuse, inhalant au passage son parfum fruité.

Il aurait pu passer des heures à se délecter de la douceur de sa peau savoureuse et de ses fragrances féminines.

Aux abois, il prit possession de ses seins, les massant à sa guise, les palpant pour mieux les apprivoiser. Cela ne fit qu'attiser son désir et non l'assouvir. Sentir ses mains lui griffer le dos, lui caresser le torse puis s'emparer de son sexe durci ne fit que rendre son érection encore plus douloureuse, portant son envie à des degrés jamais atteints.

En voyant ses yeux briller d'une chaleur torride, il sut que son désir, tout comme le sien, avait atteint son paroxysme.

Tout en s'embrassant, ils reculèrent jusqu'au lit où il la fit s'allonger, sans la quitter du regard.

— Irina, tu m'as manqué. Depuis sept ans, tu me manques.

— Toi aussi, tu m'as manqué.

Sentant qu'il pourrait bientôt perdre le contrôle, il ouvrit le tiroir de la table de chevet, s'empara d'un préservatif et après l'avoir enfilé, s'allongea à côté d'elle, reportant toute son attention sur son corps, comme il le lui avait promis.

C'était comme s'il la voyait pour la première fois.

Magnifique, elle brillait dans la lumière tamisée de la chambre. Ses cheveux étaient répandus sur l'oreiller, ses grands yeux verts le fixaient, et sa bouche était courbée en un sourire qui laissait entendre qu'elle devinait ce qu'il pensait et ce qu'il ressentait.

S'emparant d'un de ses tétons raidis, il éprouva une décharge de désir qui le transperça.

Même s'il avait l'impression de découvrir son corps pour la première fois, c'était comme s'il avait toujours su ce qui lui plaisait, ce qu'elle attendait de lui. Il avait les moyens de la pousser au-delà de ses limites, de lui faire perdre la tête dans l'extase et ensuite d'aller à sa rencontre et de partager ce moment au firmament.

Abandonnant ses seins, il vint réclamer sa bouche, l'embrassant à en perdre haleine. Leurs langues s'entrechoquèrent, se cherchant, luttant pour avoir le dessus. Seul le bruit de leur respiration haletante résonnait dans la pièce.

Doucement, ses doigts caressèrent la touffe de poils blond vénitien à la naissance de ses cuisses avant de glisser dans sa moiteur intime.

Aussitôt, elle souleva les hanches pour mieux s'offrir à son toucher.

Soulevant la tête, il plongea dans ses yeux passionnés, voyant à quel point elle avait envie de lui. Son regard le suppliait de remplir les promesses que ses doigts faisaient naître en elle.

— Prends-moi ! cria-t-elle enfin.

Avec ses mots, elle mit fin à sa patience.

Ces paroles déclenchèrent en lui le besoin ultime de la posséder.

— Oh ! Irina, souffla-t-il, au supplice.

L'instant d'après, il vint se placer sur elle, et une fois en position, il la pénétra en un coup de reins sans appel. Il attendait ce moment depuis longtemps. Plus rien ne pouvait l'empêcher de la faire sienne.

Elle se donnait à lui, et il s'offrait à elle.

Elle prit son visage entre ses mains et l'attira à elle pour l'embrasser.

Ses longues jambes vinrent lui entourer la taille, l'aidant à la pénétrer plus profondément.

Il se mit à onduler en elle, parfois lentement, parfois plus rapidement, changeant le rythme à sa guise, les tenant sur leurs gardes, variant les plaisirs.

S'il avait pu voir un de ses souhaits exaucés, il aurait demandé que ce moment jamais ne s'achève.

Mais lancé dans cette chevauchée frénétique, le cœur battant à vive allure, il ne pouvait plus rien arrêter. Il les emmènerait jusqu'au bout. Vers la Terre promise. Rien ne les empêcherait de vivre ce moment de libération tant attendu.

Les yeux rivés aux siens, il vit les prémices de l'orgasme embuer son regard, puis il ne la lâcha pas le temps que la vague monte en elle et l'emporte alors qu'elle criait son prénom.

Elle continuait de s'accrocher à lui, tremblante, frissonnante, comme s'il en allait de sa vie et qu'il était sa bouée de sauvetage. Avec un dernier coup de reins, il poussa un long gémissement et s'effondra sur elle.

Plusieurs minutes plus tard, son cœur battait toujours aussi fort et il n'était pas encore remis de la puissance de l'orgasme qu'il venait de vivre.

En lui prodiguant des caresses légères comme un papillon, il immortalisait le moment dans sa mémoire.

Une fois de plus, il plongea dans son regard alors que leurs corps étaient encore soudés.

Délicatement, il les fit rouler pour qu'elle se retrouve sur lui, la tête posée sur son torse, ses jambes entremêlées aux siennes.

Il aurait aimé que cet instant dure toute sa vie.

- 9 -

— Vous voulez porter plainte ?

Deux heures après avoir quitté le lit de Kellan, ils étaient dans le bureau du shérif de Royal. Irina avait tout raconté à Nathan Battle et il avait écouté avec attention et respect.

À présent, il la regardait droit dans les yeux, attendant sa réponse.

Elle prit une grande inspiration, regarda Kellan puis le shérif.

— Non.

— Tu es sûre ? demanda Kellan d'une voix calme.

Se tournant légèrement sur sa chaise, elle fit face à l'homme avec qui elle venait de se livrer à des ébats amoureux sans pareils.

Ses yeux étaient rivés sur elle, exprimant à la fois le désir qu'il avait pour elle et sa compréhension.

En cet instant, elle sut que la donne avait changé entre eux.

Elle avait cessé de se voiler la face.

Elle l'aimait de tout son cœur.

Encore. Et toujours.

Elle avait beau se répéter et lui répéter qu'elle était capable d'assister à la fin de leur liaison sans ciller, c'était faux : elle l'aimerait jusqu'à sa mort. C'était à la fois très simple, et très triste. Parce qu'il ne cherchait pas l'amour. Jamais il n'arriverait à aller au-delà des souvenirs douloureux de sa femme défunte. Et donc jamais il n'arriverait à construire un avenir avec une autre femme.

Il avait donné tout son amour à Shea. Il n'y avait pas de place pour elle dans son cœur. Ce serait se fourvoyer que de prétendre l'inverse. Mais elle ne pouvait pas nier ses propres sentiments.

Tout en elle vibrait pour cet homme qu'elle aimait plus que tout. Elle n'avait aucun doute à ce sujet.

— Oui, j'en suis sûre, dit-elle enfin.

Ironiquement, cette réponse correspondait aussi à la fin du monologue silencieux auquel elle venait de s'adonner dans le bureau du shérif.

Kellan sembla sur le point de réagir mais elle lui fut reconnaissante de ne pas lui forcer la main.

Elle ne voulait plus entendre parler de Dawson Becket. Elle voulait qu'il quitte sa vie une bonne fois pour toutes. Si elle l'avait voulu, elle aurait pu le poursuivre en justice, assister à son procès et le voir condamné.

Cela lui suffisait de faire comprendre à son ex-mari qu'il avait perdu la bataille, que jamais plus il ne la toucherait ni ne la menacerait. Elle voulait simplement lui montrer qu'elle avait été plus forte que lui et donc que c'était elle qui avait gagné.

— Nathan, qu'en penses-tu ?

Le shérif haussa les épaules avant de s'adosser à son fauteuil.

— C'est Irina qui décide. Dans tous les cas, je trouverai un moyen de faire comprendre à Beckett que son comportement est inadmissible et que la violence et le chantage ne le mèneront nulle part, hormis en prison.

— Merci, shérif, dit-elle.

— Ne me remerciez pas. Je ne fais que mon travail. Ne vous inquiétez pas. Je vais m'occuper de lui. Il pense avoir des amis haut placés mais il se trompe s'il pense que ces gens seront prêts à intervenir en sa faveur dans ce contexte.

— Merci, Nathan. Et félicitations pour ton dernier enfant, dit Kellan, allégeant ainsi l'atmosphère du bureau.

— Merci.

— Donc ça t'en fait combien, maintenant ?

— Quatre. Deux garçons, deux filles. Et Amanda parle déjà de vouloir agrandir la tribu d'ici deux ans.

— Dis bonjour à Amanda de ma part.

— Entendu. Tu sais, on se disait justement que c'était vraiment bon de te revoir parmi nous. D'habitude, on n'a pas le temps de t'apercevoir que tu es déjà reparti.

— Oui, je sais. Mais avant, c'était trop dur.

— Je comprends. En tout cas, j'espère que tu vas rester un peu plus longtemps. Ou que tu reviendras plus souvent.

— Oui, moi aussi.

Elle assistait à la conversation en se disant que la réalité était bien plus complexe.

— Pour ce qui est de cette funeste histoire, je vais passer quelques appels. J'ai un bon ami inspecteur de police à Dallas. Il va se charger de notre homme. S'il faut, j'irai le voir avec lui. N'y pensez plus. Son compte est bon.

À ces mots, elle sentit son corps se détendre et son esprit se délester d'un poids. Sa respiration devint également plus calme.

Quand Kellan la prit par la main, elle entrelaça naturellement ses doigts aux siens en les pressant légèrement.

— Encore merci, dit Kellan en serrant la main de Nathan.

Elle en fit autant.

— Je suis vraiment désolé de ce qui vous est arrivé.

Royal est ma ville et j'ai à cœur de garantir le bien-être des gens.

— Ce n'est pas votre faute. Ne vous en voulez pas.

— J'ai une femme, des filles. Et je ne supporte pas l'idée qu'un homme puisse lever la main sur une femme.

— Merci de votre aide dans cette affaire.

C'était rassurant de savoir que le shérif Battle allait prendre les choses en main, même si elle aimait l'idée d'être indépendante et de démêler seule ses problèmes.

— Je vous appelle dès que j'ai du nouveau.

— Appelle plutôt sur nos portables. J'emmène Irina à Nashville pour le week-end. Je dois régler un problème en personne.

À Nashville ? Avec Kellan ? Pour le week-end ?

Elle était au comble de la surprise.

Une vague d'espoir s'empara d'elle, la transportant de joie. Un week-end à Nashville avec lui n'était pas un projet sur le long terme ni une déclaration d'amour. Mais c'était un début.

— Ah bon ?

— Si ça te fait plaisir.

Elle réfléchit quelques instants.

Certes, partir avec lui ne ferait que reporter l'issue inévitable de leur liaison, et retarder la douleur qu'elle éprouverait quand il repartirait.

Mais comment renoncer à un week-end en compagnie de l'homme qu'elle aimait ?

C'était impossible.

Donc la réponse s'imposa à elle, tout naturellement.

— Oui, ça me ferait plaisir.

— J'espère avoir de bonnes nouvelles d'ici à la fin du week-end, intervint Nathan, témoin malgré lui de leur échange.

— Au revoir, shérif.

— Au revoir, Nathan. À bientôt.

Kellan ignorait pourquoi il avait soudainement décidé d'inviter Irina à l'accompagner pour ce voyage qu'il avait organisé dans l'après-midi. Habituellement, il serait parti seul, content de retrouver sa vie normale, hors de Royal. Mais ces derniers temps, plus rien ne lui semblait normal.

Pour parcourir les deux heures de vol entre Dallas et Nashville, il avait affrété son avion privé.

En général, il en profitait pour travailler. Mais aujourd'hui, le voyage s'était déroulé différemment.

Il avait siroté du champagne aux côtés d'une femme merveilleuse, faisant taire le sentiment de déloyauté qui s'était immiscé dans son esprit en pensant à Shea.

Les deux femmes étaient aux antipodes. Il n'y avait jamais pensé auparavant.

Il émanait d'Irina une force que Shea n'avait pas pleinement exprimée, n'ayant jamais dû sortir de son environnement protégé.

Une fois qu'il avait chassé sa culpabilité, il avait pu pleinement reporter son attention sur Irina.

Arrivés chez lui, elle s'était extasiée en découvrant sa propriété.

— Quel endroit merveilleux ! C'est splendide. On dirait un tableau. Et la décoration intérieure est exquise. Mais tu ne t'y sens pas un peu seul, parfois ?

— Je n'y suis pas assez souvent pour avoir le temps de m'y sentir seul.

Elle laissa échapper un petit rire de surprise.

— Tu as une grande maison magnifique entourée d'un jardin à couper le souffle et tu oses me dire que tu n'y es pas souvent ?

— Je préfère descendre dans un hôtel du centre-ville, c'est plus pratique pour le travail.

Mais, bien sûr, elle avait raison. C'était étrange d'avoir une grande maison pour ne pas y habiter. À la vérité, même s'il aimait Nashville et les environs, ce n'était pas chez lui.

Il ne se l'était jamais avoué jusqu'à aujourd'hui, mais le seul endroit où il se sentait vraiment chez lui, c'était à Royal. Au Texas. Bizarrement, il lui avait fallu tout ce temps pour se rendre à l'évidence.

La mort de Shea l'avait chassé du Texas mais c'était là-bas, son véritable port d'attache.

C'est pourquoi, dès son retour à Royal, il irait voir l'avocat de son père pour lui tirer les vers du nez. Plus il y pensait et plus il se disait que quelque chose clochait au niveau du testament, sans pouvoir vraiment mettre le doigt dessus.

Mais la grande question restait entière : retournait-il à Royal pour être aux côtés d'Irina ?

— En tout cas, tu as beaucoup de chance d'avoir trouvé cette perle rare, dit-elle, pensive, le regard perdu à l'horizon.

C'était justement ce qu'il se disait en l'admirant, elle, dans sa robe jaune pâle qui mettait en valeur sa taille fine et ses talons aiguilles qui allongeaient ses belles jambes.

Il eut une envie irrésistible de la porter jusqu'à son lit pour la faire sienne. Le danger était qu'ils ne quittent pas sa chambre de tout le week-end.

La sonnerie du téléphone d'Irina le tira de ses rêveries.

— C'est peut-être le shérif, dit-il.

Elle prit son téléphone dans son sac et regarda l'écran.

— C'est lui.

— Mets-le sur haut-parleur.

Elle acquiesça en répondant.

— Shérif, j'ai mis le haut-parleur pour que Kellan puisse vous entendre.

— Je voulais vous prévenir que Beckett a reçu un avertissement musclé.

— Comment ça s'est passé ?

— Mon ami inspecteur à Dallas est allé lui parler. Il lui a fait comprendre qu'il avait intérêt à ne plus jamais tenter d'entrer en contact avec vous, sans quoi il risquerait d'avoir de sérieux problèmes avec la justice.

— Vous pensez que ce sera suffisant ?

Il la prit par les épaules, pour lui témoigner son soutien.

— Oui, je peux vous assurer que ce sera suffisant. D'autant que Beckett a déjà quelques dossiers épineux avec la justice. Donc s'il ne veut pas envenimer son cas, il aura tout intérêt à se tenir à carreaux.

— C'est formidable. Je vous remercie d'avoir agi aussi vite.

— C'est normal. Comme je vous l'ai dit, c'est mon devoir. Et je suis toujours content quand j'arrive à aider les gens.

— Merci, Nathan, ajouta-t-il.

— De rien. Profitez bien de votre week-end et rentrez sains et saufs.

Les paroles du shérif lui firent voir la situation sous un autre angle. Dans l'esprit de Nathan Battle, cela ne faisait aucun doute : il passait un week-end avec Irina à Nashville, et après, ils rentreraient chez eux.

À Royal.

C'était comme si tout le poussait à voir cela comme une évidence. Mais pourquoi ce changement s'opérait-il en lui maintenant ?

Tout en formulant la question, il connaissait déjà la réponse.

Irina.

C'était grâce à elle s'il avait retrouvé goût à sa famille et à Royal, sa ville natale.

— Je suis tellement soulagée, dit-elle après avoir raccroché.

— Moi aussi.

— Je n'arrive pas à le croire. Je n'aurai plus jamais à subir ses violences verbales et physiques ?

Il la fit pivoter face à lui.

— Non, plus jamais.

— Merci pour ton aide.

Il lui prit le visage dans les mains puis plongea dans la profondeur de ses yeux verts, se laissant happer dans un tourbillon qui le toucha profondément.

— Ne pense plus à cet homme abject. Dawson Beckett est sorti de ta vie. Pour de bon.

Elle poussa un soupir avant de lui sourire.

— J'avoue, j'ai du mal à y croire. Et il n'a jamais vraiment quitté mon esprit. J'ai toujours regretté de l'avoir épousé et j'ai toujours eu peur qu'il trouve un moyen de me retrouver après notre divorce.

— Oublie-le. Maintenant, c'est possible, murmura-t-il avant de se pencher vers elle pour s'emparer de ses lèvres.

Un baiser d'une légèreté exquise, un simple effleurement qui suffit à la faire soupirer de plaisir et se coller à lui.

De nouveau, une sensation étrange le troubla au point de le faire vaciller.

Il mit fin au baiser, cherchant à reprendre son équilibre, mais les étoiles qu'il vit dans ses yeux l'éblouirent.

En venant à Nashville, leur relation avait pris un

nouveau tournant. Ici, les choses étaient différentes. Et ils se comportaient différemment.

En cet instant, ils étaient un homme et une femme au présent, sans passé, sans avenir.

Le week-end s'offrait à eux, tel un don du ciel, une toile vierge. Et il était bien décidé à en profiter et à se délecter de chaque instant.

— C'est bon, murmura-t-elle.

À ce moment-là, le vent souleva sa robe qui remonta jusqu'en haut de ses cuisses.

— C'est beau, dit-il en lui faisant un clin d'œil.

Elle lui offrit un sourire à couper le souffle.

— Merci de m'avoir amenée ici, Kellan. Tu sais que, depuis mon arrivée dans ce pays, je n'étais jamais sortie du Texas ?

— Non, je ne savais pas.

— Et pour un premier voyage, c'est une réussite.

— Attends, tu n'as encore rien vu, dit-il en lui prenant la main.

— Ah bon ?

C'était un véritable régal de pouvoir profiter de ce visage radieux, de ces yeux verts étincelants et de cette bouche si sensuelle.

Plus que tout au monde, il tenait à ce qu'elle garde cette mine réjouie. Il avait tant de choses à lui montrer. Tant de choses à partager avec elle. C'était le moment ou jamais de commencer.

— Alors c'est parti pour la visite de Nashville !

Quelques heures plus tard, ils étaient dans un bar bondé et chaleureux avec de la country en musique de fond. Les serveurs et les serveuses évoluaient parmi la foule de clients tels des saltimbanques, se fondant dans le flot, dansant entre les tables et riant de bon cœur avec les habitués.

Irina regardait ce spectacle, ébahie, comblée, ravie de partager ce moment avec Kellan.

— Je ne savais pas que tu aimais la musique country ! lança-t-il.

— Il y a beaucoup de choses que tu ne sais pas sur moi, lui répondit-elle sur un ton espiègle.

En effet, il avait encore tant de choses à apprendre sur elle.

Notamment, à quel point elle était amoureuse de lui.

Elle aurait donné n'importe quoi pour être comme les couples venus ce soir en amoureux ou entre amis.

Mais ils n'étaient pas un couple ordinaire, sans complication. Leur relation était complexe. Et il y avait des secrets entre eux qui rendaient la situation encore plus trouble. Sans compter les sept années pendant lesquelles il avait coupé les ponts.

Ces dernières semaines, elle avait suivi le flot, enchaînant les jours et les nuits. Tout en attendant quelque chose. Et tout en sachant qu'il finirait par repartir comme il y a sept ans et qu'elle devait à tout prix éviter de se bercer d'illusions.

— C'est vrai, tu as raison, j'ai encore beaucoup à apprendre sur toi, dit-il, la tirant de ses rêveries.

Délibérément, elle choisit de chasser ses pensées de son esprit afin de se concentrer pleinement sur cette soirée magique.

Parce qu'elle avait envie et besoin d'y croire.

Ne serait-ce que pour un soir.

— On a tous les deux beaucoup de choses à apprendre l'un sur l'autre. Et pour tout te dire, je suis étonnée que tu aimes ce style de musique.

Il feignit d'être profondément choqué, comme si elle l'avait insulté.

— Quoi ? Moi ? Je suis né au Texas, j'ai grandi au Texas. J'ai la musique country dans le sang.

— Tu as de la chance.

— À quel propos ?

— Tu as de la chance d'avoir grandi dans un même lieu. Un lieu magnifique, qui plus est. Et je t'envie d'éprouver un tel lien avec le Texas, dit-elle, avant de prendre une gorgée de vodka.

— Si tu dis ça, j'imagine que ça n'est pas ton cas ?

— Non, en effet. Mon père est mort quand ma sœur Olga et moi étions très jeunes. Ensuite, ma mère a déménagé plusieurs fois, à la recherche d'un emploi. Royal est le premier lieu où j'ai vécu le plus d'années d'affilée. Donc bizarrement, même si le Texas n'est pas mon pays natal, c'est quand même là que j'ai commencé à développer un semblant de racines. C'est un sentiment agréable.

— C'est étrange, car pour moi, avoir des racines a toujours eu une connotation négative.

— Pourquoi ?

— Car j'avais l'impression que les racines nous empêchaient de bouger et que sans racines, on était plus libres.

— Non, les racines ne t'empêchent pas de bouger. Elles te donnent de la stabilité. C'est rassurant, car si tu pars, tu sais toujours où tu peux revenir. Où que tu ailles sur Terre, tu sais qu'il y a un lieu auquel tu appartiens, où les gens te connaissent et sont heureux de te revoir. Tu en es l'exemple même. Tu es parti longtemps et pourtant, depuis ton retour, tout le monde est content de profiter de ta présence. Ton frère, ta sœur. Même le shérif l'a dit.

— En tout cas, pas Miranda, ironisa-t-il.

Elle rit de bon cœur.

— Mais Miranda est là parce que ton père l'a voulu.

— Et nous voilà de retour à Buck, dit-il avant de prendre une gorgée de whisky et de s'adosser à sa chaise.

À chaque fois qu'on parlait de Buck, la conversation s'arrêtait brusquement et il se refermait sur lui-même. Elle savait qu'il en voulait à son père de ne pas avoir été là pour ses enfants.

— Il t'aimait. Il aimait tous ses enfants.

— Tu le défends toujours. Mais je t'ai dit que tu n'arriverais pas à me faire changer d'avis sur lui. Pour moi, il n'a jamais été là.

— Et je t'ai dit qu'il regrettait de ne pas avoir été à la hauteur mais qu'il n'avait pas réussi à revenir vers vous.

— Je sais ce que tu essaies de faire. Tu essaies de le racheter à mes yeux. Mais sache que, quoi que tu dises, je ne regrette pas sa mort et je ne me dis pas que j'aurais aimé pouvoir profiter de lui plus longtemps puisque je n'ai jamais pu profiter de lui. De plus, il était têtu comme une mule.

— Tu as de qui tenir, lâcha-t-elle, pince-sans-rire.

Il lui sourit, prenant la boutade pour ce qu'elle était.

Ce sourire eut un effet ravageur sur elle.

Comment pouvait-elle envisager de vivre le restant de ses jours sans lui ?

— Oui, tu as raison.

— Tu sais, nous avons tous des regrets. Pourquoi ne peux-tu pas accepter que Buck en ait eu aussi, comme n'importe qui ?

Avant qu'il n'ait pu répondre, la stéréo s'arrêta pour laisser place à un concert en direct.

Comme ils étaient légèrement en hauteur, ils se tournèrent pour regarder la scène où se trouvait le groupe de country composé d'hommes en jean, en santiags et en chapeau de cow-boy.

— Viens danser avec moi, dit-il en se levant et en lui tendant la main.

Décidément, aujourd'hui, il était plein de surprises.

Elle était conquise.

Depuis le départ, elle était sous le charme de ce voyage impromptu. Le trajet en jet privé, sa propriété magnifique, ses sourires flatteurs et une visite de la ville placée sous le signe de la bonne humeur et de la détente.

Kellan se montrait sous son meilleur jour, et elle était touchée par ses attentions renouvelées. Il se comportait en gentleman attentif, séduisant, drôle.

Chaque instant qu'elle passait avec lui ne faisait qu'augmenter l'amour qu'elle éprouvait pour cet homme.

Elle accepta son offre, glissant ses doigts entre les siens, et quand sa main vint se refermer sur elle, son cœur fut terrassé d'une étincelle fulgurante.

Alors qu'il la guidait jusqu'à la piste de danse, elle eut une révélation qui manqua de la faire trébucher : malgré tout ce qu'elle avait pu se dire jusqu'à présent, quand elle perdrait Kellan, cette fois, il était possible qu'elle ne s'en remette pas.

- 10 -

La semaine suivante, Kellan partagea son temps entre son travail la journée, et Irina le soir. Comme Ellie Rae, son assistante, lui faisait des mises à jour régulières de Nashville, il pouvait suivre ses affaires à distance, en direct de Royal.

Plus il restait dans sa ville natale et moins il avait envie de repartir. Même le fantôme de Shea semblait moins présent. C'était peut-être l'effet du temps. Ou le fait qu'il ne s'attendait plus à la voir partout où il allait.

Bien entendu, il y avait encore l'histoire du testament qui le taraudait. Miranda était-elle vraiment l'héritière de son père ou découvrirait-il bientôt le pot aux roses ? Et pourquoi y avait-il quatre dossiers dans la mallette qu'Irina lui avait montrée ?

Pas question pour lui de quitter Royal sans avoir de réponse.

Plus il y réfléchissait et plus il se disait qu'il était sur le point de découvrir des secrets enfouis depuis longtemps. Des secrets qui seraient révélés par qui ? Et quand ?

L'esprit préoccupé par cette histoire d'héritage, il ouvrit son ordinateur portable pour vérifier ses e-mails.

Il fit rapidement le tri. Les e-mails d'Ellie Rae qui nécessitaient son attention et une réponse rapide. Des e-mails qu'il traiterait plus tard et des e-mails qu'il effaçait directement sans même les lire.

Il s'arrêta net quand il vit qu'il avait reçu un message de Dawson Beckett.

Pourquoi chercherait-il à le contacter ?

Curieux, il l'ouvrit sans plus tarder

La première phrase était sans surprise :

« Blackwood, à cause de toi et de cette traînée d'Irina, je n'arrête pas de perdre des clients. »

Voilà qui était une bonne nouvelle.

La seconde phrase le fit sourire :

« Ton père était un bâtard. »

Si Beckett enrageait, tant mieux.

La troisième phrase lui fit faire un bond sur sa chaise :

« Et il a laissé un bâtard derrière lui. »

Quoi ? !

« J'ai découvert le secret de Buck il y a vingt ans, mais je l'ai gardé pour moi. Je me suis dit que, si tu ne le savais pas déjà, tu serais sûrement content d'apprendre que tu as un frère. »

Il referma son ordinateur d'un coup violent.

Un frère ? Buck n'avait pas été un très bon mari et tout le monde savait qu'il avait eu des aventures. Mais de là à avoir eu un enfant ?

Et qui d'autre le savait, hormis Dawson Beckett ?

Il se leva, alla droit au bar et se servit un whisky qu'il but d'un trait.

Miranda était-elle au courant ?

Kace était-il au courant ?

Et Irina ?

Elle qui semblait si proche de son père avant sa mort.

Était-ce possible ?

Aurait-elle été capable de le trahir à ce point ?

Depuis leur retour de Nashville, ils avaient passé toutes les soirées et les nuits à deux. C'est elle qui venait dans son ranch car il n'était pas question pour lui d'aller au Blackwood Hollow tant que Miranda en était la souveraine.

Irina était devenue partie intégrante de sa vie.

Il y a sept ans, il avait fui la femme qui menaçait de lui faire oublier Shea.

Aujourd'hui, c'était grâce à cette femme s'il retrouvait goût à la vie, et il lui en était reconnaissant.

À présent, un goût amer dans la bouche, il se disait que tout cela n'avait peut-être été qu'un leurre.

Il était même allé jusqu'à exaucer son vœu de Noël et avait acheté un sapin gigantesque qu'il avait décoré avec elle et qui trônait dans le salon, couvert de guirlandes lumineuses scintillantes.

Elle n'avait jamais reparlé des quatre dossiers que Buck avait constitués sur ses enfants.

Pourquoi Irina n'aurait-elle pas fait allusion à la possibilité d'un autre enfant ?

Il l'ignorait mais, au fond de lui, il en était arrivé à l'évidence : elle connaissait l'existence de cet enfant illégitime.

Et elle avait choisi de ne pas le lui dire.

Il consulta sa montre.

Elle n'allait pas tarder à rentrer de ses cours du soir.

Alors que la colère s'emparait de lui, il prit sa décision. Tant qu'il n'aurait pas de plus amples renseignements, il garderait lui aussi le secret de ce qu'il venait de découvrir.

Quelques jours plus tard, le Texas Cattleman's Club était en pleine ébullition, décoré à merveille pour la fête annuelle de Noël.

À l'extérieur, des guirlandes illuminaient les branches des arbres entourant le parking et le club.

À l'intérieur, il y avait de belles couronnes et aussi

plusieurs sapins étincelants aux pieds desquels se trouvaient des cadeaux destinés aux enfants et aux personnes âgées de la communauté.

Des bouquets de gui étaient suspendus au plafond, attachés avec des rubans rouges. Toutes les tables étaient recouvertes de nappes blanches et décorées d'une bougie rouge et de brindilles de sapin.

Des chants de Noël sortaient des haut-parleurs et, de l'extérieur, tout semblait parfait.

Mais pour Irina, la réalité était loin d'être parfaite.

En un mot comme en cent, elle était à cran.

Ces derniers jours, Kellan avait soudainement changé d'attitude envers elle. Il était devenu silencieux, distant et froid. Elle l'avait plusieurs fois surpris en train de la regarder d'un air méfiant et interrogateur. Mais chaque fois qu'elle lui avait demandé à quoi il pensait, il n'avait rien répondu.

Ils avaient fait l'amour mais il ne l'avait pas prise dans ses bras après leurs ébats. Il ne lui avait pas non plus susurré des paroles douces et enjôleuses.

Quelque chose clochait et le fait qu'il s'enferme dans son silence lui faisait perdre la tête.

Elle qui croyait qu'ils étaient en train de se rapprocher, qu'ils avaient passé une étape décisive dans leur relation.

Après Nashville, elle avait senti la différence. Ils avaient eu l'occasion de prendre du recul par rapport à Royal, au testament, à Dawson, à Miranda, aux secrets et à Shea.

À leur retour de ce week-end magique, il lui avait paru plus heureux, plus ouvert, plus engagé dans leur relation.

Jusqu'à il y a trois jours.

Leur complicité lui manquait.

Le nouveau Kellan qu'elle avait découvert lui manquait.

Elle voulait le retrouver mais ignorait comment faire.

Il était parti prendre un verre au bar avec Kace.

Il était beau à couper le souffle, vêtu d'un smoking qui lui allait comme une seconde peau. Ses cheveux bruns et ses yeux bleus magnifiques lui donnaient un air dangereux qui déclenchait en elle une vague de chaleur intense chaque fois qu'elle posait les yeux sur lui.

— On peut savoir qui tu regardes avec autant d'envie ?

C'était Lulu, l'amie de Miranda.

Habituellement, la soirée de Noël était réservée aux membres et à leur famille proche, mais cette année, exceptionnellement, l'équipe de télévision dont Miranda faisait partie avait été conviée.

Elle en était ravie.

Elle appréciait la compagnie de Lulu, de Fee et de Miranda, même si cela n'était pas du goût de Kellan.

— Kellan.

— Il parle à Kace. Et justement, moi, c'est Kace, l'avocat beau comme un dieu, qui m'intéresse. Allez, viens voir Miranda. Tu as vu la superbe robe qu'elle a achetée à Dallas ?

— Mais…

— Pas de mais. Kellan ne va pas s'envoler. Viens.

Kellan était en pleine conversation avec Kace LeBlanc, l'avocat de son père. Il essayait de lui tirer les vers du nez mais c'était plus difficile que prévu.

— Donc tu n'as vraiment rien à me dire à ce sujet ?

Au lieu de lui répondre, Kace passa un doigt dans le col de sa chemise.

— Franchement, je me demande pourquoi on s'inflige de porter des vêtements pareils. C'est vraiment inconfortable, tu ne trouves pas ?

— Tu n'as pas répondu à ma question.

Il avait les nerfs à fleur de peau.

Il sentait que Kace lui cachait la vérité.

Et depuis l'e-mail que Dawson Beckett lui avait envoyé, il se demandait si ses soupçons étaient fondés, à savoir si Irina était de mèche avec Miranda et si elle lui cachait aussi la vérité.

Il la regarda partir en compagnie de Lulu.

Elle portait une robe rouge absolument magnifique qui mettait en valeur ses courbes féminines, mais il n'avait pas réussi à formuler les compliments qu'il lui aurait habituellement prodigués.

Il l'avait trouvée belle à couper le souffle et avait aussitôt senti le désir monter.

Pourtant, il n'avait rien dit.

Elle était merveilleuse, désirable, intelligente et bien d'autres choses encore.

Mais l'avait-elle trahi ?

Il devait en avoir le cœur net.

Parlant à voix basse, il relança Kace.

— Bon sang, réponds-moi. Mon père a-t-il eu un enfant illégitime ?

Kace regarda alentour pour s'assurer que personne n'écoutait. Ce qui était une précaution inutile dans la mesure où le club était bondé et que le niveau sonore était à son comble. Personne ne pouvait les entendre.

— Je ne peux pas te parler des affaires de ton père.

— Il est mort.

— Je sais. Mais je dois veiller à ce que son testament soit exécuté comme il le voulait. Il en va de ma responsabilité.

— Tu parles ! Et ta responsabilité envers Vaughn, Sophie et moi ? Tu ne penses pas qu'on a le droit de connaître la vérité ?

— Pas encore.

— Pas encore ? Donc tu admets qu'on ne connaît pas toute la vérité ?

— Je ne peux rien dire.

Au comble de la frustration, il sentit qu'il ne tirerait rien de Kace LeBlanc.

— Très bien. Je trouverai la vérité sans toi.

— Mais enfin, Kellan ! Laisse faire les choses. Ne sois pas aussi impatient.

— Je pense que j'ai été très patient, au contraire.

— On dirait Buck ! Attends un peu et tu sauras tout.

— Attendre ? Encore combien de temps ? Miranda a hérité de tout, il paraît que j'ai un demi-frère et je devrais attendre bien sagement dans mon coin, les bras croisés ? J'en ai assez d'attendre. Je veux des réponses, dit-il, prenant abruptement congé.

— Ne fais pas n'importe quoi !

Il ne prit pas la peine de lui répondre.

Miranda était là, entourée de son équipe de télévision. Et Irina semblait occupée avec les amies de Miranda. S'il faisait vite, il avait le temps d'aller au Blackwood Hollow sans que personne ne s'aperçoive de son absence.

Une fois dans le bureau de son père, il s'attendait presque à entendre sa voix glaciale lui demandant de sortir immédiatement. De son vivant, c'était le sanctuaire de Buck et personne n'était autorisé à rentrer.

Mais Buck était mort et ne pourrait pas l'empêcher de fouiller ses affaires.

Il ne tarda pas à mettre la main sur la mallette qu'il cherchait. Une fois ouverte, sur le bureau, il y découvrit les quatre dossiers dans des enveloppes kraft.

Il y avait la sienne, celle de Sophie, celle de Vaughn et une quatrième, concernant un dénommé Darius Taylor-Pratt.

À l'intérieur, il y découvrit la photo d'un jeune

homme souriant. Un Blackwood, indéniablement. Il passa rapidement en revue les informations que Buck avait collectées sur son quatrième enfant puis prit une photo de Darius avec son téléphone et referma le dossier.

Inutile de se voiler la face.

Il avait bel et bien un autre frère. Immanquablement, il pensa à toutes ces années perdues. Tout ce temps où ils n'avaient pas pu faire connaissance avec ce frère.

Il en voulait terriblement à son père de leur avoir caché la vérité. C'était injuste. Pour eux et pour Darius.

Cette découverte le conforta dans l'idée que Miranda n'était sûrement pas la véritable héritière de Buck et que c'était un énième tour de passe-passe de leur père.

Sur le chemin du retour vers le club, au volant de sa voiture, il tenta de reprendre ses esprits. Mais une question et une seule le taraudait.

Irina était-elle au courant de l'existence de Darius ?

Miranda lui avait-elle donné comme mission de l'amadouer pour qu'il arrête de poser des questions sur l'héritage ?

Tout était possible et il avait besoin de savoir.

Quarante-cinq minutes plus tard, il était de retour à la fête.

Il ne tarda pas à repérer Irina. Aussitôt, un éclair de désir le transperça. Malgré ce sentiment de trahison et les questions qui l'obnubilaient, tout en lui réclamait cette femme qui le rendait fou. Il avait envie de l'embrasser, de la toucher, de la faire sienne.

Hélas, elle n'était pas seule.

Elle dansait sur la piste dans les bras de Kace, souriante, belle à couper le souffle, comme sortie d'un conte de fées.

Il éprouva un pincement de jalousie, tout en se demandant si, depuis leurs retrouvailles, elle lui avait caché la vérité. Le tout mêlé à une excitation naissante qu'il tenta d'étouffer pour garder la tête froide.

Sans réfléchir, il alla droit vers eux, tapa sur l'épaule de Kace et lui prit Irina des bras.

— Désolé de vous interrompre mais c'est urgent.

— Quel dommage !

Elle lui adressa un sourire radieux indiquant qu'elle était contente de le voir. Comment était-ce possible ? Était-elle si bonne comédienne ? Pouvait-elle à ce point cacher son jeu ?

— Oui, c'est dommage, Kace, mais je suis sûr que tu peux te trouver une autre cavalière.

Puis il emporta Irina dans ses bras, les faisant naviguer agilement et en rythme sur la piste de danse.

Ils n'étaient pas les seuls à danser, loin de là, mais il n'avait d'yeux que pour elle.

Sa main droite dans la sienne, sa main gauche sur son épaule, elle se colla à lui, puis leva la tête vers lui.

Et l'espace d'un instant, il en oublia la colère qui l'animait avant d'arriver.

— Tu étais parti où ? s'enquit-elle.

— Je suis allé au ranch.

— Tu avais oublié quelque chose ?

— Non, pas chez moi. Chez mon père, lâcha-t-il, scrutant son visage, guettant la moindre de ses réactions.

— Pourquoi ?

— J'avais besoin de réponses.

— Kellan, tu peux m'expliquer de quoi tu parles, au juste ?

Après quelques secondes d'hésitation, il pencha la tête pour lui murmurer la réponse.

— Je parle de Darius Taylor-Pratt.

Le fait qu'elle se raidisse dans ses bras lui apporta la

confirmation de ses doutes : elle connaissait l'existence de son demi-frère. Et elle ne lui avait rien dit.

Que savait-elle d'autre ?

— Allons nous mettre au calme pour parler.

Sans mot dire, il la prit par la main et la guida à l'arrière du club, dans le jardin d'enfants plongé dans l'obscurité.

Il alluma la lumière.

La pièce était meublée de petites chaises, de tables basses et de tapis colorés. Les étagères étaient remplies de livres pour enfants. Et une dizaine de chevalets attendaient au garde-à-vous dans l'espace dédié à l'art plastique.

— Qu'y a-t-il, Kellan ?

— S'il te plaît. Ne fais pas semblant. Je sais que tu sais.

Elle se frotta les bras, frissonnante.

L'espace d'un instant, il crut qu'elle allait tenter de nier l'évidence. Mais elle n'en fit rien.

— Oui, j'étais au courant pour Darius.

— Et tu n'as rien dit !

— Ce n'était pas à moi de te le dire. Même si j'ai essayé, par des voies détournées.

— Tu parles ! Tu as amené la mallette chez moi.

— Je voulais te faire changer d'avis sur ton père. Mais tu as tout refusé en bloc. Je n'ai pas pu continuer.

— Tu voulais me faire croire que nous avions compté aux yeux de notre père alors qu'il avait été un père absent toute notre enfance ? Effectivement, c'était raté.

— Je voulais te montrer que votre père vous aimait.

— Mais tu n'as pas cru bon de m'avertir que j'avais un demi-frère alors que tu étais dans le secret des dieux ? Pourquoi ?

— Je ne voulais pas trahir ma parole.

— Tu aurais dû me le dire. J'avais le droit de savoir. Sophie et Vaughn aussi.

— Je sais. Vous alliez être avertis, tôt ou tard. Mais ce n'était pas à moi d'en décider.

— Pourquoi tenais-tu à ce point à respecter ta parole envers Buck ? Il est mort. Peu importe sa volonté. Nous, ses enfants, nous sommes vivants. Et nous voulons des réponses.

— Et tu serais prêt à tout pour avoir ces réponses ?

— Et comment !

Elle plongea son regard dans le sien.

Ses yeux reflétaient tout le chagrin et la colère qu'elle éprouvait en cet instant. Et il ressentait la même chose, à un degré similaire.

— Donc c'est pour ça que tu as été gentil envers moi ? s'enquit-elle à voix basse.

Il se figea, abasourdi.

— Quoi ? Qu'est-ce que tu racontes ?

— Les attentions, le week-end à Nashville, nos ébats renouvelés. Quelle idiote ! C'était un stratagème. Pour obtenir des informations et voir si Buck avait des secrets.

— Tu plaisantes ? Comment peux-tu dire ça ? Tu m'accuses d'avoir échafaudé un plan pour te faire parler alors que c'est toi qui faisais des cachotteries pendant tout ce temps ? Excuse-moi, mais s'il y a un dindon de la farce, c'est moi. Tu t'es servie de moi.

— Moi, je me suis servie de toi ? Comment ? Tu peux m'expliquer ? As-tu été séduit ? As-tu été propulsé dans un monde de rêve où tu as cru soudain être au centre de la vie de quelqu'un ? As-tu été emporté par une histoire d'amour féerique ? Es-tu tombé amoureux ?

La panique s'empara de lui.

— Qui a parlé d'amour ?

— Moi ! Tu ne m'écoutais pas ?

— Arrête. J'ai tout entendu. Tu essaies d'inverser la situation. Et tu changes de sujet. Tu m'as trahi, avoue.

— Non, Kellan. Je ne t'ai pas trahi. Et je ne change pas de sujet. Je parle de nous. Je parle de toi, qui, depuis le début, cherches une raison pour me quitter et pour refuser en bloc un avenir que nous aurions pu partager. Tout ça pour t'accrocher à tes souvenirs de Shea et ne pas trahir sa mémoire.

— Il ne s'agit pas de Shea ! lança-t-il, en colère.

— On en revient toujours à elle !

— C'est faux !

— C'est vrai. Tu proclames haut et fort que Buck est mort et qu'il faut passer à autre chose. Mais je vais te dire une chose. Shea aussi est morte. Depuis huit ans. Et tu n'es jamais passé à autre chose.

Il tressaillit mais elle continua.

— Tu n'es plus marié à elle. Tu es veuf, soit, mais ce n'est pas elle qui décide de ton présent et de ton avenir. Elle fait partie de ton passé. Elle a joué un grand rôle et tu ne l'oublieras jamais. Mais tu t'accroches à son fantôme. Tu t'en sers de bouclier pour éloigner les gens de toi. Eh bien… Félicitations. C'est réussi. Tu es seul. Tu le seras toujours. Et tu m'en vois désolée.

— Je n'ai pas besoin de ta compassion.

Comment la situation avait-elle pu se retourner contre lui ?

— Pourtant, je te l'offre sur un plateau. Parce que je t'aime.

Une douleur intense lui transperça la poitrine.

Mais elle n'avait pas fini de l'achever, il le savait.

Ses yeux verts brillaient de chagrin, de colère et de regret et son cœur se serra, au point de l'empêcher de respirer.

— Tu ne sauras jamais ce que ça aurait pu faire de

vivre entouré de mon amour. Nous ne saurons jamais ce à quoi une vie à deux aurait pu ressembler. Parce que chaque fois, tu choisis le passé au lieu de te tourner vers l'avenir. Je te souhaite tout le bonheur du monde avec Shea, dit-elle avant de tourner les talons.

L'instant d'après, elle avait disparu.

- 11 -

— Tu ne peux pas savoir comme il me met hors de moi ! lança Irina à Miranda alors qu'elle faisait les cent pas dans le grand salon du Blackwood Hollow.

Deux jours après sa dernière entrevue avec Kellan, elle ruminait toujours sa colère.

— Les hommes sont nés pour nous énerver.

— Je pense que Kellan a été spécialement programmé dans ce but.

— Parce qu'il se sent trahi et qu'il pense que tu lui as menti.

— Mais c'est faux ! Ce n'était pas à moi de lui dire la vérité au sujet de Darius ! Je n'y pouvais rien.

Bien sûr, garder ce secret s'était accompagné d'une culpabilité écrasante. Chaque fois qu'elle voyait Kellan et qu'elle omettait de lui parler de son demi-frère, elle regrettait son silence. Elle savait que Kellan aurait voulu savoir et qu'il lui en voudrait quand il apprendrait la vérité. Mais Buck avait été son sauveur et malgré ce que cela lui coûtait de se taire, elle ne pouvait se résoudre à briser sa promesse.

— Je comprends, Irina. Tu as fait ce qu'il fallait. Surtout, tu ne dois pas t'en vouloir.

— Buck m'a dévoilé l'existence de son quatrième enfant avant de mourir. Il avait besoin d'en parler à quelqu'un. Mais Kellan ne veut rien entendre. Et il refuse de comprendre. Il est têtu comme une mule et son obstination le rend infernal.

Cela faisait deux jours qu'elle n'avait pas eu de ses nouvelles. Comme Royal était une petite ville, elle savait qu'il était toujours dans les parages. Sûrement en quête de ses fameuses « réponses ».

— Il est comme son père. Kellan a toujours pris Buck pour quelqu'un d'impossible mais finalement, il se comporte comme lui. Tu ne trouves pas ?

Elle prit enfin place sur le canapé et but une gorgée de son verre de vin.

Elle avait tout essayé pour tenter d'oublier sa conversation avec Kellan, mais rien n'y faisait. Elle entendait encore sa voix. Et elle revoyait encore le regard noir qu'il lui avait lancé en l'accusant de l'avoir trahi.

Comment pouvait-il penser ça ? Comment avait-il pu partager tous ces moments merveilleux avec elle et ne pas réussir à lire dans son âme ?

— Je suis tellement en colère et tellement…

— Blessée ?

— Oui. Et déçue. Comment a-t-il pu croire que j'étais capable d'agir délibérément pour lui faire du mal ?

— On en revient à la génétique des hommes. Ils ne pensent pas comme nous. Pour eux, tout ce qui compte, c'est leur sexe.

— Pardon ? lança-t-elle, intriguée.

— Je ne voulais pas te choquer. Mais d'après moi, les hommes pensent avec leur sexe. Leurs actions sont guidées par un principe et un principe seulement : leur virilité. À chaque instant, leur motivation est d'imposer leur puissance, à tous les niveaux.

— Oui, tu as raison, j'imagine.

— Même si je pense que j'ai un peu bu. Mais dans tous les cas, sache que je suis désolée que toi aussi, tu te retrouves dans le rôle du bouc émissaire alors que tu ne fais qu'observer la volonté de Buck.

— Comment ça ? Tu veux dire que tu es dans une situation similaire à la mienne ?

Miranda sembla hésiter avant de continuer.

— Tu peux garder un secret ? Pour le moment ?

Jamais elle n'avait vu Miranda avec un air aussi sérieux.

— Oui, tu sais que tu peux me faire confiance.

Après un temps d'arrêt, Miranda reprit la parole.

— Après la mort de Buck, j'ai reçu une lettre au sujet de son testament.

— Une lettre t'expliquant qu'il te léguait tout pour s'assurer que ses enfants te détestent à vie ? tenta-t-elle de plaisanter avec un rire amer.

— Oui, c'est un peu ça, mais heureusement, ce n'est pas pour la vie.

— Comment ça ?

— En fait, je ne suis pas l'héritière de Buck.

— Quoi ?

— Eh oui. Même mort, il arrive à nous en faire voir des vertes et des pas mûres. Un coup de théâtre depuis l'au-delà, pour être sûr d'obtenir la palme d'or de l'homme le plus infernal au monde.

— C'est incroyable ! Je n'en reviens pas.

— Je sais. Même moi, je n'y ai pas cru au départ. Puis j'ai reçu un appel de Kace à ce sujet et j'ai dû me rendre à l'évidence. Et jouer le jeu.

— Ma pauvre ! Tu as dû subir les foudres de Kellan et ce n'est même pas toi l'héritière ?

— Oui. Mais attends, ce n'est pas tout.

— Tu sais qui va hériter de la fortune de Buck ?

— Ce sont ses enfants, bien entendu.

— Quoi ?

— Oui. Je dois les laisser croire que j'ai forcé leur père à me léguer sa fortune, mais pour finir, ce sont eux qui vont tout hériter. Kellan va avoir droit au ranch. Sophie et Vaughn auront droit à une partie de sa fortune. Tout comme Darius, j'imagine.

— Comme c'est étrange !

— À qui le dis-tu !

— Et toi ? Que vas-tu recevoir en contrepartie, pour supporter le comportement agressif de ses enfants ? J'espère au moins que tu auras droit à quelque chose.

— Oui, j'y venais, justement. Buck m'a laissé cinquante millions de dollars en compensation des dommages que je subis à cause de son plan diabolique.

— Cinquante millions de dollars ?

— Oui, mais la somme n'ira pas sur mon compte personnel. C'est pour financer ma fondation caritative. Grâce à cet apport inespéré, je vais pouvoir lancer les projets qui me tiennent à cœur et aider les femmes qui ont besoin d'un coup de pouce dans la vie.

— C'est formidable ! Mais tout de même, quel scénario abracadabrant !

— Oui. Et je suis contente d'avoir pu t'en parler. Ce secret me pèse trop.

— Je comprends. Combien de temps penses-tu pouvoir tenir ?

— Je pense que je vais en parler à Kace pour qu'on arrête la mascarade.

— C'est une sage décision et cela permettra de calmer les esprits de tout le monde avant Noël.

Égoïstement, elle espérait surtout que Kellan voit les choses sous un autre jour en apprenant la nouvelle.

Elle avait attendu qu'il vienne la voir pour lui dire qu'il était prêt à l'écouter, qu'il savait qu'elle ne l'avait pas trahi. Mais il avait gardé ses distances, convaincu qu'elle avait voulu lui faire du mal.

Elle n'avait pas dormi depuis la fête de Noël au club. Elle n'avait fait que repasser en boucle leur échange sans queue ni tête.

Si elle avait pu remonter le temps, elle aurait aimé effacer cette discussion. Surtout, elle regrettait de lui avoir dit qu'elle l'aimait car, en lui avouant ses sentiments, elle avait perdu une partie de sa dignité.

Kellan tendit son téléphone à Sophie pour lui montrer la photo de Darius.

— Il ressemble vraiment beaucoup à papa !

— C'est normal. On lui ressemble tous.

— J'ai un troisième frère ! Youpi ! s'exclama-t-elle avec une pointe d'ironie.

Il sourit.

Sophie s'était toujours plainte que Vaughn et lui étaient trop protecteurs et qu'ils ne la laissaient pas assez agir à sa guise.

— Et comme il est plus âgé que toi, tu restes quand même la petite dernière.

— Super ! Cela dit, comme avec papa on va de surprise en surprise, je finirai peut-être par découvrir que j'ai un frère plus jeune que moi.

— Tu as raison. Avec notre père, on peut s'attendre à tout, puisque c'était loin d'être un saint, ajouta Vaughn.

— Le plus bizarre dans tout ça, c'est que, même si c'est une surprise, nous ne sommes pas plus étonnés que ça.

— Non. Mais je me demande quelle sera la réaction de Darius quand il apprendra notre existence.

— J'espère qu'il le prendra aussi bien que nous.

— Il habite où ?

— En Californie, à Pasadena.

— S'il avait vécu par ici, on aurait appris son existence plus tôt. À Royal, impossible de garder un secret.

Sauf pour Irina, hélas. Lors de leur dernière conversation, elle avait paru infiniment triste. Blessée.

Mal à l'aise, il tenta de chasser ce souvenir de son esprit.

Mais rien n'y faisait.

Irina était avec lui, en lui, à tout moment.

Son sourire, sa voix, son parfum, son rire…

Elle faisait partie intégrante de sa vie, et sans elle…

Sophie le tira de ses pensées mélancoliques.

— En tout cas, je suis étonnée et ravie de voir que tu as enfin décidé de mettre des décorations de Noël chez toi. J'adore ton sapin. Il est magnifique.

Il aurait dû l'enlever après l'échange houleux qu'il avait eu avec Irina.

Après tout, c'était pour elle s'il avait renoué avec la tradition de Noël. Et chaque fois qu'il posait les yeux sur l'arbre, cela lui rappelait l'échec de sa relation avec elle et le fait qu'elle n'habitait plus chez lui.

Comme il ne réagissait pas, Sophie le relança.

— Tu l'as fait pour Irina, non ? Allez, avoue. C'est tellement romantique !

— Tu trouves qu'un sapin de Noël c'est romantique ? s'enquit Vaughn.

— Arrêtez. Non, je n'ai pas mis ce sapin pour Irina, mentit-il, refusant d'avouer ses sentiments.

— D'ailleurs, où est-elle ? demanda Vaughn qui avait dû sentir le coup fourré.

— Elle est occupée, rétorqua-t-il pour couper court à toute spéculation de la part de son frère et de sa sœur.

Déjà qu'il n'avait pas le moral, il n'avait pas envie

qu'ils viennent s'immiscer dans sa vie privée. Et il n'avait pas non plus envie de penser à Irina.

Même si c'était plus fort que lui, car elle était partout et occupait la moindre de ses pensées.

Il n'arrivait pas à penser à autre chose qu'à cet échange qu'il aurait souhaité effacer de sa mémoire.

Mais comment oublier ses yeux embués de larmes ?

Comment oublier son air meurtri, quand il l'avait accusée de l'avoir trahi ?

Comment oublier le discours imparable qu'elle avait formulé concernant son attachement au passé et à Shea ?

Et comment oublier l'essentiel ? Sa voix étranglée lui disant qu'elle l'aimait…

Il n'avait pas été prêt à parler d'amour.

Pour ce qui était de Shea, il n'avait rien pu dire.

Les mots étaient restés coincés dans la gorge.

Pourtant, elle avait raison. Sur toute la ligne.

Depuis huit ans, il s'était raccroché aux souvenirs douloureux de la mort de sa femme, comme s'il en allait de sa vie, alors qu'au passage il avait oublié de vivre.

Quel moment douloureux !

Vaughn le tira de sa tourmente.

— Kellan, tu n'as pas l'air dans ton assiette. Tout va bien ? C'est à cause de Darius ?

Avec un effort surhumain, pour masquer son désarroi, il s'obligea à revenir à la conversation d'un air nonchalant.

— Non, pas du tout. Et vous ?

— Moi, je trouve ça génial. À l'âge adulte, c'est rare de découvrir qu'on a un frère ou une sœur. Je me réjouis de faire sa connaissance ! lança Sophie.

— Et toi, Vaughn ?

— Moi, je suis ravi d'avoir un frère plus jeune que moi. J'ai été à bonne école avec toi comme grand frère et je saurai le faire tourner en bourrique le moment venu.

— Très drôle. Mais tu verras, ce n'est pas aussi facile que ça en a l'air.

— Pour en revenir à Irina, vous vous êtes disputés ? demanda Sophie, toujours aussi curieuse.

Il la regarda.

Toutes les femmes étaient-elles douées de télépathie ?

— Non.

— Je ne suis pas dupe. Excuse-toi d'avoir joué à l'idiot et tout rentrera dans l'ordre.

— Pourquoi pars-tu du principe que c'est ma faute ?

Elle éclata de rire.

— Parce que j'en suis sûre. Tu es aussi infernal que papa. Et tu sais te montrer aussi inflexible que lui. Donc c'est pour ça que je te conseille de t'excuser. Je l'aime vraiment bien.

— Moi aussi, je l'aime bien. Et moi aussi, je sais que c'était ta faute, ajouta Vaughn.

— Merci de votre soutien, lâcha-t-il, penaud.

Il voulait bien s'excuser mais le plus dur était encore de savoir comment s'y prendre.

Kellan était dans le bureau de Kace LeBlanc qui l'avait convoqué de bon matin.

— J'imagine que tu ne m'as pas fait venir pour boire le café.

— En effet.

— Alors de quoi s'agit-il ?

— Il s'agit de ton impatience et de ton caractère impossible.

— C'est marrant mais ce n'est pas la première fois que j'entends ça.

— On m'a demandé de te faire savoir certaines choses, pour calmer les esprits. Surtout le tien.

— Et qui a fait cette demande ?

— J'ai accepté de jouer au messager mais je ne vais pas te dévoiler tous mes secrets.

— Entendu. C'est à quel sujet ?

— C'est au sujet d'Irina, d'une part. Et de Miranda.

— Alors là, je t'arrête tout de suite, dit-il en se levant.

— Kellan, assieds-toi et écoute-moi.

— Pourquoi devrais-je t'écouter ?

— Parce que tu serais vraiment le pire des idiots si tu ne m'écoutais pas. Je sais que tu as des défauts mais je ne m'étais jamais dit que tu étais abruti à ce point.

— Entendu. Je t'écoute.

— On m'a demandé de te dire qu'Irina ne savait rien au sujet du testament de ton père à l'époque où il a été rédigé et quand il vous a été dévoilé.

— Je ne me disais pas qu'elle avait aidé à la rédaction du testament. Mais elle connaissait l'existence de mon demi-frère et elle n'a rien dit.

— Elle ne pouvait pas. Buck lui a confié son secret avant de mourir et lui a demandé de garder le silence. Elle lui a donné sa parole. Irina fait partie de ces gens qui ont le sens de l'honneur.

— Et en quoi cela a-t-il de l'importance ?

— J'ai appris que tu en voulais à Irina d'avoir tenu sa promesse. Et que tu vois ça comme une trahison. Alors que tu devrais voir ça comme un trait de vertu.

En effet, il n'avait pas pensé à cela sous cet angle. Et elle avait essayé de le lui faire comprendre, mais il avait été sourd à ses arguments, trop occupé à s'insurger contre son père et contre la Terre entière.

— Écoute…

— Non, Kellan, c'est toi qui dois m'écouter. Tu es au courant de la complicité qu'il y avait entre Buck et Irina ?

— Oui, elle m'en a parlé.

— Donc tu savais qu'il avait proposé de payer ses frais de scolarité à l'université de droit et qu'elle a refusé ?

— Oui.

— Tu sais aussi que c'est lui qui s'est occupé de son divorce, de son visa, de lui trouver un emploi, un toit, un lieu où elle pourrait se sentir en sécurité, et protégée de son mari violent ?

— Oui. Elle m'a raconté tout ça.

En entendant tout ce que son père avait fait pour Irina, et dont elle lui avait déjà parlé, il sentit le poids de la culpabilité l'accabler.

Elle avait enduré beaucoup de difficultés et sa loyauté envers Buck était totalement justifiée.

— Tu comprends alors qu'elle ne pouvait pas rompre sa parole et que tu n'as pas le droit de lui en vouloir d'avoir tenu à rester fidèle à Buck, même après sa mort ?

Cela lui apparaissait à présent comme l'évidence même.

Comment avait-il pu être aussi idiot ?

— C'est l'homme qui l'a sauvée. Au moment où elle ne s'y attendait pas et alors qu'il ne la connaissait pas. Il lui a offert sa protection, sans rien attendre d'elle en retour. C'est grâce à lui si elle a pu reconstruire sa vie et envisager un avenir plus serein, plus libre.

Bon sang, comment avait-il pu être aussi vil ?

Il serra les dents et déglutit péniblement, ravalant sa lâcheté.

Que répondre à ce discours affligeant ?

Ces derniers jours, il avait beaucoup réfléchi et en était arrivé à la même conclusion. Mais entendre Kace lui rappeler son comportement de goujat ne fit que le rabaisser davantage.

Jamais il ne s'était senti aussi mal.

— Irina a un sens de la loyauté aussi développé que

le tien. Tu n'as pas à lui en vouloir ou à la punir d'avoir voulu s'en tenir à ses principes.

Cette dernière remarque l'acheva.

C'était le coup de grâce qui résumait la situation.

Il avait reproché à Irina d'avoir fait ce que lui aurait fait à sa place. Il avait passé trois jours à s'en vouloir de s'être retourné contre elle. Il avait passé trois nuits sans dormir car elle lui manquait et qu'il l'avait rejetée.

Il aurait dû savoir que ce n'était pas dans la nature d'Irina de trahir ou de blesser sciemment autrui.

Elle était trop aimante, trop ouverte, trop gentille, en dépit de tout ce qu'elle avait déjà surmonté dans sa vie.

Au lieu de suivre son instinct et de l'apprécier à sa juste valeur, il l'avait attaquée, lui avait fait des reproches injustes.

— Je me suis vraiment comporté comme un salaud.

— Jamais je n'aurais cru t'entendre admettre une vérité aussi évidente.

— Oui, moi non plus. Ce n'est pas une partie de plaisir. Mais je ne veux plus me voiler la face. Je m'en veux tellement.

— J'imagine. Mais ce n'est pas à moi que tu dois dire ça.

— Je sais. Je dois aller voir Irina.

— Oui, mais j'avais autre chose à te dire.

— À quel sujet ?

— Tu te souviens, au début je t'ai dit que je voulais te parler d'Irina et de Miranda.

— C'est à propos du testament ?

— Oui.

— Bonne ou mauvaise nouvelle ?

— Bonne.

— Alors, ça peut attendre. Pour l'instant, j'ai quelque chose d'urgent à faire.

— Oui, je comprends.

Il avait besoin de dire à Irina qu'il s'était trompé, qu'il avait eu tort, mais surtout qu'elle lui avait manqué et qu'il ne voulait pas la perdre.

Irina étouffait. Elle éprouvait le besoin de sortir de la maison, de s'aérer et d'arrêter de se morfondre sur son sort.

Kellan lui manquait, terriblement, mais elle ne voulait plus pleurer. Il était temps d'aller à la rencontre des gens, de retrouver un peu de cette gaieté de Noël et de chasser cet homme de son esprit. Pour toujours.

Elle prit son sac à main, s'assura qu'elle avait bien les clés de son véhicule, puis s'habilla chaudement avant de sortir.

Dehors, le vent glacial qui soufflait lui cingla le visage.

Elle resserra son manteau contre elle, même si c'était peine perdue. Depuis sa dernière nuit avec Kellan, elle n'arrivait pas à se réchauffer. Dehors comme dedans.

L'homme qu'elle aimait était le seul homme qui ne lui faisait pas confiance.

Secouant la tête pour le chasser de son esprit, elle monta dans sa voiture. Alors qu'elle regardait dans le rétroviseur, elle s'arrêta net.

Le pick-up luxueux de Kellan était à l'horizon, s'approchant du Blackwood Hollow comme un dragon à l'assaut fonçant sur un château fantastique.

Son cœur se gonfla aussitôt d'espoir tandis que sa raison l'avertit de garder son calme. Laisser place à l'optimisme en cet instant précis ne ferait qu'empirer sa chute si les choses n'allaient pas dans son sens.

Après tout, il était possible qu'il soit venu pour parler à Miranda et non pas pour la voir.

Mais dès qu'il fut garé, il sauta de son véhicule et courut vers elle.

Figée, ne sachant quoi penser, elle le regarda ouvrir la portière comme s'il en allait de sa vie.

Dans ses yeux, elle lut une lueur qui lui permit d'espérer.

— Dieu merci, tu es là… Je dois te parler… Et tu dois m'écouter… Non, pardon. Tu ne « dois » pas. Je t'en supplie, écoute ce que j'ai à dire, s'il te plaît… Tu veux bien ?

Seigneur, c'était la première fois qu'il lui demandait quelque chose.

Il avait les cheveux ébouriffés par le vent, une barbe de trois jours, il portait sa veste en cuir, un pull rouge, un jean noir et ses santiags.

Et il était beau à couper le souffle.

Bien sûr qu'elle était prête à l'écouter. Si seulement leur conversation pouvait se passer mieux que la dernière fois !

— Entendu. Mais rentrons, dit-elle en prenant son sac.

Il l'aida à descendre puis ils se dirigèrent vers la maison principale.

— Miranda est là ?

— Non, elle est partie en ville. Je m'apprêtais à la rejoindre. Je voulais acheter des cadeaux pour ma famille.

— Alors je suis content de t'avoir trouvée seule, dit-il en la prenant par la main.

Une fois dans la maison, ils allèrent directement dans le grand salon si chaleureux.

— Que se passe-t-il, Kellan ? Qu'y a-t-il de si important ?

— Toi. Nous.

De nouveau, elle sentit l'espoir monter en elle, comme une vague déferlante.

Mais elle attendit, le cœur battant la chamade, le souffle court.

Ce n'était pas facile de garder son calme.

Il lui avait tellement manqué que se retrouver à ses côtés provoquait en elle un flot d'émotions électrisantes.

S'approchant d'elle, il lui offrit un regard penaud et attendrissant à la fois.

— L'autre soir, j'étais en colère.

— Moi aussi.

— C'est normal.

— Ah bon ?

Elle était curieuse de savoir ce qui lui avait fait changer d'avis, ce qui lui avait fait voir la vérité.

— Accepte mes excuses. Je suis désolé de m'être aussi mal comporté envers toi. Je ne sais pas ce qui m'a pris de penser que tu aurais été capable de me trahir et de me mentir. Je sais que tu n'es pas comme ça.

— Je ne voulais pas garder ce secret pour moi.

— Je le sais. Et je sais aussi que ta relation avec mon père était différente de la mienne. Je suis content qu'il se soit montré aussi généreux envers toi. Je suis content que tu aies pu compter sur lui, qu'il ait été là pour toi au moment où tu en avais le plus besoin.

Les larmes lui montèrent aux yeux.

— Merci, tu ne peux pas savoir comme je suis soulagée de t'entendre dire ça.

Quand il posa les mains sur ses épaules, des étincelles de chaleur bouillonnèrent dans son corps. Elle les accueillit avec délectation, surtout après l'ère glaciale qu'elle venait de vivre.

— Je n'ai jamais connu mon père comme toi tu l'as connu, mais grâce à toi, j'ai une meilleure image de lui et c'est ça qui compte avant tout.

— Oui, tu as raison, dit-elle, croisant son regard étincelant d'une myriade d'émotions.

— Mais je ne suis pas venu parler de Buck. Je voulais te parler de ce que tu as dit au sujet de Shea.

— Oh ! Kellan… Je suis désolée, j'étais en colère.

Elle se souvenait des paroles virulentes qu'elle avait formulées à l'encontre de sa femme défunte.

— Non, ne t'excuse pas. Tu avais raison. Je me suis accroché aux souvenirs de Shea pour les mauvaises raisons. Je pensais que je me protégerais alors qu'en fait, je me cachais. Mais je ne veux plus me cacher.

— Que veux-tu dire au juste ?

Il marqua un temps d'arrêt, augmentant l'intensité du moment.

— Je t'aime, Irina.

Elle manqua de vaciller.

— Oh ! Kellan…

— Je n'ai plus peur de dire ces mots. Je veux te les dire tous les jours. Je ne pensais pas tomber de nouveau amoureux un jour, mais je le suis. J'éprouve pour toi un amour profond, riche, et tellement vrai. Irina, tu es tout pour moi.

— Oh ! Kellan. Moi aussi, si tu savais comme je t'aime.

— Dieu merci. J'avais peur d'avoir tout gâché entre nous. Je suis désolé de ne pas t'avoir écoutée. De ne pas avoir eu confiance en toi.

La douleur qu'elle portait en elle depuis plusieurs jours commença à s'estomper, laissant place à un sentiment de bien-être inouï.

Elle lui sourit, attendant la suite des réjouissances.

— Tu as changé ma vie. La preuve la plus flagrante, c'est le sapin de Noël qui trône dans mon salon.

— En effet, quel changement ! lança-t-elle avant de rire de bon cœur.

— Et maintenant que j'ai décidé de fêter Noël, je veux le fêter avec toi. Viens chez moi. Viens avec moi. Épouse-moi.

— T'épouser ?

Elle n'en revenait pas.

Elle était déjà au comble de la joie de savoir qu'il l'aimait. Mais en plus, il lui demandait de l'épouser ?

N'était-ce pas le plus beau cadeau de Noël qu'elle ait jamais eu ?

Un cadeau inespéré, venu du ciel.

Il lui prit le visage entre les mains.

— Oui, épouse-moi. Créons une famille à deux. Perdre Shea m'a brisé le cœur. Mais tu as pansé mes blessures. Tu m'as ramené à la vie. Tu m'as arraché à un monde sombre et solitaire où je ne veux plus jamais retourner. Ne me laisse plus jamais seul. Sans toi, je ne suis rien.

Ses larmes menaçaient de couler à tout instant.

— J'ai vu Kace. Il m'a parlé de toi, il m'a fait comprendre que j'étais un idiot fini mais il m'a aussi dit qu'il avait une bonne nouvelle au sujet du testament. Je lui ai dit que ça pouvait attendre car ce qui comptait le plus, c'était de te voir, de venir te dire à quel point je tenais à toi. Alors, acceptes-tu de m'épouser ?

Elle avait envie de hurler de joie. Il l'aimait et lui proposait de vivre à ses côtés pour le restant de ses jours !

— Tu sais, moi aussi je tiens à toi. Plus que tout.

— Donc c'est oui ? Tu acceptes de m'épouser ?

— Oui !

Puis il la prit dans ses bras en une étreinte fougueuse.

— Irina, tu es tout pour moi.

— Je t'ai aimé dès l'instant où je t'ai vu, murmura-t-elle tout contre lui.

Il se redressa pour la regarder dans les yeux.

— Donc tu veux bien que nous passions Noël ensemble ? Et toutes les fêtes de Noël jusqu'à la fin de nos vies ?

— Oui ! Je ne veux rien d'autre que vivre à tes côtés. Pour le meilleur et pour le pire.

— Irina, tu fais de moi l'homme le plus heureux de la Terre.

— Et tu fais de moi la femme la plus heureuse au monde.

Puis ils s'embrassèrent, pour sceller leur pacte d'amour.

— Et si nous allions ensemble en ville pour acheter les cadeaux pour ta famille ?

— Bonne idée !

— Nous pourrions en profiter pour acheter une bague.

— Une bague ?

— Oui, une bague de fiançailles ! Et si tu veux, nous pourrions apporter nous-mêmes les cadeaux à ta famille, leur faire une visite surprise.

Elle n'avait pas vu sa sœur depuis des années et c'était son souhait le plus cher.

— Tu plaisantes ?

— Pas du tout. Ou nous pourrions faire venir ta sœur et sa famille ici, si tu préfères.

— Kellan, je suis aux anges. Tes attentions me touchent profondément.

— Irina, tu es mon présent, mon avenir. Tu fais vibrer mon cœur. Je suis prêt à te donner tout ce que tu veux pour te rendre heureuse.

Elle lui sourit, plongeant dans l'océan de ses yeux, se perdant dans l'amour éblouissant qu'il lui vouait.

— Je te veux toi, Kellan. C'est tout.

— Je suis à toi. Pour toujours.

Quand il la prit dans ses bras, elle sut que tout prenait sa place autour d'elle.

Quand il l'embrassa, elle sentit que leurs âmes se liaient.

Leurs destins s'entremêlaient pour la vie, scellés par leur amour mutuel.

Grâce à la magie de Noël, son rêve était devenu réalité.

Retrouvez en septembre 2020,
dans votre collection

PASSIONS

Une nuit de confidences, de Naima Simone - N°879

SÉRIE : SECRETS MILLIARDAIRES TOME 3

Même dans ses rêves les plus fous, Nadia n'aurait jamais imaginé qu'une panne d'électricité survenue en plein gala la mènerait à passer une nuit d'extase dans les bras de son séduisant patron, Grayson Chandler. Encore moins qu'il lui proposerait ce surprenant marché : jouer sa fiancée pour qu'il puisse échapper aux manigances de ses parents qui souhaitent le voir épouser son ex. Nadia accepte, au risque d'avoir le cœur brisé…

Un si attirant patron, de Jules Bennett

Afin d'obtenir des informations compromettantes sur sa belle-mère, star de téléréalité, qu'elle soupçonne d'avoir épousé son père uniquement par intérêt, Sophie se fait engager auprès de Nigel Townshend, P-DG de la société qui produit son émission. Contre toute attente, elle tombe sous le charme de Nigel et se prend à rêver d'un avenir avec lui. Un espoir qui laisse aussitôt place à l'hésitation : sauver son héritage ou donner une chance à sa passion naissante ?

L'amour au cœur des vignes, de Maisey Yates - N°880

En tant qu'ambassadrice des vins Maxfield, Emerson a toujours obéi à ses proches dans le but de protéger le prestige du vignoble familial : elle s'apprête d'ailleurs à épouser un homme choisi par son père. Jusqu'au jour où elle rencontre Holden McCall, le nouveau responsable de la partie ranch du domaine. Immédiatement envoûtée par sa puissance virile, elle ignore cependant que le véritable dessein de Holden est de la séduire dans le but de détruire l'empire Maxfield…

Un charmant jeu de dupe, de Joanne Rock

En devenant guide de randonnée au ranch de Mesa Falls, Regina ne s'attendait pas à succomber au charme de son ennemi, Devon Salazar, le fils de celui qui a détruit sa vie. Depuis qu'Alonso Salazar a révélé ses secrets familiaux dans un livre, Regina est animée par la vengeance et entend bien semer le trouble chez les héritiers qui profitent des fruits de cette publication. Mais Devon semble loin d'être dupe et paraît déjà la surveiller d'un peu trop près…

Le bébé inattendu, de Katherine Garbera - N°881

SÉRIE : INCONTRÔLABLES PASSIONS TOME 2

Sûre d'elle et indépendante, Scarlet n'est pas du genre à s'engager. Mais, quand elle se découvre enceinte après une nuit d'amour, elle n'a d'autre choix que d'aller retrouver le père de son enfant à Cole's Hill, au Texas. Ce qu'elle ignore, c'est qu'Alec Velasquez se faisait passer pour son frère jumeau cette nuit-là. D'abord furieuse, Scarlet réalise qu'elle se languit des caresses de cet amant tout aussi irrésistible que fourbe…

Un rancher irrésistible, de Joss Wood

Fee Martinez, star de téléréalité, fait une entrée fracassante dans la vie du rancher Clint Rockwell en emboutissant l'arrière de son pickup. Alors qu'elle se trouve à Royal pour son émission, elle devient vite obnubilée par le mystérieux et indomptable cow-boy. Mais derrière son caractère volcanique se cache un douloureux secret, Fee en est certaine. Et elle compte bien le percer au plus vite…

Promesses sur une île, de Maureen Child - N°882

Marie O'Hara, ex-policier. Gianni Coretti, ex-voleur de bijoux de renommée internationale. Une improbable alliance ? Et, pourtant, Gianni est le seul homme capable d'aider Marie à résoudre l'affaire de vol qui a mis sa réputation en péril. Tant pis si leur collaboration les amène à jouer les amoureux transis, alors qu'ils se détestent. Sur l'île paradisiaque où ils sont retenus tous les deux, seule compte la réussite de leur mission…

Délicieux souvenir, de Kathie DeNosky

« On rentre à la maison, ma chérie ? » Ainsi c'est donc vrai, songe Brianna : Sam a perdu la mémoire pendant l'accident. Et il a oublié qu'elle n'est revenue à Sugar Creek que pour lui faire signer les papiers du divorce ! Brianna est affolée, car les médecins lui ont demandé de ne pas brusquer son mari. Aussi décide-t-elle de jouer le jeu. Même si l'idée de vivre sous le même toit que celui qu'elle n'a jamais cessé d'aimer la bouleverse…

L'enfant secret d'Aristedes Sarantos, d'Olivia Gates - N°883

Aristedes Sarantos est de retour… Lorsque cette rumeur arrive jusqu'à Selene, les souvenirs la submergent. Cette fameuse nuit, les caresses d'Aristedes, son regard brûlant… Des souvenirs qu'elle s'efforce de refouler. Car elle sait que cet homme d'affaires impitoyable n'est pas revenu pour elle. Il est revenu pour les affronter, elle et sa famille. Elle est donc bien décidée à se battre et, surtout, à ne pas lui révéler ce secret qu'elle garde précieusement…

Comme si c'était la première fois, d'Elizabeth Lane

Cela fait deux ans que Cal Jeffords poursuit Megan Rafferty, qui a détourné l'argent de la fondation qu'il dirige, afin de lui faire payer sa trahison. Et c'est au cœur de l'Afrique qu'il la découvre enfin. Mais la femme avec qui il se retrouve soudain par une nuit d'orage n'a rien à voir avec la mondaine frivole de ses souvenirs. C'est une beauté dévouée, courageuse, qui éveille en lui un trouble inattendu…

Composé et édité par HarperCollins France.

Achevé d'imprimer en juillet 2020.

CPI
BLACK PRINT

Barcelone

Dépôt légal :août 2020.

MIXTE
Papier issu de sources responsables
FSC® C108412

Pour limiter l'empreinte environnementale de ses livres, HarperCollins France s'engage à n'utiliser que du papier fabriqué à partir de bois provenant de forêts gérées durablement et de manière responsable.

Imprimé en Espagne.